LUCIFER'S HAMMER ❷
루시퍼의 해머

루시퍼의 해머 2

ⓒ 래리 니븐 · 제리 퍼넬 2014

초판 1쇄 인쇄	2014년 7월 14일
초판 1쇄 발행	2014년 7월 17일

지은이	래리 니븐 · 제리 퍼넬
옮긴이	김찬별

펴낸이	박대일
편집	이문영 · 임유리 · 신지연
외주 편집	봉정하
마케팅	송재진
디자인	김은희
일러스트	Silvester Song

펴낸곳	새파란상상(파란미디어)
출판등록	2004년 9월 14일 제313-2004-00214호

주소	121-897 서울시 마포구 성지1길 32-36
전화	02-3141-5589(영업부) 070-4616-2011(편집부)
팩스	02-3141-5590
전자우편	paranbook@gmail.com
트위터	@paranmedia
카페	http://cafe.naver.com/paranmedia

ISBN   978-89-6371-158-4 (전 3권)
ISBN   978-89-6371-160-7 (04840)

LUCIFER'S HAMMER ❷

루시퍼의 해머

래리 니븐 · 제리 퍼넬 지음
김찬별 옮김

새파란상상

LUCIFER'S HAMMER

닐 암스트롱과 버즈 올드린,

다른 세상에 발을 디뎠던 최초의 사람들과

그것을 기다려준 마이클 콜린스를 위하여.

그 도전의 과정에서 운명을 달리한

거스 그리섬, 로저 채피, 에드 화이트, 게오르기 도브로볼스키,

빅토르 파자예프, 니콜라이 볼코프,

그리고 다른 모든 사람들을 위하여.

❖ 감사의 말 ❖

본문에 등장하는 삽입구는 다음의 저서 및 연설에서 인용되었으며, 저작권자와 출판권자의 사전 합의를 마쳤다.

기포드 강의, 1984, 에밀 브루너
로버트 하인라인의 연설
『순수하고 달콤한 문화Pure, Sweet, Culture』, 1977, 프랭크 가파릭
『어떻게 세계가 종말할 것인가How The World Will End』, 1973, 다니엘 코엔, 맥그로힐 출판사
『털 없는 원숭이』, 1967, 데즈먼드 모리스, 맥그로힐 출판사
『우주의 관계The Cosmic Connection』, 1973, 칼 세이건 · 제롬 에이젤, 더블데이 & 컴퍼니 출판사
『다가오는 암흑시대The Coming Dark Age』, 1973, 로베르토 바카, 더블데이 & 컴퍼니 출판사
『달과 행성: 행성학 입문Moons and Planets: An Introduction to Planetary Science』, 1972, 와즈워스 출판사
『군주Sovereignty』, 1957, 베르트랑 드 주브날, 시카고 대학 출판부
『폭풍우의 분노The Elements Rage』, 프랭크 W. 레인, 1965, 칠튼 출판
『씨발 독수리The Friggin Falcon』, 1966, 시어도어 R. 콕스웰

§ 주요 등장인물 §

§ 팀 햄너 및 주변 인물

팀 햄너: 아마추어 천문 연구자

아일린 수잔 핸콕: 코리건 배관 자재회사의 부사장

해리 스팀스: 터헝가의 자동차 판매상

페넬로페 조이스 윌슨: 패션 디자이너

조 코리건: 코리건 배관자재회사의 사주

마티 로빈스: 팀 햄너의 조수

§ 하비 랜들과 주변 인물

하비 랜들: NBS 텔레비전 방송국의 PD

로레타 랜들: 하비의 아내

앤디 랜들: 하비의 아들

마크 체스쿠: 하비의 친구, 바이커

조안나 맥퍼슨: 마크의 애인

프랭크 스토너: 바이커

고르디 밴스: 은행장, 하비의 이웃

마리 밴스: 고르디의 아내

§ 젤리슨 상원의원 및 실버밸리의 주변 인물

아더 클레이 젤리슨: 캘리포니아 상원의원

모린 젤리슨: 젤리슨 상원의원의 딸

앨빈 하디: 젤리슨 상원의원의 수석 비서관

앨리스 콕스: 여학생, 승마가 특기

콕스 부인: 젤리슨 상원의원 소유 목장의 집사 부인

조지 크리스토퍼: 젤리슨 상원의원의 이웃, 목장주

해리 뉴컴: 우체국 소속 우편배달부

제이슨 질커디: 소설가

휴고 벡: 시에라 지역 히피 공동체의 소유주

§JPL 및 우주비행사

댄 포레스터: JPL의 기술 스태프, 천체물리학자

찰스 샤프: JPL의 소장, 천체물리학자

조니 베이커: 미 공군 우주비행사

릭 델란티: 최초의 흑인 우주비행사

표트르 자코브: 준장, 우주 비행사

레오닐라 말리크: 의사 겸 우주비행사

§신혈맹

앨림 나소르: 흑인 갱단 리더

헨리 아미티지: 목사

토마스 후커: 하사관

제리 오웬: 환경론자

§기타

토머스 밤브리지: 장군, 전략공군지휘소 사령관

벤틀리 앨런: LA 시장

에릭 라슨: 버뱅크 시 경찰

조 해리스: 버뱅크 시 경찰 수사관

배리 프라이스: 샌호아킨 원자력 발전소 건설 현장 소장

돌로레스 먼슨: 배리의 비서

프레드 로렌: 성범죄 전과자

콜린 다르시: 은행 창구 직원, 프레드 로렌의 스토킹 대상

혜성 감시단: 남부 캘리포니아 종교단체

차 례

2부
해머

내가 보니 여섯째 인을 떼실 때에 큰
지진이 나며 해가 검은 털로 짠 상복
같이 검어지고 달은 온통 피같이 되며
하늘의 별들이 땅에 떨어지더라.

                          – 요한계시록

● 해머 충돌, 아침

> 우주에는 하늘에 네 개의 태양이 떠 있는 곳이 있다. 각각은 붉은색, 흰색,
> 푸른색, 노란색이다. 그것들 중 두 개는 자칫하면 부딪힐 정도로, 행성 물질
> 이 흘러 다닐 정도로 근접해 있다.
> 수백만 개의 달이 있는 곳도 있다.
> 태양이 지구만 한 크기의 다이아몬드로 만들어진 곳도 있다.
>
> – 칼 세이건, 『연결된 우주: 외계인의 관점』

릭 델란티는 아주 상쾌한 아침을 맞이했다. 정사각형 모양의
햇빛이 팔을 따라 기어오르고 있었다. 이곳에서는 매 90분마다
한 번씩 상쾌한 아침이 찾아왔다. 그것은 전혀 싫증나지 않았다.
그는 튜브에 소변을 본 후 아폴로에서 해머랩으로 이동했다.

해머랩의 대형 관측 창에는 망원경, 카메라, 기타 각종 기재가
가득했다. 그것들을 사용하려면 벽에 붙은 손잡이를 쥐고 허공을
유영해야 했다.

조니와 레오닐라는 컴퓨터에 데이터를 입력하고 있었다. 그녀
는 머리 위를 쳐다보더니 재빠르게 말했다.

"릭, 안녕하세요."

그러나 릭이 미소로 대꾸할 틈도 없이 재빠르게 다시 고개를
숙이고 일을 했다.

릭도 일을 할 시간이다. 하지만 릭은 여전히 반쯤 관광객이었고, 새벽 혜성의 모습을 보고 싶었다. 그는 현재 사용하지 않고 있는 관측용 망원경으로 갔다. 렌즈 내부에 대형 편광필터가 부착되어 있어서, 눈부심 없이 혜성을 정면으로 관측할 수 있었다.

풍경은 마치 데이글로에서 제작한 아주 세련된 네온사인 같았다. LSD에 취해서 깊은 나락으로 끝없이 떨어지는 것이 이런 느낌일 것 같다. 꼬리에서는 빛이 게으르게 바깥쪽으로 흘러나가고 있었다. 마치 월식처럼 말이다. 그리고 그 한가운데는 산산이 부서진 야수의 심장 같았다.

조니가 말했다.

"휴스턴. 현재 기체가 약간 흔들리고 있다. 그쪽 원격측정기에도 데이터가 입력됐을 것이다. 그리고 해머는 여전히 활동이 있지만, 태양 궤도로 접어든 후에는 훨씬 움직임이 약해졌다. 지난 관측 시 딱 한 번 폭발이 있었는데, 어제의 대형 폭발보다 훨씬 작다."

"해머랩, 도플러 속도계 수치에 오류가 있는 것 같다. JPL에서는 식별 가능한 가장 큰 핵 조각의 광학적 추적을 요청했다. 가능하겠나?"

"시도해보겠다, 휴스턴."

릭이 말했다.

"제가 하겠습니다."

그는 망원경의 해상도를 높이고 어둠 속을 들여다보았다.

"레오닐라. 도와주겠소? 내가 부르는 결과 값을 입력해주시오."

"좋아요."

그녀가 말했다.

"표시, 표시, 제외, 표시, 표시……."

조니가 계속 보고했다.

"휴스턴, 핵은 현재 펼쳐져 있고, 코마는 엄청나게 거대하다. 컴퓨터에 각지름을 입력했더니 140,000킬로미터라는 결과가 나왔다. 그건 목성과 같은 크기다. 전혀 알지 못하는 사이에 지구를 감쌀 수도 있다."

찰리 샤프의 목소리가 조니의 말을 막았다.

"어리석은 소리. 중력으로 조각조각 찢어져……."

찰리 샤프의 목소리가 점점 흐릿해졌다.

조니가 말했다.

"휴스턴, 감도가 나빠진다."

릭이 망원경에서 눈을 떼지 않은 채 말했다.

"저건 휴스턴이 아닙니다. JPL의 샤프 박사 목소리잖아요. 표시, 표시, 표시……."

"아무튼 휴스턴을 통해 발신된다. 젠장, 혜성의 입자가 전리층을 엉망으로 만들고 있군. 이 물질들이 지나가는 시점까지 통신 장애가 잦을 것 같아. 우리 관측 결과를 확실하게 기록하도록 해. 통신으로 전송되지 못할 수 있으니까 말이야."

"알았습니다."

릭은 계속 망원경을 들여다봤다. 햄너−브라운의 핵은 넓게 산개해 있어서, 선택한 핵의 중심에 정확히 십자선을 맞추기 어려웠다. 자동 추적 시스템을 사용하기에는 대비가 너무 약해서 육안으로 수행할 수밖에 없었다. 릭은 헛웃음이 나왔다. 우주에 나온 인간이 이렇게 물리적으로 혹사해야 하나?

"표시, 표시……."

두껍고 반짝이는 먼지들이 느릿느릿하게 움직였고, 산 같은 바위들이 날아다녔고, 수많은 작은 입자들이 아무 질서 없이 광압에 반응해서 무작위로 움직이며 화학 반응을 지속했다. 그것은 태고의 혼돈 같은 모습이었다. 릭의 입에 침이 고였다. 그는 우주선을 타고 그 속으로 날아 들어가, 저 산 같은 바위 덩어리 중 하나에 착륙해서 걷고 싶었다. 저것이 초속 팔십 킬로미터의 속도로 날아오고 있다는 사실은 전혀 실감나지 않았다.

나사에서 그렇게 훌륭한 유인 우주선을 개발하려면 앞으로도 수십 년이 걸릴 것이다. 만들기나 할지 모르겠고, 완성됐다고 해도 그때쯤 릭은 지친 늙은이가 되어 있을 것이다. 하지만 이번이 마지막 우주 비행은 아니겠지. 조만간 다음번 우주비행선이 준비될 것이다. 의회의 잡것들이 예산을 자기 선거구로 빼가지만 않는다면 말이다.

표트르는 분광기 앞에서 계속 작업을 했다. 그는 관측을 마치고서 말했다.

"오늘 아침 스케줄은 정말 사람 죽이는 것 같소. 우주선 외부의 최종 점검도 필요한 것 같은데…… 진행하겠소? 두 시간 남았습니다."

그러자 조니가 말했다.

"정신 나간 소리하지 마시오! 바깥으로 나가면 안 됩니다. 저 속도로 날아오는 눈송이들이 해머랩에는 상처를 내지 못하겠지만, 당신 우주복에 주먹만 한 구멍을 뚫을 것은 확실합니다."

조니가 컴퓨터 출력물을 읽으면서 눈살을 찌푸렸다.

"릭, 그 광학적 관측 결과 말인데, 어느 물체를 관측한 건가?"

릭이 말했다.

"핵의 가운데 부분에 있는 큰 조각입니다. 그들이 요청한 대로죠. 왜 그러십니까?"

"아무것도 아냐."

조니가 마이크를 켰다.

"휴스턴, 휴스턴, 방금 보낸 관측 결과를 받았나?"

"……잡음으로…… 삑삑거린다…… 수신 불가…… 재송 바람……."

릭이 물었다.

"대체 왜 그럽니까, 조니?"

조니가 주의 깊게 말했다.

"휴스턴과 JPL은 혜성이 9,000킬로미터 거리를 두고 비껴갈 거라고 했지. 방금의 관측을 기초로 내가 얻은 결과는 달라. 그 거리가 사 분의 일로 줄어들어. 지상 본부의 컴퓨터가 훨씬 연산 능력이 뛰어나겠지만, 관측 정보는 우리 쪽이 정확해."

릭이 자신감 없는 목소리로 말했다.

"젠장. 그래도 여전히 2,000킬로미터를 비껴간다고요!"

조니가 말했다.

"우리 도플러 속도계의 안테나에 결함이 없어야 할 텐데……."

표트르가 말했다.

"내가 나가서 작업하고 오겠소."

조니가 단호하게 말했다.

"안 돼요. 아직 우주에서 비행사가 죽었던 적이 없잖소! 왜 첫 번째 희생자가 되고 싶어 하는 거요?"

레오닐라가 물었다.

"지상 통제본부에 물어봐야 하지 않을까요?"

"내가 전권을 받았습니다. 그리고 내가 안 된다고 했습니다."

표트르는 아무 말도 하지 않았다.

릭은 소련이 이미 우주에서 비행사를 잃었던 것을 기억했다. 지구로 재진입하던 소유즈 우주선에 탑승한 비행사 세 명이 죽은 것은 전 세계가 알고 있다. 그리고 보드카를 마신 자리에서만 은밀히 회자되는 몇 명의 비행사에 대한 소문도 있다. 릭은 새삼스럽게 나사가 지나치게 조심하는 것은 아닌지 자문했다. 안전에 조금만 덜 집착한다면 미국은 더 일찍 달에 도착해서 훨씬 많은 탐사와 연구를 진행했을 것이다. 물론 한두 명의 순교자가 생겼을 테지만. 달 탐사를 위해서는 아주 많은 돈이 들어가지만, 인기를 감안하면 오히려 저렴하다고 할 수 있었다. 하지만 아폴로 14호*가 도착할 때쯤 그것은 지루해졌다. 같은 일이 너무 반복된 것이다. 어쩌면 우리가 할 일이 그것이다. 조니가 고장 난 스페

---

* 1971년 달에 착륙한 세 번째 유인우주선.

이스랩의 날개 수리를 위해 우주로 기어나간 사진. 어쩌면 세상에서 가장 외로운 죽음을 맞이할지도 모르는 한 사내의 사진은, 닐 암스트롱의 도약만큼이나 우주 탐사 프로그램의 기폭제가 되었다.

신호음이 들렸다. 곧이어 다른 신호음이 들리고, 모니터 보드에 붉은 경고등이 켜졌다.

릭은 반사적으로 행동했다. 해머랩 여기저기에 놓인 붉은 칠이 된 상자 중 가장 가까운 곳으로 이동해서, 상자에서 한 면에 접착제가 발라져 있는 평평한 철판과 큰 고무판을 꺼냈다.

조니가 말했다.

"구멍 뚫린 것이 아니다. 모래야. 지금 우리는 모래 폭풍에 얻어맞고 있지."

그는 상황판을 보면서 인상을 찌푸렸다.

"그리고 태양열 발전기의 가동률이 줄고 있다. 표트르, 관측 도구는 모두 덮개를 폐쇄시켜주시오! 혜성이 근접했을 때를 대비해서 관측 도구를 보호해야 합니다."

"알았소."

표트르가 말했다. 그는 관측 도구를 향해 이동했다.

릭은 만일을 대비해서 수리 자재의 곁을 떠나지 않았다. 만일을 대비해서 말이다.

표트르가 우주 캡슐의 반대쪽 끝에서 말했다.

"핵의 크기가 얼마나 될지 정확히 말할 수 없겠지만…… 핵이 얼마나 넓게 분산되었는지 예측해야 하지 않겠습니까? 내 생각에 엄청난 속도의 자갈이 지구와 충돌할 가능성이 높아요."

조니가 말했다.

"나도 그 생각을 하고 있었습니다. 지금까지는 불규칙한 좌우 운동으로 혜성의 진로가 바뀌기만 기다리고 있었죠. 네, 불규칙 운동의 현상이 없어진 것은 아니지만, 궤도가 바뀌기에 충분할까요? 어쩌면 우리는 임무를 중단해야 할지도 모릅니다."

잠시 침묵이 흘렀다.

레오닐라가 말했다.

"안 돼요."

릭이 덧붙였다.

"나도 그렇소. 누구나 마찬가지 아닙니까? 임무를 중단하고 싶은 사람 있어요?"

표트르가 말했다.

"나도 아니오."

조니가 말했다.

"만장일치군요. 하지만 민주주의로 될 일은 아닙니다. 우리는 전력 대부분을 상실했소. 곧 여기는 더워질 겁니다."

"준장님은 스페이스랩 밖에서 날개를 고친 적이 있었죠. 준장님이 예전에 했다면 지금도 할 수 있습니다. 그리고 준장님이 했다면 우리도 할 수 있고요."

조니가 말했다.

"그렇지. 하지만 자네는 그 복구 장비 곁에서 대기하게."

"네, 알겠습니다."

몇 분 후 햄너–브라운의 핵이 지구 뒤편에 가려 보이지 않았다. 흐릿하게 요동치는 빛무리 속에서 달이 떠올랐다. 레오닐라가 아침 식사를 내왔다.

✤

새벽이 됐다. 하비는 잔디밭에 꺼내 둔 안락의자에 앉아 있었다. 그의 곁에는 담배와 커피를 올려둔 테이블 하나, 그리고 휴대용 텔레비전을 올려둔 테이블이 하나 있었다. 새벽의 빛이 일생에 한 번 있을 거대한 천체 쇼의 막을 내렸다. 하비는 조금 지치고, 조금 취해 있었다. 직장에서의 하루 일과를 시작할 준비는 전혀 되어 있지 않았다. 그리고 두 시간이 지났지만 하비의 상태는 그대로였다.

하비가 로레타에게 말했다

"이보다 더한 몰골로도 일하러 간 적이 있어. 그리고 밤을 새울 가치가 있었어."

"다행이네요. 그런데 진짜 운전할 수 있어요?"

"물론이지."

한두 번 했던 말다툼이 아니었다.

"오늘은 어디로 갈 건가요?"

하비는 로레타의 목소리에 담긴 걱정을 알아차리지 못했다.

"그걸 결정하기는 정말 힘들었어. 가고 싶은 장소가 정말 여러 곳이야. 젠장. JPL에는 과학부 소속 기자들이 갈 거야. 휴스턴의 괜찮은 스태프들이 참여하겠지. 그래서 나는 시청부터 가려고 해. 벤틀리 앨런 시장과 공무원들이, 시민 절반이 고지대를 찾아 탈출을 벌이는 와중에 침착하게 도시를 지키고 있을 테니."

"하지만 거긴 멀리 있는 시내 중심가잖아요."

그제야 하비는 로레타의 걱정을 알아차렸다.

"그래서?"

"만약 정말 충돌하면 어떻게 해요? 몇 킬로미터이나 떨어져 있는데 대체 어떻게 돌아올 거예요?"

"로레타, 혜성은 충돌하지 않아. 들어봐."

그녀의 목소리가 높아졌다.

"수영장에 물을 가득 채워 뚜껑을 덮어놓고 쓰지도 못하게 했어요. 말린 쇠고기를 이백 달러어치는 사다가 육포를 만들었고요. 아이는 산으로 보냈고, 당신 차고에는 값비싼 술을 잔뜩……."

"로레타!"

"우리는 그런 술을 마시지도 않아요. 그리고 저 고기들은, 굶어죽을 지경이 아니면 아무도 먹고 싶어 하지 않을 거예요. 우리가 굶어 죽을까봐 걱정해서 그런 것 아니에요? 내 말 틀려요?"

"아니, 여보. 확률은 수백 분의 일……."

"하비, 제발요. 오늘은 집에 있어요. 이번 한 번만요. 당신이 어디를 가든 내가 귀찮게 한 적 한 번도 없잖아요. 당신이 베트남으로 자원해서 출장을 갈 때도 불평 안 했어요. 페루를 갈 때도 불평하지 않고, 알래스카 출장을 삼 주 연장했을 때도 불평하지 않았어요. 당신 아이를 기르면서 투덜댄 일도 없다고요. 아이가 제 아빠 얼굴을 좀처럼 못 보고 자랐지만 말이에요. 당신에게 직업이 나보다 중요하다는 건 알아요. 하지만 제발, 하비. 나는 당신에게 아무 의미도 없나요?"

하비는 그녀의 어깨를 잡고 끌어당겼다.

"오, 주여, 당신이 그렇게 느끼고 있었단 말이야? 당신은 중요해. 직업 따위는 당신만큼 중요하지 않아."

직업은 단지 돈을 벌기 위해서일 뿐이야. 그는 생각했지만, 입을 열어 말을 할 수는 없었다. 그리고, 돈이 필요 없다는 말도 할 수가 없었다.

"그러면 오늘은 집에 있을 건가요?"

"그럴 수는 없어. 정말로 그럴 수가 없어. 로레타, 이 다큐멘터리는 성공하고 있어. 정말 큰 성공이야. 어쩌면 ABC 방송국에서 스카우트 제의를 받을지도 몰라. 조만간 새로운 과학 프로그램 기획자가 필요하게 될 테니까. 그러면 정말 큰돈을 벌게 될 거야. 책을 쓸 기회를 얻을 수도 있어."

"당신은 밤새 잠을 자지 않았어요, 하비. 어딘가를 갈 수 있는 상태가 아니에요. 그리고 나는 무섭단 말이에요."

하비는 그녀를 꼭 껴안고, 강하게 입을 맞췄다. 그래, 모두 내 잘못이야. 내가 그런 물건들을 사 모았는데 어떻게 겁을 먹지 않을 수 있겠어. 하지만, 해머의 날을 집에서 보낼 수는 없어.

"알았어. 시청에는 나 대신 다른 사람을 보낼게."

"좋아요!"

"그리고 촬영 스태프를 데리고 UCLA로 가겠어."

"그냥 여기 있으면 안 돼요?"

"그럴 수는 없어, 로레타. 별 건 아니지만, 남자의 자존심이라고 표현해도 좋아. 모두에게 위험이 없다고 말하고 다녔는데, 막상 당일에는 집 안에 있었다고 할 수 없잖아. 그래서, 인터뷰 몇 건을 할 거야. 그리고 로스앤젤레스 시내에는 해머가 지나간 후에 갈 거야. 여기서 십 분이나 십오 분 이상 걸리는 곳은 가지 않을 거야. 만약 무슨 일이 생긴다면 즉시 집으로 돌아올 수 있도록 말이야."

"좋아요. 하지만 당신 아직 아침을 먹지 않았어요. 날씨도 별로 안 좋잖아요. 보온병을 채워둘게요. 그리고 트래블-올에다 맥주도 넣어둘게요."

그는 얼른 식사를 했다. 그녀는 아무것도 먹지 않고 하비가 식사하는 모습을 쳐다봤다. 하비가 농담을 하자 그녀는 웃음을 터뜨렸다. 그리고 내리막길을 운전할 때 조심하라고 말해줬다.

⚜

아폴로의 통신 상태는 여전히 나빴다. 대부분의 보고는 녹음기에 대고 할 수밖에 없었다. 현재는 모래 폭풍이 너무 심해서, 광학 관측도구들의 활용도가 떨어졌고, 그들은 컬러텔레비전과 연결된 대형 망원경은 아껴두고 있었다. 녹화된 영상을 지구에 보내기 위한 시도는 계속했지만 원활하지 않았다. 그들이 녹화해두는 결과물은 나중에 매우 중요한 자료가 될 것이다.

릭이 보고했다.

"태양 전지 충전율이 25퍼센트까지 하락했습니다."

조니가 말했다.

"배터리를 아껴야겠군."

"로저."

우주선 내부가 점점 더워졌다. 하지만 전기는 녹화장치 및 다른 관측장비에 사용해야 했다.

표트르는 발신기를 조작하면서, 바이쿤야르의 응답을 받기 위해 최선을 다했다. 운이 없다. 레오닐라는 관측 창 바깥을 내다보면서 녹음기에 대고 빠르게 속삭이듯 말했다. 그것은 마치 매끄러운 노래 같았다. 그냥 그녀가 노래를 부르도록 놔두면 어떨까. 안 될 건 뭔가. 어차피 언어로써 혜성 내부를 묘사할 수도 없지 않은가.

이제 그들은 햄너-브라운의 향후 경로에 대해 휴스턴만큼 알지 못했다. 휴스턴과 마지막 교신에서 휴스턴은 혜성이 일천 킬로미터를 두고 스쳐갈 것이라고 했다. 하지만 릭은 그들이 산출한 결과에 대해 의문이었다. 휴스턴의 결과 값은 그가 육안으로 관측한 데이터를 활용해서 도출한 것일까? 만약 그렇다면, 그가 관측 대상으로 삼았던 가장 거대한 바위 덩어리는 일천 킬로미터를 두고 스쳐가겠지만, 거대한 구름을 형성하고 있는 저 자갈 같은 고체들은 어쩌면…… 아니다. 고체들의 구름의 폭이 일천 킬로미터나 되지는 않겠지. 그래, 그렇게까지 크지는 않을 것이다.

레오닐라가 녹음기에 대고 말했다.

"이제 우리는 코마 안에 들어와 있습니다. 특별한 증거가 있는 것은 아니며, 별다른 화학 반응이 일어나는 것도 아닙니다. 하지만 이곳에서는 지구의 궤적이 혜성이 남긴 연무를 관통하는 기나긴 터널처럼 보입니다."

릭은 그 마지막 말을 귀에 담았다. 훌륭하다. 만약 지구 전체에 생중계되는 방송을 할 기회가 있다면 저 말을 써먹어야겠다.

그들은 모두 녹음기에 이런저런 말을 녹음하면서 한편으로 각자의 임무를 수행했다. 릭은 휴대용 캐논 카메라의 자동 노출 기능이 정상 작동하기를 바라면서 마구 사진을 찍고 최대한 빠르게 필름을 교체하다가, 카메라 조작을 수동 모드로 바꾼 후 조리개와 셔터 속도를 바꿔가면서 다시 사진을 찍어 나갔다.

상황판에서 요란한 신호음이 났다.

릭은 관측 창 너머로 바깥을 봤다. 대여섯 개의 거대한 바위, 그보다 훨씬 많은 작은 덩어리, 그리고 셀 수 없이 많은 작고 반짝이는 점들이 진주 빛 안개 속에 뒤섞여 있었다. 조니가 그의 뒤에서 말했다.

"사냥감인 오리의 눈에는 산탄총의 총탄이 저렇게 보이겠지."

릭이 말했다.

"좋은 표현이네요."

"그래. 좋지 않은 표현이면 좋겠는데."

표트르가 말했다.

"레이더에서 모든 신호가 사라졌습니다."

26

"로저. 그만 포기하고 육안으로 관측합시다."

조니가 말을 이었다.

"휴스턴, 휴스턴, 내부 텔레비전을 통해 영상 수신했는가?"

"로저, 해머랩…… JPL…… 샤프 박사가 아주 좋아한다. 더 많은…… 송출 전력을 높여서……."

"해머가 더 근접했을 때 송출 전력을 높이겠다. 배터리가 부족하다."

조니가 말했다. 그들이 수신했는지는 알 수 없다. 조니는 상황판을 바라봤다. 거대한 고체는 앞으로 십 분 후 가장 근접할 것이고, 이십 분이 지나면 이 모든 것이 지나쳐갈 것이다.

"오 분 후, 송출 전력을 높이겠다. 반복한다. 오 분 후 송출 전력을 최대로 높이겠다."

그때 밖에서 요란한 소리가 울렸다. 쨍그랑!

조니가 말했다.

"무슨 소리요?"

표트르가 말했다.

"우주선 내부 기압은 변화 없소. 해머랩, 소유즈, 아폴로, 세대 모두 정상 기압 유지되고 있습니다."

"다행이군요."

릭이 웅얼거렸다. 그들은 아폴로와 소유즈가 연결된 에어로크를 닫아뒀다. 그것은 합리적인 대응이었다. 릭은 아무튼 복구 장비 옆에 대기하고 있었다. 현재는 해머랩이 가장 거대한 목표물이었다.

그런데 대체 엔지니어들이 복구 장비의 크기를 설계한 기준이 뭘까? 이 복구 장비의 크기까지는 구멍이 나도 복구 가능하다는 의미일까? 반대로 이보다 조금이라도 큰 구멍이 나면 즉시 끝장인 걸까? 제기랄, 아무려나. 릭은 다시 사진을 찍기 시작했다. 캐논 카메라의 렌즈를 통해 그는 거품 같은 얼음이 가득한 우주를 들여다봤다. 광대한, 아주 느린 산탄총의 총탄들이 접근하고 있었다. 좌우 운동은 거의 없이, 해머랩을 향해 직선으로 다가오고 있었다.

"이런 젠장, 조니, 다가오고 있습니다."

"로저. 표트르, 대형 망원경 커버를 열어요. 나는 송출 전력을 최대로 높이겠습니다. 휴스턴, 휴스턴, 지구가 혜성의 핵 접근 경로 상에 위치했다. 다시 말한다. 지구가 혜성의 접근 경로 상에 위치했다. 지구와 충돌 가능성 있는 물체의 크기는 산정 불가능하다."

레오닐라가 말했다.

"표트르 준장님, 모스크바에도 확실하게 메시지를 전달해야 해요."

그녀의 목소리는 다급했고 두려움이 담겨 있었다.

릭이 의아해했다.

"예?"

레오닐라가 말했다.

"혜성은 지구의 동쪽을 지나가고 있어요. 미국이 더 많이 노출되어 있지만, 소련에도 많은 물체들이 접근하게 될 거예요. 의도

적인 오해의 가능성이 너무 커요. 일부 미치광이들이⋯⋯."

표트르가 말했다.

"대체 무슨 이야기를 하는 거요?"

"사실인 것을 알잖아요."

그녀가 소리쳤다.

"일부 미치광이들 말이에요. 위대한 스탈린 동지가 불멸이 아니었다는 이유로 내 아버지를 살해한 미치광이 같은 자들 말이에요. 그런 자들의 존재를 숨기지 말아요!"

표트르가 콧방귀를 뀌었다.

"어처구니없는 소리군."

그러나 표트르는 통신 콘솔 앞으로 갔다. 릭이 듣기에 그는 아주 다급하게 말을 하고 있었다.

해머 충돌: 첫 번째

이카루스라는 이름의 소행성의 접근은 1968년 세계 종말의 공포가 퍼지는 작지만 확실한 출발점이었다. 이미 1968년에 전 세계적인 연쇄적 대재앙이 시작된다는 소문은 많이 있었다. 소행성 이카루스가 지구를 향하고 있으며 가장 가까이 접근하는 것이 1968년 6월 15일이라는 소문이 유포되면서, 다른 세계 종말에 대한 소문과 결합되기 시작했다. 캘리포니아의 히피들은 콜로라도 산으로 올라갔다. 그들은 소행성 충돌로 캘리포니아가 바다 속에 가라앉을 테니, 그 전에 안전한 고지대로 가야 한다고 했다.

— 다니엘 코헨, 『어떻게 세계가 종말할 것인가』

"오, 백성들이여! 마태복음을 보십시오! 그 환난 후에 해가 어두워지며 달이 빛을 내지 아니하며 별이 하늘에서 떨어진다고 하지 않았습니까? 바로 그때가 지금 다가오고 있지 아니합니까? 회개하십시오, 백성들이여! 회개하십시오. 그리고 주님의 임하심을 보십시오. 해머가 이제 사악한 지구에 떨어질 것입니다. 예언자 미가의 말씀을 들으십시오. 여호와께서 그의 처소에서 나오시고 강림하사 땅의 높은 곳을 밟으실 것이라. 그 아래에서 산들이 녹고 골짜기들이 갈라지기를 불 앞의 밀초 같고 비탈로 쏟아지는 물 같을 것이니. 주께서 임하실 것입니다. 주께서 지구를 심판하러 임하실 것입니다. 의로서 세계를 판정하시며 공평으로서 백성을 심판하시리로다!"

"헨리 아미티지 목사의 '때가 오도다'를 청취하셨습니다. 저희 방송과 '때가 오도다'는 모두 여러분의 후원으로 유지되고 있습니다. 친절한 후원자 여러분께 주님의 은총이 가득하시기를 빌겠습니다. 더 이상의 후원은 필요하지 않습니다. 때가 오고 있으며, 그때가 바로 지금이기 때문입니다."

❖

밝고 구름 한 점 없는 하루였다. 바다로부터 시원한 바람이 불어 로스앤젤레스 저지대는 상쾌하고 시원했다.

정말 좋은 날씨군, 팀은 생각했다.

하지만 팀의 기분은 아주 끔찍했다. 환상적인 밤하늘을 관측할 최적의 장소는 산이라는 판단에 그는 지난 주 내내 자기 소유의 앤젤레스 포레스트 관측소에 머물렀다. 하지만 햄너−브라운이 근접했을 때 최적의 관측 장소는 다름 아닌 우주였다. 자신이 우주로 나갈 수 없다면 차선책은 컬러 영상으로 보는 것이다. 찰리 샤프 박사에게 자신을 JPL로 초대하도록 설득하는 것은 그다지 어렵지 않았다.

그는 9시 30분까지 JPL에 도착하기로 했다. 그날, 깨끗한 하늘에 드리워진 밝은 벨벳 리본 같은 빛을 보느라 새벽까지 잠을 이루지 못했기 때문에, 깊은 잠에 빠지지 않기 위해 침대에 가지 않고 소파에 잠시 누웠다. 몇 분간 잠시만 쉴 생각으로 말이다.

그리고 너무 많이 자버렸다. 그는 멍한 머리에 잠이 덜 깬 눈으로 벤투라 고속도로에서 패서디나 방향으로 레이스를 벌였다. 늦게 출발했지만 제 시간에 도착할 것 같았다. 도로에 차량이 거의 없었다.

"바보들."

팀이 혼잣말을 했다. 해머 열병이다. 수천 명의 앤젤레스 시민들은 고지대로 올라갔다. 고속도로의 교통량은 이번 주 내내 아주 적었다. 마크의 재기발랄한 표현을 빌리면 이번 주 화요일은 핫 퍼지의 화요일인데, 그걸 감안하면 교통량이 매우 적었다.

전면에 빨간 불빛이 깜빡였고 차량의 속도가 느려졌다. 팀은 욕을 했다. 바로 앞에 큰 트럭이 있어 전방의 상황을 정확히 알수 없었다. 그는 우측 차선으로 끼어들어 가서 녹색 포드 승용차에 탄 마음씨 좋아 보이는 할머니의 앞에 끼어들었다. 그러자 할머니가 끔찍한 욕설과 저주를 퍼부어 댔다.

앞에서 무슨 일이 생긴 거지? 차량 통행이 완전히 정지된 것 같았다. 시야가 닿는 모든 곳에는 차가 멈춰 서 있었다. 기나긴 주차장 같았다. 골든 스테이트로 이어지는 길이 다 이런 상태 같았다.

"젠장."

뒤를 돌아봤다. 교통경찰은 보이지 않았다. 그는 갓길로 나가서 빠르게 직진하며 멈춰 선 차들을 지나치다가 진출 차선으로 올라갔다. 오른 편에 한때 동요와 이야기 속의 무시무시한 장소였으나 이제는 할리우드언덕의 식민지가 된 포레스트론 공동묘지가 있었다. 그쪽으로 이어진 도로에도 차량이 가득했다.

팀은 핸들을 돌려서 고속도로의 아래쪽으로 내려갔다. 그가 도착한 곳은 버뱅크의 다운타운이었다. 그의 얼굴은 걱정과 분노로 흐려져 있었다. 핫 퍼지 선데이가 접근하는 화요일인데, 관측소에 있지 않은 것만도 충분히 나쁜데, 이런 장소라니! 이제 혜성은 지구에 가장 가까이 접근하고 있다.

"이럴 수는 없어!"

팀이 고함을 질렀다. 행인들이 그를 쳐다봤다가 시선을 피했으나, 팀은 신경 쓰지 않았다.

"이럴 수는 없다고!"

⚜

폭풍과 재앙의 기류가 흐르고 있었다. 아일린은 유령의 손이 목과 머리카락을 쓰다듬는 느낌을 받았다. 출근길의 도로에는 그런 느낌이 보다 구체적인 형태로 목격됐다. 교통량이 많지 않았지만 사람들은 난폭하게 운전했다. 그들은 엉뚱한 곳에서 끼어들기 싸움을 했고, 느리게 반응하거나, 지나치게 민감하게 반응했다. 많은 U-하울의 이삿짐 트럭이 가재도구를 잔뜩 싣고 달렸다. 전쟁 난민의 모습을 담은 기사들이 떠올랐다. 다만 아시아와 아프리카의 난민들의 짐에는 새장이나 뷰티레스트 침대 매트리스나 스테레오 오디오 따위는 없다.

트레일러 한 대가 벤투라 고속도로 동쪽 외곽에서 전복되어 차선 세 개를 모두 막고 있었다. 그쪽 차선에서는 갓길을 통해 몇 대씩만 간신히 빠져나갈 뿐, 대부분의 차들은 가재도구가 뒤엉킨 현장에서 꼼짝없이 갇혀버렸다. 트레일러를 끌던 소형 픽업트럭은 추월 차선에서 반대편 폭스바겐과 충돌한 상태였다.

다행이다. 난 이미 골든 스테이트를 지나왔구나. 오늘 아침에 패서디나로 가는 사람들은 정말 불쌍하다. 그리고 그녀는 트레일러와 트레일러의 주인을 저주했다. 그녀의 차선에 있던 차들이 사고 현장을 멍하게 바라보느라 속도를 줄이고 있었기 때문이었다. 버뱅크로 나가는 진출차로까지 구십 미터를 이동하는 데 오분이 걸렸다. 그녀는 진출차로를 나선 다음 경찰이 없는 것을 확인하고 맹렬하게 속도를 높였다. 그녀는 사무실 주차장까지 도착한 후 안도의 한숨을 내쉬었다. 주차장에는 그녀의 이름이 적힌 전용 공간이 있었다. 코리건이 약속을 지킨 것이다.

코리건 배관자재회사의 매장은 슈퍼마켓 바로 옆에 있었는데, 상점 입구는 작았지만 뒤편에 딸린 물류창고가 몇 개 블록을 가로지를 정도로 컸다. 매장 입구는 파란색과 갈색의 플라스틱에 크롬으로 마감되어 있었다. 크롬은 언제나 광택이 반질반질하게 유지되고 있었다. 그 광택은 아일린의 철학이었다. 입구의 첫인상은 기업 고객들에게 약속을 이행할 수 있다는 자신감의 표현이자 품질에 대한 신뢰이며, 고객들이 신뢰를 가지면 가격 협상에 덜 집착하게 된다.

회사의 정문은 이미 열려 있었다.

"안녕하세요!"

"안녕하시오."

코리건이 자신의 전용 사무실 바깥으로 나왔다. 그를 따라 커피 향기가 흘러나왔다. 아일린은 예전에 타이머 방식의 자동 사일렉스 방향제를 설치하고 저녁 퇴근 전에 타이머를 조작했다. 그 덕택에 아침마다 코리건의 기분이 눈에 띄게 좋아졌다. 하지만 오늘 아침은 아닌 모양이었다. 그가 물었다.

"왜 늦었소?"

"차가 막혔어요. 벤투라 고속도로에 사고가 났더군요."

"흠."

"걱정했나요?"

아일린의 말에 코리건이 인상을 찌푸리더니 조금 멍청한 미소를 지었다.

"그래요. 솔직히 말해서 당신이 오지 않을까봐 겁이 났소. 매장 직원은 아무도 출근하지 않았고, 창고에도 세 명밖에 안 나왔소. 라디오 뉴스를 들어보니 시내 대부분의 상점에서 직원이 절반도 출근하지 않았다고 그러던데."

"출근한 사람들도 모두 겁에 질려 있죠. 우리처럼."

아일린은 코리건을 지나 자신의 개인 사무실로 들어갔다. 책상에 새로 깐 유리 표면이 거울처럼 반짝였다. 테이프 레코더를 책상 위에 내려놓고 열쇠를 꺼냈지만 서랍을 열지는 않았다. 대신 매장 입구 쪽으로 다시 나갔다.

"오늘은 제가 고객 안내 데스크를 맡을게요."

코리건이 어깨를 으쓱했다. 그는 대형 통유리 창문 바깥을 내다보며 말했다.

"어차피 손님이 없을 거요."

아일린이 말했다.

"열 시에 오기로 한 손님이 있어요. 우리가 설치만 해준다면 건설 중인 건물의 화장실과 부엌 마흔 개에 필요한 자재를 구입하기로 했거든요."

코리건이 고개를 끄떡였지만 듣고 있는 것 같지는 않았다. 그가 창문 바깥을 가리키며 말했다.

"저건 도대체 뭐지?"

아일린은 바깥을 내다봤다. 흰 망토를 뒤집어쓴 사람들이 줄지어 행진하며 노래를 부르고 있었다. 그들은 서로 쇠사슬로 묶고 있었다. 디즈니 스튜디오나 NBC 방송국이 가까운 위치에 있는데 그들은 종종 버뱅크 시내에서 촬영을 진행했다. 아일린은 어깨를 으쓱하며 말했다.

"'렛츠 메이크 딜*의 괴짜 방청객들 같은데요?"

코리건이 말했다.

"시간이 너무 이르잖소."

"그러면 디즈니겠죠. 먹고 살려면 멍청한 짓을 해야 하는 사람들요."

"촬영하는 사람이 없지 않소."

코리건이 말했다. 그는 별로 흥미가 없는 것 같았다. 그는 잠시 밖을 바라봤다.

---

* 방청객들이 괴상한 옷을 입는 것으로 유명한 버라이어티쇼.

"당신, 그 부자 남자친구가 아무 말 없었소? 그에게 오늘은 특별한 날이잖소."

순간적으로 아일린은 끔찍한 외로움을 느꼈다.

"한동안은 아무 말도 못 듣겠죠."

그리고 그녀는 서류철에서 컬러로 촬영한 샘플 사진들을 꺼내, 매력적인 각도로 배열했다. 당신의 고객이 꿈꾸던 바로 그 욕실!

❖

팀은 버두고힐스를 눈앞에 두고 있었다. 이 산은 샌퍼난도밸리를 가로지르고 기슭의 도시들과 버뱅크 시의 경계선을 이룬다. 이 부근 어딘가에 패서디나 북쪽으로 연결되는 새로운 고속도로가 있지만, 정확히 어디에 있는지는 알지 못했다. 앨라메다 대로는 다행히 차가 잘 빠졌지만, 전혀 기쁘지 않았다.

"제기랄!"

팀은 소리를 질렀다. 몇 달 동안 기다려온 자신의 혜성이 초당 팔십 킬로미터의 속도로 접근하고 있는데, 그는 월트디즈니 스튜디오 곁에서 운전이나 하고 있다. 마음속 한편으로는 우습다는 생각이 들었지만, 이 상황에서는 유머감각이 있다는 사실조차 전혀 반갑지 않았다.

앨라메다 대로를 통해 골든스테이트로 가자. 만약 통행이 원활하다면 그 길을 타고 다시 벤투라 고속도로로 돌아간다. 만약 통행이 원활하지 않으면…… 갓길을 타고 달려야겠다. 딱지를 끊든지 말든지.

그런데 대체 앞에 무슨 일이야?

녹색 불빛인데도 교차로에 차가 가득했다. 그게 전부가 아니었다. 빈 공간을 찾아 비집고 들어가려는 차, 교차로에서 꺾여져 나가려는 차, 중간의 골목으로 빠져나가려는 차도 있었다. 차는 점점 늘어났고, 차 사이를 헤집고 걸어 다니는 사람도 있었다. 젠장. 팀은 골목으로 빠져나가는 차들의 뒤를 따랐다.

곧 막다른 길에 갇혔다!

그가 들어간 곳은 거대한 주차장이었고, 거대한 배달 트럭이 잔뜩 서 있었다. 뒤에는 더 많은 차들이 따라붙고 있었다. 앞으로 갈 수도 없고 뒤로 돌릴 수도 없다. 팀은 거칠게 브레이크를 밟고 기어를 주차로 옮겼다. 그는 차 키를 뽑고 계기판을 두들기면서 몇 년째 기억도 못했던 욕설들을 쏟아냈다. 갈 수 있는 곳이 없다.

이제는 정말로 곤경에 빠졌군. 그는 차를 버리고 앨라메다 대로를 따라서 걸어갔다. 텔레비전 상점을 찾자. 만약 혜성을 방영하는 채널을 틀어두지 않았다면, 그 자리에서 텔레비전을 사버리겠다.

이제 앨라메다 대로는 차로 가득 찬 상태였다. 차의 범퍼와 범퍼가 붙어 있을 정도였고, 그 차들은 한 대도 움직이지 않았다. 갑자기 교차로 쪽에서 고함이 들렸다. 무슨 일이 벌어지고 있었다. 강도일까? 총격? 팀은 그중 어느 것도 아니기를 바랐다. 아니다. 그 고함 소리에는 공포가 아닌 분노가 담겨 있었다. 그리고 교차로에는 파란 제복의 경찰이 모여 있었다.

그리고 다른 사람도 있었다. 흰 망토? 흰 망토를 입은 사람이 팀에게도 다가왔다. 팀은 흰 망토를 피하려 했지만, 흰 망토는 팀의 길을 가로막았다.

많이 요란한 의상은 아니었다. 흰색 망토는 아마 침대 시트 같았고, 망토 아래는 평범한 옷이었다. 턱수염을 기른 젊은 남자는 미소를 짓고 있었는데, 길을 비킬 생각은 없어 보였다. 그가 말했다.

"선생님! 기도하세요! 루시퍼의 해머가 무사히 지나기를! 시간이 없습니다!"

"나도 압니다."

팀은 그를 비켜가려고 했지만, 남자는 계속 그를 가로막았다.

"기도하십시오! 주님의 분노가 우리를 향하고 있습니다. 때가 다가오고 있습니다. 바로 이곳으로 말입니다. 하지만 열 명의 의인이 있다면 주님은 이 도시를 구해주실 겁니다. 회개하고 구원받으시고, 이 도시를 지킵시다!"

팀이 물었다.

"당신들은 몇 명이나 됩니까?"

남자가 대답했다.

"일백 명의 혜성 감시단이 있습니다."

"열 명이 넘는군요. 그럼 나를 보내주시오."

"내 말의 뜻을 이해해주십시오. 우리 감시단들이 이 도시를 구할 겁니다. 우리는 벌써 몇 달째 기도하고 있습니다. 우리는 주님께 수천 명을 회개시키기로 약속했습니다."

그의 짙은 갈색 눈이 팀의 눈을 바라봤다. 그러더니 갑자기 팀을 알아봤다.

"당신이 바로! 당신이 바로 혜성을 발견한 팀 햄너군요! 당신을 텔레비전에서 봤습니다. 기도하십시오! 형제여! 우리와 함께 기도하십시오! 이 세계 전체가 알게 될 겁니다!"

"물론 알게 되겠죠. NBC가 바로 길 건너편이네요."

팀이 인상을 찌푸렸다.

두 명의 버뱅크 경찰이 '혜성 감시단' 뒤로 다가오고 있었다. 그들은 굳은 표정이었다.

덩치 큰 경찰이 물었다.

"이 사람들이 귀찮게 굴고 있습니까, 선생님?"

팀이 대답했다.

"네."

경찰이 미소를 지었다.

"잡았다!"

그는 흰 망토를 입은 사람을 움켜잡았다.

"당신은 묵비권을 행사할 권리가 있다. 만약……."

'감시단'이 말했다.

"그 쓸데없는 소리는 나도 다 알고 있소. 하지만, 저 사람을 보시오! 혜성을 발명한 바로 그 사람이오!"

팀이 말했다.

"혜성을 발명한 사람은 아무도 없소, 멍청하기는! 경관님, 근처에 혹시 텔레비전 상점이 있는지 아십니까? 나는 우주에서 전송된 혜성의 영상을 꼭 봐야 합니다."

"길 아래쪽으로 가십시오. 당신 성함과 주소를 알려주시겠습……."

팀은 명함 한 장을 꺼내 경찰에게 던져주고, 허겁지겁 교차로를 향해 달려갔다.

✢

아일린이 앉은 자리에서는 상점 앞 유리창 너머의 거리가 한눈에 보였다. 그녀는 조 코리건과 함께 앉아 커피를 마셨다. 이 교통 정체를 뚫고 여기까지 도착할 고객은 없을 것이다. 그들은 커다란 크롬 의자와 유리로 된 커피 테이블을 꺼내놓고 소풍 나온 사람들처럼 앉아서, 화난 사람들의 모습을 구경했다.

이 모든 원인을 제공한 자들은 흰 망토 차림의 남녀였다. 스물, 또는 서른 남짓의 흰 망토를 입은 남녀가 쇠사슬로 몸을 일렬로 묶고, 앨라메다 대로를 가로막고 있었다. 한쪽 가로등 기둥부터 길 건너편 전신주 사이까지 말이다. 그들은 찬송을 불렀다. 노래 소리는 처음 한동안 들어줄 만했지만, 흰 수염을 기른 리더가 경찰에게 끌려간 후에는 불협화음만 냈다.

인간 띠의 양쪽으로 모든 종류의 자동차가 마치 정어리처럼 빽빽하게 늘어섰다. 식료품을 사러 나온 낡은 포드 스테이션왜건, 유명 배우나 스튜디오 임원이 타고 있을 운전사가 딸린 메르세데스 벤츠, 캠핑카, 픽업트럭, 최신형 일본제 수입차, 셰비와 플리머스 더스터 등, 그 모든 차들은 빽빽하게 모여서 꼼짝도 하지 못했다. 대부분의 운전자는 빠져나가기를 포기한 상태였다. 흰 망토 차림의 전도사 한 무리가 멈춰 선 차들을 헤집고 다니면서 운전자들에게 설교를 했다. 화를 내는 사람도 있었고, 가만히 듣기만 하는 사람도 있었다. 간혹 차에서 내려 무릎을 꿇고 기도를 하는 사람도 없지 않았다.

코리건이 말했다.

"볼 만한 광경이군. 그런데 대체 저들이 왜 여기를 고른 거지?"

"NBC 방송국이 바로 곁에 있잖아요. 만약 혜성이 충돌하지 않고 지나간다면, 세상을 구원한 공로를 인정받고 싶겠죠. 최근 몇 년간 텔레비전에 저런 명청이들이 별로 나오지 않았었는데."

코리건이 고개를 끄떡였다.

"이번에는 제대로 큰 건을 터뜨리겠군. 마침 저기 방송국의 카메라가 왔소."

흰 망토의 전도사들은 카메라를 보자 두 배는 열심히 움직였다. 그들의 찬송은 잠시 멈췄다가 다시 시작됐다.

"주여, 임하소서."

전도사들은 빠르게 설교를 했다. 경찰을 피해 달아날 때는 연설 속도가 조금 줄었다. 푸른 제복의 경찰들은 빵빵거리는 차와 소리 지르는 운전사 사이를 헤치며 흰 망토를 쫓아 다녔다.

코리건이 말했다.

"기억할 만한 날이오."

"저 사람들은 이 모든 기억을 파묻어버리고 싶겠네요."

"그렇소."

교통 체증이 오래 지속될 것은 분명했다. 너무 많은 차들이 버려졌다. 흰 망토와 푸른 경찰 제복 사이로 스포츠 셔츠나 회색 플란넬 셔츠를 입은 평범한 시민들이 차 주변에서 걸어 다니는 모습이 보였다. 작업복을 입은 운전사도 있었다. 그들은 살인이라도 저지를 것 같은 기세였다. 차를 내버리고 커피숍으로 가버린 사람도 많았다.

바로 옆에 있는 슈퍼마켓은 길거리에 쿠어스 맥주를 내놓고 팔고 있었다. 그런 상황 속에서도 적지 않은 사람들이 길가에 모여 기도를 하고 있었다.

두 명의 경찰이 코리건 배관자재회사로 들어왔다. 아일린과 코리건이 그들에게 인사를 건넸다. 두 사람 모두 이 지역을 정기적으로 순찰하기 때문에 낯이 익었다. 젊은 경찰인 에릭 라슨은 종종 아일린과 함께 근처에서 커피를 마시기도 했다. 아일린은 그를 보면 동생이 떠올랐다.

"혹시 나사 절단기 있소? 크고 튼튼한 놈으로."

해리스 수사관은 언제나 사무적이고 딱딱했다.

"있을 겁니다."

코리건이 전화기 버튼을 눌렀다. 잠시 기다렸으나 아무도 대답하지 않았다.

"젠장, 창고 직원들이 모두 밖에서 저 난장판을 구경하고 있나

봅니다. 내가 가서 가져오겠소."

그는 창고로 걸어갔다.

"열쇠로 풀 수는 없어요?"

아일린이 물었다.

에릭이 미소를 지으며 고개를 저었다.

"열쇠가 없어요. 저놈들이 여기 오기 전에 열쇠를 던져놓고 왔습니다."

그는 슬픈 듯 고개를 저었다.

"만약 저 미친놈들을 빨리 몰아내지 않는다면, 곧 폭력 사태로 변할 겁니다. 그러면 저 사람들을 보호할 방법이 없어요."

해리스가 코웃음을 쳤다.

"본부에 이야기해서 여기도 신경을 써달라고 말하는 게 좋겠어. 저 자식들은 멍청이야. 저 멍청이들만 지구에서 살아남으면 어떻게 하지?"

"그러게 말이죠."

에릭 라슨이 창문 옆에서 '혜성 감시단'을 바라봤다. 그는 조용히 '믿는 사람들은 군병 같으니'를 흥얼거렸다.

아일린이 낄낄거렸다.

"무슨 생각하고 있는 거예요, 에릭?"

에릭이 멍청한 표정을 지었다.

"예?"

해리스가 말했다.

"우리 교수님이 새로운 영화 대본을 집필 중이오."

에릭이 어깨를 으쓱했다.

"텔레비전 드라마죠. 액션배우 제임스 가너가 저기 고립되어 있다고 생각해봐요. 지금 살인자를 추적하고 있어요. 운전사 중 하나가 살인자인데, 그는 이미 살인을 저지르고, 증거물을 훔쳐내서 달아나는 중이에요. 우리는 가너가 직접 복수를 하기 전에 그를 데려가려고……."

해리스가 말했다.

"오, 주여."

아일린이 말했다.

"아주 재밌는 이야기 같은데요. 그가 누구를 죽였나요?"

"음, 사실 그건 당신이에요."

"오."

해리스가 중얼거렸다.

"어젯밤, 아름다운 여자의 시체는 실컷 봤지. 앞으로 이십 년은 기억날 것 같아."

그 순간 에릭은 뒤통수를 맞은 듯한 표정이 되었다.

코리건이 긴 손잡이가 달린 나사 절단기 네 개를 들고 돌아왔다. 해리스는 자신의 이름과 경찰 배지 번호를 영수증에 기입하며 절단기를 받아들었다. 그리고 두 개를 에릭에게 건넸다.

그들은 절단기를 들고 나가 다른 경찰들에게 하나씩을 나눠줬다. 그들은 여기저기 돌아다니면서 흰 망토들이 서로를 묶고 있는 쇠사슬을 잘라서 자유롭게 풀어준 다음, 그들의 손목에 다시 수갑을 채웠다. 그들은 '감시단'을 보도 한 옆으로 거칠게 밀어

냈다. 흰 망토 차림들은 거의 반항하지 않았고, 상당수는 기운이 빠졌는지 축 늘어져서 비틀거렸다.

코리건이 갑자기 화들짝 놀라면서 하늘을 올려다봤다.

"저건?"

아일린이 사무실 주변을 모호하게 훑어봤다.

"네?"

"나도 모르겠소."

코리건은 인상을 찌푸렸다.

뭔가를 보기는 했는데 뭐라고 표현해야 할지 모르겠다. 마치 구름이 아주 잠깐 갈라지면서 태양을 보여준 뒤 다시 닫힌 것 같았다. 그러나 하늘에는 구름이 없었다. 구름 한 점 없이 화창한 여름날이었다.

⚜

아주 훌륭한 집이었다. 가운데에 커다란 거실이 있고, 침실들이 나뭇가지처럼 뻗어져 나가 있었다.

나소르는 언제나 벽난로가 있는 집이 있으면 좋겠다고 생각했다. 이런 집에서 파티를 하면, 형제와 누이들은 수영장에서 물장구를 치고, 요란하게 대화를 나누고, 모든 사람을 하루 종일 몽롱하게 할 만큼 짙은 마리화나 향기가 피어오르고, 피자를 가득 실은 승합차가 배달을 오고…… 언젠가 그런 집을 가질 것이다. 지금은 그런 집을 털 것이다. 형제들과 함께.

해롤드와 한니발은 시트 위에 은제품을 마구 쌓았다.

게이는 비밀금고를 찾고 있었다. 숨겨진 금고를 찾는 방식은 아주 특이했다. 방의 가운데에 서서 주변을 천천히 둘러보고, 그림 액자 뒤편을 뒤지고, 카펫을 들추고, 다른 방으로 가서 주변을 둘러보다가 벽장을 열어보고. 그러다가 그는 마침내 거실 벽장 카펫 아래에서 금고를 찾아냈다. 그는 가방에서 드릴을 꺼냈다.

"이거 전기 코드에 꽂아줘."

나소르가 시키는 대로 했다. 아무리 '그'라고 해도, 필요한 때는 지시를 따랐다.

"이번에도 허탕이면, 다음부터는 금고는 털지 마."

그가 지시했다.

게이가 고개를 끄떡였다. 그들은 벌써 네 집에서 네 개의 금고를 털었지만, 모두 허탕이었다. 벨에어 거주자들은 보석을 은행에 보관하거나 몸에 지니고 다니는 것 같았다.

나소르는 거실로 돌아와서 얇은 커튼 너머를 바라봤다. 밝고 구름 한 점 없는 여름 날씨였고, 죽은 듯 조용했다. 아무것도 눈에 띄지 않았다.

이 지역의 사람들 중 절반은 고지대를 찾아 떠났고, 상당수는 이런 집을 소유하기 위해 평소에 하던 일을 지금도 하고 있을 것이다. 아직도 집에 머물고 있는 사람들은 집 안 깊숙이 앉아, 고지대로 떠나지 않은 것이 실수가 아니었을지 궁금해하며 텔레비전을 보고 있을 것이다.

혜성을 두려워하는 사람들은 그런 사람들이다. 나소르 같은 사람들, 고장 난 무릎을 질질 끌며 바닥을 문지르는 직업을 가진 나소르의 어머니 같은 사람들, 아니면 그가 쏴버렸던 상점 점원 같은 사람들.

그렇게 진짜로 두려워할 것이 있는 사람들은 하늘에서 움직이는 망할 빛 같은 것은 두려워하지 않았다.

그래서 이 거리는 텅 비었다. 땀 흘릴 필요도 없이 많은 것을 거뒀다. 집집마다 은제품이나 그림이 나왔고, 크고 작은 텔레비전이 집집마다 두 대, 세 대, 또는 네 대나 있었다. 트럭 짐칸에서는 가정용 컴퓨터와 대형 망원경, 여러 대의 타자기가 발견됐다. 대개 이런 상황에서는 총도 줍게 되지만, 이번에는 총은 없었다. 달아나는 백인들이 모두 들고 간 것 같았다.

"젠장, 이봐, 형제들."

나소르가 급히 달려갔다. 그와 한니발이 문으로 허겁지겁 나갔다.

게이는 금고에서 조심스럽게 플라스틱 샌드위치 봉투를 꺼내고 있었다. 그것은 은행의 귀중품 보관 서비스에 맡길 수 없는 물건들이었다. 세 봉지의 아주 품질 좋은 약들이었다! 오, 당신 이웃들은 집주인이 이런 걸 가지고 있는 줄 알고 있는 거요? 물건들은 모두가 묵직했다. 코카인, 해시시, 해시시 오일이 들어 있는 듯한 작은 병. 게이, 해롤드, 한니발은 모두 고함을 지르며 기뻐했다. 게이가 주변을 뒤져 종이를 찾아냈다. 그는 종이를 말기 시작했다.

"야이 미친놈아!"

나소르가 게이의 손을 후려쳤다.

"미쳤어? 일도 마치지 않았는데? 아직 네 집이나 남았어. 당장 이리 내! 그거 전부. 파티를 하고 싶지? 좋아. 일을 마치고 집에 가면 아주 신나는 파티를 할 거야!"

그들 모두는 나소르의 말이 마음에 들지 않았지만, 봉투를 모두 나소르에게 건네줬다. 나소르는 봉투를 펑퍼짐한 군복 주머니에 쑤셔 넣었다. 그리고 그들의 엉덩이를 발로 툭 차자, 그들은 침대 시트를 질질 끌고 이동을 시작했다. 나소르는 봉투에 손도 대지 않았다. 최소한 작업이 끝나기 전에 머리가 떨어져나갈 일은 없애야 한다.

나소르는 라디오와 토스터오븐을 집어 들고 그들을 따라 밖으로 나갔다. 환한 햇빛에 눈이 부셨다. 게이는 트럭의 방수포를 조정했고, 해롤드가 시동을 걸었다. 좋다. 나소르는 트럭의 문을 열다가 문득 진입로 아래쪽을 내려다봤다.

잔디밭 가운데의 키 큰 나무.

나무의 그림자가 두 개다.

그리고 더 작은 나무도 역시 그림자가 두 개다. 아래를 보니 자신의 그림자도 두 개다. 그림자 중 하나는 움직이고 있다.

나소르는 고개를 들었다. 하늘에서 두 번째의 태양이 빠르게 움직이더니 언덕 너머로 사라졌다. 그는 눈을 꼭 감았고 힘껏 비볐다. 보라색 후광이 남아 시력을 마비시켰다.

나소르는 차에 올랐다.

"가자."

트럭이 도로를 따라 내려가기 시작하자 그는 무전기에 대고
외쳤다.

"나와, 재키, 나와, 재키, 재키. 재키. 이 개자식아, 대답해!"

"누구요, 나소르?"

"그래. 방금 봤나?"

"뭘 말이오?"

"혜성 말이다! 신의 해머! 해머가 날아오는 것을 봤어. 활활 타
오르면서 산 너머로 날아가고 있었어! 이제 충돌할 거야! 재키,
잘 들어! 이제 잠시 후 무전기도 작동하지 않을 거야. 혜성이 충
돌한다고! 그 모든 것이 사실이 되는 거야. 얼른 모여야 해."

"나소르, 정말 좋은 물건을 한 모금 하셨나 본데. 코카인이오?"

"재키, 이건 현실이야. 충돌할 거라고! 이제 지진과 해일이 시
작될 거야. 부를 수 있는 사람은 전부 불러. 집결 장소는…… 그
레이프바인의 통나무집이다. 모두 모여야 해. 고지대니까 물에
빠져 죽지는 않을 거야, 우리 모두 모여야 해."

"나소르, 그건 미친 짓이오! 아직 두 집이 남았소. 털어놓은 물
건도 많고. 그런데 갑자기 세상이 멸망할 것처럼 굴면 어쩌자는
거요?"

"당장 형제들을 불러 모아, 재키! 혜성을 본 사람이 더 있을 거
야! 무전기가 작동하는 동안 다른 형제에게도 연락해야 한다."

그들은 여전히 진입로에 있었다. 해롤드의 얼굴빛은 물에 젖
은 재 같았다. 그가 말했다.

"나도 봤소. 나소르, 여기는 높으니까 물에 빠져 죽지는 않겠지? 난 물에 빠져 죽기 싫소."

"이 부근에서 가장 높은 곳이 여기야. 그레이프바인에 가려면 저지대를 가로질러야 해. 빨리 움직이자, 해롤드. 비가 쏟아지기 전에 저지대를 통과해야 하니까."

해롤드가 차를 출발시켰다. 나소르는 다시 무전기를 집어 들었다. 그들이 정말로 물에 빠져죽지 않을 만큼 높은 곳에 있을까? 그런 곳이 존재하기는 할까?

핫 퍼지의 화요일: 첫 번째

난 얼굴을 숨기기 위해 바위를 향해 뛰었어요.
하지만 바위가 외쳤어요.
"은신처는 없어!"
이곳에 은신처는 없어…….

산타모니카 마운틴 꼭대기는 정말 살기 불편한 장소였다. 쇼핑센터가 멀고 도로는 그 자체가 탐험로였다. 도로 중 일부 구간은 거의 수직에 가까울 정도로 급경사였다. 하지만 이런 곳임에도 불구하고 집이 많았다. 인구 폭증의 결과였다.

인구 폭증이 도시를 낳았다.

월요일 저녁에 산꼭대기에서 바라본 풍경은 믿을 수 없을 정도로 신기했다. 능선 아래 로스앤젤레스가 보였고 반대편 능선 아래에는 샌퍼난도밸리가 있었다. 밤의 도시는 여러 색깔의 빛으로 장식된 끝없는 카펫 같았다. 고속도로는 빛의 바다로 흘러들어가는 빛의 강 같았다. 온 세상이 빛의 도시가 된 것 같았다. 정말 멋졌다.

산 정상에는 사람이 살지 않는 곳도 있었다. 마크와 프랭크, 조안나는 일몰 무렵 멀홀랜드로를 빠져나와 오토바이를 한편에 세웠다. 그들은 주변을 다니는 차량의 시야를 피하기 위해 주택가에서 두 블록 정도 떨어진 암석 지대에 텐트를 쳤다.

프랭크 스토너는 산 정상을 돌아다니며 양편 산등성이를 내려다본 후 고개를 끄떡였다. 개발이 불가능한 지역이군. 산사태 위험이 너무 크다. 이 암석지대에는 집을 짓지 않은 이유를 알아본 것이다. 몰라도 아무 문제없지만 프랭크는 궁금증을 남겨두는 것이 싫었다. 그는 조안나와 마크가 스베아 여행용 스토브를 설치하는 곳으로 돌아왔다.

프랭크가 말했다.

"이곳 주민들 중에서 성격이 예민한 사람들이 있을지도 몰라. 그러니 어둡기 전에 식사를 마치자. 해가 진 후에는 빛을 내지 말자고."

마크가 말했다.

"주변에 사람이 아무도 없는데……."

조안나가 끼어들었다.

"여길 봐, 이 집들은 경찰서에서 아주 멀리 떨어져 있어. 그러니 사람이 없는 산등성이에 사람들이 돌아다닌다는 자체로 신경이 쓰일 수 있을 거야. 핫 퍼지 선데이가 지나갈 바로 그날 밤을 말리부 파출소에서 보내고 싶지는 않잖아?"

조안나는 다시 그들이 구입한 동결 건조 식품의 조리 설명서를 읽었다. 그녀는 요리가 서툴지만 마크에게 맡기기는 싫었다. 마크는 틀림없이 마음대로 만들 텐데, 성공할 수도 있고 아닐 수도 있다. 조리 설명대로만 하면 아무튼 먹을 수는 있는 음식이 되겠지. 지금 그녀는 배가 고팠다.

그녀는 두 명의 남자를 봤다. 프랭크는 마크보다 키가 크다. 덩치가 크고, 힘이 세고, 육체적으로 매력적이다. 이전에도 그렇게 느낀 적이 있었다. 침대에서도 정말 끝내줄 것이다.

그렇다고 동거하는 남자를 잘못 골랐다는 것은 아니었다. 마크와 함께 사는 것은 정말 재미있었다. 하지만 마크를 사랑하는지는 알 수 없었다. 왜냐하면 사랑이 뭔지 잘 몰랐기 때문이다. 그러나 그들은 침대에서도 궁합이 잘 맞았고, 서로 신경을 거슬리는 일도 거의 없었다. 그런데 갑자기 왜 프랭크에게 끌리지?

조안나는 중상층의 부모님 덕택에 고등교육을 받았다. 비록 그 교육이 삶에 도움을 주지는 않았지만, 교육 덕분에 호기심은 많았다. 특히 사람에 대한 호기심 말이다.

그녀는 냉동 비프스트로가노프를 냄비에 붓고 내려다보면서 다른 사람들에게 들키지 않도록 은밀한 미소를 지었다. 자신이 웃는 이유를 누구에게도 설명하고 싶지 않았다. 왜 프랭크에게 끌리는지를 설명하려면…… 그 이유는 스스로도 불편했다.

마크가 말했다.

"여기는 거의 완벽한 장소다."

프랭크가 말했다.

"그건 아니지."

마크가 말했다.

"아니라고? 왜 아니지? 더 좋은 곳도 있나?"

여기는 마크가 선택한 장소였고, 자신의 선택에 자부심이 있었다.

프랭크가 덤덤하게 말했다.

"모하비 쪽이 좀 더 나을 거야."

마크는 침낭을 펼쳐 앉으며 말을 이었다.

"하지만, 거기는 아주 멀지만 특별히 나을 것도 없잖아. 여전히 잘못된 판 위에 있으니까."

조안나가 물었다.

"판?"

마크가 말했다.

"지각의 판에 대한 이야기야. 알다시피 대륙은 지구 내부 용암 위에서 떠다니고 있어."

프랭크는 별 생각 없이 그 말을 들었다. 굳이 마크의 말을 정정할 필요는 없지만, 모하비는 분명 더 나은 장소다. 모하비는 북아메리카 대륙 판에 있고 로스앤젤레스와 캘리포니아 반도는 다른 판에 있었다. 이 판이 만나는 곳이 샌 안드레아스 단층이다. 만약 해머가 샌 안드레아스에 떨어진다면 아주 지옥문이 열릴 것이다. 두 개의 판이 동시에 흔들리겠지만 북아메리카 판의 영향이 그래도 조금 적을 것이다.

아무튼 이번은 연습에 불과하다. 프랭크는 JPL에 확인을 해봤다. 해머가 지구에 충돌할 확률은 낮았으며, 고속도로의 교통사고 확률이 오히려 더 높다고 했다. 이번의 야외 숙영은 연습일 뿐이지만, 프랭크는 한 번 하면 제대로 하는 성격이었다. 그는 마크의 오토바이 뒷자리에 타겠다는 조안나에게 굳이 직접 오토바이를 몰도록 했다. 오토바이 한 대 정도는 망가지거나 잃을 가능성을 대비해야 하기 때문이다.

프랭크가 말했다.

"모두 연습일 뿐이지. 하지만 노력할 가치가 있는 연습이야."

"뭐라고?"

조안나가 야외용 가스레인지를 켰다. 불꽃이 날름거렸다.

프랭크가 말했다.

"문명의 붕괴에 대비하는 것은 절대 어리석은 일이 아니야. 다음번에는 해머가 아닌 다른 무엇일 수도 있어. 해머가 그냥 지나가지 않을 수도 있고. 신문을 한 번 읽어봐."

조안나는 이유를 찾았다. 바로 이거다. 그는 나를 생각하도록 만든다. 바로 그 점이다. 만약 진짜로 문명이 종말한다면 마크보다 프랭크와 함께 움직이는 것이 나을 것이다.

그리고 프랭크는 모하비로 가고 싶다고 했다. 여기에 온 것은 마크의 주장이었다. 마크는 해머 열병을 인정하지 않았다. 그는 해머 열병이 우스꽝스럽다고 생각했다.

그들은 프랭크의 주장대로 평소보다 일찍 식사를 마쳤다. 식사를 마친 후에도 그릇을 닦을 만큼은 환했다. 더 어두워진 후 그들은 침낭을 꺼내고 앉아, 태평양 위의 불빛이 사라지는 모습을 지켜봤다. 점점 추워지자 그들은 침낭 안으로 들어갔다. 조안나는 평소 야외에서 잘 때는 마크의 침낭에 함께 들어갔지만, 오늘은 자기 침낭을 가져왔다.

해가 완전히 지고 서쪽의 빛이 사라졌다. 이어서 하나둘씩 별이 나타났다. 처음에는 별밖에 없었다. 그러더니 하늘 동쪽으로부터 환한 장막이 펼쳐졌다. 그 불빛은 로스앤젤레스의 야경과 섞여 환하게 반짝였고, 늦은 밤이 되자 로스앤젤레스의 불빛보다 훨씬 더 밝아졌다. 거의 북방의 오로라만큼이나 밝았다. 빛은 점점 더 환해지고 짙어졌다. 나중에는 햄너−브라운 혜성의 꼬리가 펼친 장막 너머로는 거의 한두 개의 별만 간신히 보일 정도가 되었다.

그들은 잠들지 않기 위해 대화를 나눴다. 주변에서 귀뚜라미가 울었다. 프랭크와 마크 모두 오후에 미리 잠을 자뒀다. 물론 굳이 말하지는 않았다. 그들이 삼십 대에 접어들었음을 인정하는 것과 다를 바 없었기 때문이다. 프랭크는 지구 종말의 여러 시나리오에 대해 이야기했다. 마크는 계속 끼어들어 자기 생각이나 이야기의 세부 사항을 말하거나, 또는 프랭크가 말하려는 것을 먼저 말하려 했다.

조안나는 말없이 이야기를 들었지만 차츰 인내심이 다해갔다. 말을 하지는 않았지만 기분이 나빠졌다. 마크는 언제나 저런 식이다. 이전에는 그다지 신경에 거슬리지 않았는데 왜 지금 갑자기 화가 나는 것일까? 와우, 이건 혹시 여자의 본능? 주변의 가장 강한 남자에게 빠져드는 것? 그럴 리는 없다. 그것은 자신의 철학과 전혀 맞지 않는다. 그녀는 독립적인 사람이고, 스스로 자신의 삶을 헤쳐 나가는 사람이다.

다른 생각들이 꼬리를 물고 이어졌다. 아직은 아니지만 그녀도 조만간 삼십 대가 된다. 지금까지 뭘 했는가? 지금은 뭘 하고 있는가? 마크가 직업이 없을 때면 대신 푼돈을 벌어오고, 모터사이클을 타고 함께 전국을 돌아다닌다. 정말 재미있는 생활이지만, 쳇, 이제는 좀 더 진지하게 행동해야 한다. 진득하게 할 일을 찾아야 한다.

마크가 말했다.

"주변에 뭘 쌓고서 불을 피우면 아무도 보지 못할 거야. 진짜야. 조안나, 커피 좀 끓여봐, 조안나."

새벽이 되자 프랭크와 조안나는 졸기 시작했다. 마크는 승부에서 이겼다는 듯 미소를 지었다. 그는 새벽이 오는 것을 즐겼다. 요즘은 자주 즐기지 못한 광경이다. 오늘 새벽에도 여전히 작고 여린 빛이 솟았고, 흐리고 가는 태양빛은 성간 공간에 분포한 가스와 먼지에 의해 변형됐다.

갑자기 마크는 하비 랜들을 생각했다. 지금 아침을 먹고 하비 랜들이 출근하기 전에 전화를 할까? 하비는 핫 퍼지의 화요일에 함께 뉴스를 촬영하러 가자고 요청했지만 마크는 대답을 망설였다. 지금도 망설이고 있었다. 그는 아침식사를 만들 준비를 마친 뒤, 다른 사람을 깨우지 않게 조심하면서 침낭으로 들어가서 잠이 들었다.

까무룩 잠이 들었던 마크는 베이컨이 튀겨지는 소리에 잠에서 깼다.

조안나가 말했다.

"하비에게 전화 안 했지?"

마크는 우아하게 기지개를 켰다.

"이번 뉴스는 제작에는 참여하지 않고 그냥 시청만 하기로 했어. 이 세상에서 혜성을 가장 확실히 볼 수 있는 장소가 어딘지 알아? 바로 텔레비전 앞이야."

프랭크가 마크를 빤히 쳐다봤다. 프랭크는 태양이 뜬 방향을 손가락으로 가리켰다. 마크가 이해하지 못하자 그가 말했다.

"시계를 봐."

열 시다!

조안나가 마크의 표정을 보고 웃었다. 마크가 투덜거렸다.

"젠장! 못 보게 되었잖아!"

프랭크가 피식 웃었다.

"이제 뛰어봐야 소용없어. 하지만 걱정 마. 하루 종일 재방송해줄 테니까."

"그냥 저기 있는 집 중에 아무 데나 두드리고 들어가자."

마크가 제안했다. 다른 사람들이 그를 비웃었고, 마크 자신도 그럴 배짱이 없다는 것을 인정했다. 그들은 서둘러 식사를 했다. 마크가 스트로베리힐 와인 한 병을 꺼내 나눠 마셨다. 맛은 아주 훌륭했다. 아침에 마시는 주스처럼 향긋한 과일 맛이면서도 위엄이 있다고 할까.

"자, 짐을 챙기고……."

프랭크가 말을 하다가 멈췄다.

태평양 위에 밝은 빛이 있었다.

아주 멀었고, 아주 높은 곳으로부터, 빠르게 아래로 내려오고 있었다. 아주 밝은 빛이었다.

프랭크는 아무 말도 하지 않았다. 멍하게 응시할 뿐이었다. 조안나는 프랭크의 침묵에 깜짝 놀랐다. 그녀는 프랭크가 놀라는 모습을 본 적이 없었다. 찰스 맨슨*이 전기톱을 들고 뛰어 오기라도 하는 것일까? 그녀는 주변을 급히 둘러보다가, 프랭크와 마크를 따라 시선을 옮겼다.

청백색의 왜소한 태양 하나가 빠르게 태평양 남쪽의 수평선 너머로 사라지고 있었다. 그것이 지나간 자리에는 불타는 듯한 궤적이 남았다가, 잠시 후 사라졌다. 마치 탐조등이 하늘에서 빛의 궤적을 빠르게 뒤쫓는 것 같았다.

그리고, 하나, 둘, 셋. 심장이 뛰는 소리만 들렸다.

마크가 부르짖었다.

"핫 퍼지……."

흰색의 불공이 세상 어딘가에 부딪히고 있는 것이다.

"핫 퍼지의 화요일. 이건 현실이야. 이건 정말로 현실이야."

마크는 어딘지 낄낄거리는 듯한 목소리로 말했다.

"빨리 이동해야 해."

"헛소리 마."

프랭크는 그들의 관심을 모으기 적당한 목소리로 말했다.

"이동하다가는 지진에 당해. 낮게 엎드려. 침낭을 몸 주변에 두르고. 지붕 없는 곳에 있어야 해. 조안나, 여기 엎드려. 내가

---

* 미국의 연쇄살인범 맨슨 패밀리라는 사교 집단의 우두머리였다.

묶어줄 테니. 마크, 너도 거기 엎드려. 더 가."

그리고 프랭크는 오토바이를 향해 달려갔다. 그는 조심스럽게 첫 번째 오토바이를 옆으로 눕히고, 두 번째 오토바이를 멀찌감치 굴린 뒤 역시 눕혔다. 그의 움직임은 빠르고 단호했다. 이제 세 번째 오토바이를 움직이려고 하던 참이었다.

세 개의 흰 점이 그들의 눈을 부시게 했다. 흰 점들은 깜빡였다. 그리고 가장 밝은 점은 분명 동남쪽 어딘가의 지면에 닿았다. 프랭크는 시계의 초침을 확인하고 주변 사람들을 살폈다. 조안나는 안전했고, 마크도 안전하다. 프랭크는 침낭을 꺼내 속으로 들어가면서 선글라스를 꼈다. 조안나와 마크가 그를 따라했다. 커다란 침낭 때문에 아주 뚱뚱해진 기분이었다. 검은 안경 때문에 서로의 표정을 읽을 수 없었다. 프랭크는 등을 대고 길게 누워 두꺼운 팔뚝을 머리에 받쳤다. 그리고 '경치 좋군.' 하고 말을 내뱉었다.

"그러게. '혜성 감시단'이 아주 좋아하겠어."

마크가 말했다.

"그런데 하비는 어디 갔을지 궁금해지는군. 하비와 함께 가지 않은 것은 정말 다행이다. 여기가 훨씬 안전할 거야. 산이 무너지지만 않는다면."

조안나가 말했다.

"조용해! 조용하라고! 조용하라고!"

하지만 그녀는 들릴 만큼 큰소리로 말하고 있지 않았다. 그녀의 속삭임은 그들의 귀에 들리기 전에 입안에서 사라졌다. 이어서 산이 춤을 추기 시작했다.

❧

JPL의 커뮤니케이션 센터에는 사람이 가득했다. 특별 출입증을 지닌 기자, 센터 이사장의 친구 등이 있었다. 그리고 찰스 샤프나 댄 포레스터도 이곳에 있었다.

텔레비전 스크린이 환하게 번쩍이고 있었다. 수신 상태는 기대보다 좋지 않았다. 이온화된 혜성의 꼬리가 전리층을 어지럽혔기 때문에 텔레비전 영상은 그저 물결무늬만 보낼 뿐이었다.

문제는 없지, 샤프는 생각했다. 아폴로에서 녹화하고 있는 내용을 나중에 복원해서 보면 되니까 말이다. 그리고 망원렌즈로 촬영한 사진도 고스란히 남아 있을 것이다. 이제 한 시간 동안 수집되는 정보를 통해, 혜성에 대해 지난 십만 년간 알아낸 것보다 훨씬 더 많은 정보를 얻게 될 것이다.

그 생각을 하면 정신이 번쩍 들었다. 샤프는 이미 그런 일에 익숙했다. 다른 행성에 있어서도, 그리고 태양계 전체에 대해서도 모두 마찬가지다. 직접 우주로 가거나 위성을 쏘기 전까지는 인간은 우주에 대해 추측만 했다. 지금은 인류가 '알고 있다.' 이제 다음 세대는 교과서에서도 우주에 대해 배울 것이다. 지금 우리는 다른 어떤 세대보다 더 많은 것을 발견하고 있다. 그 지식들을 우리 다음 세대는 처음부터 가지고 성장하게 될 것이다. 아무 것도 모르면서 성장했던 우리와는 다르겠지. 오, 신이여, 이 얼마나 흥분되는 시간인가. 나는 이 시간을 정말 사랑한다.

전자시계가 초를 재고 있고, 세계지도가 그려진 유리 패널에는 아폴로 캡슐의 현 위치가 표시되고 있었다.

아폴로–소유즈였지. 샤프는 미소를 지었다. 둘 중 하나가 가지 않았다면, 다른 하나도 가지 못했을 것이다. 미국과 소련의 경쟁 관계는 가끔 도움이 될 때가 있다. 아주 가끔이지만 미국과 소련의 협력을 이끌어내기도 한다.

지금 통신에 문제가 있는 것이 좀 안타깝다. 해머랩에 전력 손실이 있다. 예측하지 못한 문제였다. 예측했어야 했다. 하지만 해머랩 발사 시점까지도 혜성이 이렇게 근접할 줄은 몰랐다.

샤프가 물었다.

"얼마나 가까이 왔소?"

포레스터가 컴퓨터 화면을 보다가 고개를 저었다.

"말하기 어렵네요."

그는 마치 밀란 대성당의 오르간 앞에 앉은 유명 오르간 주자인 파워 빅스처럼 손가락을 바쁘게 움직였다.

"마지막으로 전송된 값에 혼선이 없었다면 정확한 데이터를 얻었을 텐데. 현재의 추정치는 여전히 오차 범위가 1,000킬로미터요. 만약에. 만약에 혼선되어 수신한 정보가 모두 정확하고, 내가 산출한 결과 값이 틀렸다고 가정하면. 그리고 굉장히 많은 다른 가정을 적용해야 할 것 같은데……."

"적용하시오."

아폴로에서 릭 델란티의 음성이 전송되었다.

'사진을 촬영…… 31번 필터를…… 휴대용 카메라로…….'

그러나 전파가 흐리기도 했고 특히 발음이 불분명해서 알아듣기 힘들었다. 포레스터가 말했다.

"당신이 이룩한 업적 중 하나예요."

"내 업적? 뭐가 내 업적이라는 거요?"

"최초로 흑인에게 우주 프로젝트의 비행사 임무를 맡긴 거잖아요."

포레스터가 별로 진지하지 않게 말했다. 그는 화면 앞에 부착된 오실로스코프의 구불구불한 선에 집중해 있었다. 그가 뭔가를 건드리자 텔레비전 화질이 갑자기 확 좋아졌다.

거대한 구름이 접근하고 있었다. 찰리 샤프에게는 초점이 불분명한 흐린 회색 구름 덩어리 정도로 보였을 뿐이다. 하지만 한 가지는 분명했다. 그 덩어리는 지금 좌우 운동을 전혀 하지 않았다. 시간은 가차 없이 흘러갔다.

샤프가 갑자기 물었다.

"도대체 저 혜성이 지금 어디에 있는 거요?"

포레스터는 못 들었는지 대꾸하지 않았다.

'……핵의 접근 경로 상에…… 반복한다. 지구…… 경로……
충돌 가능성…… 불가능…….'

목소리가 다시 흐릿해졌다.

"해머랩, 여기는 휴스턴, 수신하지 못했다. 최대 출력으로 다시 송신하라. 반복한다. 수신하지 못했다."

몇 초가 더 흘렀다. 그러더니 갑자기 텔레비전 영상이 파르르 떨리다가, 총 천연색으로 깨끗해졌다. 아폴로가 주 망원경에 최대 출력을 적용한 것이다.

조니 베이커가 외쳤다.

"오, 신이시여. 접근하고 있다! 충돌할 것 같다!"

릭 델란티가 주 망원경의 초점을 혜성의 핵에 고정시켰기 때문에 텔레비전 화면은 빠르게 바뀌었다. 점점 커지는 혜성의 모습은 멀리서 볼 때에는 마치 안개의 폭풍 같았고, 가까이 들여다볼 때에는 증기를 뿜는 바위 덩어리가 뭉친 모습이었다. 영상의 각도는 계속 바뀌다가, 마침내 영상의 한쪽에 지구의 모습이 잡혔다.

그리고 지구 영상에서 몇 개의 지점이 번쩍였다. 한순간이었지만 영원히 이어질 것 같은 그 시간 동안, 텔레비전 영상에는 지구의 모습 위에 갑자기 몇 개의 이동 중인 광점이 나타났다. 망원경 영상은 밝은 빛 이상의 내용은 표시하지 못했다.

그 영상이 찰리 샤프의 기억에 각인되었다. 대서양의 거대한 광점. 유럽은 얼룩처럼 분산된 여러 개의 광점과 함께 지중해에 큰 광점 하나. 멕시코 만에도 환한 광점 하나. 아폴로에서 그보다 더 서쪽은 보이지 않았을 것이다.

그러나 포레스터 박사는 컴퓨터를 작동시키고 있었다. 그들이 획득한 모든 데이터가 컴퓨터를 통해 연산되어 결과를 보여줄 것이다.

스피커들이 굉음을 냈다. 여러 다른 채널에서, 다른 전파를 수신하고 있던 모든 스피커가 한꺼번에 굉음을 내고 있었다.

누군가가 외쳤다.

"머리 위로 불덩이가 날아간다!"

포레스터가 말했다.

"어디요?"

그의 목소리는 방 안의 잡음들 사이에서도 들릴 만큼 컸다.

"아폴로에서 전송된 목소리요. 처음에 그들은 불덩이가 남동쪽으로 간다고 했고, 이어서 머리 위로 불덩이가 날아간다고 했소. 그 음성이 마지막이었소."

포레스터가 말했다.

"고맙습니다."

그때 다시 아폴로에서 음성이 들렸다.

"휴스턴, 휴스턴, 멕시코 만에 큰 규모의 충돌이 발생했다. 반복한다. 당신들의 현재 지점으로부터 오백 킬로미터 남동쪽에서 대형 충돌이 있었다. 우리 가족들에게 헬리콥터를 보내 달라."

누군가가 말했다.

"오, 주여. 저 상황에서 조니 베이커는 어떻게 저렇게 침착한 거지?"

저 바보 자식은 뭐야? 샤프는 생각했다. 신참일 것이다. 진짜 문제가 생겼을 때 비행사들의 목소리가 어떤 것인지를 처음 들어 본 녀석이다.

샤프는 포레스터를 쳐다봤다. 포레스터가 고개를 끄떡였다.

"해머가 충돌했습니다."

곧 모든 텔레비전 화면이 검게 변했고, 커다란 스피커에서 잡음만 직직거렸다.

✣

　패서디나 북동쪽 삼천 킬로미터에 위치한 콘크리트 바닥 지하 십오 미터에서, 베넷 로스텐 소령은 허리에 찬 38구경 권총을 만지작거렸다. 그는 대륙간 탄도 미사일인 '미닛맨'의 발사장치 앞에 서서, 두 손을 제어 콘솔 앞에 올려두고 있었다. 그의 손이 자리를 잡지 못하고 안절부절못했다. 그는 자신의 목에 걸려 있는 열쇠를 만지작거렸다. 제기랄, 늙은이들이 나를 불안하게 하는군.

　불안할 만했다. 지난밤에 그는 토마스 밤브리지 사령관이 직접 건 전화를 받았다. SAC 사령관이 미사일 중대장에게 직접 전화를 걸다니. 밤브리지 사령관의 용건은 간단했다.

　"내일 자네는 지하에 있도록. 참고로, 나는 루킹글라스에 있을 예정이다."

　로스텐 소령이 대답했다.

　"사령관님, 큰 건입니까?"

　"그건 아닐 거다."

　밤브리지는 짧게 대답했다.

　그럴 리가 없지. 로스텐은 속으로 확신했다. 만약 소련이 정말로 미국을 눈먼 절름발이라고 생각한다면…….

　그는 좌측을 봤다. 부관인 루스 대위가 로스텐과 마찬가지로 제어장치 앞에 서 있었다. 제어장치는 강철과 콘크리트로 보강된 지하 깊숙한 곳에 위치해 있기 때문에 주변에 원자 폭탄이 떨어져도 견딜 수 있다. '새'를 날리려면 두 사람 모두 있어야 했다. 순서대로 암호를 입력하고 버튼을 눌러야 하는데, 시간적으로 한 사람이 할 수가 없도록 설정되어 있었다.

루스 대위는 자신의 제어 콘솔 앞에서 느긋하게 앉아 있었다. 그의 앞에는 통신대학의 동양미술사 교재가 펼쳐져 있었다. 통신대학 학위를 수집하는 것은 이곳 군인들의 흔한 시간 때우기였지만, 오늘 같은 비공식적 비상 상황에서 저렇게 여유로운 것은 이해할 수 없다.

"어이, 루스 대위."

"네, 소령님."

"비상 대기 안 하나?"

"비상 대기 하고 있습니다. 아무 일도 안 일어날 것이잖습니까. 소령님도 계시고요."

"젠장. 아니길 비네."

로스텐은 몬태나주 중부의 미솔라에 있는 부인과 네 아이를 생각했다. 처음 몬태나로 갈 때는 반대가 많았지만 지금은 가족들도 모두 좋아한다. 넓은 대지, 탁 트인 하늘, 대도시와 전혀 다른 곳.

"내가 원하는 것은 바로……."

촘촘한 그릴 커버가 달린 스피커에서 비인격적인 목소리가 흘러나와 상념을 중단시켰다.

"이 더블유 오. 긴급 전쟁 명령Emergency War Orders 발령. 본 상황은 훈련 상황이 아님. 인증 번호 78-43-76854-87902, 표준시각 1735. 적색경보. 적색경보. 현재 상황은 적색."

사이렌 소리가 콘크리트 지하실에 울려 퍼졌다. 하사관이 철제 사다리를 타고 지하실 입구로 내려와, 은행 금고 회사에서 제작한 대형 철문을 거칠게 닫더니, 밖에서 문을 잠그고 다이얼을 빙글빙글 돌렸다. 이제 문을 폭발시키지 않는 한 누구도 안으로 들어올 수 없다. 하사관은 규정대로 기관총 안전장치를 해제하고 금고용 문을 등지고 서서 경계근무를 했다. 그의 표정은 딱딱하게 굳었고, 선 자세는 경직되어 있었다. 잔뜩 겁을 먹은 표정이었다.

지하실 내부에서, 로스텐은 인증 번호를 자신의 시스템에 입력하고 자신의 전시 행동 지침집에서 봉투를 꺼내 봉인을 해제했다. 루스도 동일한 작업을 했다.

"인증 번호, 정확합니다."

루스가 말했다.

"좋아. 삽입."

로스텐이 명령을 내렸다.

그들은 목에 걸린 열쇠를 제어 콘솔의 붉은색 잠금장치에 꽂았다. 일단 삽입해서 완전히 돌린 다음에는, 취소 열쇠 없이는 되돌릴 수가 없었다. 그리고 취소 열쇠는 로스텐과 루스 모두 가지고 있지 않았다. 이것은 SAC의 규정된 절차였다.

로스텐이 말했다.

"카운트. 하나. 둘."

그들이 동시에 열쇠를 돌렸다. 딸깍 소리가 났다. 하지만 열쇠를 완전히 돌리지는 않았다. 그들은 조금만 더 기다릴 것이다.

❈

캘리포니아가 오전일 때, 그리스의 섬은 저녁 시간이다. 태양의 동그란 모습이 마지막으로 사라질 때쯤 두 사람이 화강암 바위의 꼭대기에 올랐다. 곧 동쪽으로 첫 번째의 별이 모습을 드러냈다. 한참 아래에는 그리스의 농부들이 짐을 잔뜩 실은 당나귀를 몰고 낮은 돌담과 포도 넝쿨이 미로처럼 엉킨 곳을 지나가고 있었다. 테라 섬의 아틀란티스 유적지, 아크로티리 시내에도 황혼이 내려오고 있었다. 부조화스러웠다. 흰 진흙 벽의 집들은 어쩌면 만 년쯤 전에 지어졌을지도 모른다. 산꼭대기에는 베네치아 양식의 요새가 자리 잡고 있고, 고대 비잔틴식 교회 바로 옆에 현대식 학교가 있었다. 그 바로 아래에는 두 사람의 남자, 윌리스와 맥도널드가 아틀란티스 유물 발굴 작업을 진행하는 임시 막사가 위치해 있었다. 언덕 꼭대기에서는 그 지역이 거의 보이지 않았다. 서쪽에서 별이 하나 깜빡거렸다. 그리고 또 하나.

"마침내 유성 쇼가 시작이군."

맥도널드가 말했다.

윌리스는 바위 위에서 숨을 몰아쉬며 자리를 잡았다. 그는 조금 짜증이 났다. 그는 건강한 스물네 살임에도 불구하고 이 산을 오를 때면 숨이 막히는데, 맥도널드는 내내 앞장서면서 심지어 산 정상에서 자신을 도와주기까지 했지만 별로 숨을 크게 쉬지도 않았다. 맥도널드의 검붉은 머리카락은 듬성듬성하게 빠져서 햇빛에 그을린 거무스름한 두피가 얼추 다 드러나 있었다. 맥도널드의 체력이 지나칠 정도로 뛰어난 거다. 고고학자들은 막노동꾼보다 더 많은 노동을 해야 한다더니.

두 사람은 다리를 꼬고 앉아서 서쪽 하늘에 쏟아지는 유성을 바라봤다.

그들은 해발 팔백오십 미터에 있었다. 신비의 섬, 테라의 가장 높은 지점이었다. 그들이 앉아 있는 화강암 꼭대기는 여러 문명에 걸쳐 다양한 이름으로 불리며 오랜 세월을 견뎌왔다. 현재 그 바위는 예언자 엘리야의 봉우리라는 이름으로 알려져 있다.

멀리 아래 쪽 바다 위에는 어둠이 내리고 있었다. 해안선을 따라서 수백 미터의 거대한 절벽이 칼데라를 이루고 있었다. 옛날 섬의 삼 분의 이를 파괴하고 미노아 제국을 붕괴시키면서 아틀란티스의 전설을 만들어낸 대형 화산폭발이 남긴 흔적이다. 지금은 황폐하고 끔찍한 검은 섬 하나가 만의 한가운데에 새롭게 솟아 있었다. 그리스인들은 그 섬을 '새롭게 타버린 땅'이라고 불렀고, 언젠가 다시 폭발한다고 믿었다. 테라는 이전에도 여러 번 폭발했기 때문이다.

맹렬한 불빛이 바다를 비췄다. 머리 위에서 청백색 불빛이 번쩍였다. 서쪽으로 황혼의 금빛이 사라지다가, 녹색과 오렌지색이 기묘하게 혼합된 새로운 빛깔로 변해 유성의 배경을 이뤘다.

다시 한 번 파에톤에 햇빛의 축복이 내린다.

유성은 몇 초 간격으로 계속 쏟아져 내렸다! 얼음조각이 대기 중에서 마찰열로 타오르며 빛을 반짝였다. 얼음조각이 추락하면서 녹색이 섞인 흰빛으로 타올랐다. 지구는 햄너-브라운의 코마 속에 있었다.

윌리스가 말했다.

"우리 같은 사람치고는 재밌는 취미군요."

맥도널드가 말했다.

"하늘 쳐다보는 것 말인가? 난 옛날부터 하늘을 좋아했어. 내가 뉴욕에서 땅 파는 모습을 본 적 있나? 없지? 황폐한 곳, 공기가 깨끗한 곳, 사람들이 만 년 전부터 별을 봐온 그런 곳이 바로 우리가 고대 문명을 찾아내는 곳이야. 하지만 오늘 같은 하늘은 정말 본 적이 없군."

"다시 한 번 폭발한다면 이곳의 모습이 어떻게 바뀔지 궁금하군요."

맥도널드는 어스름 속에서 어깨를 으쓱했다.

"플라톤은 저 바위섬을 묘사하지 않았지. 하지만 히타이트 족들은 암석의 신이 바다에서 솟아올라 하늘에 도전했다는 이야기를 전하고 있지. 어쩌면 그들은 대폭발의 구름도 봤을 거야. 성경에도 뭔가 묘사가 있었고. 모두가 일종의 고대의 목격담들이지. 하지만 모두가 먼 곳에서 목격했던 이야기들이야. 테라가 폭발할 때 근처에 있었던 사람은 아무도 없을 테니."

윌리스는 대답하지 않았다. 거대한 녹색 불빛이 하늘을 가로

지르면서 날아가더니, 몇 초간 환하게 타오른 후 사라졌다. 윌리스는 동쪽을 바라보다가, 갑자기 눈이 커졌다. 그의 입술은 소리 없는 비명을 질렀다. 그가 말했다.

"맥도널드! 돌아서 보세요!"

맥도널드가 돌아섰다.

하늘은 마치 닫힌 커튼 같았다. 수평선에서 약간 위쪽으로는 마치 커튼 모서리가 들린 듯한 경사진 직선이 경계를 이뤘다. 경계선 윗부분에서는 혜성의 코마가 녹색과 오렌지색 광채를 번쩍였고, 아래쪽으로는 검은 하늘이 별빛을 반짝이고 있었다.

맥도널드가 말했다.

"저 아래쪽은 지구가 지나온 흔적이야. 코마를 뚫고 이동한 자국이지. 내 마누라가 아직 살아 있어서 이 광경을 함께 보면 좋겠는데 말이야. 나중에 언젠가……."

거대한 광채가 그들 뒤에서 번쩍거렸다. 윌리스가 급히 돌아섰다. 눈으로 볼 수 없을 만큼 밝은 물체가 물속으로 사라지고 있었다. 윌리스는 그 빛을 멍청하게 쳐다봤다. 그리고 시각이 마비됐다. 오, 신이시여, 그게 대체 뭐였지? 물속으로 사라지다니.

맥도널드가 말했다.

"눈을 가리지 그랬나."

윌리스는 눈이 고통스러웠다. 눈을 몇 번 깜빡여 봤지만 아무 차이가 없었다. 그가 말했다.

"저, 눈이 먼 것 같아요."

그는 손을 뻗어 바위를 더듬으면서 촉각에 의지하려고 했다.

맥도널드가 부드럽게 말했다.

"그래. 하지만 별문제가 될 것 같지는 않아."

윌리스는 맥도널드의 말 의미를 알아들었다. 분노가 불타오르다가 금세 가라앉았다. 맥도널드는 그의 손목을 잡아서 바위 위에 얹어 줬다.

"그걸 꼭 껴안고 있게. 내가 보이는 그대로 이야기를 해줄 테니까."

"좋아요."

맥도널드의 말이 빨라졌다.

"나는 지금의 빛이 사라진 다음에 눈을 떴어. 순간적이지만 마치 탐조등이 하늘을 비추는 듯한 불빛이 보였는데, 그 위치는 수평선 너머였다네. 그러니까 무슨 일이었든 아직은 시간이 있을 거야."

윌리스가 말했다.

"테라는 운이 나쁜 섬이에요."

그는 아무것도 볼 수 없었다. 심지어 어둠조차도 말이다.

"왜 여전히 여기에 뭔가가 건설되는지 생각해봤나? 어떤 집은 수백 년이 됐어. 몇백 년에 한 번은 화산 폭발이 일어나지만 사람들은 언제나 이곳으로 돌아오지. 그리고 우리는…… 내가 지금 뭘 하고 있는 건가. 이제 해일이 보이기 시작했어. 점점 더 높아지고 있어. 이 꼭대기까지 닿을 만큼 높은지는 잘 모르겠어. 공기 중으로 충격파가 전해질 테니까 바위를 꽉 껴안고 있게."

"지상을 통한 충격파가 먼저 오겠죠. 이번에는 그리스 문명도 끝이 날 것 같아요."

"나도 그렇게 생각해. 그리고 누구든 생존자가 남아서 이곳의 이야기를 전한다면, 그건 마치 아틀란티스의 전설처럼 남겠지. 커튼이 점점 위로 올라가고 있어. 서쪽으로는 핵이 층류層流를 그렸고, 동쪽에는 지구의 검은 그림자가 있고, 사방에 유성이 번쩍이는군."

맥도널드의 목소리가 작게 줄었다.

"뭐라고요?"

"방금 눈을 감았다네. 북동쪽에, 아주 거대한 빛이 있었어!"

"누가 이 봉우리에 예언자 엘리아의 이름을 붙였을까요? 정말 눈물겹게 정확한 작명이잖소."

지상으로 충격파가 파동 쳤고, 지난 삼천오백 년간 테라와 그 아래의 바다 밑바닥이 덮어두었던 마그마의 통로에도 충격파가 전해졌다. 윌리스는 그가 껴안고 있던 바위가 비틀리는 것을 느꼈다.

그리고 테라가 폭발했다. 용암과 함께 증기가 뿜어져 그의 목숨을 단숨에 앗아갔다. 몇 초 후, 지진해일이 오렌지색 바다를 뒤흔들었다. 테라의 두 번째 대폭발을 전해줄 생존자는 아무도 남지 않을 것이다.

⚜

마벨은 카드를 펼치면서 속으로 웃었다. 손에 들어온 패가 아주 좋았다. 하지만 그녀의 상대는 불행히도 그렇지 않았다. 앤더슨 부부는 비행기가 JFK 공항에 착륙할 때쯤에는 100달러는 잃을 것이다.

747 비행기는 뉴저지 상공 높은 곳을 거쳐 뉴욕을 향해 하강하고 있었다. 마벨과 체트, 그리고 앤더슨 부부는 일등석의 카드 테이블에 모여 앉아 있었다. 막상 자리에 와보니 창문 밖이 보이지 않았다. 마벨은 브릿지 게임을 시작한 것을 후회했다. 앤더슨 부부에게 밝히고 싶지는 않았지만, 아직 한 번도 상공에서 뉴욕을 내려다본 적이 없었기 때문이다.

창문에서 다시 섬광이 번쩍였다. 창가 좌석에 있던 사람들이 창문에 매달렸다. 일등석에서 사람들이 웅성거렸다. 그 목소리에 두려움이 담겨 있었다.

체트가 말했다.

"당신 차례요, 마벨."

마벨은 얼른 말했다.

"미안해요. 다이아몬드 2."

비 앤더슨이 말했다.

"하트 4."

마벨은 움찔했다.

부드럽게 삐, 하는 소리가 나면서 전광판이 켜졌다.

'좌석 벨트를 채우십시오.'

방송에서 친근한 목소리가 흘러나왔다.

"기장입니다. 방금 번쩍인 섬광이 무엇인지 정확히 파악되지 않았지만, 모든 승객께서는 비상 상황을 대비해 좌석벨트를 채워 주십시오. 그 섬광의 실체가 무엇이든 우리보다 훨씬 뒤편에서 일어난 일이니 너무 걱정하지 마시기 바랍니다."

기장의 목소리는 아주 차분하게 사람들을 안심시켰다.

비 앤더슨이 돈을 더 걸까? 쳇, 맨 처음에 '다이아몬드 2'가 나온 의미를 알고 있는 건가? 그 카드에 이어지는 것은 당연 히……

그때 굉음이 났다. 아주 거대한 물체가 천천히 두 조각으로 부서지는 듯한 소리였다. 갑자기 747 비행기가 앞으로 기울었다.

경험 많은 여행자는 일부러 좌석 벨트를 느슨하게 묶는다는 글이 기억나서, 마벨도 벨트를 조금 느슨하게 묶었다. 그리고 카드를 테이블 위에 엎어놓은 다음 빈 창가 쪽 좌석으로 몸을 기울였다.

"여사님, 꼭 그래야 하세요?"

마벨은 움찔 놀랐다. 그녀는 '여사님'이라고 불리고 싶지 않았다. 시골 촌뜨기 같았기 때문이다. 그녀는 아예 자리를 창가 쪽 좌석으로 옮기고 바깥을 내다봤다. 마벨은 몰랐지만, 비행기의 뒤편에서는 거의 비행기와 맞먹는 속도로 바람이 불어오고 있었다. 그 바람 때문에 날개는 양력을 모두 잃어버렸다. 조종사는 어떻게든 바람의 힘의 영향을 받지 않기 위해 비행기를 위아래로 움직이며 바로잡으려고 애썼다. 하지만 비행기는 기우뚱한 상태로 휘청거리면서 아래를 향해 나뭇잎처럼 떨어져 내렸다.

마벨의 시야에 뉴욕의 전경이 한눈에 보였다. 엠파이어스테이트 빌딩, 자유의 여신상, 월드 트레이드 센터. 그 모든 건물의 모습은 상상했던 그대로였지만, 45도 각도로 기울어져 있었다. 바깥 저곳 어딘가에는 딸이 결혼 상대를 소개시켜주기 위해 JFK 공항으로 마중 나오고 있을 것이다.

비행기 날개의 덮개가 떨어져 나갔다. 비행기가 기울면서 요란하게 진동했다. 마벨의 카드가 나비처럼 날아올랐다. 곤두박질치던 비행기가 위로 방향을 꺾는 것 같았다.

저 멀리 하늘 위에서는 검은 구름이 커튼처럼 펼쳐졌다. 커튼이 열리는 속도는 비행기보다 훨씬 빨랐고, 사방에서 불꽃이 튀었다. 어마어마한 전류가 귀부인이 치켜 든 토치를 따라 자유의 여신상을 향해 빨려 들어갔다. 이어서 비행기를 향해 번개가 반복해서 내리꽂혔다.

❖

오션대로의 보도 곁에는 절벽이 있었다. 절벽 아래에는 태평양 해안 고속도로가 있고, 그 옆으로 바다가 있었다. 오션대로의 보도에서 조금 떨어진 절벽 끄트머리에는 턱수염이 덥수룩한 남자 하나가 감격스러운 표정으로 수평선을 바라보고 있었다.

불빛은 단지 일 초나 이 초 반짝였지만, 눈이 부실 정도였다. 턱수염 사내의 눈동자에는 조금 전에 봤던 푸른색으로 풍선 같은 잔상이 남아 있었다. 붉은 섬광…… 불기둥을 형상화한 듯한 기묘한 번쩍임과 붉은 궤적……. 그는 기쁘게 웃으며 돌아서서 부르짖었다.

"기도하라! 심판의 날이 왔도다!"

지나가던 사람 십여 명이 멈춰서 그를 돌아봤다. 그는 아주 인상적인 외모였다. 눈은 기쁨으로 번쩍였고, 덥수룩하고 보기 좋게 기른 턱수염에는 눈처럼 흰 선이 아래로 그어져 있었다. 대부분의 사람들은 그를 못 본 척했지만, 흑인 한 사람이 말했다.

"위험해요. 물러서지 않으면 오늘이 당신의 심판의 날이 될 거요. 지진이 났단 말입니다."

턱수염 사내가 돌아섰다. 흑인이 더욱 급하게 말했다.

"지진으로 절벽이 무너질 때까지 거기 있다가는 심판의 날의 대부분을 못 보게 될 거요! 당장 이쪽으로 오시오!"

턱수염 사내는 스스로에게 인사하는 듯한 표정으로 고개를 끄떡였다. 그는 절벽에서 돌아와서 보도에 선 다른 사람들과 합류했다.

"고맙소, 형제여."

대지가 몸서리를 치며 울부짖었다. 턱수염 사내는 여전히 서 있다가, 흑인이 엎드리는 것을 보더니 자신도 무릎을 꿇고 앉았다. 땅이 흔들렸다. 절벽 일부가 부서져 내렸다. 턱수염 사내가 이동하지 않았다면 절벽 끄트머리와 함께 추락했을 것이다.

턱수염 사내가 낭랑하게 외쳤다.

"그가 임하시되 땅을 심판하러 임하실 것임이라……."

흑인이 턱수염 사내를 따라 함께 시편을 외웠다.

"그가 의로서 세계를 심판하시며 그의 진실하심으로 백성을 심판하시리로다."

땅이 번쩍 솟구쳤다가 아래로 굴렀다. 주변의 다른 사람들이 따라서 시편을 외기 시작했다.

"주님께 영광 돌리세."

지면에 갑자기 날카로운 충격이 전해졌고, 사람들이 땅바닥에 내던져졌다. 그들은 기듯이 무릎으로 일어났다. 잠시 진동이 멈추자, 몇몇 사람은 허겁지겁 차를 향해 뛰어갔다. 절벽에서 멀리 떨어진 곳을 향해 들어가려는 것이다.

"오, 천국이여, 여호와를 송축하라."

턱수염 사내가 부르짖었다. 그는 수많은 성경 구절과 찬송을 암기하고 있었다. 그가 능숙하게 사람들의 반응을 이끌어내자, 남아 있던 사람들은 턱수염 사내와 함께 찬송을 불렀다.

아래쪽 바다에는 서핑을 즐기던 사람들도 있었는데, 그들은 격렬한 물살 속에서 떠다니고 있었다. 하지만 이제 소금비의 장막이 생겨나 바다의 모습을 가렸다. 턱수염 사내 주변에 있던 사람들이 어둠 속으로 뛰어 달아나기도 했고, 건너편 아파트에 있던 사람들이 뛰어나와 기도회에 합류하기도 했다. 그는 여전히 기도를 했다.

"바다와 강이여, 여호와를 찬양하라, 영원토록 하나님을 섬기며 노래하며 영화롭게 하라."

턱수염 사내 주변에는 절벽에 부딪힌 바람이 소금비의 장막 사이에 틈을 만들었다. 그 틈으로 절벽 아래쪽의 폐허가 된 해변이 또렷하게 보였다. 물이 쓸려나가고 있었고, 젖은 모래밭 위로 잡동사니가 굴러다녔다.

"오, 고래여, 그리고 물에서 움직이는 모든 것들이여, 영광의 노래를 불러라."

기도가 일단락되었다. 그들은 폭우와 번개 속에 무릎을 꿇었다. 턱수염 사내는 비의 장막 너머 멀리서 바다가 혹처럼 솟구쳐올라 거대한 벽을 만들고 세상을 가로지르며 다가오는 것을 보았다. 턱수염 사내가 시편을 부르짖었다.

"하나님이여 나를 구원하소서, 물이 내 영혼까지 흘러 들어왔나이다."

다른 사람들은 그 시편을 알지 못했지만 턱수염 사내를 조용히 경청했다. 바다에서 불길한 소리가 우르릉댔다.

"나는 설 곳이 없는 깊은 수렁에 빠지며 깊은 물에 들어가니 큰물이 내게 넘치나이다."

턱수염 사내는 이 시편이 이 상황에서 적절하지 않다고 느꼈다. 그는 다른 시편을 다시 처음부터 시작했다.

"여호와는 나의 목자시니 내게 부족함이 없으리로다."

물이 밀려왔다. 그들은 시편을 마쳤다. 사람들이 하나 둘 일어섰다. 턱수염 사내가 외쳤다.

"지금 기도하시오."

바다의 굉음이 모든 말소리를 집어삼켰다. 비의 장막이 먼저 그들을 덮쳤다. 바다와 파도를 시야에서 가려주는 더운 비의 장막이었다. 이어서 고층건물보다 더 높은 거대한 파도의 벽이 다가왔다. 물의 장벽의 아랫단에서 회색과 녹색 물거품이 일어났고, 비의 장막은 녹색 커튼의 모습으로 바뀌었다. 물의 표면에서 조그만 물체가 움직인다고 생각하는 순간, 물의 벽은 턱수염 사내와 다른 모든 군중을 집어삼켰다.

서핑을 즐기는 사람들이 다음 파도를 기다리고 있었다. 질은 서핑보드 위에 엎드려 여유로운 공상에 빠져 있었다. 그의 배 아래에서 물이 찰랑거렸고 등허리에 뜨거운 태양이 작열했다. 양옆에서는 다른 서핑보드들이 까딱이고 있었다.

지니가 그의 시야에 들어왔다. 그녀는 즐거움과 애정이 가득 담긴 게으른 미소를 지었다. 앞으로 사흘간 그녀의 남편은 돌아오지 않을 것이다. 질은 아무 말 없이 마주 미소를 지었다. 곧 다음 파도가 오겠지. 오늘따라 여기 산타모니카의 머슬 해변은 서핑하기 좋은 파도가 치지 않았다. 하지만 지니의 아파트가 근처니까 다른 날에도 또 올 수 있다. 조만간 좋은 파도가 칠 것이다. 절벽 위의 집과 아파트들이 모두 물살에 흔들리는 듯했다. 신축 건물이라 색깔이 환했다. 말리부 해변의 낡은 건물들과는 정말 다르다. 그러나 이곳에도 세월의 징표는 있었다. 바다와 육지의 경계 지역은 빠르게 낡아가고 있었다.

질은 이 바다의 쾌적한 아침을 즐기는 다른 모든 남자들과 마찬가지로 젊었다. 그는 열일곱 살이었고, 피부는 갈색으로 그을렸고, 긴 머리카락은 흰색에 가까울 정도로 탈색을 했고, 복근은 아르마딜로의 껍질처럼 볼록볼록했다. 그는 나이보다 더 들어 보이는 것을 좋아했다. 그는 아버지에게 쫓겨났지만 지낼 곳이나 음식 때문에 돈을 써본 적이 없었다. 항상 곁에 나이가 많은 여자들이 있었다. 지니의 남편에 대해 생각할 때면 여러 가지로 우습다. 아무튼 자신은 지니의 남편에게는 전혀 위협이 되는 존재가 아니다. 질은 영구적인 것을 전혀 원하고 있지 않다. 그리고 지니에게는 남편이 영구적으로 돈을 공급해주는 것이 필요하겠지?

질은 눈을 가늘게 뜨고 바다의 광채를 바라봤다. 타오르는 듯 눈이 부셨다. 바다에서 파도에 반사되는 빛이 눈을 찌르는 일은 흔했다. 눈꺼풀 위로 광채가 사라지자 눈을 뜨고 바다를 바라봤다. 큰 파도가 오려나? 그는 수평선 너머에서 맹렬하게 피어오르는 구름을 보았다. 그는 눈을 가늘게 뜨고 구름을 자세히 바라보다가, 큰 소리로 부르짖고 보드 위에서 무릎으로 일어섰다.

"큰 파도가 온다."

곁에 있던 친구인 코리가 외쳤다.

"어디?"

"곧 보게 될 거야."

질은 자신 있게 말했다. 그는 뺨이 보드에 닿을 정도로 몸을 구부린 후 긴 팔을 물속 깊숙이 휘저으며 바다를 향해 나갔다. 정말 무시무시하게 겁이 났다.

지니가 외쳤다.

"나도 함께 가!"

질은 계속 헤엄쳤다. 다른 사람들이 뒤를 따랐지만, 젊고 체력이 좋은 사람만 질과 보조를 맞출 수 있었다. 코리가 그의 곁에 다가와서 헐떡이며 말했다.

"나도, 불덩이를 봤어! 그건 루시퍼의 해머였어! 해일이 올 거라고!"

질은 대꾸하지 않았다. 말을 꺼내봐야 용기가 줄어들 뿐이다. 자기들끼리 지껄이라지. 그는 다른 사람들을 남겨두고 더욱 빠르게 헤엄쳤다. 이런 상황에서는 혼자일 수밖에 없다. 질은 자기도 모르는 사이 죽음을 기정사실로 받아들였다.

비가 내리기 시작했다. 질은 계속 헤엄쳤다. 집과 절벽이 멀어졌다. 물이 쓸려나가면서 모래밭이 어마어마하게 넓어졌다. 언덕을 따라 번개가 번쩍이는가 하더니, 언덕의 모습이 뒤틀렸다. 산타모니카의 질서 정연한 건물이 뭉개지듯 무너졌다.

그리고 수평선이 높아졌다.

죽음이다. 피할 수 없다. 만약 피할 수 없는 죽음이라면, 무엇을 남겨야 하는가? '스타일'이다. 폼나는 스타일이라도 내야 한다. 질은 계속 헤엄쳤다. 그는 썰물의 흐름을 타고 계속 헤엄쳤다. 이제 아주 먼 바다까지 나왔다.

그는 보드를 뒤집고, 파도를 기다렸다. 다른 사람들도 하나 둘 질을 따라잡고, 넓게 자리를 잡고 보드를 뒤집었다. 그들은 수백 미터 바깥에서 다가오는 파도를 기다렸다. 사람들이 대화를 하는지는 모르겠지만 질은 한 마디도 들을 수 없었다.

파도다! 무시무시한 진동이 밀려왔다. 질은 미친 듯 헤엄치기 시작했다. 그리고 정말 아주 깊숙하게 물을 후려쳤다. 자세는 완벽하고 훌륭했다. 녹색의 거대한 물의 장벽을 따라 조금씩 미끄러지기 시작했다. 물이 뒤편에서 거세게 밀려왔고, 그는 무릎과

팔꿈치로 몸을 의지했다. 얼굴로 피가 쏠려 눈알이 근지럽고 코 피가 터질 것 같았다. 참을 수 없을 정도로 어마어마한 압력이 가 해지다가 조금씩 약해졌다. 그는 보드 위에서 몸을 일으킨 다음, 방금 얻은 추진력을 이용해 보드의 방향을 돌렸다. 그리고 무릎 으로 균형을 유지하며 미끄러지듯 좌우 운동을 했다.

좀 더 위로 올라가야 한다. 좀 더! 파도 꼭대기까지 오르기만 한다면 파도를 넘어갈 수 있다. 생명을 건지는 것이다! 더 올라가 라, 더 올라가라, 확실하게……

다른 서핑보드들도 차례로 파도 위에 올라섰다. 일부는 질의 좌측에서, 일부는 질의 우측에서 움직이고 있었다. 코리는 방향 을 잘못 잡고, 겁에 질려 허둥거리고 있었다.

질은 파도와 함께 절벽을 향해 밀려갔다. 파도는 절벽보다 더 높았다. 해변의 건물과 산타모니카의 회전목마와 부둣가의 요트 가 모두 물속으로 쓸려 들어갔다. 질의 발 아래로 거리와 자동차 가 보였다. 턱수염이 무성한 사내가 다른 많은 사람과 함께 기도 하고 있다가, 물속으로 쓸려 들어갔다. 거대한 물의 벽 밑바닥은 거대한 혼란의 소용돌이었다. 흰 물거품, 빙빙 도는 파괴의 잔 해, 허우적거리는 사람들, 퉁겨 다니는 차……

이제 산타모니카 대로가 그의 발아래에 있었다. 파도가 쇼핑 몰을 덮쳤다. 포말 속으로 상점의 파편과 손님, 화분, 자전거 따 위가 섞여 들어갔다. 저층 건물들이 하나둘 파도 속으로 사라졌 다. 그는 충격에 대비해 몸을 낮추고 자세를 단단히 했다. 보드 가 거칠게 흔들리는 바람에 하마터면 떨어질 뻔했다.

서퍼들이 하나둘씩 파도 속으로 사라졌다. 다른 서퍼 하나가 또 물에 쓸려갔다. 질의 보드 또한 위로 솟구쳤다가 미친 듯 흔들렸다. 이제 남아 있는 서퍼는 두 명뿐이었다.

하지만 파도의 꼭대기는 아직 훨씬, 훨씬 더 높은 곳에 있다. 파도 아랫단의 소용돌이가 점점 가까워졌다. 탈진한 다리가 고통의 비명을 질렀다. 그의 곁에 있던 서퍼가 위 아래로 크게 흔들리다가, 곧 혼돈 속으로 사라졌다. 누구지? 누구든 중요한 건 아니다. 질은 위험을 무릅쓰고 뒤를 돌아봤다. 아무도 없었다. 이제 이 최후의 파도 속에 살아남은 것은 그 혼자뿐이다.

오, 주여, 만약 내가 살아남아 이 상황을 기록한다면 그건 거대한 영화 같은 이야기가 될 것이다. 다큐멘터리 〈끝없는 여름〉이나 영화 〈타워링〉보다 훨씬 스케일이 크다! 특수 효과에 천만 달러를 투입한 파도타기 영화! 아, 다리가 조금만 더 견뎌준다면! 이미 그는 세계 기록을 초과했다. 내륙으로 최소 천육백 미터는 들어온 것 같은데, 파도를 천육백 미터를 탔다는 이야기는 여태 들어본 적이 없다! 그러나 파도 꼭대기는 머리보다 몇 킬로미터 위에 있었다.

그리고…… 30층 높이의 배링튼 아파트는 마치 파리채처럼 그를 향해 날아오고 있었다.

*
**

한때 혜성이었던 물체는 이제 보잘것없는 잔해만 남았다. 이제 그것은 두어 줌의 자갈 더미와 더러운 얼음 덩어리 정도다. 지구의 중력장은 이 모든 것을 하늘 곳곳으로 흩뿌렸다. 이제 이들은 빛의 근원을 향해 돌아갈 수는 있겠지만, 다시 모이지는 못할 것이다.

거대한 분화구가 지구 표면 여기저기서 번쩍였다. 바다에서 발생한 충돌은 육지의 충돌만큼이나 환한 빛을 쏟아냈다. 그러나 바다의 충돌은 크게 확산되지는 않았다. 물이 거대한 장벽처럼 솟구치면서 충격을 내부로 흡수했기 때문이다.

태평양에서 발생한 충돌 주변에서는 높이 삼 킬로미터의 물의 장벽이 생겨났다. 물의 장벽 안쪽이 미친 듯 끓어오르고, 솟구치는 수증기의 팽창 압력 때문에 물의 장벽은 높이 솟구친 상태의 모습을 계속 유지했다.

그리고 뜨거운 증기는 하늘로 계속해서 솟구쳤다. 증발한 바닷물과 소금, 해저의 토사, 해저의 암반, 혜성의 잔해들이 수증기에 실려 대기권 최상층부까지 올라간 뒤 거대한 소용돌이를 일으키며 퍼져나갔다.

상공에서 어마어마한 양의 수증기가 응결됐다. 먼지와 굵은 입자를 중심으로 먼저 응결된 후, 무거운 진흙 입자가 되어 떨어져 내렸다. 그 덩어리들은 아직도 따뜻했다. 낙하 과정에서 새로운 입자가 더 뭉치기도 했고, 건조하고 더운 공기를 만나서 물기의 일부가 증발되기도 했다.

해머 충돌: 두 번째

오! 죄인이여, 어디로 달려갑니까?
오! 죄인이여, 어디로 달려갑니까?
오! 죄인이여, 어디로 달려갑니까?
온종일을.

텔레비전 상점은 문을 닫았다. 한 시간 안에 열 것 같지 않았다. 팀은 텔레비전이 있을 만한 곳을 찾아 미친 듯 헤맸다. 술집, 이발소…… 그러나 찾을 수가 없었다.

택시를 타고 어디론가 이동할 생각도 했지만 그게 가능할 것 같지 않았다. 로스앤젤레스의 택시는 운행을 멈췄다. 콜택시를 부르면 차가 도착할 때까지 영겁의 세월이 걸릴 것이다. JPL에 가는 것은 포기해야 한다. 그리고 지금쯤 햄너─브라운은 지구를 지나갔을 것이다. 우주비행사들은 모든 것을 목격하고 영상을 지구로 전송했겠지만 팀은 그중 한 장면도 보지 못했다.

경찰이 '감시단' 일부를 쫓아냈지만 교통 체증은 전혀 나아지지 않았다. 버려진 차가 너무 많기 때문이었다. 그러면 이제는 어떻게 하지?

갑자기 뒤에서 전구의 필라멘트가 끊어지기 직전처럼 뭔가가 번쩍였다. 깜빡! 그리고 사라졌다. 팀은 눈을 깜빡였다. 뭘 본 거지? 그리피스 공원 언덕의 녹색 잔디밭과 갈색의 오솔길, 그 길에서 말을 타는 사람 두 명 이외에는 아무것도 보이지 않았다.

팀은 인상을 찌푸렸다. 그리고 조심스럽게 차로 돌아갔다. 차 안에 전화기가 있으니 지금이라도 택시를 부를까?

흰색 망토를 걸친 두 명의 '감시단'이 접근했다. 그중 하나는 직접 만든 흰 망토에 붉은색 장식까지 걸고 있었다. 팀은 그들을 피해서 돌아갔고, 그들은 다른 보행자를 막아섰다.

"기도하시오, 백성들이여! 그날은 이미 왔습니다. 하지만 아직은 늦지 않았습니다."

팀은 차로 돌아왔다. 사람들의 화난 고함과 경적 소리는 여전히 줄어들지 않았다. 그 순간이었다. 갑자기 땅이 움직였다. 갑작스럽고 날카로운 움직임, 이어서 조금 무지근한 움직임.

건물이 흔들리고 어디선가 판유리가 깨졌다. 모든 사람들이 그 자리에서 얼어붙은 것 같았다. 모든 차들이 한꺼번에 경적을 멈췄기 때문에, 건물의 유리창이 떨어지는 소리가 똑똑히 들렸다. 몇몇 사람들이 슈퍼마켓 건물 밖으로 나왔고 복도에 서 있는 사람들도 있었다. 진동이 계속되면 뛰어나오려고 기다리고 있을 것이다.

잠시 기다려도 지진의 후속타는 없었다. 곧 경적이 다시 시작됐다. 사람들의 고함과 비명이 다시 시작됐다. 팀은 차 문을 열고 무선전화기에 손을 뻗었다.

그 순간 다시 땅이 흔들렸다. 유리 깨지는 소리, 그리고 누군가가 비명을 질렀다. 다시 한 번 침묵이 찾아왔다. 디즈니의 주차장 귀퉁이 나무 새집에서 까마귀 한 떼가 솟아올라 요란하게 울었지만 아무도 관심을 보이지 않았다. 다시 침묵의 시간이 이어졌다. 그리고 누군가가 첫 번째 경적을 울리는 바로 그 순간 팀은 주차장 아스팔트 바닥에 거칠게 팽개쳐졌다.

이번의 진동은 멈추지 않았다. 땅은 흔들리고 솟구친 후 다시 흔들렸다. 팀은 일어나려고 했지만 매번 바닥에 쓰러졌다. 이 지진은 영원히 계속될 것 같았다.

❦

아일린은 앉아 있던 의자와 함께 카탈로그 더미 위로 내던져졌다. 그녀는 머리를 부딪쳤고 치마는 엉덩이 위까지 올라갔다.

온통 산산조각 난 유리조각투성이라서 그녀는 아주 조심스럽게 일어나 옷매무새를 가다듬었다. 스타킹은 완전히 찢어져 있었고, 왼쪽 장딴지에는 가늘게 피가 흘러내리고 있었다. 그녀는 두려움에 떨면서 상처를 쳐다보다가, 더 이상 피가 나지 않는 것을 확인하고서야 간신히 상처를 만져봤다.

고객 접대실은 카탈로그, 망가진 커피 테이블, 뒤죽박죽이 된 선반 위의 물건들과 깨진 판유리 조각으로 난장판이 되어 있었다. 그녀는 어지러운 머리를 흔들었다. 대체 판유리 하나에서 어떻게 저렇게 많은 유리조각이 나올 수 있지? 잠시 후 머리가 조금 맑아지자, 그녀는 선반에서 무거운 물건과 책이 쏟아진 와중에 용케 다치지 않은 것을 깨달았다. 그녀는 현기증을 느끼며 무기력하게 응접용 책상에 기대어 섰다.

코리건이 보였다. 판유리 하나가 깨져서 쏟아져 내린 곳에 코리건이 쓰러져 있었다. 주변은 온통 유리조각이었다. 아일린은 그의 곁에 무릎을 대고 앉았다. 유리조각 하나가 무릎을 찔렀다.

단검 크기의 유리 날이 코리건의 뺨을 뚫고 목구멍에 깊숙하게 박혀 있었다. 상처 부위 아래에 피가 고여 있지만 더 이상 흘러나오지는 않았다. 그는 눈과 입을 크게 벌리고 있었다. 아일린은 그의 뺨에 박힌 유리조각을 뽑았다. 그리고 뺨의 상처를 손바닥으로 감쌌다가, 상처에서 더 이상 피가 나오지 않자 새삼스럽게 놀랐다. 목의 상처는 어떻게 하지? 바깥에는 경찰이 있다. 그들의 도움을 받아야 한다. 그녀는 심호흡을 하고, 소리를 지를 마음의 준비를 했다. 그제야 사람들의 소리가 귀에 들어왔다.

수많은 사람들이 비명과 고함을 지르고 있었다. 바깥은 혼돈 그 자체였다. 사람 소리, 건물이 무너지는 듯한 우르릉대는 소리. 최소한 두 대의 차량에서 기계적으로 망가진 클랙슨이 불규칙하게 내고 있는 경적. 누구도 아일린이 도움을 요청하는 소리를 듣지 못할 것이었다.

그녀는 코리건을 내려다봤다. 맥박은 이미 사라졌다. 그녀는 찢어진 카펫의 솜털 뭉치를 주워 그의 콧구멍 앞에 가져다 댔다. 솜털은 미동도 하지 않았다. 하지만 말도 안 돼. 출혈 때문이라면 벌써 죽었을 리가 없잖아? 하지만 그는 이미 죽었다. 심장마비일까?

그녀는 천천히 일어섰다. 짠 눈물이 **뺨**을 타고 흘러 내렸다. 눈물에서 먼지 맛이 났다. 그녀는 옷매무새를 다시 가다듬고 밖으로 나가려다가, 갑자기 웃음이 터질 것 같았다. 억지로 웃음을 참았다. 한 번 웃기 시작하면 멈출 수 없을 것 같았다.

바깥은 점점 더 소란스러워졌다. 기분 나쁜 소리였지만, 계속 안에 있을 수는 없다. 바깥에서 경찰의 도움을 받아야 한다. 에릭 라슨을 찾아야겠다. 그녀는 소리 높여서 에릭을 부르면서 나가다가, 바깥에서 일어나는 일을 보았다. 그녀는 무너진 복도에서 멍하게 서 있었다.

에릭 라슨은 캔자스 출신이다. 내륙에서 자란 그에게 지진은 정신 줄을 놓을 만큼 두려운 일이었다. 그는 제자리에서 맴을 돌고 허둥거리고 소리를 질러대다가 주저앉았고, 일어서려고 몇 번 노력했지만 매번 다시 쓰러졌다. 그는 마침내 가만히 엎드려서 머리를 팔로 감싸고 눈을 감았다. 쓰고 싶은 텔레비전 극본을 생각하려고 했지만 집중할 수가 없었다. 소음 때문이었다. 대지는 성난 황소처럼 그르렁거렸다. 아니, 그것은 시적인 심상일 뿐이다. 실제로 그런 소리가 났는지는 알 수 없다. 실제로는 자동차가 부서지고, 건물이 무너지고, 콘크리트가 깨지는 소리가 났다. 사람들의 비명도 들렸다. 두려움, 분노, 그냥 본능적인 비명.

마침내 대지의 진동이 멈췄다. 에릭 라슨은 눈을 떴다.

세상은 망가져 있었다. 건물은 무너지거나 기울어져 있고, 차들은 부서졌고, 도로와 주차장은 아스팔트가 이상한 각도로 깨져

조각그림 맞추기 퍼즐 같았다. 건너편 슈퍼마켓은 벽이 무너지고 지붕이 푹 꺼져 있었다. 잔해 속에서 사람들이 바둥바둥하며 빠져나오는 중이었다. 에릭은 이 지역 사람들을 따라 움직이려고 기다렸다. 캔자스 사람들이 토네이도를 대처할 수 있듯이, 캘리포니아 주민들은 지진에 대처할 수 있다고 생각했다.

하지만 그렇지 않았다. 사람들은 멍하게 서서 쨍한 여름 하늘을 바라보며 눈만 껌뻑이거나, 피를 흘리면서 바닥에 누워 있거나, 아무렇게나 뛰면서 소리를 질렀다.

에릭은 자신의 파트너를 찾아봤다. 트럭에서 쏟아진 자재 더미 아래에 푸른 유니폼과 검은 신발이 삐져나와 있었다. 머리가 있어야 할 장소에는 거대한 '사일런트표 양변기' 컨테이너가 있었다. 그 상자는 지면에 밀착해 있었다. 에릭은 벌벌 떨며 간신히 일어섰지만 상자 가까이로는 갈 수 없었다. 그는 슈퍼마켓으로 걸어갔다. 응급차가 언제 올까? 할 일을 지시해줄 상급자는 어디 있을까?

플란넬 셔츠를 입은 세 명의 우락부락한 남자들이 짐이 가득 실려 있는 스테이션왜건 주변에 서 있었다. 어느 아파트에서 떨어진 철제 난간 구조물이 차량 뒷부분에 떨어져 있었다. 그들 중 한 명은 차의 손상 부위를 살펴보았고, 다른 사내는 짐을 풀어헤쳐 산탄총을 꺼내면서 소리를 질렀다.

"감시단인지 뭔지 하는 개자식들 때문에 여기서 나갈 수 없었던 거야."

사내의 목소리는 조용했고 이상할 정도로 침착했다. 다른 사람들은 그의 말에 고개를 끄떡이고 총에 총탄을 쑤셔 넣었다.

그들은 뒤편의 에릭 라슨을 보지 않았다. 세 사람은 장전을 끝낸 총을 어깨높이로 들어 올린 후 십여 명의 '감시단'을 향해 겨누었다. 흰 망토를 걸친 감시단이 비명을 질렀다. 산탄총이 일제히 총탄을 뿜었다.

에릭이 권총을 쥐려다가 자기도 모르게 힘을 뺐다. 젠장! 그는 무릎을 부들부들 떨면서 사내들에게 걸어갔다. 그들은 다시 총탄을 장전하고 있었다.

에릭이 말했다.

"그만하시오!"

남자들이 에릭의 말에 깜짝 놀랐다. 그들은 뒤늦게 경찰의 푸른 제복을 발견하고는 눈을 크게 뜨고 인상을 찌푸렸다. 에릭은 스테이션왜건에 '지역 경찰 후원' 범퍼 스티커가 붙어 있는 것을 이미 알아차렸다.

남자 중 하나가 콧방귀를 뀌며 말했다.

"다 끝났다고! 당신도 방금 문명의 종말을 목격한 거요! 아직도 모르겠소?"

그 말을 듣는 순간 에릭은 갑자기 모든 것을 깨달았다. 부상자를 병원에 이송할 앰뷸런스는 오지 않을 것이다. 세인트 요셉 교회가 있던 앨라메다 거리에는 이제 무너진 집과 부서진 도로밖에 없었다. 세인트 요셉 교회가 정말로 여기에 있기는 있었나? 이미 그것조차 기억할 수 없었다.

세 사람은 번갈아 소리를 질렀다.

"이 개자식들은 우리가 고지대로 가려던 것을 가로막고 있었소! 아무 쓸모도 없는 개새끼들!"

그는 손에 쥔 빈 산탄총을 쳐다봤다. 그는 다른 손으로 두 개의 총탄을 굴리고 있었지만, 새로 장전하지는 않았다.

"잘 모르겠소. 그러면 이제 당신들은 최초로 경찰을 해치운 사나이들이 될 거요?"

에릭이 범퍼 스티커를 바라보자, 우락부락한 사내들은 그의 시선이 향한 곳을 보고는, 눈을 내리깔거나 딴청을 피웠다. 에릭이 반복해서 말했다.

"그러겠소?"

"아니오."

"좋습니다. 자, 총은 내게 주시오."

"나한테는 이 총이 꼭 필요합……."

에릭이 말했다.

"나도 마찬가지요. 당신들, 총은 더 있잖소?"

"지금 우리를 체포하겠다는 겁니까?"

"당신을 가둘 곳도 없소. 총이 필요한 것뿐입니다."

사내는 고개를 끄떡였다.

"좋소."

"총탄도 주시오."

에릭이 말했다. 그의 목소리에는 절실함이 담겨 있었다.

"좋소."

"자, 이제 이 장소에서 사라지시오."

에릭이 말했다. 그는 장전하지 않은 산탄총을 들어 올렸다. 간신히 살아남은 몇 안 되는 '감시단'들은 아무 소리도 내지 못하고 공포에 떨었다. 우락부락한 사내들은 곧 눈앞에서 사라졌다. 에릭은 그들이 어디로 가는지는 신경 쓰지 않았다.

방금 살인 현장을 목격했지만 아무 행동도 하지 않았지. 에릭은 차가 가득 막힌 거리를 떠났다. 몸과 마음이 따로 노는 것 같았다. 그의 몸은 의지와 관계없이 스스로 움직이고 있었다.

하늘이 이상했다. 머리 위의 구름은 마치 고속 재생되는 필름 영상처럼 생성과 소멸을 반복했다. 에릭은 이 날씨를 안다. 기관지가 공기를 느끼는 만큼이나 익숙한 날씨다. 캔자스 출신이라면 누구든 아는, 토네이도가 오기 직전의 날씨다. 공기가 이럴 때는, 하늘이 이럴 때는, 라디오와 생수를 들고 가장 가까운 지하실로 가야 한다.

버뱅크 구치소까지 거리는 일 킬로미터가 넘을 것이다. 그는 하늘을 유심히 쳐다보고, 아직 시간이 되겠다고 생각했다. 그는 구치소를 향해 걸음을 내딛었다. 에릭은 아직 문명사회의 일원이었다.

아일린은 공포 속에 사건 현장을 바라봤다. 대화는 듣지 못했지만 상황은 충분히 깨달았다. 경찰은 더 이상 경찰이 아니었다.

'감시단' 두 사람은 확실히 죽었고, 다섯 명은 치명상으로 괴로워했다. 나머지는 쇠사슬에서 풀려나려고 몸부림쳤다. '감시단' 중 하나가 절단기를 가지고 있었다. 저 절단기는 코리건이 경찰에게 건네줬던 물건이다. 불과 몇 분 전에 말이다. 아니, 어쩌면 전생에 있었던 일인가.

바깥은 엉망진창이었다. 사람들은 돌무더기 속에 파묻혀 있기도 하고, 무너진 상점에서 기어 나오기도 했다. 어떤 남자는 부서진 트럭 꼭대기로 기어 올라가 앞 유리창에 발을 흔들며 병에 든 위스키를 마시면서 쉬지 않고 웃어댔다.

흰 망토를 입고 쇠사슬로 몸을 연결한 '감시단'에게는 악몽의 시간이었다. 경찰이 절단기로 쇠사슬을 미처 끊어내지 못한 감시단이 아직도 많았다. 수백 명의 운전자와 행인들이 불안한 마음에 도심을 벗어나려고 했을 때 '감시단'이 길을 가로막았다. 이제 그들이 표적이 되었다. 지진 때문에 많은 사람들이 쓰러져 있거나 목적 없이 방황 중이었지만, 그래도 감시단을 공격할 사람은 충분히 많았다. 사람들은 사슬에 엮여 있는 흰 망토의 '감시단'의 존재를 깨달았고, 각기 묵직한 것을 들고 모여들었다. 자동차 체인, 차량용 지렛대, 야구 방망이 등……

아일린은 복도에 가만히 서 있었다. 코리건의 몸뚱이를 돌아봤다. 경찰인 에릭의 모습이 보였다. 그가 자리를 뜨는 모습을 보면서 그녀의 미간에 주름이 잡혔다. 폭동의 현장에서 유일한 경찰은 살인자들을 가만히 쳐다보다가 어디론가 사라져 버렸다. 이것은 아일린이 알고 있던 세상이 아니다.

세상. 도대체 이 세상이 어떻게 된 거지? 그녀는 조심스럽게 깨진 유리창을 통과해서 자신의 전용 사무실로 들어갔다. 하이힐을 신지 않아서 다행이다. 발아래에 유리가 깨져 있었다. 상품이 부서지고, 벽이 휘어져 있었다. 천장에서 떨어진 파이프가 책상을 반쯤 부수고 유리창도 깨뜨렸다. 그 파이프는 여태껏 들어본 어떤 물건보다 무거웠다. 끙끙거리면서 한참 기운을 써 간신히 파이프를 치운 후, 그 아래에 깔려 있던 지갑과 휴대용 라디오를 간신히 찾았다. 휴대용 라디오는 다행히 멀쩡했다.

라디오에서는 직직대는 잡음밖에 들리지 않았다. 몇 마디의 단어가 들리는 것 같기도 했다. 누군가가 '해머가 충돌했습니다!'라고 반복해서 소리를 질렀다. 아니, 환청인가? 그건 중요하지 않다. 아무튼 쓸 만한 정보는 아무것도 없었다.

아니, 방송이 없다는 사실 자체가 중요한 정보를 시사한다. 이 상황은 국지적인 재앙이 아니다. 샌 안드레아스 단층 전체에 지진이 났을까? 좋다. 그러나 남부 캘리포니아에는 아주 많은 라디오 방송국이 있다. 단층에서 멀리 떨어진 방송국도 많다. 방송국 중 최소 몇 곳은 지금도 방송을 하고 있어야 정상이다. 그리고 지진이 전파 교란을 유발한다는 이야기는 들어본 적이 없었다.

그녀는 창고로 향했다. 창고에도 시체가 있었다. 창고 근무 직원이었다. 작업복을 보고 짐작했을 뿐, 얼굴이나 상반신은 알아볼 수 없었다. 저런 거대한 물건에 깔린 사람의 얼굴을 볼 방법은 없다. 바깥 골목으로 나가는 문은 뒤틀려 있었다. 문을 가볍게 당겼다가, 조금 더 세게 당겼다가, 상처 입은 무릎을 벽에 대고 있는 힘껏 당겼다. 간신히 조금 틈이 생기자 겨우 몸을 빼냈다. 그리고 밖으로 나가서 하늘을 올려다봤다.

검은 구름이 뭉치고 빗방울이 떨어졌다. 빗물이 짜다. 번개가 우르릉거렸다.

골목은 벽돌이 무너져, 차가 빠져나가지 못할 것 같았다. 그녀는 지갑에서 거울과 티슈를 꺼내 뺨에 묻은 더러운 눈물자국과 핏자국을 닦아냈다. 용모 따위는 아무래도 상관없지만, 기분은 조금 나아졌다.

비는 점점 많이 내렸다. 머리 위에는 어둠과 번개가 공존했고, 빗물은 짰다. 이건 무슨 뜻인가? 바다에 큰 충돌이 있었나? 예전에 팀이 설명할 때 자세히 듣지 않았다. 현실의 삶과 관련이 없을 것 같았기 때문이다. 그녀는 팀을 생각하면서 골목길을 빠져나와 앨라메다 거리를 향했다. 이동 가능한 방향이 그쪽뿐이었다.

앨라메다 거리에 도착했을 때 그녀는 눈을 의심했다. 폭동의 현장에 팀 햄너가 있었다.

❧

지진이 오자 팀 햄너는 차 바닥으로 숨었다. 그는 차 아래에서 이어지는 진동을 기다리다가, 어느 순간 가솔린 냄새를 맡았다. 그는 즉시 차 밖으로 빠져나와 쩍쩍 금이 간 아스팔트 위를 엎드려 기어갔다.

거리에는 온통 공포와 고통에 찬 비명, 콘크리트가 무너져 아스팔트 위에 떨어지는 소리, 건물이 금속 차체 위로 무너지는 소리, 유리가 깨지는 소리. 여전히 이 상황이 실감나지 않았다. 그는 일어났지만 다리가 후들거렸다.

엉망이 된 거리 여기저기에는 흰색 망토 차림, 푸른 제복 차림, 평범한 옷차림의 사람들이 쓰러져 있었다. 어떤 사람은 움직였고, 어떤 사람은 움직이지 않았다. 움직이지 않는 사람 중 일부는 으깨지거나 몸이 꺾여 죽어 있었다. 자동차는 뒤집히고 여러 대가 부딪히고 건축물에 깔려 있었다. 멀쩡한 건물은 하나도 없었다. 그리고 가솔린 냄새가 짙게 풍겼다. 그는 담배를 찾으려다가 급히 손을 거뒀다. 무의식적으로 라이터를 켜지 않도록, 라이터를 뒷주머니로 옮겼다.

삼층 건물 하나는 동쪽 벽면이 완전히 사라졌다. 유리와 벽돌이 붕괴되면서 쏟아져 주차장과 보도를 덮쳤고 팀이 숨어 있던 차에까지 잔해가 떨어졌다. 조수석이 망가지고, 그곳에서 가솔린이 새고 있었다.

어디선가에서 비명소리가 들렸다. 팀은 뭘 할지 알 수 없었다. 그는 귀를 막았다. 그때 폭동이 시작됐다. 흰색 망토 차림 세 명이 도화선이 되었다. 그들은 비명을 지르지 않았다. 그들은 숨을 헐떡였지만 뛰느라 소리를 지를 수 없었다. 소리를 지르는 것은 달아나는 사람이 아니라 쫓는 사람들이었다.

흰 망토 하나가 팀을 향해 큰 소리를 지르며 달려왔다.

"도와주시오! 제발!"

뒤를 쫓던 군중의 시선이 팀을 향했다. 팀은 순간적으로 공포가 밀려왔다. 나를 저들과 동료라고 생각할 거야! 그리고 나를 알아볼지도 몰라. 해머를 발명한 사람!

갑자기 생각 하나가 떠올랐다. 팀은 트렁크로 달려가서 휴대용 녹음기를 꺼냈다. 흰 망토에 듬성듬성한 금색 턱수염을 기른 젊은이가 공포에 질린 표정으로 그에게 뛰어왔다. 팀은 녹음기 마이크를 흰 망토의 '감시단'에게 들이대면서 크게 말했다.

"잠시만 실례하겠습니다. 어째서……."

모욕과 배신감을 느꼈는지, 망토 차림은 마이크에 손을 흔들고 그를 지나쳤다. 그는 다른 두 명의 도망자와 함께 거리 아래를 향해 계속 달렸다. 언젠가 막다른 길이 나올 것이고, 그러면 불쌍한 결말로 끝나겠지. 건장한 사내 몇 명이 그들의 뒤를 쫓아 달려갔다. 그중 한 명이 멈춰 서서 팀을 쳐다봤다.

팀은 그에게 마이크를 들이댔다.

"실례하겠습니다, 선생님, 왜 이런 상황이 벌어졌는지 혹시 알고 계십니까?"

사내가 헐떡이며 말했다.

"제기랄, 당연히 알고 있소, 저 개자식들…… 저 '감시단'이라는 놈들이 우리를 가로막았소. 우리는 도시에서 벗어나려고 했는데…… 저 녀석들이 기도로 혜성을 멈추겠다고 했소. 그렇지만, 그들은 실패했고…… 우리는 여기 갇혔고…… 우리는 저 개자식들을 죽여 놓겠소."

성공이다! 누구도 기자를 죽이려고 하지는 않는다. 너무 명백하게 공개적이기 때문일 것이다. 다른 폭도가 모여들었다. 하지만 팀 햄너를 해치울 차례를 기다리는 것은 아니었다. 그들은 인터뷰 발언 기회를 기다리는 것이었다.

누군가가 물었다.

"어느 방송국이오?"

팀이 대답했다.

"NBS입니다."

그는 주머니에서 하비에게 받았던 언론인 신분증을 찾아냈다. 팀은 신분증을 꺼내 엄지손가락으로 이름을 가린 채 보여줬다.

다른 누군가가 물었다.

"외부로 무전을 보낼 수도 있는 거요? 내가……."

팀이 고개를 저었다.

"이건 그냥 녹음기일 뿐입니다. 원격 통신은 안 되오. 다른 직원들이 조만간 이곳으로 모일 겁니다. 아니, 모이길 바란다고 해야 하나요."

그는 다시 첫 번째 남자에게 돌아섰다.

"이제 여기서 어떻게 빠져나갈 생각입니까?"

"모르겠소. 아마 걸어서 가겠죠."

그 사내는 이제 '감시단'의 뒤를 쫓는 것에 흥미를 잃은 모양이었다.

"감사합니다. 이 양식에 서명 좀 해주시겠습니까?"

팀이 NBS의 출연 동의서 한 장을 내밀었다. 사내는 전갈을 본 듯 놀라며 물러섰다.

"그냥 됐소, 관두시오."

그는 돌아서서 어디론가 사라지고, 다른 사람들이 하나 둘 뒤를 따랐다. 곧 군중은 눈 녹듯이 사라지고 팀만 망가진 차 곁에 혼자 남았다.

팀은 언론인 신분증에서 '언론인'이라고 적힌 부분만 밖으로 보이고 이름은 보이지 않도록 적당히 조정해서 착용했다. 그리고 어깨에 방송장비를 짊어지고 마이크와 방송출연 동의 서류뭉치를 손에 들었다. 아주 무겁고 엉성한 변장이었지만 그럴 가치가 있었다. 그는 웃지 않았다.

앨라메다 도로는 공포에 사로잡혀 있었다. 비싼 바지 정장 차림의 여자 하나가 흰 망토 뭉치를 펄쩍펄쩍 뛰며 짓밟았다. 팀은 시선을 피하고 뒤를 돌아봤다. 수많은 사람들이 그에게 몰려들었다. 그들은 피 묻은 자동차 체인을 들고 있었다. 남자 하나가 커다란 소총으로 팀의 배를 겨누자, 팀이 마이크를 내밀었다.

"잠시 실례하겠습니다. 지금 어떤 상황인 겁니까?"

그러자 사내는 울부짖으며 자신의 이야기를 하기 시작했다.

팔꿈치 뒤편에 누군가가 다가왔다. 팀은 시선을 돌릴 수 없어 잠시 망설였다. 총 든 사내는 분노의 눈물을 흘리면서 이야기에 열중했는데 총구는 여전히 팀의 배를 겨누고 있었다. 그는 진심을 다해 팀의 눈을 들여다보고 있었다. 그가 무엇을 보는지는 모르겠지만 아직 총을 거두지는 않았다.

팔꿈치 뒤편에 있던 손이 자신의 방송 출연 동의서를 가져가려고 했다. 대체 이게 누구지?

아일린? 아일린 핸콕! 팀은 꼼짝하지 않고 마이크만 들고 있었고, 아일린이 잽싸게 그의 곁에 서서 말했다.

"기자님, 저 왔어요. 오느라고 힘들었어요."

팀은 거의 기절할 지경이었다. 그녀는 자신의 변장을 이미 알아차린 것이다. 오, 그녀가 똑똑해서 다행이다. 팀은 고개를 끄떡였다. 그의 눈은 여전히 인터뷰 대상자에게 고정되어 있었다.

"오느라 수고했소."

팀은 마치 인터뷰를 망칠까봐 걱정스럽다는 듯 입언저리로 작게 말했고, 미소도 짓지 못했다.

"……그래서 그 개자식들은 보는 족족 죽여버릴 겁니다!"

"감사합니다. 그리고, 서명이 필요한데……."

"서명? 무슨 서명이오?"

"방송 출연 동의서입니다."

총이 팀의 얼굴을 향해 치켜 올라왔다.

"이 개자식!"

아일린이 말했다.

"익명으로 나갈 거예요. 그리고 선생님. 캘리포니아의 언론 보호법이 있는 것은 알고 계시죠?"

"그게 무슨……."

"누구도 우리에게 인터뷰를 한 사람이 누군지를 밝히도록 압박할 수 없어요. 그러니 걱정하실 필요 없어요. 법으로 규정된 권리니까 방송에 나가셔도 문제가 없어요."

"오."

사내가 주변을 돌아봤다. 다른 폭도는 모두 사라졌고, 비가 내리고 있었다. 그는 팀과 아일린을 번갈아 쳐다보고 자신의 손에 든 총을 봤다. 그는 눈물을 주룩 흘리더니 돌아서서 몇 발짝 걷다가 어디론가로 사라졌다.

어디선가 짧고 날카로운 여자의 비명이 들렸다. 사방에서 비명과 절규가 들렸다. 천둥소리가 가까운 곳에서 들렸다. 갑자기 돌풍이 불었다. 차 한 대에는 텔레비전 카메라를 맨 사람 두 명이 앉아 있었다. 그들이 얼마나 오래 거기 있었는지 모르겠지만, 대중은 그들에게 관심을 두지 않았다. 그리고 이제는 팀과 아일린에게도 관심을 가진 사람이 없었다.

"폭도들은 공개적인 상황이 되면 수줍어하죠."

팀이 말했다.

"당신을 만나서 반갑군요. 당신의 직장이 이 근처라는 건 깜빡했소."

"옛날 직장이겠죠."

아일린이 무너진 코리건 배관자재회사의 폐허를 가리켰다.

"이제 배관자재를 사거나 파는 사람 따위는 아무도 없겠죠."

팀이 말했다.

"최소한 버뱅크에는 없겠죠. 당신을 만나니 정말 반갑소. 그러면 이제 뭘 하면 되겠소?"

"그건 당신이 전문가잖아요."

근처에서 번개가 번쩍였다. 그리피스 파크의 언덕이 푸르게 깜빡였다.

팀이 말했다.

"고지대로 갑시다. 빨리 가야 할 거요."

아일린이 번개를 가리키자 팀이 고개를 끄떡였다.

"번개에 맞을지도 모르지. 하지만 계곡과 저지대는 빨리 벗어나야 합니다. 지금 비가 오고 있죠? 그리고 이제 곧……."

"곧?"

"해일이 올 거예요."

"오, 주여. 이게 현실인가요? 이 방향으로 가요. 버두고힐스 쪽이에요. 시간은 얼마나 있죠?"

"나도 모르죠. 어디에 충돌했느냐에 따라 다를 거요. 혜성이 충돌했을 겁니다. 아마도."

팀은 자기 목소리가 침착한 것에 새삼 놀랐다.

팀과 아일린은 앨라메다 거리를 따라 동쪽으로 걷기 시작했다. 곧 차량이 도로에서 정체되고 '감시단'의 시체가 겹겹이 쌓인 교차로가 나왔다. 교차로의 선두에 섰던 차 한 대가 굉음을 내더니 차들의 틈을 비집고 보행자 도로로 올라섰다. 그 차는 오른편 차체를 심하게 긁으면서 벽과 전신주 사이로 빠져나갔다.

선두 차 바로 뒤의 차가 움직일 수 있게 됐다. 다행히 그 차는 잠겨 있지도 않았고 열쇠도 꽂혀 있었다. 아일린이 팀에게 손짓을 하고는 물었다.

"운전 잘 해요?"

"그럭저럭요."

그녀가 말했다.

"그러면 내가 할게요. 난 운전 잘 하거든요."

그녀는 운전석에 앉아 차를 출발시켰다. 한때는 고급이었을 구형 크라이슬러였다. 지금은 가죽이 낡고 시트커버에 얼룩이 있었다. 엔진에서 시동 소리가 났다. 팀은 이 차가 여태 봤던 가장 아름다운 차라고 생각했다.

아일린은 아까 앞서간 차의 경로를 그대로 따랐다. 도로 위에 흰색 망토가 있었지만 그녀는 속도를 줄이지 않고 그 위를 지나갔다. 덜컹. 전신주와 벽 틈의 공간은 좁았지만, 그녀는 시속 삼십 킬로미터의 속도로 그 사이를 달려 나갔다. 팀은 차가 틈을 완전히 통과할 때까지 숨을 죽였다.

완만한 커브길이 나왔다. 양쪽 방향 차선 모두에 차가 심하게 정체되어 있었다. 아일린은 차도로 오르지 않고 보도에서 잔디밭 위로 차를 올렸다. 그녀는 가지런히 정리된 잔디밭과 장미꽃밭 사이를 한참 달렸다. 그리고 곧 정체된 차량이 보이지 않는 곳까지 나왔다.

"오, 정말 운전 잘 하는군요."

팀이 말했다.

아일린은 고개를 들지 않았다. 장애물을 피하느라 바빴기 때문이다. 장애물 중에는 사람도 있었다. 그녀가 말했다.

"저 사람들에게 경고를 해줘야 하잖아요?"

팀이 대답했다.

"그래봐야 소용이 있겠소? 아무튼 해봅시다."

그는 조수석 창문을 열었다. 비는 아까보다 심해졌고, 짠맛이 느껴졌다. 그가 고함을 질렀다.

"높은 곳으로 가시오! 해일이 옵니다! 큰물이 들어올 거요! 높은 곳으로 가시오!"

사람들은 그를 어리둥절하게 쳐다보거나, 허둥거리며 주변을 둘러봤다. 어떤 남자는 갑작스러운 결심을 했는지 급히 차를 향해 달려가기도 했다.

모퉁이를 돌자 붉은 화염이 눈에 들어왔다. 비가 내리는 중에도 거리의 집 전체가 통째로 불타면서 강한 바람이 불티를 날려 댔다.

길에 흩어진 돌덩이들을 피하느라 속도를 줄인 순간, 무너진 집에서 여자 하나가 바구니를 들고 뛰어왔다. 여자는 창문으로 바구니를 밀어 넣으며 외쳤다.

"아기 이름은 존이에요. 아기를 돌봐주세요!"

"하지만…… 당신은……."

팀이 말을 마치기 전에 여자가 돌아섰다. 그녀는 다시 한 번 고함을 질렀다.

"나는 뒤에 아이가 둘 더 있어요! 존, 존 메이슨이에요! 이름을 기억해주세요!"

아일린은 다시 속도를 높였다. 팀이 바구니를 열어봤다. 바구니 안에는 아기가 들어 있었지만, 움직이지 않았다. 심장이 뛰지 않았고 아기의 손은 선홍색 피로 젖어 있었다. 빗물의 미지근한 소금 냄새에도 불구하고 피비린내가 차 안을 가득 채웠다.

팀이 말했다.

"죽었소."

아일린이 말했다.

"차 밖에 버려요."

"하지만……."

"그러면 아기를 먹을 건가요? 그럴 만큼 배가 고프지는 않다고요."

팀은 그녀의 말에 심한 충격을 받고, 창을 열고 바구니를 밖으로 내던졌다.

"내…… 생명의 일부를 도로에 내버린 기분이오."

아일린이 음울한 목소리로 말했다.

"내 기분은 좋다고 생각해요?"

팀이 놀라서 아일린을 바라봤다. 그녀의 뺨에 눈물이 흘러내리고 있었다.

"아까 그 여자는 아기를 구했다고 생각하고 있어요. 최소한 생각은 그렇게 하겠죠. 우리가 해줄 수 있는 것은 그게 전부예요."

팀이 부드럽게 말했다.

"그렇소."

아일린이 말을 이었다.

"만약…… 우리가 고지대에 도착하고, 이 상황에 대해 정확히 알고 나면, 다시 문명인답게 행동할 수 있을 거예요. 그때까지는 살아남는 것이 우선이에요."

"그럴 수만 있다면."

"반드시 그럴 거예요."

그녀는 계속 차를 몰았다. 비는 계속 강해졌다. 와이퍼를 최고 속도로 켰지만 유리창의 소금물 얼룩을 씻어내기에는 역부족이었다.

골든스테이트 고속도로는 파손됐다. 지하 터널은 잔해 때문에 완전히 막혀 있었다. 불이 났는데, 불길이 사방으로 번져나가고 있었다. 화염의 한가운데에 부서진 차 몇 대와 거대한 가솔린 탱크 트럭이 있었다.

팀이 말했다.

"주여……. 우리, 차를 세워야 하지 않겠소?"

"멈출 이유가 있어요? 살 수 있는 사람은 이미 모두 빠져나왔어요."

아일린은 차를 돌려서 고속도로와 평행한 국도를 달렸다. 도로 주변으로 주거 지역이 나왔다. 대부분의 집은 파손되지 않고 멀쩡했다. 잠시나마 상처 입거나 죽어가는 사람을 만나지 않게 됐다. 곧 다른 터널이 나타났다. 터널 앞에는 원래 교통 차단용 울타리가 있었지만, 이미 누군가에 의해 파손된 상태였다. 아일린이 터널로 들어가는데 맞은편에서 다른 차 한 대가 빗길을 뚫고 나왔다. 그 차는 경적을 울리면서 빠르게 지나갔다.

팀이 말했다.

"저 차가 계곡 아래로 내려가는 이유가 뭘까요?"

"부인이나, 연인이나, 아이들 때문이겠죠."

아일린이 말했다. 지금 그들은 오르막길을 달리고 있었다. 차와 건물의 잔해 때문에 길이 다시 막히자 아일린은 좌회전을 해서 북동쪽으로 향했다.

무너진 병원 하나가 나타났다. 푸른 제복의 경찰, 비에 흠뻑 젖은 흰옷의 간호사들이 폐허 속에서 부지런히 움직였다. 경찰 하나가 그들을 바라봤다. 팀이 창밖으로 몸을 내밀고 고함을 질렀다.

"높은 곳으로 가시오! 홍수가 납니다! 해일이 일어나요! 고지대로 가세요!"

경찰이 손을 한 번 흔든 후, 다시 병원의 잔해 속으로 돌아갔다. 그들의 차는 계속 앞으로 나아갔다.

팀은 앞 유리창에서 빗방울이 부서지는 것을 묵묵히 바라보았다. 그는 눈을 깜빡이며 눈물을 삼켰다. 아일린이 잠시 팀을 보았다. 그녀는 운전대에서 잠시 손을 떼고 그의 손을 어루만졌다.

"우리는 도울 수가 없었어요. 그들에게는 차도, 사람도 충분했어요."

"그럴 거요."

하지만 정말로 그렇지는 않을 것이다.

버두고힐스를 향한 오르막길이 시작되었다. 그 길은 악몽이었다. 부서진 석조 건물, 무너진 학교, 불타버린 집. 가끔 멀쩡한 집도 있었다. 누군가가 보일 때마다 팀은 목청껏 경고했다. 한 번도 차를 세우지 않는 것에 대한 심적 보상이었다.

그는 시계를 봤다. 놀랍게도 섬광을 본 지 고작 사십 분도 지나지 않았다. 그는 중얼거렸다.

"사십 분이라. 충돌 후 사십 분."

⚜

멕시코 만의 한가운데에서 시작된 거대한 파도는 시속 천이백 킬로미터의 속도로 이동했다. 파도가 텍사스와 루이지애나 해안에 도착했을 때, 처음에는 그렇게 강한 파도가 아니었지만 점점 더 많은 물이 밀려왔다. 높이, 더욱 높이 물의 탑이 쌓였다. 파도는 오백 미터 높이의 괴물이 되어 대지를 덮쳤다.

갈베스톤과 텍사스시티는 파도 속에 사라졌다. 그 파도는 서쪽으로 나아가 엘라고를 가라앉히고 계속 나아갔다. 서쪽의 휴스턴도 폐허가 됐다. 텍사스의 브라운스빌부터 플로리다의 펜사콜라까지 해안선 전역을 덮친 파도는 저지대, 강, 수로 등의 물길을 따라 내륙 깊숙이 밀려갔다. 혜성이 충돌한 멕시코 만 해저의 불타는 지옥을 피해서 말이다.

플로리다 서부 해안선을 따라 높게 치솟은 파도는 플로리다 반도를 가로지르면서 모래와 토양을 잔뜩 훑어갔다. 멕시코 만과 대서양 사이를 잇는 잘 닦인 여러 개의 수로가 생겨났다. 멕시코 만류는 이제 향후 몇 세기 동안 차가워질 것이고 훨씬 작아지게 될 것이다.

플로리다의 해일은 변덕스러웠다. 파도의 본류와 육지에 반사된 파도가 서로 부딪힐 때면 더욱 높아지기도 하지만 파도끼리 상쇄되기도 했다. 덕택에 오케피노키 습지대의 일부는 전혀 피해를 입지 않은 반면 하바나와 키스 제도는 완전히 사라졌다. 마이애미는 대서양에서 밀려온 파도에 먼저 가벼운 피해를 받았다가, 약 한 시간 후 멕시코 만에서 밀려온 거대한 해일에 의해 다른 플로리다 동부 도시와 함께 완전히 파괴되었다.

플로리다 반도에 새로 형성된 수로를 통해 대서양의 물이 멕시코 만으로 밀려왔다. 멕시코 만은 그 물을 모두 받아내지 못했고, 이미 흠씬 젖은 서부와 북부 내륙으로 물이 흘러넘쳤다. 미시시피를 향해 거대한 파도가 밀려갔는데 멤피스를 지날 때는 홍수통제선보다 십이 미터 더 수위가 높았다.

✤

프레드 로렌은 밤새 창문에 붙어서 하늘을 바라봤다. 경찰은 자신의 사진을 찍고 지문을 채취하고 독방에 밀어 넣더니 사라졌다. 이제 정오 무렵에 로스앤젤레스 교도소로 이송될 예정이었다.

프레드는 웃었다. 정오 무렵에 로스앤젤레스 교도소 따위는 존재하지 않을 것이다. 로스앤젤레스도 존재하지 않을 것이다. 다른 개자식들과 같은 감옥에 갇힐 일도 없을 것이다. 예전 교도소에서의 기억이 찾아오자, 얼른 생각을 지우고 다른 더 좋은 생각을 떠올렸다.

그는 콜린을 생각했다.

그는 선물을 들고 콜린의 집으로 찾아갔다. 그냥 이야기를 나누고 싶었을 뿐이다. 그녀는 경계했지만, 문을 잠그기 전에 먼저 그녀를 위해 준비한 아주 좋은 선물들을 내밀었다. 그녀는 그를 문 옆에 세워둔 채 선물로 받은 보석과 장갑과 빨간 구두에 넋을 잃었고, 잠시 후 대체 어떻게 정확한 치수를 알았는지 물어봤다. 그래서 이야기를 시작했다.

그는 계속 이야기를 했고, 잠시 후 그녀는 친근감을 표시하면서 자리에 앉도록 했다. 그녀는 술을 권했고, 이야기를 한참 더 나눴고, 그녀 자신도 두세 잔의 술을 마셨다. 그녀는 그가 자신에 대해 많이 아는 것에 기뻐했다. 물론 프레드는 망원경에 대한 이야기는 하지 않았다. 반면 그는 그녀가 어디서 일하는지, 어디서 물건을 사는지, 얼마나 아름다운지를 너무 잘 알고 있다고 이야기했다.

나머지는 기억하고 싶지 않았다. 그녀는 너무 술을 많이 마셨다고 했고, 처음 만났지만 아주 오래전부터 알고 지내던 사이 같다고 했다. 물론 그는 실제로 그녀를 아주 오래전부터 알고 있었다. 그녀는 처음이겠지만.

그리고, 그녀는 그에게 자고 가라고 말했다.

화냥년! 다른 모든 여자와 마찬가지로 이 여자도 화냥년이다. 아니다. 그녀가 그럴 리 없다. 그녀는 정말 나를 사랑하고 있을 것이다. 그것은 분명하지만…….

그렇다면 왜 그녀가 웃는 것일까. 그러다가 나중에는 소리를 지르면서 제발 그만두라고 하는 이유는? 아니다!

프레드의 회상은 언제나 거기까지였다.

그는 하늘을 바라봤다. 거기에는 혜성이 있었다. 혜성의 꼬리는 천문학 잡지 삽화와 똑같은 모습으로 하늘에 걸려 있었다. 새벽은 여전히 푸른색 광채 뒤에 숨어 있지만 달의 환한 빛이 서쪽 하늘에서 반짝이는 것은 똑똑히 보인다. 그리고 구름 뒤에서 여전히 혜성이 움직이고 있다. 그런데 거리에는 사람들이 멀쩡하게 돌아다니고 있다. 바보들, 아무것도 모르는 건가?

경관들이 독방에 아침 식사를 가져다줬지만 아무도 말을 걸지는 않았다. 모두가 그를 경멸 섞인 눈으로 쳐다봤다. 그들도 알고 있는 것이다. 의사가 그녀를 검시했을 것이다. 그들은 그녀가 섹스를 하지 않았다는 것도 알아냈을 것이고, 그가 섹스를 할 수 없다는 것도 알아냈을 것이다. 그는 최선을 다했지만 할 수가 없었다. 그래서 그녀는 웃음을 터뜨렸다. 그리고 프레드는 자신이 섹스를 하기 위해서는 뭘 해야 하는지를 알고 있었다. 그는 그녀가 비명을 지를 때까지 때렸다. 계속 비명을 지른다면 그는 할 수가 있다!

그는 기억을 멈추려 애썼다. 침대 위의 형상이 기억나기 전에 생각하기를 멈춰야 한다.

경찰은 그에게 강제로 그녀를 쳐다보도록 했다. 그의 팔을 꺾고 손가락을 비틀어, 보고 싶지 않은 장면 앞에서 억지로 눈을 뜨게 하면서 말이다. 그가 그녀를 사랑했고, 결코 원해서 한 일이 아니라는 사실을 이해하지 못하는 것일까?

건물 틈새로 보이는 하늘에서 이상한 광채가 번쩍였다. 왼쪽, 그러니까 멀리 남쪽과 서쪽이다. 광채는 금세 사라졌지만 프레드는 미소를 지었다. 드디어 그 일이 일어났다. 이제는 얼마 남지 않았을 것이다.

"이봐, 찰리."

건너편의 술 취한 남자가 외쳤다.

"찰리!"

"왜?"

경관이 대답했다.

"저거 도대체 뭐요? 밖에서 영화 찍는 거요?"

"뭘 말하는지 전혀 모르겠어. 섹스 마니아한테 한 번 물어봐. 그 방에 서쪽 창이 있으니까."

"이봐, 섹스 마니아!"

벽과 마루가 갑자기 요란하게 흔들렸다. 프레드는 허공으로 날았다. 그는 벽에 던져지는 순간 팔로 머리를 감쌌다. 팔이 무섭게 부딪혔다. 그는 비명을 질렀다. 왼쪽 팔꿈치에서 통증이 밀려왔다.

곧 건물은 안정되었다. 구치소는 튼튼한 건물이었고 아무 손상도 없었다.

프레드는 왼쪽 팔을 움직여 보다가 신음을 냈다. 다른 죄수들이 소리를 지르기 시작했고 누군가는 고통스럽게 비명을 질렀다. 이층 침대에서 떨어진 것 같았다. 프레드는 그들에게 관심이 없었다. 그는 급히 창가로 갔다. 정말로 두려웠다. 설마 이게 충돌의 전부인가?

창밖의 하늘은 여느 평범한 날과 똑같은데 약간의…… 구름. 오, 주여. 구름이 빠르게 움직이고 있다. 높은 하늘에서 구름이 휘몰아치고 뭉치고 사라지면서 북쪽과 서쪽을 향해 빠르게 흘러갔다. 낮은 하늘의 구름은 더 고요하고 안정적이었다. 그 구름은 남쪽과 서쪽을 향해 흘러갔다.

프레드가 기대한 것은 이런 것이 아니었다. 거대한 불덩어리가 단숨에 세상을 뒤덮는 것을 예상했다. 심판의 날이라는 말에

116

걸맞은 거대한 불기둥…… 세상의 종말은 눈이 멀 정도로 맹렬한 빛과 천둥과 함께 다가와야 한다.

하늘이 어두워졌다. 이제 하늘에는 먹구름이 휘몰아치고, 뭉치고, 끊임없는 번개가 번쩍였다. 바람과 천둥은 죄수들의 비명보다 훨씬 큰 소리로 으르렁댔다.

프레드는 마음을 가다듬었다. 그는 바닥에 던져진 상태였고, 팔꿈치에 지독한 통증이 밀려왔다.

번개…… 번개가 건물을 때린 것 같다. 복도에는 빛이 전혀 없고 바깥도 어둡다. 그의 눈에는 오직 나이트클럽의 조명처럼 초현실적인 불빛만 보일 뿐이었다.

경관이 달려오더니 구치소 철문을 순서대로 열고 죄수들을 하나하나 내보내주었다. 갇혀 있던 사람들은 풀려나자마자 복도를 따라 뛰었다. 그리고, 경관은 프레드의 감방은 그대로 지나쳤다. 양 옆 감방은 모두 열렸지만, 그의 감방은 아직 잠겨 있다.

프레드가 고함을 질렀지만 경관은 돌아서지 않았다. 그는 쭉 전진해서 마지막 감방까지 도착하더니 아래층으로 내려갔다. 프레드 혼자만 남았다.

에릭 라슨은 주위를 전혀 돌아보지 않았다. 죽은 자, 부상자, 도움을 청하는 애원의 목소리를 모두 무시하고, 성큼성큼 걸어갔다. 아주 급한 일 때문에 그들을 도울 수 없다는 표정이었다. 차가운 눈빛과 무심하게 들고 있는 산탄총 때문에 누구도 그의 앞길을 가로막지 못했다.

다른 경찰은 아무도 없었다.

에릭은 주변 상황에 전혀 관심을 기울이지 않았다. 도움을 청하는 부상자, 집과 상점의 폐허만 멍하게 보고 있는 사람들, 어디론가 무작정 뛰는 사람들…… 그들 모두를 전혀 쳐다보지 않았다. 지금 그런 것은 문제가 아니었다. 어차피 이 파멸은 모두에게 오고 있다. 에릭도 마찬가지다.

길에서 차를 한 대 주워 고지대를 향해 달아날 수도 있겠지. 그는 자신을 지나치는 자동차들을 쳐다봤다. 우연하게도 아일린 핸콕이 오래된 크라이슬러를 타고 지나고 있었다. 만약 그녀가 차를 세워준다면 함께 갈지도 모르지. 하지만 그녀는 차를 세우지 않았고, 에릭은 안도의 한숨을 내쉬었다. 그만큼 마음속 결심이 흔들리고 있었기 때문이었다.

나는 필요하지도 않은 일을 하려고 애쓰는 것은 아닌가? 내가 하려는 일이 이미 끝나 있지는 않을까? 미리 알 방법은 없었다. 어쨌든 차는 한 대 확보해둘 것을 그랬다. 이 일을 마치고도 기회가 있을 텐데. 거기까지는 생각하지 못했다. 이제는 너무 늦었다. 황폐해진 경찰서와 시청과 교도소가 모두 눈앞에 펼쳐졌다. 그는 건물 안으로 들어갔다. 벽에 있던 캐비닛이 쓰러진 자리에 여경의 시체 하나가 깔려 있는 것 말고는 산 자도 죽은 자도 없었다. 그는 계단과 구치소를 지나 안으로 들어갔다. 독방 쪽은 조용했다.

쓸데없는 일을 했군. 굳이 오지 않아도 됐을 것을. 그는 그대로 돌아가려다가 걸음을 멈췄다. 여기까지 왔으니 확실히 끝내는 편이 낫다.

해머 충돌 후에는 해일이 온다고 했다. 버뱅크 구치소에 갇힌 사람들 중 상당수는 자신이 직접 체포했다. 술주정뱅이, 좀도둑, 열여덟 살이라고 주장하지만 실제로는 훨씬 어린 부랑자들. 그들이 아무도 모르는 사이 구치소 감방에서 쥐처럼 익사하게 놔둘 수는 없다. 그럴 만큼 큰 죄를 짓지도 않았다. 무엇보다, 자신이 체포한 사람들이며 자신에게 책임이 있다.

복도 입구의 잠겨 있던 문은 활짝 열려 있었다. 에릭은 안으로 들어가서 어둠 속에 대형 손전등을 비췄다. 모든 감방 문이 열려 있었다. 모두. 아니다. 하나만 빼고.

하나만 빼고. 에릭은 닫혀 있는 감방으로 갔다.

프레드 로렌이 복도 쪽에 등을 대고, 왼팔로 오른팔을 받쳐 들고 서 있었다. 그는 멍하게 창문 바깥을 응시하고 있었으며, 에릭이 손전등을 비춰도 돌아서지 않았다. 에릭은 멍하게 서서 그를 쳐다봤다.

누구도 감방 안에서 익사당하는 생쥐 같은 취급을 당해서는 안 된다. 인간이라면 말이다. 도둑이든 주정뱅이든 부랑자든.

에릭이 말했다.

"돌아서라."

프레드는 움직이지 않았다.

"돌아서라. 아니면 다리를 쏘겠다. 총에 맞으면 꽤 아플 텐데."

프레드가 훌쩍이며 돌아섰다. 그는 자신에게 겨누어진 산탄총을 알아보는 표정이었다. 에릭은 이어서 손전등으로 자신의 몸을 비쳤다. 프레드는 그제야 에릭을 알아봤다.

에릭이 말했다.

"내가 누군지 알겠나?"

"그래요. 어젯밤에 다른 경찰이 나를 두들겨 패지 못하도록 막아줬던 분이죠."

프레드는 철창 가까이 다가서면서 산탄총을 바라봤다.

"나를 쏠 건가요?"

에릭이 대답했다.

"그럴 생각이야. 나는 다른 사람 모두를 풀어주려고 왔다. 하지만 너는 풀어줄 수 없어. 너에게는 산탄총이 어울려."

프레드가 말했다.

"종말이라고요. 세상 전부 끝이라고요. 아무것도 남지 않을 겁니다. 그런데……."

프레드가 목구멍 깊숙한 곳으로부터 울부짖듯 말했다.

"하지만 대체 종말이 언제 오는 거죠? 제발…… 제발 이야기해주세요. 그녀가 정말 죽은 건 아니죠? 세상의 종말이 온다면 그녀도 살아남지 못할 것이에요. 난 아직 그녀에게 해야 할 이야기를 마치지……."

"그녀에게 이야기를 한다고!"

에릭은 분노 때문에 총을 번쩍 치켜들었다.

에릭은 프레드가 젊은 여자의 사체가 놓인 침대와 애처로울 정도로 작은 옷장을 물끄러미 바라보던 모습을 기억했다. 쇳내 섞인 피의 냄새가 콧속으로 밀려오는 듯했다. 그의 손가락이 방

아쇠에 팽팽하게 걸렸다. 그러다가 손가락에서 힘이 빠지고, 총구가 내려갔다.

프레드가 말했다.

"제발…… 제발……."

총구가 재빠르게 다시 올라가서 불을 뿜었다. 산탄총의 반동이 이렇게 무겁게 느껴진 적은 처음이었다.

핫 퍼지의 화요일: 두 번째

> 오, 나는 언덕으로 달려갔지만 언덕이 무너져요!
> 바다로 달려갔지만 바다가 끓어올라요!
> 하늘로 달려갔지만 하늘이 불타올라요!
> 온종일을.

사람들이 꽉 찬 회의실이었지만 지지직대는 잡음 이외에는 아무 소리도 들리지 않았다. 대형 텔레비전은 빠르게 이동하던 광점이 대서양, 유럽, 북서 아프리카, 멕시코 만 위에서 번쩍이다가 사라지는 영상을 마지막으로, 이제는 불규칙하게 지지직거리는 화면만 나왔다. 이십여 명의 남녀가 멍하게 텔레비전만 바라보고 있었다. 포레스터는 계속 작업에 열중해 있었다. 콘솔 화면 위에는 컴퓨터가 그린 세계 지도가 있었고, 포레스터는 JPL이 수신한 데이터를 이용해서 충돌지점 도출 및 각종 복잡한 연산을 수행했다.

샤프 박사는 포레스터의 연산 결과를 확인해야 한다고 생각했지만 몸이 생각대로 움직여주지 않았다. 그는 자기도 모르게 다른 사람들을 지켜보고 있었다. 사람들은 입을 벌리고, 눈을 크게 뜨고, 발끝에 힘을 준 상태로 의자를 꽉 움켜쥐고 있었다. 아무

정보도 나오지 않는 텔레비전이 위험한 물건인 것처럼 몸을 뒤로 젖히고서 말이다. 그리고 포레스터는 여전히 수치 정보를 입력하고, 이동 경로를 계산하고, 결과를 확인하고, 다시 뭔가 입력하기를 반복했다.

해머 충돌.

이 상황에서 할 수 있는 것이 무엇인가? 아무것도 없다. 이 방의 공기가 그를 무겁게 짓눌렀다. 그는 자리에서 일어나 한쪽에 커피와 덴마크 페스트리가 놓인 커피 테이블로 갔다. 샤프는 커피를 한 컵 따라서 한참 들여다보다가, 건배를 흉내 내며 혼잣말을 했다. 종말이다.

다른 사람들도 하나 둘 자리에서 일어났다.

샤프가 다시 한 번 말했다. '종말.' 라그나로크. 이런 상황에서 인간이 자랑해온 문명이 무슨 소용일까? 라그나로크 속 얼음 시대, 불의 시대, 도끼의 시대, 늑대의 시대……. 포레스터가 자리에서 일어나 문 쪽으로 걸어가고 있었다. 샤프가 물었다.

"이제 무슨 일이 일어나는 거요?"

"지진입니다."

포레스터는 빠르게 문을 나가며 조금 큰 목소리로 반복했다.

"지진이 올 겁니다."

사람들이 그의 말을 알아듣고, 문으로 달려갔다.

샤프 박사는 컵에 커피를 부은 후, 수도꼭지에 컵을 대고 찬물을 들이부었다. 불과 한 시간 전에 좋은 모카자바 원두를 멜리타 필터로 추출해 깨끗한 서모스 보온병에 담아두었다. 거기에 수돗

물을 부은 것은 아깝지만, 이제야 마실 수 있을 만큼 식었다. 앞으로 무역선이 다시 바다를 건너려면 얼마의 시간이 걸릴까? 여러 해? 수십 년? 아니면 영원히? 아무튼 다시는 커피를 마시지 못하게 될 것이다. 샤프는 네 모금 만에 컵을 비우고 바닥에 컵을 내던졌다. 무거운 도자기 컵은 바닥에 부딪혔다가 깨지지 않고 텔레비전 쪽으로 굴러갔다. 샤프는 문 밖으로 달려 나갔다.

다른 사람들은 로비에서 포레스터를 지나쳐서 달려갔다. 입구의 유리문이 바로 그의 앞에서 닫혔다. 저 급하게 뒤뚱거리는 모습이라니. 포레스터는 결코 운동을 잘 하는 사람이 아니지만, 지금 저것보다는 빨리 뛸 수 있을 텐데? 그렇다면 아직 시간이 더 있다는 뜻인가? 샤프는 포레스터의 뒤를 따라잡았다.

포레스터가 급히 말했다.

"주차장으로 가야 합니다. 조심하세요!"

샤프는 휘청거리다가 간신히 제대로 섰다. 포레스터는 외발 춤을 추는 것 같았다. 바닥이 격렬하게 한 번 흔들렸다. 이 정도면 그렇게까지 나쁘지는 않은 것 같다. 건물 자체는 아무 피해도 없으니 말이다.

포레스터가 말했다.

"지금이오."

그는 JPL 본관에서 실내로 이어진 별관 주차장을 향해 달렸다. 주차장으로 가려면 회전식 계단을 올라가야 한다. 포레스터는 거의 마지막 계단까지 올라가다가 비틀거렸다. 샤프는 그의 겨드랑이에 팔을 끼우고, 그를 운반하듯 남은 계단을 올라갔다.

주차장에 도착하자 포레스터는 바닥에 주저앉더니 그대로 쓰러졌다. 샤프는 그를 걱정스럽게 쳐다봤다.

포레스터는 입을 벌려 말하려다가 몇 번 헐떡이기만 했다. 숨이 차서 말은 하지 못하고 대신 한쪽 팔을 들었다가 손바닥을 아래로 하는 손짓을 했다. 앉으라는 거다.

샤프의 발아래 바닥이 물결처럼 출렁였다. 샤프는 자신도 모르는 사이 굴러 떨어질 뻔했다. 그는 간신히 주저앉았다. 어디선가 유리창이 깨지는 소리가 들렸다. 막상 JPL 건물에는 큰 피해가 발생한 곳은 없었다. 바로 아래에서는 기자들이 밖으로 나오다가, 지진이 예상외로 가볍자 건물 안으로 돌아가고 있었다.

포레스터가 말했다.

"저 사람들에게…… 헉, 헉…… 저 사람들에게 빨리 나오라고 하시오. 최악의 지진이 옵니다."

샤프가 기자들에게 외쳤다.

"큰 지진이 오고 있소! 모두 밖으로 나오시오!"

샤프는 〈뉴욕타임즈〉 기자 한 명과 눈이 마주치자 다시 크게 외쳤다.

"사람들을 밖으로 내보내시오!"

포레스터가 일어서더니 주차장 한 귀퉁이의 차가 없는 빈터로 급히 달려갔다. 샤프가 기억하는 한 가장 빠른 속도였다.

"빨리!"

샤프가 다시 다른 사람들에게 외쳤다.

사람들이 다시 JPL 건물에서 쏟아져 나왔다. 어떤 사람들은 샤프가 주차장에 있는 것을 발견하고 달려왔고, 일부는 건물 사이의 빈터에서 방향을 잡지 못해 망설이며 방황했다. 샤프는 급히 손짓을 하면서 포레스터를 바라봤다. 포레스터는 주차장의 빈터로 달려가서 주저앉았다.

샤프가 포레스터를 향해 달려갔다. 마침내 포레스터의 곁, 아스팔트 바닥에 납작하게 엎드렸다. 아직은 아무 일도 일어나지 않았다.

포레스터가 헐떡이면서 말했다.

"첫 번째 충격파는…… 데스밸리에 떨어진…… 지상 충돌의…… 충격파였습니다. 그리고…… 이번에는 태평양에서의 충격이 전해질 거요. 얼마나 지나야 시작될지 모르지만……."

대지가 그르릉거렸다. 새들이 하늘로 날아올랐고, 종말이 다가오는 느낌이 전류처럼 절박하게 흘러들었다. 주차장 반대편 입구에서 한 무리의 사람들이 계단을 딛고 급히 올라오고 있었다. 다시 땅이 그르릉거리다가 진동이 시작됐다.

"샌 안드레아스 단층의 진동입니다."

포레스터가 말했다.

"이번에는 확실하게 분리될 겁니다. 압력이 수백 메가톤, 어쩌면 더 될지도 몰라요."

사람들 대여섯 명이 나선형 계단의 꼭대기까지 올라왔다. 두 사람은 샤프와 포레스터를 향해 걸어왔고 나머지는 자신의 차를 찾으려고 흩어졌다. 포레스터가 외쳤다.

"저 사람들, 빨리 차가 있는 곳에서 나오라고 해요!"

샤프가 소리를 질렀다.

"빈 터로 가시오! 계단에서도 떨어지시오! 멀리!"

계단 쪽에서 텔레비전 카메라 한 대가 나타났다. 남자 하나가 카메라를 짊어지고 있었고, 여자 한 명이 뒤에서 도와줬다. 그리고 다른 사람 몇 명이 그 뒤를 따랐다. 그 방송국 직원들이 주차장으로 나오던 순간, 땅이 움직였다.

이삼 초 정도의 짧은 정적이 오자 사람들은 몸을 웅크리며 무릎을 껴안았고, 그사이 지진은 더욱 힘을 키웠다. 대지가 포효하고, 다시 한 번 포효했다. 여러 소리가 한꺼번에 울렸다. 사람들의 비명, 유리창이 떨어지고 콘크리트가 깨지는 소리, 그 모든 소리들이 곧 뒤죽박죽 섞여 형태도 없는 악몽 같은 혼돈이 찾아왔다.

샤프는 뒤로 돌아서서 JPL 건물을 바라보려고 했지만, 붙잡고 버틸 것이 없었다. 아스팔트가 계속 출렁이면서 흔들리는 바람에 샤프는 두 바퀴나 공중제비를 돌고 허공으로 퉁겼다가 다시 바닥에 처박혔다. 온 세계가 굉음과 잡음, 비명으로 가득했다.

그리고 모든 것이 끝났다. 샤프는 주저앉은 그대로 눈에 초점을 잡으려 애썼다.

세상은 변해 있었다. 앤젤레스 산맥의 하늘과 맞닿은 윤곽이 미묘하게 달라져 있었다. 큰 차이는 아니지만 변한 것은 분명했다. 더 오래 쳐다볼 생각은 없었다. 바로 뒤를 돌아보니 주차장 일부는 사라졌고 다른 일부는 이상한 각도로 기울어져 있었다. 샤프와 계단 통로 사이에 절벽이 생겼다. 회전식 계단통에서 계단은 하나도 남지 않고 모두 아래층에 처박혔다. 자동차는 대부분 사라졌고 남아 있는 일부 차는 싸우는 들짐승처럼 뒤엉켜 있었다. 다른 모든 것은 한 곳에 뒤섞여 있었다. 자동차, 건물, 바위······.

기울어진 표면으로 폭스바겐 한 대가 마치 잔디 깎기 수레처럼 육중하게 샤프를 향해 굴러왔다. 샤프가 비명을 지르며 일어서서 달리려고 했지만 다리에 힘이 들어가지 않았다. 그는 넘어졌고, 앞으로 기었다. 폭스바겐은 맹렬하게 달려와 그의 발꿈치 곁을 지나더니 링컨 리무진에 충돌했다. 리무진은 폭스바겐 크기로 작아졌고 폭스바겐은 절반 크기로 줄어들었다.

다른 쪽에서는 작은 차 한 대가 후진하는 것이 보였다. 누군가가 그 차에 깔렸다. 오, 세상에, 저건 샬렌이다. 하지만 도움을 주러 움직일 수가 없다. 그리고 그녀는 금세 움직임을 멈췄다.

지면은 계속 흔들리고 신음하고 무너졌고, 주차장은 조금씩 계속 줄어들었다. 주차장 바닥이 느리게 가라앉으면서 샬렌과 그녀를 죽인 자동차가 점점 아래로 미끄러졌다. 이제 샤프의 귀에는 더 이상 굉음이 들리지 않았다. 청각이 마비된 것 같다. 그는 바닥에 납작하게 엎드려 이 상황이 완전히 끝나기만 기다렸다.

JPL의 거대한 본관 건물은 이제 사라졌다. 건물이 있던 자리에는 박살난 콘크리트와 유리창, 비틀린 금속, 부서진 컴퓨터 잔해만 남아 있었다. 폰카르멘 센터도 거의 비슷한 폐허 상태였다. 건물의 잔해 사이에 최초로 달에 착륙해서 달 표면을 채취했던 무인 거미 우주선이 찌그러져 있었다. 그것은 지붕의 붕괴에 깔렸다. 잠시 후 그 건물 잔해가 다시 한 번 내려앉으면서 남아 있던 잔해를 완전히 파묻었다.

"끝났나? 대체 언제 끝나는 건가?"

누군가가 소리를 질렀다.

마침내 지진이 잦아들었지만 샤프는 여전히 몸을 일으키지 못했다. 운명을 시험해볼 생각은 없었기 때문이다. 이제 주차장 건물은 가운데가 불룩하고 아래쪽으로 경사져 있었다. 샤프는 그제야 계단을 오르던 방송국 직원과 그 뒤에 있던 사람들이 누구였는지 궁금해졌다. 물론 누구였든 이제는 모두 사라졌다. 계단 통로와 대략 십오 미터 높이의 나선형 계단에 있던 사람들은 모두 무너진 지면으로 빨려 들어가고, 그 위로 망가진 자동차와 건물 잔해가 한 겹 덮어버렸다.

날이 어두워졌다. 어두워지는 과정이 눈에 보였다. 하늘이 검은색 장막으로 덮이고 있었으며, 뭉클거리는 검은 구름 속에서 수십, 수백 개의 전구가 교대로 깜빡이듯 번쩍였다.

❧

빛이 번쩍이더니 곁에 있던 나무 하나가 쪼개지면서 불을 뿜었다. 천둥소리 때문에 순간적으로 청각이 마비됐다. 공기 중에서 오존의 냄새가 났다. 앞쪽 오르막에서는 더 강렬한 섬광이 번쩍였다.

팀이 물었다.

"지금 어디로 가는지는 알고 있는 거요?"

아일린이 빗물 말고는 아무것도 없는 도로에서 더욱 속도를 높이면서 대답했다.

"몰라요. 근처에 산으로 연결되는 도로가 있는 것은 확실해요. 몇 번 가본 적이 있으니까요."

그들의 좌측과 후방에는 여러 채의 집이 거의 멀쩡한 상태로 남아 있었다. 우측으로는 버두고힐스와 여러 작은 갈림길이 있었는데, 갈림길마다 모두 '막다른 곳'이라는 표지가 붙어 있었다. 폭우와 번개만 제외하면 이 지역은 평소와 다르지 않다. 비 때문에 멀리 있는 물체는 보이지 않았지만 가까운 곳의 치장 벽토가 붙어 있는 주택들은 눈에 띄는 손상 없이 멀쩡했다.

"아하!"

아일린이 부르짖었다. 그녀는 급히 우측으로 핸들을 꺾어 절벽을 끼고 큰 커브를 그리는 포장도로를 따라 갔다. 그 도로는 굴곡이 심했다. 오른편은 산, 정면에도 어렴풋하게 보이는 웅크린 산이다. 왼편은 골프 코스였다. 다른 것은 아무것도 보이지 않았다. 사람도 없고 차도 없었다.

차는 부지런히 좌회전과 우회전을 반복하다가 갑자기 급제동을 했다. 차는 옆으로 미끄러지면서 간신히 멈췄다. 바로 앞에 삼 미터가 넘는 진흙과 단단한 돌이 길을 막고 있었다. 산사태의 흔적이었다.

팀이 말했다.

"걸읍시다."

그는 눈앞에서 번쩍이는 번개 때문에 몸을 부르르 떨었다.

아일린이 말했다.

"아직 멀었어요. 내 기억에 저 산의 꼭대기를 넘어가야 해요."

그녀는 도로 왼편의 골프 코스를 가리켰다. 그곳은 철망이 쳐진 덕택에 산사태의 피해를 입지 않았다.

"철망에 구멍을 뚫어봐요."

"뭘로 말이오?"

팀은 대꾸하면서 밖으로 나갔다. 차 밖에 나가자마자 비에 흠뻑 젖었다. 팀이 멍하게 서 있자 아일린이 차 밖으로 나와 트렁크를 열었다. 트렁크에는 차량용 지렛대와 고장 신호판, 엔진을 닦을 때 썼음직한 기름에 흠뻑 전 낡은 비옷이 있었다. 아일린은 지렛대를 꺼냈다.

"이걸로 해요, 팀. 시간이 없어요."

"나도 알고 있소."

팀이 그 얇은 쇠막대를 들고 철망으로 향했다. 그는 오른손에 지렛대를 들고 쇠사슬을 몇 번 내려쳤지만 작업은 희망이 없을 것 같았다.

트렁크 문이 쾅 닫히고 이어서 차 문이 닫히더니 이어서 시동이 걸리는 소리가 들렸다. 팀은 화들짝 놀랐다. 아직 차가 움직이는 것은 아니다. 하지만…… 폭우 속, 비에 젖은 유리 너머의 아일린의 표정은 보이지 않았다. 설마 나를 여기에 남겨두고 떠나려는 것일까?

그는 지렛대 손잡이를 철망과 기둥 사이에 끼워 넣고 살짝 비틀어 봤다. 아무 일도 일어나지 않았다. 이번에는 체중을 손잡이에 싣고 힘껏 비틀자 조금 반응이 있었다. 물에 젖은 손잡이가 미끄러지는 바람에 그는 바닥에 넘어졌다. 지렛대에 걸려 옷이 찢어지고 어깨에 상처가 났다. 상처 자리에 소금물이 들어가자 어깨를 부르르 떨 정도의 통증이 밀려왔다. 그는 다시 어쩔 줄 모르고 멍하게 서 있었다.

"팀, 어떻게 되어가요?"

그는 돌아서서 그녀에게 넋두리를 늘어놓고 싶었다. 이건 소용없는 짓이라고, 지금 정말 비참한 기분이라고, 옷이 찢어지고 다쳤다고…… 하지만 그는 몸을 숙여서 다시 지렛대 손잡이를 철망 틈에 끼워넣고, 힘껏 비틀기를 반복했다. 그러자 철사 하나가 기둥에서 풀려났다. 다시 한 번, 또 한 번, 몇 차례를 반복하자 갑자기 철망 전체가 느슨하게 헐거워졌다. 그는 바로 옆 기둥에서 같은 작업을 다시 시작했다.

아일린이 차에 시동을 걸더니 경적을 울린 후 외쳤다.

"옆으로 비켜서요."

차가 도로를 떠나더니 철망에 강하게 충돌했다. 철망이 다른 기둥에서 떨어져 나오면서 풀밭에 깔렸다. 차는 철망을 짓밟으면서 달려갔다.

"타요!"

그녀가 외쳤다.

팀이 차를 향해 달렸지만 그녀는 차를 세워줄 생각이 없는 듯 속도를 줄이지 않았다. 그는 급히 차를 따라잡아 문을 열고 몸을

132

던져 간신히 자리에 앉았다. 그녀는 골프장의 페어웨이를 가로지르고 깊숙한 러프를 관통하고 그린을 통과했다. 조심스럽게 다듬어진 그린이 금세 망가졌다. 팀이 웃음을 터뜨렸다. 과장스러울 정도로 흥분된 웃음이었다. 아일린이 잔디가 돋은 페어웨이에서 눈을 떼지 않고 물었다.

"왜요?"

"어떤 부인이 로스앤젤레스 컨트리클럽의 그린에서 뾰족구두를 신고 걸으니까, 잔디 관리인들이 죽도록 짜증을 냈었거든요. 내가 해머 충돌 상황을 이해했다고 생각했는데, 실제로는 방금 당신이 차로 그린을 지나는 순간에야 실감을 한 것 같아요."

그녀는 아무 대답도 하지 않았다. 팀은 다시 우울한 표정을 지으며 앞을 바라봤다. 잔디밭을 깔끔하게 다듬기 위해서 얼마나 많은 일손이 들었을까? 앞으로도 누군가가 그런 노력을 할까? 만약 차 안에 골프채가 있다면 지금 당장 나가서 골프를 칠 텐데. 팀은 다시 웃음을 터뜨릴 뻔했다.

아일린은 골프 코스를 관통한 다음 오르막으로 이어지는 아스팔트길로 이동했다. 이제 양옆에는 다시 다듬어지지 않은 수풀이 펼쳐졌다.

잠시 더 달리자 야영장이 나타났다. 거기에는 보이스카우트도 있었다. 보이스카우트들은 텐트를 이미 설치한 상황에서 철수를 망설이고 있는 것 같았다. 팀이 차창을 열고 소리를 질렀다.

"고지대로 가시오!"

단장이 말했다.

"아래쪽에 무슨 일 있습니까?"

아일린이 속도를 줄이다가 아예 차를 세웠다.

팀이 말했다.

"화재, 홍수, 교통 체증…… 절대 돌아가고 싶지 않을 일들 입니다. 적어도 한동안은요."

그는 단장에게 가까이 오라고 손짓한 후 말했다.

"여기서 하루를 보내시오. 최소한 오늘 밤만이라도."

단장이 말했다.

"우리 가족은…… ."

"집이 어디요?"

"로스앤젤레스의 스튜디오 시티요."

팀이 말했다.

"거기까지 갈 수 없을 겁니다. 계곡으로 차가 갈 수가 없으니까. 도로가 막혔고, 고속도로는 무너지거나, 불이 났소. 가족을 위해 할 수 있는 최선이 뭔지 아시오? 당신이 안전한 곳에서 머무는 것입니다."

단장이 고개를 끄떡였다. 정직해 보이는 얼굴에 눈이 크고 턱에는 붉은 수염이 있었다.

"나도 아이들에게 그렇게 말하던 중이었소. 애들아, 너희도 들었지? 너희들 어머니는 우리가 여기 있는 것을 알고 계셔. 만약 사정이 정말로 악화되면 부모님이 구조대를 보내주실 거야. 그러니 지금은 여기에 머물러 있는 것이 가장 좋아."

그는 목소리를 낮춰 팀에게 물었다.

"지진 때문에 무너진 건물이 꽤 있겠죠? 사람은 많이 다쳤습니까?"

"네."

팀은 짧게 대답하고 돌아섰다. 그는 단장의 눈을 쳐다볼 수 없었다.

단장이 말했다.

"그럼 우리는 하루 더 여기 있어야겠습니다. 그래도 내일부터는 공공 서비스가 정상적으로 제공될 테니까요. 하지만 빗속에서 야영할 준비를 하지 않은 것이 문제요. 유월에 이렇게 비가 내릴 줄은 아무도 예상하지 못했는데, 차라리 버뱅크로 내려가서 숙소를 찾거나, 아니면 버뱅크의 교회를 가야겠소. 교회라면 잠잘 장소를……."

팀이 다급하게 말했다.

"그러지 마시오. 아직은 안 됩니다. 그런데 이 길이 꼭대기로 이어지나요?"

"네."

단장이 얼굴을 팀에게 가까이 가져왔다. 그는 번개 때문에 불이 번쩍이는 산꼭대기를 바라보며 말했다.

"번개가 치는 와중에 산 위로 올라가려는 이유가 뭡니까?"

팀이 대답했다.

"그럴 일이 있소. 아무튼 당신은 여기 있으시오. 최소한 오늘 밤은 말입니다. 아일린, 우리는 갑시다."

그녀는 말없이 차를 출발시켰다. 그들은 도로에 단장을 놔두고 구불구불한 길을 따라 앞으로 나갔다. 아일린이 말했다.

"나도 차마 이야기를 할 수 없었어요. 저 사람들, 저기서 안전할까요?"

"아마 그럴 거요. 이미 충분히 높이 올라왔으니까."

아일린이 말했다.

"꼭대기는 구백 미터쯤 될 거예요."

팀이 말했다.

"그리고 여기서 정상까지는 삼백 미터도 안 될 테고. 여기 정도면 안전할 거요. 여기서 번개가 멈추기를 기다려야겠소. 번개가 과연 멈출지 모르겠지만…… 아무튼 그런 다음에 계속 올라가든 돌아가든 하면 되겠죠. 계속 간다면 어디에 도착하는 거요?"

아일린이 말했다.

"터헝가예요. 고도가 오백사십 미터에서 육백 미터 사이죠. 만약 이곳이 안전하다면 터헝가도 안전할 거예요."

그녀는 계속 고지대를 향해 차를 몰았다.

팀이 인상을 찌푸렸다. 그는 원래 방향감각이 없는 편이고 차에는 지도도 없었다.

"터헝가 캐넌에 내 소유의 관측소가 있소. 큰 도로를 따라 계속 가면 도착할 거요. 관측소에는 음식과 비상용 생필품이 충분히 있소."

아일린이 웃으며 놀렸다.

"해머 열병에 걸렸군요? 당신이."

"아니오. 거긴 외딴 곳이고, 눈이 한 번 쌓이면 일주일씩 꼼짝도 못 해요. 그래서 이런저런 물품을 쌓아둔 것이오. 그런데 지금 어디 가는 거요?"

"나는…… 나도 잘 모르겠어요."

그녀는 느리게, 거의 기다시피 계속 차를 몰았다. 비는 아까보다 조금 줄어든 것 같다. 여전히 이 계절의 로스앤젤레스에서는 내린 적이 없는 엄청난 폭우였지만, 지금은 욕조에 틀어둔 수도꼭지처럼 펑펑 쏟아지는 상태는 아니었다. 대신 바람이 심해졌다. 바람은 계곡을 가로지르며 요란한 비명을 질렀다. 그들은 차 안에서도 이야기를 나누려면 소리를 질러야 했다. 하지만 바람이 내내 그들을 따라 다녔기 때문에 얼마 후에는 그들도 바람 소리를 의식하지 못하게 됐다.

그들은 또 하나의 큰 커브를 회전해서 남쪽과 서쪽이 트여 있는 고지대에 도착했다. 산사태 염려가 없지 않았지만 아일린은 일단 차를 세웠다. 그녀는 시동을 껐다. 바람이 울부짖었고 번개가 머리 위에서 장난을 쳤다. 폭우 때문에 샌퍼난도밸리는 흐리게 가려졌지만, 때때로 강한 바람이 빗방울을 휩쓰는 순간에는 계곡의 윤곽이 희미하게 보였다. 계곡의 평지에는 밝은 오렌지색의 불빛이 수십 개나 보였다. 아일린이 큰 소리로 물었다.

"저건 뭐죠?"

"집, 주유소, 발전소의 유류창고, 차, 뒤집힌 트럭…… 불탈 수 있는 건 뭐든지 다 타고 있겠죠."

"빗속의 불이라……."

차 내부의 온기에도 불구하고 그녀는 몸을 부르르 떨었다. 바람이 다시 요란한 소리를 냈다.

팀이 아일린에게 몸을 기울였다. 그녀는 순간 움찔했다가 곧 머리를 팀의 가슴에 기댔다. 그들은 그렇게 앉아서 바람 소리를 듣고, 오렌지색 불꽃이 빗속에서 일렁이는 것을 바라봤다.

팀은 말했다.

"내 관측소로 갑시다. 금방 도착할 거요. 걸어야 할 수도 있지만, 그렇게 멀지 않아요. 삼사십 킬로미터는 넘지 않을 테니 걸어가도 이틀이면 도착할 수 있소. 그러면 안전해질 거요."

그녀가 말했다.

"아니에요. 이제는 누구도 안전해질 수 없어요. 다시는."

"우리는 분명 안전해질 거요."

그는 잠시 말을 멈췄다가 계속했다.

"난…… 당신이 나를 발견해서 정말 기뻤소. 내가 대단한 영웅은 아니지만, 하지만……."

"당신, 정말 잘 하고 있어요."

그들은 다시 조용해졌다. 바람이 계속 윙윙거렸지만, 차츰 다른 소리도 들려오기 시작했다. 제트기의 엔진 소리 같은 낮게 구르릉거리는 소리가 점점 커졌다. 열 대의 제트기, 천 대의 제트기가 동시에 이륙을 준비하는 것 같았다. 남쪽에서 소리가 들려오더니 멀리 있는 오렌지빛 불빛 몇 개가 사라졌다. 조금씩 사라진 것이 아니라, 단숨에, 갑자기, 시야에서 사라졌다. 그리고 소리가 점점 가까워졌다.

"지진해일이다."

팀이 낮게 말했다.

"정말로 해일이 접근하는 거요. 수백 미터, 어쩌면 수천 미터 높이의 해일이."

아일린이 걱정스럽게 말했다.

"수천 미터요?"

"우린 괜찮을 거요. 내륙 깊숙한 곳으로는 오지 못해요. 해일이 지면에서 이동할 때는 막대한 에너지가 소모되니까 말이오. 지금 여기까지 오는 해일은 옛 로스앤젤레스 강을 통해 이동하고 있을 테지만, 할리우드힐스를 가로지르지는 못할 거요. 그래서 고지대에 있는 사람은 안전할 겁니다. 신이여, 계곡에 있는 사람들을 도와주소서."

그리고 그들은 서로 손을 잡았다. 번개가 계속 번쩍였고, 천둥이 우르릉거렸고, 지진해일의 울음소리가 천둥소리를 덮어버렸다. 샌퍼난도밸리의 오렌지색 불꽃은 이제 하나도 남지 않았다.

✤

바하 캘리포니아와 멕시코 서쪽 사이의 해안선은 포크의 가시가 두 개 돋은 것처럼 길쭉했고 그 사이에는 가늘고 긴 만, 코르테즈 해안이 있었다. 그곳은 목욕물처럼 따뜻하고 호수처럼 조용해, 요트를 타거나 헤엄을 치는 사람들에게는 놀이터 같았다.

하지만 지금은 햄너-브라운이 유성처럼 지구 대기를 뚫고 떨어졌고, 그중의 한 조각은 포크의 뾰족한 갈래 사이인 코르테즈

해의 입구에 떨어졌다.

충돌 지점에 오렌지색 빛 구덩이가 생기고, 그곳으로부터 물이 폭발하듯 퍼져나갔다. 해일은 남쪽으로는 반달 모양으로 넓게 펼쳐졌다. 하지만 북쪽은 두 개 대륙의 해안선 사이에 갇혀 있기 때문에, 해일은 마치 산탄총의 몸통을 지나듯 일렬로 몰려갔다. 파도의 일부는 동쪽으로 멕시코까지, 서쪽으로 바하 캘리포니아를 건너 태평양까지 흘러갔지만, 대부분의 큰 파도는 북쪽으로 밀고 올라가서 흰색으로 머리가 덮인 산꼭대기를 향해 덮쳤다.

캘리포니아에서 두 번째로 거대한 농업 지대인 임페리얼밸리는, 마치 산탄총의 총구에 위치한 것과 같았다.

⚜

생존자들은 서로 모이기 위해 JPL의 무너진 주차장을 가로지르며 기어 다녔다. 남자 십여 명, 여자 다섯 명, 모두 정신을 반쯤 놓은 상태로 엉금엉금 기어 다녔다. 건물 잔해 아래에 깔린 사람들은 비명을 질러댔다. 생존자들이 그들을 돕기 위해 움직였다. 샤프는 멍하게 가만히 서 있었다. 아래로 가서 사람들을 돕고 싶었지만 다리가 말을 듣지 않았다.

하늘에서는 구름이 끓어오르면서 이상한 무늬를 만들고 있었다. 그 구름의 소용돌이 속 어딘가에 햇빛이 있는지 모르겠지만, 있다고 해도 온 세상을 뒤덮고 번쩍이는 번개에 덮여 보이지도 않았다.

놀랍게도 어디선가 어린아이의 울음소리가 들렸다. 이어서 누군가가 그에게 도움을 청했다.

"샤프 박사님, 도와주시오!"

건물 관리인인 제임스 마스터슨이었다. 그는 다른 두 사람의 생존자와 함께 대형 녹색 링컨 리무진 곁의 스테이션왜건 옆에 달라붙어 있었다. 스테이션왜건의 두 바퀴는 아스팔트 위에, 다른 두 바퀴는 허공에 있었고, 45도 각도로 아래로 기울어져 있었다. 그 차 안에 아이들이 울고 있었다. 제임스가 외쳤다.

"박사님, 제발, 빨리!"

그 말이 샤프의 굳어 있던 다리를 움직이게 했다. 샤프는 주차장을 가로질러 달려가서, 제임스와 다른 두 남자를 도와 짐을 잔뜩 실은 스테이션왜건을 잡아당겼다. 마침내 차가 다시 수평으로 아스팔트 위로 올라섰다. 제임스가 문을 열자 눈물로 얼룩진 아이 두 명과, 제임스의 부인인 중년 여자가 나왔다. 그녀는 울지 않고 있었다.

그녀가 말했다.

"아이들은 괜찮아요. 말했잖아요, 아이들은 괜찮을 거라고."

스테이션왜건의 지붕과 뒤 트렁크에는 짐이 잔뜩 실려 있었다. 음식, 물, 휴대용 가스, 옷가지, 산탄총, 총탄 등 생존에 필요한 도구들과, 아이들 그리고 담요까지 말이다. 제임스는 사람들에게 모두 들리도록 이야기했다.

"박사님이 해머가 충돌할 수 있다고 말씀하시기에……."

샤프는 마음 한편으로 이 상황에 대해 낄낄거리며 웃고 싶었다. 건물 관리인 제임스 마스터슨. 그는 아마 엔지니어들에게 여러 가지 이야기를 들었지만, 그의 지적 수준으로는 확률에 대해 이해하지 못했을 것이다. 그래서 그는 준비를 했다. 생존 장비를 모두 챙기고 만일의 사태에 대비해서 가족들을 주차장에 대기시켰다. 나머지 엔지니어들은 너무 많은 것을 알고 있었다.

가족.

누군가가 물었다.

"박사님, 이제 뭘 해야 하는 겁니까?"

"글쎄요."

샤프가 포레스터를 돌아봤다. 이 퉁퉁한 천체물리학자는 쓰러져가는 스테이션왜건을 바로 세우는 것에는 도움이 되지 못했다. 그는 뭔가 골똘히 생각에 잠긴 것 같았다. 샤프가 돌아섰다.

"할 수 있는 만큼은 생존자를 도와야겠죠. 하지만, 모두가 집으로 돌아가야 합니다!"

다른 사람들이 합창하듯 말했다.

"나도 그렇습니다."

샤프가 말했다.

"하지만 우리 모두 함께 행동해야 합니다. 앞으로는 믿을 수 있는 사람이 많지 않을 거요."

제임스가 말했다.

"이동식 주택을 끌고 가야겠군요. 차도 몇 대 될 테고. 가족을 모두 데려가려면…… 그런데 모두 어디 살고 계십니까?"

사람들의 거주지는 너무 다양했다. 샤프와 다른 두 사람은 인근의 주택가에 살고 있었다. 멀리 사는 사람들 중에는 버뱅크나 심지어 샌퍼난도밸리에 사는 사람도 있었다. 그곳 사람들은 공포에 떨고 있었다.

포레스터가 말했다.

"난 안 갑니다. 모두들 좀 기다렸다가 움직이세요. 두 시간 정도……."

그들이 고개를 끄떡였다. 그들 모두 알고 있었다. 몇 분 전까지는 지질학자였던 할 크레인 박사가 말했다.

"시간 당 육백 킬로미터의 속도죠."

포레스터가 말했다.

"다른 것도 있소. 지진해일은 해머 충돌 후 오십 분쯤 후에 도착할 겁니다."

그는 시계를 봤다.

"이제 삼십 분도 안 남았군요."

크레인이 소리 질렀다.

"그냥 여기에 멍하니 있을 수는 없어요."

비가 내리기 시작했다. 비라고? 진흙이다! 샤프는 아스팔트 위에 진흙 덩어리가 뚝뚝 떨어지는 것을 보며 움찔 놀랐다. 진흙 탄환. 진흙이 우박처럼 쏟아졌다. 그것의 바깥쪽은 단단하게 건조되어 있었고 안쪽은 부드러웠다. 그것들이 요란한 소리를 내면서 차를 때렸다. 생존자들은 지붕이 있는 곳으로 피했다. 차 안, 차 아래, 차의 잔해 밑…….

샤프가 외쳤다.

"진흙이라니?"

포레스터가 말했다.

"이건 생각 못했었소. 소금 섞인 진흙이오. 바다 밑바닥에 있다가, 우주까지 올라갔다가, 다시 떨어지는……."

이상한 우박이 차츰 잦아지자 사람들이 숨었던 곳에서 빠져나왔다. 샤프는 조금 정신을 차렸다.

"집이 너무 멀어서 어차피 집까지 가기 어려운 분들은, 건물의 생존자를 도와줍시다. 나머지 사람들은 가서 가족을 데려옵시다. 가능하다면 여기로 돌아오는 겁니다. 포레스터 박사, 최선의 목적지가 어디요?"

포레스터는 표정이 밝지 않았다.

"북쪽입니다. 저지대는 안 됩니다. 비가 몇 달 동안 계속 내릴지도 모르니까. 강 주변의 계곡은 물에 잠길 수도 있소. 로스앤젤레스 저지대에는 안전한 곳이 없소. 그리고 지진의 후충격이 있을 텐데……."

그러자 샤프가 말했다.

"그러면 어디로?"

포레스터가 말했다.

"결국 나중에는 모하비가 가장 좋을 겁니다."

그는 서두르지 않았다.

"하지만 지금 당장은 좋지 않을 거요. 아무것도 자라지 않는 땅이니까요. 하지만 언젠가는……."

샤프가 다시 말했다.

"알겠으니까, 지금 말이오!"

포레스터가 말했다.

"시에라 산맥의 기슭이겠죠. 샌호아킨밸리 건너편의."

샤프가 말했다.

"포터빌 말이오?"

"거기는 어딘지 잘 모르겠습니다만."

제임스가 스테이션왜건에서 소지품 함을 열었다. 그는 지도를 꺼냈다. 비가 내렸기 때문에 지도를 차 안에서 읽었다. 사람들은 차 밖에 있는 제임스의 가족들을 쳐다봤다. 아이들은 겁에 질려서 조용히 어른들을 바라보고 있었다.

제임스가 말했다.

"여기입니다."

포레스터가 지도를 한참 들여다봤다. 이전에 가본 적이 없는 장소지만 위치를 알아보는 것은 어렵지 않았다.

"그래요. 여기라면 괜찮은 장소일 것 같소."

샤프가 말했다.

"젤리슨 상원의원의 목장이 거기 있소. 내가 그를 잘 아니까, 우리를 받아줄 거요. 거기로 갑시다. 만약 헤어져서 만나지 못한다면 거기서 만납시다."

그는 지도를 가리켰다.

"젤리슨 상원의원의 목장을 찾아오시오! 이동하지 않는 분들은 생존자들을 도와주지 않겠소? 그리고 제임스, 당신은 시동이 걸리는 차를 좀 구해주시오."

"네, 박사님."

제임스는 안심한 표정이었다. 다른 사람들도 마찬가지였다. 그들은 여러 해 동안 샤프의 지시를 받아왔고 그래서 그의 지시를 익숙하게 받아들였다. 군인처럼 절대 복종하는 것은 아니지만, 자신이 뭘 해야 할지를 누군가가 명확히 해주는 것은 다행이었다.

샤프가 말했다.

"포레스터, 당신은 우리와 함께 갑시다. 생존자를 돕는 일에는 당신이 별로 도움이 되지 않을 테니 말이오."

포레스터가 말했다.

"아니오."

"뭐라고요?"

샤프는 자신이 잘못 들었다고 생각했다. 천둥이 잇달았고, 바람소리도 요란했기 때문이었다.

포레스터가 말했다.

"그럴 수 없습니다. 인슐린이 필요하거든요."

샤프는 댄 포레스터가 당뇨병 환자인 것을 기억했다.

"그러면 가는 길에 당신 집에도 잠시 들렀다가……."

포레스터가 큰 소리로 말했다.

"아니오. 난 할 일이 많이 있어요. 나 때문에 당신이 늦어질 겁니다."

"당신은……."

"저는 괜찮습니다."

포레스터가 말했다. 그는 돌아서더니 빗속으로 걸어갔다.

샤프가 포레스터의 뒤에 대고 소리를 질렀다.

"지옥이 펼쳐질 거요! 배터리가 방전되면 아예 차에 시동조차 못 걸게 될 거라고!"

포레스터는 돌아서지 않았다. 샤프는 멀어져가는 그의 뒷모습을 바라봤다. 이제 다시는 그를 보지 못할 것이다. 다른 사람들이 주변에서 머뭇거리고 있었다. 그들 모두는 지시와, 충고와, 그리고 일종의 목표를 필요로 했고, 그 모든 것을 샤프가 제공할 것이라고 생각하고 있었다. 샤프가 외쳤다.

"나중에 목장에서 만납시다!"

포레스터가 살짝 돌아서서 손을 흔들었다.

샤프가 말했다.

"자, 우리도 갑시다. 스테이션왜건은 가운데로 가시오."

그는 자신이 이끌어야 할 조그만 부대를 바라봤다.

"프레스톤, 당신은 나와 함께 선두 차에 탑시다. 산탄총을 챙기시오. 장전을 미리 해두고."

그들은 차에 탑승해서 부서진 주차장 밖으로 빠져나가기 시작했다. 건물의 망가진 틈이나 구멍에 빠지지 않기 위해 조심하면서 말이다.

샤프는 포레스터의 차량 전조등이 뒤에서 자신을 따라오는 것을 알았다. 포레스터가 마음을 바꿔서 자신을 따라오면 좋겠다고 생각했지만, 고속도로에 진입하자 포레스터의 차는 터헝가를 향해 방향을 바꾸더니 곧 사라졌다.

⚜

소방도로는 차의 바퀴가 간신히 올라설 만큼 폭이 좁았고 도로의 모서리는 절벽이나 다름 없었다. 만약 오른쪽 아래로 미끄러지면 십오 미터 아래의 급경사로 추락한다. 아일린은 끙끙거리며 차를 운전하다가 결국 차를 세웠다.

“여기서부터는 걸어가요.”

하지만 그녀는 차 밖으로 한 발짝도 나오지 않았다. 비는 아까보다 덜 심했지만 날씨가 추워졌고 주변에 계속 번개가 쳤다. 오존 냄새는 더 심하고 확실해졌다. 팀이 말했다.

“그럼 이제 갑시다.”

“왜 그렇게 서둘러요?”

“나도 잘 모르겠소. 바로 가야 되지 않겠소?”

팀은 설명을 할 수 없었다. 자기 스스로 제대로 이해하고 있는 것인지도 확실하지 않았다.

팀에게 인생은 고상하면서도 비교적 단순한 것이었다. 돈과 사회적 지위에 큰 의미를 두지 않고 한적한 교외에 살면서 사람을 고용해 도구를 구해주고 일을 시키면 모든 것이 해결되었다. 이성적으로는 이제 그런 생활이 끝났다는 것을 알고 있었다. 가슴은…… 글쎄. 이것이 라그나로크임을 받아들일 수 없었다. 라그나로크라면 나도 죽게 될 것이다! 세계는 아직 그대로 존재하는데! 팀은 도움이 필요했다. 친절한 경찰, 공손한 상점주인, 공공 서비스가 필요했다. 짧게 줄이자면, 문명이 필요했다.

✤

우뚝 솟은 물의 장벽은 동쪽으로 진행하며 대서양 남부를 모조리 쓸어버렸다. 물의 장벽은 왼쪽으로는 호텐토트인, 네덜란드, 영국인, 아프리카인들에 의해 차례로 소유되었던 희망봉을 지나 테이블 마운틴의 계곡을 쓸어버리고, 팔과 스텔렌보스의 넓은 계곡까지 거품을 일으켰다.

물의 장벽의 오른편은 남극 대륙에 충격을 가해 길이 십육 킬로미터, 폭 팔 킬로미터의 빙하를 깨뜨렸다. 파도가 아프리카와 남극 사이를 지나 인도양으로 퍼질 때에는 위력이 절반 정도로 감소했다. 이제 파도의 높이는 백이십 미터로 줄어들었다. 그 파도는 시속 팔십 킬로미터의 속도로 인디아, 오스트레일리아와 인도네시아를 향해 이동했다.

그 파도는 인디아 남부 저지대를 휩쓸었고, 벵골 만의 좁은 폭에 집중되면서 다시 힘을 얻어 방글라데시의 늪지대를 덮치고, 캘커타와 다카를 후려친 다음 북쪽으로 향했다. 그 물은 갠지스 강의 수원지인 히말라야 기슭에 다다라서야 멈췄다. 물이 후퇴할 때쯤, 신성한 갠지스 강은 사체로 가득 차 버렸다.

✤

그들은 진흙 밭을 터덜터덜 걸으면서 위로 올라갔다. 소방도로는 산 위로 뻗어 있었고 꼭대기가 그리 멀지는 않았지만, 그들에게는 여전히 멀었다. 번개는 여전히 그들의 머리 위에서 번쩍였다.

신발에 진흙덩이가 달라붙어 원래보다 서너 배나 무거워졌다. 그들은 진흙 밭에 넘어졌다가 서로 도와가면서 일어나기를 반복했고, 휘청거리며 산길을 오르락내리락했다. 세상에서 그들이 할 수 있는 것은 오직 앞으로 걷는 것뿐이었다. 한 번에 한 걸음씩. 멈출 수는 없다. 팀은 앞에 조금의 피해도 입지 않은 마을이 있다고 상상했다. 온수와 전등이 있는 모텔, 시바스 리갈을 파는 술집, 그런 것들이 있는 장소.

다시 아스팔트 도로가 나타났고, 발걸음이 조금 편해졌다.

아일린이 물었다.

"지금 몇 시에요?"

팀이 디지털시계의 버튼을 눌렀다.

"열두 시쯤 됐소."

"너무 어두워서……."

그녀는 젖은 나뭇잎에 미끄러져 엉덩방아를 찧었다. 그리고 일어나지 않았다.

팀이 그녀를 도우려고 했다. 그녀는 포장도로 위에 앉아 있었다. 다친 것 같진 않지만, 일어나려는 시도조차 하지 않고 조용히 울기만 했다.

"일어나야 하오."

"왜죠?"

"내가 당신을 들고 멀리 갈 수가 없으니까."

그녀는 조금 웃는 듯했지만, 곧바로 얼굴을 두 손으로 묻으면서 빗속에 몸을 움츠렸다.

팀이 말했다.

"기운 내시오. 그렇게까지 나쁜 상황은 아닐 거요. 이 지역은 모든 것이 정상일지도 모르오. 주 방위군, 적십자, 비상 구호소……."

그는 말을 할 때마다 그 꿈같은 것들이 하나씩 증발하는 느낌이 들었다. 하지만 그는 절망적으로 말을 이었다.

"차도 한 대 삽시다. 주차장 가득 서 있는 차 중에서…… 사륜구동이 좋을 거요. 그 차를 몰고 관측소로 갑시다. 대령님 치킨* 한 바구니를 조수석 사이에 끼워 넣고 말이오. 치킨은 당신이 내시오."

그녀는 고개를 젓고 이상한 소리를 내면서 웃었지만, 여전히 자리에서 일어나지는 않았다. 팀은 몸을 구부려 그녀의 어깨를 받쳐 들었다. 그녀는 반항하지 않았지만 돕지도 않았다. 팀은 그녀의 다리 아래에 팔을 넣어 번쩍 안아 올렸다. 그리고 비틀거리며 아스팔트 위를 걷기 시작했다.

아일린이 말했다.

"이건 정말 바보 같아요."

"나도 당신 말에 동의해요."

"나 걸을 수 있어요."

_____

* KFC 치킨.

"좋소."

그는 아일린을 내려놓았다. 아일린은 일어섰지만 그의 어깨에 머리를 묻고 떨어지지 않았다.

한참 후에야 그녀는 그를 놓아주며 말했다.

"당신을 발견한 것이 나도 기뻐요. 이제 가요."

⚜

고르디가 말했다.

"번호!"

앤디 랜들이 대답했다.

"하나!"

이어서 다른 아이들이 순서대로 말했다. 둘, 셋, 넷, 다섯. 마지막 차례는 고르디의 아들인 버트 밴스였다.

"여섯."

버트는 번호를 조금 늦게 대고 걱정스럽게 눈치를 봤지만, 고르디는 아무 말도 하지 않았다.

고르디가 말했다.

"좋아, 앤디. 출발이다. 나는 맨 뒤에 서겠다."

그들은 등산로를 따라 아래로 걷기 시작했다. 절벽까지 채 일 킬로미터도 남지 않았다. 거기까지는 이십 분도 걸리지 않았다. 그들은 구불구불한 길을 걸으며 동쪽으로 펼쳐진 광활한 침엽수림의 경치를 즐겼다. 아침 공기는 크리스털처럼 깨끗했다. 그리고 빛은 찬란했다.

고르디는 시계를 보며 십 분 정도 걸었다. 스카우트 규칙인 신발 끈 점검 시간이다. 그냥 건너뛰어도 별 차이는 없을 텐데. 앞으로 오백 미터를 걷는 동안 물집이 생길 아이는 없을 것이다. 평상심을 유지하면서 길을 걷는 것이 중요한 의사결정을 내리는 것보다 더 힘들었다.

동쪽으로 밝은 빛이 번쩍였다. 번개치고는 너무 밝다. 그런데 맑은 하늘에 번개라니? 눈을 깜빡였지만 섬광의 잔상이 눈에 남았다.

버트가 물었다.

"저게 뭐였어요, 아빠?"

"나도 모르겠구나. 유성이겠지? 멈춰, 선두, 멈춰. 신발 끈을 점검할 시간이다."

아이들은 배낭을 내려놓고 앉을 만한 바윗돌을 찾았다. 눈에 남아 있던 빛의 잔상은 조금씩 줄었지만 고르디는 신발 끈을 여전히 똑바로 보지 못했다. 그리고 그는 갑자기 바람이 없어진 것을 깨달았다. 숲은 죽은 듯 조용해졌다.

밝은 섬광. 갑작스러운 정적. 마치 이건⋯⋯.

천둥소리가 울려 퍼지고 동시에 충격파가 전해졌다. 죽은 나무들이 어딘가에서 부서지면서 다른 나무들과 부딪혔다. 산 위로 부는 바람과 함께 우르릉거리는 소리는 오랫동안 계속됐다.

프렌치맨 플랫에서 핵실험이라도 하는 것인가? 그럴 리 없다. 이렇게 대규모 실험을 할 리 없다. 그렇다면 뭘까?

소년들이 재잘댔다. 갑자기 땅이 울리고 그들이 서 있던 지면이 융기했다. 많은 나무가 쓰러졌다. 고르디는 자신의 배낭 위로 쓰러졌고, 아이들은 앉아 있던 바위에서 흔들려 떨어졌다. 아이 하나가 다친 것 같아서 고르디가 아이에게 기어갔다. 피를 흘리지 않았고 부러진 곳도 없었다. 흔들려서 놀랐을 뿐이다.

고르디가 외쳤다.

"자세를 낮춰! 그리고 나무가 쓰러지는 걸 조심해!"

바람의 방향이 바뀌었다. 처음에는 섬광이 보였던 동쪽에서 불어왔으나 지금은 남쪽으로 불고 있었다. 대지가 다시 흔들렸다. 지평선 너머 멀리서 성층권을 향해 못생긴 버섯구름이 솟아올랐다. 그 구름은 소용돌이치면서 계속 상승했다. 섬광이 보였던 바로 그 장소였다.

소년 중 하나가 가지고 있던 라디오를 켜서 귀에 대보더니 말했다.

"잡음만 나요, 고르디 아저씨. 아무리 귀를 기울이고 소리를 들어봐도 도무지 알아들을 수 없어요."

고르디가 말했다.

"놀랄 것 없어. 낮 시간에 산에서는 원래 전파가 잘 잡히지 않으니까."

하지만 이 무서운 바람은 대체 뭔가? 그리고 그 섬광은 무엇이었을까? 혜성의 한 조각이 떨어졌을까? 아마 그렇겠지. 고르디는 쓰게 웃었다. 세상이 종말한다고 그토록 요란을 떨었지만 결국 데스밸리 어디쯤에 섬광 하나가 번쩍이며 내려앉은 것이 전부다. 아니, 그것도 혜성이 아니었을 수도 있다. 핵실험지인 프렌치맨 플랫이 그 방향으로 팔십 킬로미터나 백육십 킬로미터 정도 떨어져 있으니 말이다.

땅의 진동이 멈췄다. 고르디가 말했다.

"이제 가자. 일어서."

그는 배낭을 끌어당겼다. 이제 어떻게 하지? 그는 고민했다. 정말로 내가 없어도 아이들이 괜찮을까?

저 바깥에서는 무슨 일이 벌어졌을까? 아무 일도 일어나지 않았을 것이다. 멍청한 유성 하나가 떨어진 것이 전부일 것이다. 꽤 클지도 모르지. 애리조나에 떨어져서 지름 팔백 미터의 구덩이를 만들었던 녀석만큼이나. 아주 인상적인 놈이었고, 앞으로 몇 년 동안 소년들의 입에 오르내릴 것이다.

하지만 유성이 내 문제를 해결해주지는 않는다. 은행 감사가 다음 주 금요일에 찾아올 것이다. 그리고…….

앤디 랜들이 걱정스럽게 말했다.

"이상하게 생긴 구름이 있어요."

고르디가 멍하게 대답했다.

"그래, 그렇구나."

그는 잠시 후에야 앤디가 손으로 가리키는 방향을 봤다.

남서쪽이다, 아니, 남쪽에 가깝다. 하늘에 검은색 잉크병이 실수로 쏟아진 것처럼 생긴 구름이 나타났다. 그 거대한 검은 구름은 계속 높이 솟구치면서 다른 모든 것을 지웠다. 바람이 숲을 뚫고 지나가며 울부짖었다. 갑자기 생겨난 구름이 무서운 속도로,

제트기보다 빠른 속도로 점점 더 몰려왔다.

고르디는 겁에 질려 등산로를 쳐다봤다. 숨을 만한 장소는 보이지 않았다. 그가 외쳤다.

"비옷을 입어!"

그들은 허둥지둥 비옷을 꺼냈다. 고르디가 판초우의를 펼치는 순간 더운 목욕물 같은 비가 급류처럼 쏟아졌다. 입에서 짠맛이 났다.

짠맛!

그는 상황을 깨달았다.

"해머가 정면충돌했군."

즉, 문명의 종말이다. 은행 금고 속의 종이가 부족하다고? 아무도 신경 쓰지 않는다. 모든 것이 씻겨 사라질 것이다. 그러면 마리는? 먹구름은 이미 로스앤젤레스를 덮쳤다. 그리고 가장 가까운 곳에 있는 차라고 해도 아주 멀리 떨어져 있다. 자신이 부인을 위해 할 수 있는 일은 아무것도 없다. 하비가 그녀를 잘 챙겨주겠지. 대신 나는 아이들을 잘 돌봐야 한다.

"소다 스프링스로 돌아가자."

그가 소리를 질렀다. 상황을 확실히 파악할 때까지는 그곳이 가장 좋은 장소다. 거기에는 지붕도 있고, 평평한 땅도 있다.

아이 하나가 소리를 질렀다.

"집으로 가고 싶어요!"

"앤디, 아이들을 데리고 이동해."

고르디가 말했다. 그는 아이들을 자신의 앞에 서도록 손짓했다. 아이들이 말을 듣지 않으면 떠밀고 갈 생각이었지만, 아이들은 순순히 앤디의 뒤를 따라 걸었다. 옆을 지나가는 버트의 눈에서 눈물이 보이는 것 같았다. 그들을 두들기는 더러운 빗물, 그 속에서 흐르는 눈물.

이제 곧 등산로에 물이 넘쳐 모든 것을 씻어내겠지. 그리고 이 뜨거운 빗물은 눈을 몽땅 녹일 것이다. 컨 강의 제방이 넘치면 모든 길이 사라질 것이다.

고르디는 머리를 젖히면서 승리의 함성을 질렀다. 이제부터 새로운 삶이다.

핫 퍼지의 화요일: 세 번째

아담이 밭을 갈고 이브가 씨를 뿌릴 때
주여, 우리를 불쌍히 여기소서!
대체 당신은 누구신가요?
주여, 우리를 불쌍히 여기소서!

– 독일 농민 혁명 기간 중, '블랙 컴퍼니의 행진곡', 1525년

하비는 집에서 십오 분 거리에 있었고…… 해머가 충돌했다.

갑자기 낮이 밤으로 바뀌더니, 불꽃이 난무한 덕택에 밤이 다시 낮처럼 밝아졌다. 검은 구름 장막 사이로 햇빛도 조금 비쳤지만 번개가 훨씬 더 밝았다. 푸르스름한 번개가 번쩍일 때마다 산이 번쩍였다가 사라지기를 반복했고, 검은색 윤곽 위로 흰색 하늘이 보였다. 다시 번개가 번쩍이자 도로 왼쪽으로 협곡이 보였다. 자동차 전조등을 켰지만 전혀 시야가 나아지지 않았다. 바로 곁에서 섬광이 번쩍이는 바람에 하비는 고통으로 눈을 감았다. 와이퍼가 미친 듯 움직였지만 비가 내리는 속도가 더 빨랐다. 모든 것이 흐려 보였다. 하비는 양쪽 창문을 모두 열었다. 좀 젖더라도 앞이 보여야 한다.

이런 상황에서 운전하는 것은 미친 짓이다. 하지만 이 교통량은 뭔가? 사람들이 모두 미친 것인가?

북 치듯 금속판을 두드리는 빗소리와 천둥소리 사이를 뚫고 가녀린 경적이 들렸다. 자동차들은 신호 없이 차선을 바꿨다. 그들은 차선과 중앙선을 넘나들며 달렸고, 맞은편 차선에서 불빛이 다가오든 말든 신경을 쓰지 않았다.

하비의 트래블―올은 누구도 맞서지 못할 만큼 큰 차였다. 산사태로 도로가 반쯤 통제된 곳에서 차선 하나가 완전히 막혀 있었다. 하비는 트래블―올로 중앙선을 넘어, 반대편 차선을 타고 무너진 도로로 그대로 전진했다. 차가 많이 기울었지만 쓰러지지는 않았다. 반대 차선의 선두 차량이 트래블―올에 밀려서 후진했다.

앞길을 가로막는 차는 없었지만 산사태, 도로 파손, 교통사고 등 장애물은 끊이지 않았다. 혹시 로레타가 집 안에 있을 때 집이 무너지지 않았을까. 아니면 겁에 질린 로레타가 그를 찾겠다고 무작정 나오지는 않았을까. 그녀는 절대 혼자서는 살아남지 못할 것이며, 그들은 다시는 만나지 못할 것이다. 제기랄, 해머가 충돌한 지 벌써 한 시간 가까이 지났단 말이다!

폭도들이 들이닥칠 것이다. 로레타가 총을 숨겨둔 위치는 알고 있겠지만 사용하지는 못할 것이다. 이미 타이어가 반쯤 잠길 정도로 물이 찼다. 하비는 간신히 집에 도착했다.

시야에 들어온 집은 온통 컴컴했다.

차고 문은 닫혀 있었다. 하지만 정문은 활짝 열려 있었다.

폭도들이 이렇게 빨리 움직일 리 없다. 그렇게 믿고 싶었다. 만일의 경우를 대비해서 하비는 손전등과 권총을 챙기고 트래블―올에서 조용히 내린 다음, 차 뒤에 웅크려서 숨을 죽였다.

집은 죽은 듯 적막했고 비는 집 안으로 들이치고 있었다. 그는 천천히 다가가서 문을 열었다. 아직 손전등은 켜지 않았다. 사람이 나오는 소리가 들리면 먼저 얼굴에 불빛을 비춰야지. 로레타가 문을 향해 걸어오고 있겠지. 만약 그녀가 총을 가졌다면 나는 백조처럼 사뿐사뿐 걸어야 한다. 발걸음 소리에 겁을 먹은 그녀가 갑자기 총을 쏠지도 모르기 때문이다.

손을 내밀어 문설주 주변을 더듬어 손전등을 찾았다. 번개 때문에 그림자들이 무수히 생겼고, 천둥 때문에 다른 소리는 거의 들리지 않았다. 그는 손전등으로 거실을 비췄다.

눈앞에 집 안의 광경이 갑작스럽게 다가왔다. 로레타는 얼굴을 위로 한 채 바닥에 누워 있었다. 그녀의 얼굴과 가슴은 형체를 알아보기 힘들 정도로 훼손되어 있었다. 산탄총의 흔적이다. 애견인 키플링은 머리 없이 피에 젖은 털뭉치가 되어 그녀의 곁에 있었다.

그는 안으로 걸어갔다. 꼭 다리가 사라진 것 같았다. 베개 위를 걷는 기분이라고 표현하던가? 쓰러지기 직전, 탈진의 마지막 단계였다. 그는 무릎을 꿇고 총구를 아래로 내려놓았다. 누군가가 아직 여기 있을지 모른다는 생각 따위는 하지 않았다. 그는 로레타의 목젖으로 손을 가져가다가 몸서리를 치면서 손을 거뒀다. 대신 그는 손목을 잡았다. 맥박이 뛰지 않았다. 오, 신이시여. 이게 무슨 일인가.

그녀는 강간을 당하지는 않았다. 그것은 이 상황에서 중요하지 않다. 하지만 손목에 달린 보석도 사라지지 않았다. 부엌 서랍도 온통 헤집어져 있지만 고급 은식기는 그대로 있었다.

뭐지? 누가 뭘 원한 거지?

하비는 머리가 복잡했고, 생각이 뒤죽박죽이 되었다. 머릿속 일부는 여전히 이 상황을 믿지 않았다. 로레타의 시체, 번개, 이상한 날씨, 지진, 세상의 종말을 시사하는 계속되는 섬광. 이 모든 것이 현실이 아닐지도 모른다. 그는 자리에서 일어나서 로레타의 몸을 덮어줄 물건을 찾으러 침실로 갔다. 그녀의 끔찍한 모습은 이제 충분히 봤다. 이제 더는 견딜 수가 없었다.

침실 서랍도 모두 헤집어져 있었다. 커프스버튼과 금반지, 로레타의 자수정 브로치, 짝을 이루는 귀걸이 등 모든 귀중품이 폐허 속에 그대로 남아 있었다. 옷장에 총탄의 자국이 있었다. 대체 뭐지? 그래, 그들이 오버코트를 모두 가져갔다.

그는 폐허 속을 걸었다. 침대 위에는 여러 물건이 잔뜩 쌓여 있었다. 팬티스타킹, 화장품 병, 립스틱 같은 것들이었다. 그는 물건을 바닥에 쓸어내리고 침대 시트를 끌어 당겨 마루로 나왔다. 머릿속에서 무슨 소리가 들리는 듯했지만, 그는 그 소리로부터 힘껏 도망쳤다. 그는 시트로 로레타를 덮은 후 주저앉았다.

그 순간에야 그는 누군가가 여전히 여기 있을지 모른다고 생각했다. 이 일을 저지른 사람이 누구일까? 남자? 여자? 남자들? 여자들? 남녀들? 뭘 원했을까? 은식기와 보석은 두고 오버코트를 가져가다니.

하비는 비틀비틀 부엌으로 걸어갔다. 자신이 만든 육포와 비타민과 캔에 든 수프가 모두 사라졌다. 주차장에 보관해둔 가솔린도 없어지고 총도 가져갔다. 그는 이제야 깨달았다. 그들은 계획적으로 노린 것이었다! 해머가 충돌한다면 뭘 해야 하는지를 알고 있는 사람들이었다. 우연하게도 그의 집에 쳐들어온 것일까? 아니면 거리 전체의 모든 집을 다 턴 것일까?

그는 다시 거실에 있는 로레타의 사체 곁으로 돌아갔다.

"당신, 나 보고 집에 있어 달라고 했지."

그는 그녀에게 말하려고 했지만 목이 메었다. 그는 고개를 젓고 침실로 들어갔다.

죽으려고 해도 너무 지쳤다. 그는 아까 침대 위에 올려져 있던 물건들을 쳐다봤다. 여전히 포장 안에 들어 있는 팬티스타킹, 샴푸와 헤어 컨디셔너와 스킨, 로션과 손톱 매니큐어, 수십 개의 큰 병들. 립스틱, 눈썹 화장용 연필, 챕스틱, 손톱 연마 줄, 컬핀…… 수십 개의 물건들이다. 이 물건을 정밀하게 조사해서 지문을 찾아낸다면 그들이 누구인지 알아낼 수 있을 것이다. 뒤를 쫓아갈 수도 있다. 권총도 가지고 있다.

비록 혼미한 상태지만 자신의 생각이 틀렸다는 것은 알고 있었다. 그들은 이미 사라졌고, 로레타의 사체는 여기에 있다. 그는 침대 맡에 앉아서 로레타의 머리빗과 선글라스를 쳐다봤다.

오…….

상황은 충분히 짐작할 수 있었다. 해머가 충돌했고, 로레타는 여기 있는 물건, 그러니까 그녀의 생존을 위해 없어서는 안 되는 립스틱, 눈썹 연필, 팬티스타킹 같은 물건을 챙기기 시작했다.

그때 살인자들이 도착해서 그녀를 죽였고, 로레타의 필수품은 모두 쓰레기로 남았다. 하지만 그들은 여행용 가방은 가져갔다.

하비는 몸을 웅크리고 팔 사이에 얼굴을 묻었다. 천둥과 빗소리가 귓전에 울렸다. 이대로 빗속에 몸을 던져 죽어버리고 싶었다. 그는 반쯤 의식을 잃었다.

하비는 누군가의 시선을 느꼈다. 천둥이 계속 울렸기 때문에 소리는 들을 수 없었지만 누군가가 그를 쳐다보는 것은 분명했다. 그는 본능적으로, 움직여서는 안 된다는 사실을 떠올렸다. 움직이면 안 되는 이유는 조금 늦게 기억났다. 만약 움직이려면 갑자기 재빠르게 움직여야 한다. 그런데, 아 참, 총을 로레타의 곁에 두고 왔다. 제기랄. 그는 다시 몸을 구부렸다.

"하비?"

그는 대답하지 않았다.

"하비? 나 마크예요. 오, 세상에. 이게 무슨 일이죠?"

"잘 모르겠어. 강도들이겠지."

그는 혼수상태와 가수면상태의 사이쯤에 있었다. 그때 마크가 다시 말을 걸었다.

"괜찮은가요, 하비?"

"나는 여기 없었어. UCLA의 망할 교수 놈들을 인터뷰하다가, 교통체증 때문에 도로 위에 있었고…… 난 여기 없었어…… 그냥 날 내버려둬."

마크는 몇 걸음 옮겨서 침실 안으로 들어오더니 옷장을 쳐다봤다.

"하비, 우린 여기서 빠져나가야 해요. 핫 퍼지의 화요일이 어떻게 전개될지는 잘 알잖아요? 로스앤젤레스 전체가 물에 잠기게 될 거예요."

"로레타는 내게 집에 있어 달라고 했어. 겁에 질려 있었지." 하비가 말했다. 그는 마크를 내보내고 싶었다.

"나가, 그리고 날 혼자 내버려둬."

"그럴 수 없어요, 하비. 로레타를 묻어줍시다. 삽 있어요?"

하비가 눈을 번쩍 떴다.

"오!"

실내는 여전히 초현실적인 섬광으로 번쩍였지만, 꽤 오랫동안 번개를 느끼지 못하고 있었다. 우스운 일이다. 그는 일어섰다.

"차고에 하나 있을 거야. 고맙네."

그들은 뒤뜰을 파기 시작했다. 하비는 혼자 하고 싶었지만 기운이 금세 빠졌고, 마크가 삽을 넘겨받았다. 삽이 삐걱거렸고, 흙구덩이는 마크의 삽질 속도보다 빠르게 물에 젖었다. 푹. 풍덩. 푹. 풍덩. 이어지는 벼락 소리.

"몇 시요?"

마크가 물었다. 그는 허리 깊이까지 오는 구덩이에 서 있었다. 그의 장화는 이미 물속에 빠져 있었다.

"정오쯤이야."

하비가 바로 뒤에서 들린 목소리에 깜짝 놀랐다. 조안나가 비탈에 앉아 물을 뚝뚝 떨어뜨리면서 아래를 내려다보고 있었다.

그녀는 산탄총을 쥐고 있었고, 얼굴에 경계심이 가득했다.

"깊이는 이만 하면 됐어. 하비, 당신은 여기 잠시 있어요. 안으로 가자, 조안나. 총은 하비에게 줘."

"좋아."

그녀는 비탈에서 건너왔다. 큰 산탄총을 쥔 그녀가 더욱 작아 보였다. 그녀는 말 한 마디 없이 하비에게 총을 건넸다.

그는 빗속에 서서 빈 구덩이를 멍하니 바라봤다. 뒤에서 누가 다가와도 알아차리지 못할 것이다. 아니, 오든 말든 신경 쓰지도 않을 것이다.

덩치 큰 마크와 작은 조안나가 담요로 둘둘 만 덩어리를 들고 왔다. 하비가 조안나를 도우려고 했지만 너무 늦었다. 그들은 이미 구덩이 속에 로레타의 사체를 던졌고, 물이 담요 주위로 출렁였다. 그건 로레타가 사용하던 전기담요다. 그녀는 밤에 항상 춥다고 했었다.

마크는 삽을 들고 조안나는 산탄총을 들었다. 마크는 꾸준히 삽질을 했다. 푹. 풍덩. 푹. 풍덩. 하비는 뭔가 말하려고 했지만 다른 말은 아무것도 떠오르지 않았다.

"고맙네."

"그래요. 송별사를 할 거요?"

"해야지."

하비가 말했다. 그는 집으로 걸어갔지만, 문 앞에서 망설이며 안으로 들어가지는 않았다.

조안나가 말했다.

"여기요. 이것들이 침실에 있었어요."

그녀는 주머니에서 작은 책 하나를 꺼냈다. 앤디의 견진성사 기도문이었다. 로레타가 피난 짐에 포함시켰던 것이 틀림없다. 하비는 죽은 자를 위한 기도문 페이지를 열었다. 비가 쏟아져 한 마디도 읽기 전에 책이 흠씬 젖었다. 그는 책을 펼쳐 절반쯤은 읽고 절반쯤은 기억에 의존해서 외워 읽었다.

"영원한 안식을 그녀에게 주소서, 주님. 그리고 영원한 빛을 그녀에게 비추소서."

더는 읽을 수가 없었다. 한참 후 마크와 조안나가 하비를 데리고 집으로 돌아갔다.

그들은 부엌 테이블에 앉았다. 마크가 말했다.

"시간이 없어요. 내 생각에는…… 우리가 이 집을 덮친 강도를 본 것 같아요."

조안나가 덧붙였다.

"프랭크 스토너도 그들에게 당했어요."

하비가 말했다.

"누구? 그들이 어떻게 생겼지? 그 개자식들의 뒤를 쫓을 수 있을까?"

마크가 말했다.

"나중에 이야기하죠. 먼저 짐을 싸서 이동합시다."

"지금 이야기해줘."

"안 돼요."

조안나는 산탄총을 테이블에 기대 세웠다. 하비가 총을 집어

들고 장전 상태를 확인하고 한 손으로 공이치기를 잡아당겼다. 그는 총을 아무에게도 겨누지 않고 말했다.

"알려줘."

조안나가 빠르게 말했다.

"오토바이를 탄 자들이었어요. 대여섯 대의 오토바이가 파란 승합차를 호위하고 있었어요. 그들이 지나가는 것을 봤어요."

하비가 말했다.

"그 개자식들. 그들이 누구이고 어디 사는지 알겠어. 여기에서 팔백 미터 정도 떨어진 곳에, 동네 표지판을 '스노우 마운틴'이라고 덧칠해둔 곳."

그가 일어섰다.

마크가 말했다.

"지금은 거기 없을 거예요. 이미 북쪽으로 갔어요. 멀홀랜드 쪽으로 말이죠."

조안나가 말했다.

"프랭크와 마크 그리고 나, 세 사람이 따로 오토바이를 타고 있었어요."

마크가 말했다.

"그들이 이 거리에서 나왔어요. 나는 이 동네에서 벌어진 일이 궁금해서 손을 들어 올렸죠. 아시겠지만, 바이커들끼리 잠시 잡담이나 나누자는 수신호죠. 그런데 그때 개자식 하나가 산탄총을 갈기더군!"

조안나가 말했다.

"그 총알이 마크를 빗나갔고, 갓길에서 달리던 프랭크를 맞췄어요. 그는 산탄총에 맞아 즉사했지요. 그 자리에서 죽지 않았더라도 교통사고로 죽었을 거예요. 오토바이를 탄 녀석들은 그냥 지나가 버렸어요. 우리는 어떻게 해야 할지 몰라서 일단 여기로 온 거예요."

하비가 말했다.

"오, 주여. 나는 자네들이 여기에 오기 삼십 분 전에 도착했어. 그들이 이곳 어딘가에 있었겠군. 바로 이 근처 어딘가에. 그때 나는…… 나는……."

조안나가 말했다.

"만약 그놈들을 다시 본다면 충분히 알아볼 수 있어요. 조금 개조한 대형 오토바이였어요. 승합차에 그림도 그려져 있었어요. 충분히 알아볼 수 있어요."

마크가 덧붙였다.

"그 자식들을 전에는 본 적이 없어요. 아무튼 지금 당장은 따라잡을 방법이 없어요. 하비, 여기에 계속 있으면 안 돼요. 로스앤젤레스 저지대는 모두 해일 때문에 물에 잠길 거고, 사람들은 모두 죽을 거예요. 하지만 주변 고지대는 소용이 없어요. 가까운 고지대에는 사람들이 백만 명쯤 모였을 테니까 말이에요. 백만 명이 먹을 음식이 있을 리도 없는데. 좀 더 좋은 장소가 있을 거예요."

조안나가 말했다.

"프랭크는 모하비로 가자고 했는데, 마크가 우선 당신을 찾아

보자고 해서……."

하비는 아무 말도 하지 않고 산탄총을 늘어뜨린 채 벽을 응시했다. 그들의 말이 맞았다. 지금은 폭도를 쫓을 수 없었다.

마크가 물었다.

"쓸 만한 물건은 모두 그들이 싹 쓸어간 거죠?"

하비는 대답하지 않았다.

마크가 말했다.

"알았어요, 우리가 찾아보죠. 조, 넌 집 안을 찾아봐. 난 집 주변과 차고와 집 바깥을 찾아볼 테니까. 트래블─올을 빈 차로 출발시킬 필요는 없잖아. 자, 하비, 준비해요."

그는 하비의 팔을 끌어당겼다. 마크는 놀라울 정도로 힘이 세서 하비는 전혀 저항하지 못했다. 마크는 그를 트래블─올로 데려가서 뒷좌석에 태우고 그의 무릎에 권총을 올려놓았다. 그리고 하비를 차 안에 놔둔 채 문을 닫고 나왔다.

조안나가 물었다.

"저 아저씨, 괜찮을까?"

마크가 말했다.

"모르지. 하지만 그는 우리 식구야. 가자. 가져갈 만한 물건이 있는지 보자고."

마크는 하비의 차고에서 염소 소독제 병을 찾아냈다. 다른 물건도 있었다. 침낭은 젖었지만 쓸 만했다. 강도들은 자기 것이 있어서 굳이 챙기지 않았을 것이다. 멍청한 녀석들. 하비의 야전 침낭은 아주 질이 좋은 것이다.

잠시 후 그들은 주워 모은 물건을 트래블—올 뒤에 실었다. 그리고 자신과 조안나가 타고 왔던 더러운 바이크를 차에 실었다. 마크는 하비에게 도움을 청했지만 하비는 아무 대답도 하지 않았다. 결국 마크는 두툼한 2-8 사이즈 목재를 걸쳐놓고 경사로로 삼아, 조안나와 함께 끙끙거리면서 바이크를 차 뒤에 실은 후, 다른 물건을 쌓아올렸다.

마크가 물었다.

"하비, 앤디는 어디 있어요?"

"안전해. 산 위 어딘가에 있지. 고르디 밴스와 함께. 마리!"

하비가 그제야 생각난 듯 부르짖었다. 그는 차에서 뛰쳐나와 고르디의 집으로 뛰어가다가 멈춰 섰다. 현관문이 열려 있었다. 하비는 안으로 들어가기를 망설였다. 만약…… 만약 하비가 로레타의 곁에서 넋을 잃은 사이에 그들이 고르디의 집을 덮쳤다면? 오, 주여, 나는 대체 얼마나 쓸모가 없는 인간이라는 말인가.

마크는 고르디의 집으로 들어갔다가 몇 분 후에 나왔다.

"강도를 당했지만 집에 사람은 없어요. 핏자국도 없고. 아무것도 없어요."

차고로 가서 문을 열자, 쉽게 열렸다. 열쇠가 망가진 상태였다. 그리고 차고는 비어 있었다.

"하비, 당신 옆집 사는 사람의 차가 뭐예요?"

"캐딜락이야."

"그러면 그녀는 이미 떠난 거예요. 여기는 그 차가 없고, 강도들이 캐딜락을 끌고 가는 모습을 보지 못했으니까 말이죠. 그냥 트래블―올에 돌아오세요. 싣고 갈 만한 것이 더 있는지나 보세요. 아니면 짐 나르는 걸 좀 도와주든지."

"일 분만."

하비는 차로 돌아와서 차 옆에서 생각에 잠겼다. 마리 밴스가 어디로 갔을까? 그에게는 그녀를 챙길 책임이 있다. 고르디가 하비의 아들을 돌보는 대신 하비는 고르디의 부인을 돌보기로 했다. 하지만 하비는 마리의 행방에 대해 어떤 실마리도 없었다.

아니, 실마리는 있다. 로스앤젤레스 컨트리클럽. 주지사의 바자회. 장애인 아동 병원. 마리는 그런 곳들에 임원으로 참여했다. 해머가 충돌하는 시점에 그녀는 그곳에 있었을 것이다. 그리고 아직 돌아오지 않았다는 것은 이제 돌아오지 않는다는 뜻이다. 더 이상 마리를 챙기는 것은 그의 책임이 아니었다.

마크가 집 밖으로 나오자 하비가 움찔 놀랐다. 마크가 옮기는 것은…… 세상에, 오천 달러는 나가는 스투벤 크리스털 고래였다. 로레타의 가족이 결혼 선물로 준 것인데, 몇 년 전 로레타는 마크가 이것을 만졌다는 이유로 집 밖으로 쫓아낸 적이 있었다.

마크는 고래를 들고 왔지만 차 안에 함부로 집어던지지는 않았다. 그는 크리스털을 침대 시트와 베개 커버, 담요로 잘 포장했다.

하비가 물었다.

"그 물건을 어디에 쓰려고?"

그는 크리스털 고래와 피부 로션, 크리넥스와 로레타가 챙겨둔 다른 이런저런 물품들을 가리켰다.

마크가 말했다.

"물물교환용이에요. 당신의 그림들, 사치품들. 만약에 좀 나은 물건을 찾는다면 이 물건들은 내버릴 거예요. 하지만 일단은 뭐라도 들고 가는 편이 나으니까. 오, 주여, 이제 정신을 좀 차린 것 같군요. 다행이에요. 지금 우리는 짐을 싣는 중이니, 좀 도와주겠어요? 아니면 집 안을 한 번 더 둘러봐 주세요."

"집 안에는 들어가고 싶지 않아."

마크가 대답했다.

"알았어요, 좋아요. 조안나, 이제 움직이자."

그녀가 울타리 사이에서 나왔다. 흠뻑 젖었지만 여전히 총을 꼭 쥐고 있었다.

"알았어."

마크가 말했다.

"하비, 운전 좀 해줘요. 조안나에게는 차가 좀 크니까."

"그래, 내가 하지."

"좋아요. 나는 바이크를 몰고 밖에서 따라가죠. 총을 나한테 주세요. 그리고 조안나, 너는 산탄총을 가지고 있어. 그런데 우리 어디로 가는 거죠?"

하비가 대답했다.

"나도 몰라. 일단은 북쪽이다. 나머지는 출발하고 나서 생각해 보지."

"그래요."

모터사이클 엔진 소리는 천둥에 묻혀 거의 들리지 않았다. 그들은 북쪽 멀홀랜드를 향해 방향을 잡았다. 그리고 하비는 마음속으로, 이 길이 강도들이 앞질러 간 바로 그 길이기를 은근히 바랐다.

✤

비가 왔다. 차의 와이퍼는 앞 유리에 쏟아지는 물을 미친 듯 휘저었고, 포레스터는 번개가 번쩍일 때마다 간신히 길을 식별했다. 차의 전조등은 길바닥에 닿지 못하고 빗속에 흡수되었다. 번개가 번쩍이며 많은 빛을 뿜었지만 빗방울 속에 산산이 흩어져 흰색의 어둠으로 사라졌다.

강물이 구부러진 산길을 가로지르며 넘쳐흘렀다. 차는 물살을 헤치고 나갔다. 계곡에서 이제 곧…… 그렇다, 이제 곧 물이 덮칠 것이다. 그전에 가장 먼저 할 일이 있었다.

포레스터는 샤프를 걱정했다. 샤프는 상황이 나쁘지 않은 편이지만, 짐이 잔뜩 실린 스테이션왜건으로 이동하는 것은 걱정스러웠다. 강도의 표적이 되기 너무 쉽다. 하지만 그들은 총도 준비하고 있을 것이다.

목장에 도착하면 젤리슨 상원의원이 그들을 들여보내줄까? 목장은 대홍수가 발생하더라도 안전할 만큼 충분히 고지대에 있다. 하지만 찾아오는 사람을 모두 받아들인다면 그들의 음식은 하루 만에 동나고, 그 다음날에는 가축도 씨가 마를 것이다. 그들은 기껏해야 찰리 샤프 한 사람만 들여보내줄 것이다. 왕년의 천체물리학자인 댄 포레스터 따위는 그다지 필요하지 않을 것이다. 과연 그가 누구에게 필요하겠는가?

포레스터는 차가 무사히 집까지 도착하자 새삼스럽게 놀랐다. 그는 재빠르게 차고 문을 열어봤다. 오! 아직 전기가 공급되고 있다. 하지만 계속 공급되지는 않을 것이다. 그는 문은 열어두고 안으로 들어갔다. 집 안의 전등 몇 개를 켜고 여러 개의 초를 늘어놓은 다음 그중 두 개에 불을 붙였다.

그의 집은 작았다. 큰 방이 하나 있는데 벽은 바닥부터 천장까지 책으로 가득했다. 그의 식사용 테이블에는 미리 준비해둔 짐이 잔뜩 쌓여 있었다. 냉동건조식품도 있었지만, 더 중요한 물건이 잔뜩 쌓여 있었다. 그가 사둔 것은 아주 많은 지퍼 밀폐형 비닐백과 샐러드용 비닐백, 살충제 스프레이, 좀약이었다.

그는 마루에서 휘파람을 불며 작업을 시작했다. 책에 살충제 스프레이를 뿌리고 비닐백에 넣은 후 좀약 몇 개를 넣고 밀폐시켰다. 그것을 더 큰 비닐에 넣어 다시 밀폐시키고, 다른 비닐에 다시 넣기를 반복했다. 책이 마루 위에 점점 쌓여갔다. 각각의 책이 네 겹의 비닐백에 포장됐다. 그는 일어나서 장갑을 몇 개 찾아내고, 선풍기도 그의 뒤편에 놔둬서 앞쪽으로 바람이 불도록 했다. 이렇게 하면 살충제가 손이나 폐에 닿지 않는다.

책 더미가 너무 커지자 그는 조금 곁에 새로운 더미를 쌓았다. 두 번째 책 더미가 첫 번째 책 더미 만큼 커지자, 조심스럽게 일어섰다. 관절이 뻣뻣했고 발이 아팠다. 포레스터는 혈액 순환을 위해 다리를 움직였다. 그리고 부엌에서 커피를 끓였다. 라디오에서는 잡음 소리밖에 들리지 않았기 때문에 음반을 틀었다. 그는 부엌에 여유 공간을 조금 만들어, 거기서 작업을 이어갔다.

두 개의 책 더미가 하나로 합쳐졌다. 전구가 꺼지고 비틀즈의 목소리가 무겁게 느려지다가 멈췄다. 갑자기 어둠이 덮치자 이제껏 들리지 않던 천둥소리와 바람의 비명과 비의 울부짖음이 무섭게 집을 공격했다. 천장 구석에서 물방울이 떨어지기 시작했다.

그는 부엌에서 촛불에 의지해서 계속 작업했다. 깜빡 잊었던 사이에 커피를 너무 오래 됐다. 책꽂이에는 아직 대부분의 책이 꽂혀 있으나, 꼭 필요한 책은 모두 작업을 마쳤다.

포레스터는 책꽂이를 따라 걸었다. 지쳐서 그런지 더 우울했다. 이 집에서 총 12년을 살았지만, 『이상한 나라의 앨리스』와 『물의 아이들』, 『걸리버 여행기』를 읽은 것은 그보다 두 배는 더 옛날이었다. 이제 그 책들은 버려진 집에서 썩어갈 것이다. 『듄』, 『노바』, 『더블 스타』, 『시간의 회랑』, 『고양이 요람』, 『기괴한 진화』, 『회상 속의 살인자』, 『기데온의 날』, 『붉은 오른손』, 『트로이의 영구차』, 『황금의 그늘』, 『아내는 마법사』, 『로즈메리의 아기』, 『은색 자물쇠』, 『코난 대왕』……

취미로 읽는 책이나 인생관에 관한 책은 넣지 않았다. 문명을 재건하기 위해 꼭 필요한 책만 넣었다. 심지어 스티븐 돌의 『인류를 위한 행성』도 넣지 않았다.

젠장, 안 돼! 포레스터는 『인류를 위한 행성』을 책상 위에 올려놓았다. NASA가 다음 세대에 부활한다면 이 책을 필요로 할 가능성이 크지 않나? 그는 잠시 망설였다. 필요한 책은 더 많았다.

『미래 쇼크』, 『비이성의 숭배』, 단테의 『지옥편』, 『타우 제로』……

그만하자. 15분이 지난 후 완전히 일을 마쳤다. 이제는 비닐백도 더 없다.

커피는 아직 따뜻했다. 이제 중노동을 해야 하므로 그는 잠시 휴식을 취했다. 시계는 밤 열 시를 가리키고 있었지만, 진짜 열 시인지는 알 수 없었다.

그는 차고에서 아직 상표도 떼지 않은 새 외바퀴 손수레를 꺼 냈다. 잔뜩 쌓고 싶은 욕심을 간신히 누르고 적당히 책을 쌓았 다. 그리고 비옷을 입고, 장화를 신고, 모자를 쓴 후, 외바퀴 손 수레를 밀고 나왔다.

터형가의 하수도는 현대식이며 비교적 최근에 만들어졌다. 그 러면서 옛날 정화조는 사용하지 않는 상태로 방치되어 있는데, 그중 하나가 포레스터의 집 뒤편에 있었다. 다만 불행히도 그곳 은 오르막 위에 있었다.

바람이 비명을 질렀다. 비에서 짠맛과 흙 맛이 동시에 났다. 번갯불이 지독하게 번쩍였지만 주변은 거의 잘 보이지 않았다. 외바퀴 수레로 오르막길을 힘겹게 올라가다가 마침내 정화조를 찾았다. 어제 저녁에 뚜껑을 열어뒀기 때문에 정화조에는 빗물이 꽉 차 있었다.

그는 책을 한 권 손에 들었다. 오래된 정화조 속으로 책을 집 어넣고 봉으로 부드럽게 책을 밀어 넣었다. 그리고 비상등 함을 깨뜨려 불빛이 바깥으로 보이도록 했다.

두 번째 이동을 할 때는 수영복을 입었다. 흠뻑 젖어 달라붙는 옷차림보다 따뜻한 빗물 세례를 받는 편이 그나마 나았다. 세 번째 이동을 할 때는 모자를 썼다. 세 번의 왕복을 마치고 돌아올 때는 기절할 정도로 지쳤다. 이대로는 안 된다. 좀 쉬어야 한다. 그는 젖은 옷을 벗고 소파에 몸을 길게 뻗은 후 담요를 덮고 깊은 잠에 빠졌다.

그는 비바람과 천둥의 대혼란 속에 잠을 깼다. 온몸이 끔찍할 정도로 뻣뻣했다. 그는 한 번에 삼 센티미터씩 조금씩 몸을 움직이면서 끊임없이 스스로를 격려했다. 부엌에서 식사를 했고, 다시 일을 시작했다. 시계는 멈춰 있었다. 지금은 낮일까, 밤일까.

이번에는 수레에 책을 절반만 채웠다. 더 채우지 말자. 오르막 길의 미끄러운 진흙탕을 향해 손수레를 밀고 이동했다. 다음에는 잊지 말고 전등 하나를 더 가져오자. 그는 다시 한 아름의 책을 오래된 정화조에 밀어 넣었다. 바보든 천재든, 이 속에 이런 막대한 보물이 있다고 생각하지 못할 것이며, 이곳의 존재는 포레스터 혼자만 알고 있을 것이다. 냄새 따위는 전혀 거슬리지 않았다. 이 거대한 돌풍은 언젠가 멈출 것이고, 귀중한 책들은 안전하게 보관될 것이다.

그는 돌아오는 길에 미끄러졌고, 빈 외바퀴 수레와 함께 진흙 사이로 한참 미끄러져 내려갔다. 아주 날카로운 바위 곁으로 미끄러져 갔는데, 만약 그때 부딪혔다면 다시 이 일을 더 하지 못했을 것이다.

그는 마지막 한 번의 이동을 마쳤다. 그리고 정화조를 도로 덮기 위해서 뚜껑을 붙들고 씨름했다. 무거운 뚜껑을 열 때도 고생이었지만 제자리로 돌려놓는 것도 마찬가지로 힘들었다. 이제 빈 수레를 끌고 내리막을 가면 된다. 하루 안에 바퀴자국은 깨끗하게 씻길 것이다. 이 비밀 프로젝트의 마지막 흔적인 손수레 자체를 없앨 생각도 했지만, 지금까지 했던 일만 생각해도 온몸이 다 쑤셨다.

포레스터는 욕실의 수건을 모두 꺼내서 몸을 말렸다. 안 될 건 뭔가? 그 수건으로 이번에는 비옷과 장화의 물기를 닦아냈다. 그는 옷장에서 다른 수건을 더 꺼냈다. 장화 속에 세면용 타월을 쑤셔 박아 차 안에 넣고, 비옷, 모자, 더 많은 마른 수건을 모조리 차에 넣었다.

오래된 집은 이제 비가 줄줄 샜다. 혹시 오래된 차도 마찬가지 아닐까. 하지만 큰 문제는 아니다. 조만간 차를 버리고 두 발로 걷게 될 테니까 말이다. 빗속에서, 인생 최초로 배낭을 메고 말이다. 안전하게 살아남을 수도 있고, 비가 멈추기 전에 죽을지도 모른다.

차 안에는 그저께 싸둔 다른 배낭이 있다. 거기에 피하주사와 인슐린 약간도 들어 있었다. 차 안의 짐 속에도 의료도구가 두 뭉치 더 있었다. 누군가가 통째로 훔쳐갈 것을 대비한 것이다. 아니면 누군가에게 주사기를 뺏길지도 모르지. 그래도 그의 몫이 하나 정도는 남을 것이다.

그의 차는 아주 오래된 고물이었고 차 안에는 도둑의 관심을 끌 물건도 없었다. 하지만 그의 짐 중에는 위험한 상황에서 자신의 목숨을 구해줄 수 있는 물건도 하나 있었다. 평범한 강도에게는 쓰레기처럼 보이겠지만, 가치를 알아보는 사람이라면 그의 안전을 보증해줄 것이다.

댄 포레스터 박사는 아무 능력도 없는 중년 사내였다. 그의 박사 학위는 이제 커피 한 잔만큼의 가치도 없을 것이다. 그는 험한 일을 못했고, 과체중에, 당뇨병 환자였다. 친구들은 그가 너무 자신을 과소평가한다고 말했는데, 그것도 문제다. 자신의 가치를 적극적으로 내세우지 못하기 때문이다. 인슐린을 만드는 방법은 알고 있지만, 실험실이 필요하고, 한 달에 양 한 마리를 죽여야 한다. 어제부로 댄 포레스터 박사는 아주 유지비가 비싼 사치품이 됐다.

배낭에 들어 있는 아주 소중한 물건, 그것은 단단히 포장한 한 권의 책이었다. 『사물의 원리: 기술 대백과사전』 제 2권! 1권은 정화조에 들어 있었다.

✤

하비에게 흰색 캐딜락 승용차가 접근해왔다. 멍하게 쳐다보던 하비는, 갑자기 정신을 차리고 급브레이크를 밟았다. 안전벨트에 몸이 묶여 있던 조안나가 튕겨나갈 뻔했고, 산탄총이 앞 유리창에 거세게 부딪혔다.

"미쳤어요?"

그녀가 외쳤지만, 하비는 이미 문을 열고 거리로 뛰쳐나갔다.

하비는 미친 듯 손을 휘저었다. 주여! 그녀가 나를 봐야 한다!

그가 외쳤다.

"마리!"

캐딜락이 속도를 멈추더니 곧 정지했다. 하비는 차를 향해 달려갔다.

마리 밴스는 믿기 힘들 만큼 침착했다. 그녀는 가슴이 깊이 파이고 금색 술이 달린 흰색 여름 드레스에 금 귀걸이와 조그만 다이아몬드 펜던트가 걸린 목걸이 차림이었다. 검은 머리칼이 물에 젖어 조금 흐트러지기는 했지만 흉하지는 않았다. 그녀의 모습은 평소와 다름없이 컨트리클럽에서 하루를 보낸 후 집에 가서 이브닝드레스로 갈아입으려는 것 같았다.

하비는 충격에 빠져서 그녀를 쳐다봤다. 그녀는 차분했다. 하비는 화가 난 나머지 그녀에게 소리라도 지르고 싶었다. 대체 이 상황을 이해하기는 하는 건가?

그가 물었다.

"어떻게 온 거요?"

마리 밴스는 아주 차분했다. 목소리를 평소대로 유지하기 위한 부자연스러운 노력이 느껴지기는 했지만 말이다.

"산등성이를 타고 왔어요. 여기저기 차가 버려져 있었지만, 그걸 치우고 길을 내는 사람도 있더군요. 나는 그래서…… 그런데 대체 어떻게 왔는지는 왜 궁금한 거죠, 하비?"

하비는 미친 듯이 웃어젖혔고, 그녀는 그의 웃음 때문에 겁을 먹었다. 하비는 마리의 눈 속에 들어 있는 공포심을 읽을 수 있었다. 마크가 오토바이를 몰고 곁에 다가왔다. 그는 캐딜락을 흘낏

본 다음 마리를 봤다. 그리고 크게 말했다.

"당신 이웃인가요?"

"그래요. 마리, 당신은 우리와 함께 갑시다. 집에 가봐야 소용 없소."

그녀가 말했다.

"나도 집에 있을 생각은 없어요. 아들을 찾으러 갈 뿐이에요."

그녀는 잠시 말을 멎었다가 덧붙였다.

"그리고 고르디도 있을 테고요."

그녀는 신고 있는 금색 샌들을 내려다봤다.

"옷을 좀 갈아입고서…… 하비, 그런데 로레타는 어디에……."

그녀는 말을 멎기 전에 하비의 눈동자에 무덤덤한 고통이 맺히는 것을 봤다. 마리는 작은 목소리로 말을 맺었다.

"……있죠?"

하비는 아무 말도 하지 않았다. 하비의 뒤에 서 있던 마크가 느리게 고개를 저었다. 마리가 고개를 끄떡였다.

하비가 몸을 돌렸다. 그는 빗속에 서 있는데, 아무 말도 하지 않았고, 눈은 초점을 잃었다.

마크가 말했다.

"캐딜락은 버리고 트래블-올에 올라타시오."

마리는 미소를 지으려고 애쓰면서 말했다.

"안 돼요. 잠시만, 내가 옷을 가지고 올 때까지 기다려주면 안 되겠어요, 하비?"

마크가 말했다.

"지금 결정을 내리는 것은 하비가 아니오. 자, 여기를 봐요. 옷은 충분히 있소. 음식은 많지 않지만 옷은 충분합니다."

마리는 태도가 확고했고 또 고르디나 하비의 부하 직원에게 말하는 방법을 잘 알고 있었다.

"집에 아주 좋은 활동복이 있고 완벽하게 딱 맞는 부츠가 있어요. 내 발에 딱 맞는 신발은 구하기 어렵거든요. 십 분 차이가 문제 되지는 않을 거예요."

"십 분 넘게 걸릴 테니까 말이오. 그리고 지금 우리는 시간이 아예 없소."

"여기 서서 말싸움을 벌인다면 확실히 십 분이 넘게 되겠죠."

마리는 시동을 걸고 천천히 전진했다.

"자 그럼, 조금만 기다려주세요."

그녀는 말을 마친 뒤 남쪽으로 차를 몰았다.

마크가 말했다.

"이런 제기랄, 하비, 대체……?"

그는 질문을 마치지 못했다. 하비는 넋을 잃은 것 같았다.

"제기랄, 하비, 당신은 저 망할 놈의 차 안으로 들어가요!"

마크가 부르짖었다.

하비는 반사적으로 트래블-올 안으로 들어갔다. 그가 꾸물꾸물 운전석으로 들어가려고 하자, 마크가 다시 고함을 질렀다.

"조안나, 네가 오토바이를 타. 내가 차를 운전할 테니."

"어디로?"

"하비의 이웃집으로 가야겠지. 제기랄. 그렇게까지 해야 하는 건지 모르겠다. 그냥 가버릴까?"

조안나가 단호하게 말했다.

"그 여자를 놔두고 그냥 갈 수는 없어."

그녀는 차에서 내려 오토바이에 올라탔다. 마크는 어깨를 으쓱하고는 트래블―올로 갈아탔다. 그는 차를 돌려서 이제까지 왔던 길을 되짚어 갔다. 가는 내내 투덜대면서.

그들이 도착했을 때 마리 밴스는 현관 앞에 앉아 있었다. 그녀는 사각형으로 재단된 아주 튼튼해 보이는 고급 인조섬유 바지, 면으로 된 블라우스에 양모 펜들턴 셔츠를 겹쳐 입고 등산용 부츠의 끈을 매고 있었다. 부피 큰 담요 하나가 곁에 놓여 있었다.

조안나는 잔디밭 위에서 모터사이클의 브레이크를 밟았다. 마크가 차에서 내려 그녀를 쳐다보고, 이어서 조안나를 쳐다봤다.

"제기랄, 태어나서 이렇게 빨리 옷 갈아입는 여자는 처음 봤군. 꽤 능력이 있군요."

"어떤 일을 하느냐에 따라 다르죠."

마리는 침착하게 말했다.

"당신 두 사람은 누구죠? 그리고 하비한테 무슨 일이 일어난 거죠?"

그녀는 끈을 묶으면서 말했다.

마크가 대답했다.

"부인이 강도에게 살해당했소. 그 강도들이 당신 집도 턴 것 같소. 그런데 당신은 캐딜락을 타고 어디를 가던 중이죠? 당신 남편이 혹시 지금 하비의 아들을 데리고 있는 거요?"

마리가 말했다.

"네, 맞아요. 앤디와 버트는 산에 있어요. 고르디와 함께."

그녀는 신발을 마저 묶고 일어섰다.

"가엾은 로레타. 그녀는…… 오, 주여. 아, 참. 당신들의 이름이 어떻게 되나요?"

"나는 마크, 이쪽은 조안나요. 난 하비와 함께 일하고 있었소."

마리도 마크에 대한 이야기를 들었던 것 같다.

"네, 그러면 이제 하비와 함께 지낼 건가요?"

"물론이오."

"그럼 함께 가요. 이 짐을 차에 실어주세요. 금방 나갈게요."

못처럼 단단하군, 이제까지 봤던 여자들 중 제일 차가운 여자야. 마크는 담요를 받아들었다. 그것은 제법 부피가 컸다.

마리는 비닐로 된 여행 가방을 들고 나왔다. 비행기 기내에서 옷을 보관하는 커버와 비슷한 재질이었다. 트래블−올의 뒷좌석에는 빈 공간이 거의 없었지만 그녀는 요령껏 짐을 배열해서 집어넣었다.

마크가 물었다.

"그건 다 뭐요?"

"내가 쓸 물건들이에요. 자, 이제 준비 끝났어요."

"하비의 차를 운전할 수 있겠소?"

"도로에서는요. 도로가 아닌 길에서는 운전해본 적이 없어요. 하지만 수동 기어 조작은 할 수 있어요."

"좋소. 당신이 운전하시오. 조안나가 몰기에는 너무 커요."

"나도 할 수 있어."

"물론이야, 조안나. 하지만 굳이 할 필요도 없잖아. 여기 부인께서……."

"마리예요."

"마리 부인께서 하시도록……."

그녀는 웃었다. 너무 딱딱해서 그런 듯했다.

"그냥 마리라고 불러줘요. 운전은 내가 할게요. 지도 있어요? 내게는 좋은 지도가 없어요. 아이들이 세콰이어 국립공원 남쪽 어딘가로 간 것은 알지만 거기까지 가는 길은 몰라요."

마리가 바지와 면 셔츠, 얇은 나일론 재킷, 등산화를 신고 있는 모습 때문인지, 첫인상보다 조금 작고 약해 보였으며 자신감도 없어 보였다. 그 이유를 고민하고 있을 시간이 없었다. 그래도 어떻게든 되겠지.

"내가 오토바이로 앞장서겠소. 조안나, 넌 산탄총을 들고 차에 올라가 있어. 하비는 뒷좌석에 태우는 게 좋겠어. 좀 자고나면 정신을 차리겠지? 젠장, 저렇게 갑자기 맛이 가는 사람은 처음 봐. 마치 자기가 직접 아내를 살해하기라도 한 것처럼."

마크는 마리의 눈이 조금 커지는 것을 봤다. 제기랄. 그는 오토바이에 올라타서 시동을 걸었다.

그들은 다시 북쪽으로 방향을 잡았다.

길은 폐허가 되어 있었다. 이제 어디로 가지? 마크도 알지 못했다. 하비에게 물어볼 수는 있겠지만 과연 그가 제대로 된 대답을 할까? 그의 대답이 제대로 된 것인지 아닌지를 판별할 수도 없다.

대체 하비는 왜 저 지경이 되도록 상처를 받았을까. 로레타가 하비의 좋은 짝이라고 하기는 어려웠다. 하비와 함께 어디를 가는 일도 없었다. 외모는 괜찮았지만 동반자라고 부르기는 힘들었다. 그런데 왜 그가 정신 줄을 놓았을까? 만약 마크가 조안나를 매장해야만 한다면 기분이 끔찍하겠지만 그렇다고 판단력을 잃지는 않을 것이다. 아마 다음번 술을 마실 때 그녀를 위해 한 잔을 비우는 정도겠지. 하비 또한 강인한 사람 아니었던가.

마크는 시계를 쳐다봤다. 늦었다. 이제 서둘러야 한다. 버뱅크와 샌퍼난도밸리를 빠르게 가로질러야 한다. 어떻게 가지? 만약 고속도로가 물에 잠기지 않았다면 차로 지나갈 수 있을까? 아니다. 좋지 않다.

그는 머릿속으로 경로를 그려보면서, 빨리 하비가 정신을 차리기를 빌었다. 하지만 하비는 여전히 반쯤 혼수상태였다. 마크의 오토바이가 앞장설 수밖에 없었다. 그는 멀홀랜드에 도착해서 왼쪽으로 방향을 잡았다.

뒤에서 경적이 울렸다. 마리가 교차로에서 차를 세우고 소리를 질렀다.

"이쪽 길이 아니에요!"

"이쪽이 맞소. 따라오시오!"

"아니에요."

젠장. 마크는 트래블-올로 돌아갔다.

마리와 조안나는 앞좌석에 긴장된 자세로 앉아 있었다. 조안나는 산탄총을 굳게 쥐고 있었고 총구가 들려 있었다. 마리는 한 손을 총 주변에 대충 두고 있었다. 그녀는 조안나보다 훨씬 체구가 컸다.

마크가 물었다.

"왜 그러는 거요?"

마리가 말했다.

"우리는 지금 아이들을 찾으러 가야 해요. 아이들은 동쪽에 있어요. 서쪽이 아니라고요."

마크가 고함을 질렀다.

"젠장, 그건 알고 있소. 지금 이 길이 제일 좋은 길이오. 우리는 고지대로만 이동해야 한다고요. 토팡가 계곡을 건너 산타수잔나를 따라갈 거요. 이렇게 가야 다른 모든 차가 몰려 있는 고속도로를 피할 수 있소."

마리가 인상을 찌푸리면서 마크가 말한 길을 곱씹어보더니 고개를 끄떡였다. 그가 말한 길대로 움직이면 세콰이어에 도착할 수 있다고 확신한 것 같았다. 그녀는 다시 차에 시동을 넣었다.

프랭크 스토너는 모하비가 가장 좋은 장소라고 했지. 프랭크는 똑똑한 녀석이다. 그의 말이라면 확실하다. 일단 모하비로 가고, 그다음을 생각해야겠다.

좋다. 목적지는 모하비다.

하지만 마크는 결론을 내리기는 망설여졌다. 하비는 아들을 데려오고 싶어 하겠지. 그리고 저 마리라는 여자도 아이를 데려오고 싶어 한다. 남편에 대해서는 한 마디도 하지 않는군. 아마 좋은 사이가 아닌 것 같다. 마크는 마리의 첫인상을 생각해봤다. 신분 차이. 아마 그 때문일 것이다.

그들은 빗속에서 로스앤젤레스의 등줄기를 가로질러 달렸다. 비 때문에 계곡 양편이 얼마나 무너졌는지는 전혀 볼 수 없었다. 도로에는 차가 한 대도 없었고 트래블-올은 진흙이 쌓이거나 파인 길은 모두 빠르게 비켜갔다.

그들은 착실하게 전진했다.

하비는 졸다가 깨기를 반복했다. 차는 계속 들썩이고 삐걱거렸다. 천둥소리가 계속 귀에서 우르릉거렸다. 무서운 기억이 머릿속을 떠나지 않았다. 번개가 번쩍일 때마다 그의 머릿속에서 카메라 플래시가 터지며 거실과 은제 주방용품과 카펫 위에 죽어 있는 애견과 그리고 로레타의 모습을 반복해서 비췄다.

누군가의 목소리가 들려왔는데 그것이 현실인지 환청인지 알 수 없었다.

"그래요, 그들 부부는 사이가 좋았어요. 그녀는 모든 것을 그에게 의존해서……."

목소리가 들렸다가 사라지기를 반복했다. 한 번은 차가 멈췄고 세 사람의 목소리가 동시에 들려왔다. 그런데 그 모든 목소리가 환청인 것 같기도 했다.

"부인은 죽고…… 그녀가 집에 머물러 달라고 했는데…… 집을 잃고, 일자리도 잃고, 가진 모든 것을 잃어서…… 직장뿐 아니라 경력 자체가…… 앞으로 천년 동안 텔레비전 다큐멘터리 따위는 없을 거요…… 마크. 당신도 일자리가 없어지기는 마찬가지인데…… 나도 알고 있소…… 하지만…… 저렇게 웅크리고서 죽은 것처럼 정신을 잃을 줄은 몰랐죠…….”

웅크리고 죽어 있다고…… 그래. 하비는 좌석에서 더욱 몸을 웅크렸다. 차는 다시 움직였고, 그의 좌석이 흔들렸다. 그는 흐느껴 울었다.

화요일 오후

불행히도 영역 방위 같은 기본적인 문제에서는 상위뇌는 하위뇌의 요구를 거부하지 못한다. 상위뇌의 지성적인 통제는 작동 범위가 제한되어 있으며, 일정 선을 넘어선 영역에서는 신뢰할 수가 없다. 그리고 단 한 번의 하위뇌에 의한 비이성적이고 감성적인 행동 때문에 이제까지의 모든 올바른 행동이 무효로 돌아갈 수도 있다.

– 데즈먼드 모리스, 『털 없는 원숭이』

두 시간 동안 지구는 완전히 변해버렸다. 그 동안 해머랩은 지구를 한 바퀴 조금 넘게 돌았다. 유럽과 서아프리카는 석양 무렵이었는데 지금은 밤이 됐다.

모두가 말을 꺼내기 두렵겠지. 최소한 릭 본인은 그랬다. 입을 열면 어떤 말이 튀어나올까? 조니의 옛 부인과 아이들은 텍사스에 있지 않았고 그래서 조니가 증오스러웠다. 부끄러운 비밀이다. 그는 침묵 속에서 지구의 자전을 바라봤다.

해머랩은 더웠다. 우주에서 땀은 흘러내리지 않고 생겨난 장소에 가만히 머물렀다. 릭은 왼쪽 팔에 감아둔 질퍽한 천으로 땀을 닦았다. 눈물이 고이자 두꺼운 렌즈처럼 눈앞을 가렸다. 눈을 깜빡여도 렌즈가 왜곡될 뿐이었다. 천으로 제대로 닦아내자 그제야 다시 앞이 보였다.

어두운 지구의 여기저기에서 오렌지빛 화구火口가 반짝이고 있었다. 마치 지도 뒷면을 담뱃불로 지진 듯한 모습이었다. 번쩍이는 지점을 정확히 확인하기는 어려웠다. 유럽 전역에서 도시의 불빛은 완전히 사라졌다. 구름에 가린 것일까, 아니면 실제로 사라졌을까? 바다는 육지처럼 보였다. 육지가 바다로 변한 곳도 몇 군데 있었다. 미국 동부 해안, 플로리다, 텍사스 내륙…… 텍사스. 군용 헬리콥터가 파도의 벽보다 빠르게 움직일 수 있었을까? 하지만 폭풍도 불고 있는데! 그래, 그녀는 죽었다.

릭은 밝은 대낮에 충돌 장면을 육안으로 봤다.

지중해에 충돌했던 화구는 이미 사라졌다. 훨씬 조그맣던 발틱 해의 화구는 거의 충돌 직후 사라졌다.

대서양 한가운데의 가장 거대했던 화구는 아직도 존재하고 있었다. 비스듬한 각도에서 내려다볼 때는 단지 거대하고 환한 불빛 정도로 보였지만 정중앙에서 아래로 내려다보면 그것은 어마어마한 허리케인의 중심부였다. 가운데에서 증기 기둥이 솟구쳐 오르고 그 아래에는 백색에 가까운 오렌지빛 섬광이 이글거렸다. 이런 화구가 세 군데 있었는데, 지금은 아까보다 크기가 훨씬 작아졌다. 바다가 조금씩 자리를 되찾고 있었다.

대륙에도 화구가 있었다. 작고 밝은 화구가 아프리카 수단에 네 곳, 유럽에 세 곳. 모스크바 인근에도 제법 큰 화구 하나가 있었다. 화구는 우주를 향해 섬광을 쏘아내고 있었다.

창문 아래를 내려다보던 조니는 한숨을 내쉬면서 고개를 돌렸다. 그는 목을 몇 번 가다듬고 말했다.

"좋소. 이제 이야기 좀 해봅시다."

사람들은 그가 마치 추도사를 중단시키기라도 한 것처럼 쳐다봤다. 조니는 고집 있게 말을 이었다.

"이제 아폴로는 쓸모없게 됐소. 태평양에서의 대형 충돌 때문에…… 착륙장이 부서진 거나 다름없소. 아폴로는 해상에 착륙하도록 설계되어 있는데, 바다가…… 이 모든 바다가…… 젠장……."

표트르가 고개를 끄떡였다.

"우리에게 태워달라고 부탁해야 할 거요. 우리는 공간이 남으니까, 함께 갑시다."

레오닐라가 말했다.

"우리에게는 돌아갈 곳이 없어요. 어디로 가야 하죠?"

표트르가 부드럽지만 단호하게 말했다.

"모스크바가 소련의 전부는 아닙니다. 그렇지 않소?"

릭은 멍하게 서 있었다. 조니는 릭의 등을 바라보다가, 문득 생각났다는 듯 말했다.

"빙하! 러시아 북쪽에 충돌이 있었소. 어디에?"

"대륙 북쪽, 카라 해요. 직접 보지는 못했소. 훨씬 북쪽일 수도 있소. 구름이 밀려 내려오는 모습을 보고 추측한 것뿐이오."

"구름이 밀려 내려온다, 좋소. 그렇다면 바다에 충돌했다는 것이군. 그러면 충돌 지점의 해저에 생긴 화구가 완전히 물로 메워질 때까지 계속 구름이 밀려 내려올 겁니다. 수백 수천만 톤의 흰 구름과 흰 눈을 대륙 아래로 운반하겠죠. 그리고 그 구름이 햇빛을 우주로 반사시킬 겁니다. 향후 수백 년 동안은……."

조니는 살짝 비꼬는 듯한 표정을 지었다.

"하느님께 맹세하건대 여러분의 하루를 망칠 생각으로 하는 말은 아닙니다만…… 그 빙하는 곧 중국까지 쓸어내릴 겁니다. 진심으로, 좀 더 따뜻한 곳으로 가는 것이 좋겠소."

표트르가 차가운 표정으로 말했다.

"예를 들어, 텍사스?"

바깥만 내다보던 릭이 움찔했다. 조니가 말했다.

"아주 감사합니다."

"내 가족은 모스크바에 있습니다. 폭발과 화염 속에 죽었겠죠. 당신 가족들은 물 때문에 죽었습니다. 어떤 기분일지 나도 알고 있소. 하지만 소련은 예전에도 재앙으로부터 살아남은 경험이 있소. 그리고 빙하는 느리게 움직입니다."

레오닐라가 말했다.

"혁명은 빠르게 움직이죠."

"뭐라고?"

레오닐라가 빠른 러시아어로 뭐라고 말했다. 표트르가 같은 말투로 대꾸했다.

조니가 릭에게 낮게 말했다.

"저들끼리 이야기하라고 놔두지. 젠장. 이 로켓은 그들 것이니까. 릭, 시간 맞춰서 헬리콥터가 보내졌을 거야. 릭?"

릭은 들은 척도 하지 않았다. 결국 조니는 릭의 시선을 따라 아시아의 어두운 아수라장을 함께 바라봤다.

곧 레오닐라가 영어로 그들에게 말했다. 그녀의 말투는 거의 유쾌하다고 불러도 될 정도였다.

"빙하는 느리게 움직이지만 혁명은 빠르게 움직이지요. 대부분의 당원들, 그리고 소련 정부 모든 사람들은 표트르나 나처럼 소련 출신이에요. 러시아인의 대부분은 지금 위험에 처했어요. 우크라이나, 그루지아, 다른 모든 피정복 민족들이 더 이상 모스크바에 의해 지배받지 않는다는 것을 깨닫는 순간, 무슨 일이 일어날까요? 나는 표트르 동지에게 그것을 설명하려고 했어요. 그런데 지금은 뭘 보고 있어요?"

릭이 그녀를 돌아봤고 그녀는 조금 물러섰다. 인종과 문화에 따라 표정 언어는 많이 다르지만, 그녀는 릭의 표정에서 살의에 가까운 증오를 읽었다. 잠시 후 릭은 뒤로 물러섰다. 레오닐라에게 관측 창을 내주기 위해서였지만, 레오닐라는 움찔하면서 손잡이를 놓쳤다.

그녀는 릭의 눈에 서린 증오에 밀려, 해머랩 반대편 끝까지 유영해서 물러났다. 표트르는 그 표정 때문에 싸움을 마음속으로 대비하며, 이해할 수 없는 증오로부터 레오닐라를 보호하기 위해 주먹을 꽉 쥐었다.

해머 충돌 지점은 먹구름이 뒤덮었고 그 위에서 계속 전기가 번쩍였다. 스파크는 점점 많아졌다. 마치 반딧불이 엉키는 것 같았다.

갑자기 조니가 통신 패널로 향했다. 그는 주파수 다이얼을 급히 돌리더니 다급하게 말했다.

"루킹글라스, 여기는 화이트버드. 루킹글라스, 루킹글라스, 여기는 화이트버드. 소련에서 대량의 대륙간 탄도탄을 발사했다. 반복한다. 소련에서 로켓이 발사됐다. 확실히 관측했다. 제기랄, 가지고 있는 걸 전부 발사한 것 같다! 새가 오백 마리, 어쩌면 그 이상……."

표트르는 통신 패널로 달려가서, 서둘러 회로 차단기를 잡아당겼다. 통신패널 불빛이 꺼졌다. 조니와 표트르의 시선이 엉켰다. 조니가 외쳤다.

"릭!"

그러자 릭이 표트르에게 몸을 던졌다. 그의 몸이 캡슐 안을 가로질러 날아가자 레오닐라가 러시아어로 뭐라고 소리를 질렀다. 릭이 먼저 표트르를 공격하려 했다. 그러나 표트르는 응전하지 않았다. 대신 릭의 표정에 맞먹을 정도로 증오스러운 표정을 지었다.

표트르가 말했다.

"경고를 보내시오. 그들이 모르는 것이 있다고 말하시오."

릭이 고함을 질렀다.

"대체 무슨 소리요?"

레오닐라가 이상할 정도로 침착한 목소리로 말했다.

"모스크바 위에 또 하나의 불길이 치솟았어요. 새로운 불길이에요."

"응?"

조니는 표트르와 레오닐라를 순서대로 쳐다보고 허공을 유영해서 관측 창으로 갔다. 그리고 아래를 내려다봤다. 모스크바 인근의 화구 곁에 작지만 선명하게 보라색 버섯구름이 피어올랐다. 그것이 뭔지는 조니도 알고 있었고 이미 본 일도 있었다.

"뒤늦은 충돌일거요."

거짓말 때문에 혓바닥이 뻣뻣해졌다. 햄너-브라운은 두 시간 전에 충돌했고 이미 지구 전체의 충돌 장면을 샅샅이 찾아봤다. 두 개의 작은 버섯구름에 이어서 또 하나의 작은 불덩이가 나타났다.

"오, 주여. 세계가 미쳤구나."

릭이 말했다.

"백합꽃에 금칠까지 한다는 거지! 혜성 충돌로 부족하다는 건가? 어떤 개자식들이 버튼을 누른 거야? 오, 제기랄!"

네 사람은 모두 지상을 내려다봤다. 소련에서 불꽃이 솟아오르더니 과거 유럽 쪽 소비에트 영역을 가로질렀다. 혜성 충돌로부터 살아남았던 산업사회의 유산이 이제 완전히…….

미쳤다. 왜? 왜? 대체 왜?

"우리가 저 아래 내려가도 환영받지는 못할 것 같군요."

릭이 말했다. 릭의 목소리도 완전히 침착함을 되찾았다. 릭은 목 깊은 곳에서 으르렁거리는 소리를 냈다. 아무 의미도 없었으며 누군가를 향한 것도 아니었다. 릭이 혹시 미친 것 아닐까? 하지만 릭은 잠시 후 관측 창에서 물러나 해머랩 쪽으로 갔다.

표트르는 소유즈로 연결된 에어락 곁에 있었다. 표트르가 숨겨둔 무기를 갑자기 꺼내는 것 아닐까? 조니는 그럴 리는 없다고 생각했다. 우주궤도에서 권총 대결을 못할 것은 또 뭔가! 광기와 복수, 그것은 고향별의 아름다운 전통 아닌가.

조니가 조용히 말했다.

"이제 그만합시다. 마지막까지 잘 협력합시다, 최후의 우주비행사 여러분."

릭은 에어락을 통과해서 아폴로로 건너가려고 했다. 릭은 나직하게 뭐라고 투덜거렸다. 목소리는 작았지만 다른 사람들의 귀에 충분히 들릴 크기였다.

조니는 돌아서서 표트르를 봤다. 그가 소유즈로 연결되는 에어락을 풀려고 하지는 않을까? 그는 당장이라도 뭔가를 할 것 같은 기세였지만 꼼짝도 하지 않고 전쟁터가 된 지구의 모습을 내려다보기만 했다.

릭의 고함이 실내를 쩌렁쩌렁 울렸다.

"제기랄! 조니, 아폴로는 지금 진공 상태입니다. 내가 헬멧을 쓰고 나가서 열 차단기 손상을 점검해볼까요?"

"가만히 있어, 제기랄!"

아폴로에 작은 구멍이 났을 것이다. 그 구멍은 대기권 재진입 시 탑승자를 죽일지도 모른다. 이제 그들은 소유즈를 타고 함께 돌아갈 수밖에 없다. 조니는 표트르를 돌아봤다. 그는 여전히 관측 창만 내다보고 있었다.

표트르 준장, 그의 목 뒤에서 한 방을 쏴버릴까. 전혀 대응하지 못할 순간일 테니까 말이다. 아니면 그와 함께 소련으로 돌아갈까. 그러면 포로 신분이 되나? 글쎄. 조니는 영화 '수용소 군도'

의 한 장면을 떠올렸다. 그의 손끝에 살짝 힘이 들어갔다. 릭이 레오닐라를 처리할 수 있을 거야. 그러고서…….

하지만 생각으로만 그치고 행동은 하지 않았다. 표트르는 돌아서더니 조니에게 말했다.

"저 불꽃은 동쪽으로 향하고 있소. 서쪽이 아니고, 동쪽으로."

조니와 표트르는 서로 쳐다봤다. 영겁 같은 순간이 지나서 그들은 미친 듯 통신 패널을 향해 달려갔다.

⚜

"로저, 루킹글라스, 화이트버드 통신 종료."

조니가 말했다.

릭이 물었다.

"전달됐습니까?"

"그래. 최소한 누군가가 수신하기는 했어."

조니는 아래쪽의 거대한 소용돌이를 내려다봤다.

"내 생각에 이곳은 높아서 신이 우리 기도를 더 잘 듣는 것 같아. 그렇지 않으면 저 소용돌이를 뚫고 무전을 교환할 수 있을 리가 없잖아."

"거리와는 관계없는 문제요. 이온화 패턴은 무작위적이니까."

표트르가 말했다.

조니가 어깨를 으쓱했다. 그는 이론에 대해 논쟁할 생각은 없었다. 캡슐 안에서는 미사일의 비행을 보느라 다시 침묵이 내려

앉았다. 탄도의 궤적을 따라 전기 불꽃이 튀고 있었다. 곧 다시 번개가 칠 텐데, 그때는 훨씬 더 밝아질 것이다.

그러나 미사일은 북극을 향해 포물선을 그리면서 솟아오르지는 않았다. 날씬한 초승달 모양의 지구에서, 미사일은 동쪽을 향해, 중국을 향해 곧게 뻗어나가는 중이었다.

소련에서는 핵폭발이 있었다. 중국이 공격했고, 덕분에 해머 충돌에서 살아남았던 곳은 이제 방사능 지옥이 되었다.

표트르의 가족이 저 아래에 있을 것이다. 레오닐라도 가족이 있다면 저곳에 있겠지. 아, 레오닐라는 가족이 없을 것이다. 조니는 속으로 안도의 한숨을 쉬었다. 나는 다행이다. 전 부인 앤 베이커는 몇주 전에 휴스턴을 떠났다. 앤 베이커는 텍사스에 있을 리가 없다. 이혼 수속을 위해 아이들을 데리고 라스베이거스로 갔고 덕택에 생명을 구했을 것이다. 모린은…… 그래, 모린은? 만약 두뇌와 판단력 덕택에 해머 충돌에서 생존할 여자가 있다면, 그건 틀림없이 모린이다. 그녀는 아버지와 함께 캘리포니아로 가겠다고 했었다.

표트르가 직업적 무관심을 가장해서, 그러나 조용한 목소리 한 귀퉁이에 날카로움을 숨기지 못한 채 말했다.

"할 일이 많습니다. 여기서 버틸 수 있는 것은 기껏해야 몇 주요. 조니 베이커 준장, 우리 비행선에는 컴퓨터가 탑재되어 있지 않습니다. 재진입 궤도 계산을 위해서는 당신네 기계를 써야 합니다."

조니가 말했다.

"물론이지요."

"당신 두 사람 모두가 필요합니다."

표트르가 머리를 캡슐 반대쪽 끝으로 쭉 빼고 말했다. 그쪽에는 릭이 웅크리고 있었다.

조니가 말했다.

"정말 필요한 상황이 되면 그도 움직일 거요. 지금 릭은 이 상황을 아주 심각하게 받아들이고 있어요. 부인과 아이들이 설사 살아 있다고 해도, 영영 만나지 못하게 될 테니까요."

표트르가 말했다.

"모르는 편이 낫소. 훨씬 낫습니다."

조니는 모스크바를 떠올렸다. 그곳은 두 번이나 파괴됐다. 조니는 고개를 끄떡였다.

표트르가 말했다.

"레오닐라가 진정제를 투여하는 편이 좋겠군요."

조니가 말했다.

"말씀드렸지만, 릭은 괜찮을 겁니다. 릭, 잠시 회의를 하지."

"알겠습니다."

표트르가 말했다.

"왜지? 왜들 저러고 있는 거지?"

갑작스런 질문이었지만 조니는 놀라지 않았다. 그는 표트르가 언제쯤 그 이야기를 할까 궁금하던 중이었다.

레오닐라가 관측 창에서 눈을 떼며 말했다.

"표트르 동지, 잘 아시잖습니까. 우리 정부는 이미 중국을 탐내고 있었어요. 빙하가 밀려오면 소련이 갈 곳은 한 군데뿐이죠. 유럽은 이미 파괴되기도 했지만, 애초에 그리 남쪽도 아니었으니까요. 그래서 어떤 결론에 도달했겠죠. 아마 중국도 같은 결론을 냈을 거고요."

표트르가 말했다.

"그래서 그들이 공격을 했다? 하지만 제때 공격을 하지 못했고, 그래서 우리도 대응 공격을 했다는 것이군."

레오닐라가 물었다.

"그래서 어디에 착륙하면 될까요?"

표트르가 물었다.

"귀관은 이 문제에 대해 아주 침착하군. 조국이 송두리째 파괴됐는데 걱정되지 않나?"

"생각하시는 것보다 더 많이 걱정하는 동시에, 더 적게 걱정하기도 해요. 그곳은 내 고향이지만 내 조국은 아니었어요. 내 조국은 스탈린에게 살해당했지요. 아무튼 소련으로는 갈 수 없어요. 착륙하기 좋은 장소가 있더라도 그곳은 이미 전쟁의 한복판일 테니까요."

표트르가 말했다.

"우리는 소련 장교야. 그리고 전쟁은 아직 끝나지 않았어."

릭이 말했다.

"말도 안 되는 소리."

그들 모두는 릭을 쳐다봤다. 릭이 반복했다.

"말도 안 되는 소리요. 저 아래 가봤자 할 수 있는 일이 없다는 것은 알잖소? 어디를 가려고요? 중국으로 가서 붉은 군대를 기다릴 거요? 아니면 핵 폐허에 들어가서 빙하를 기다릴 거요? 표트르, 저 전쟁은 당신들의 전쟁이 아닙니다. 저 전쟁이 끝나지 않는다고 믿는 것도 제정신이 아니고, 아무튼 저 전쟁은 당신과는 관계가 없소."

표트르가 말했다.

"그러면 어디로 가자는 겁니까?"

레오닐라가 말했다.

"남반구로 가요. 대부분의 충돌은 북반구에서 발생했어요. 기류가 적도를 넘는 경우는 흔치 않으니까, 오스트레일리아와 남아프리카에서는 피해를 받지 않은 문명사회를 찾을 수 있을 거예요. 이 위성의 궤도 상 오스트레일리아에 착륙하기는 쉽지 않을 것 같아요. 착륙 지점을 우리가 정교하게 통제하기 어려우니까, 만약 오스트레일리아 내륙 황무지에라도 착륙한다면 굶주리게 되겠죠. 남아프리카는……."

조니가 쓴웃음을 지었다. 릭이 말했다.

"만약 어디든 아무 곳이나 가는 것이라면, 나는 그냥 여기에 있겠소."

그들 모두가 웃었다. 그들 간의 긴장이 조금 완화된 것 같았다. 조니가 말했다.

"봅시다. 남아메리카에 착륙하는 것은 가능할 것 같소. 그리고 남미는 큰 피해를 입지도 않았소. 하지만 왜 그렇게까지 합니까? 우리 네 명은 모두 이방인이며, 남미의 언어를 할 줄 아는 사람은 아무도 없습니다. 차라리 우리 조국으로 가기를 제안합니다. 목적지에 정확히 착륙할 확률이 높고, 당신 두 사람은 이방인이지만 현지인 가이드를 대동했지요. 물론 당신들이 영어를 할 수도 있습니다."

릭이 말했다.

"미국의 상황은 아주 안 좋습니다."

"물론 그렇지."

"그러면 어디로?"

"캘리포니아다. 농축 산업이 번성한 캘리포니아의 고지대다. 거기라면 꽤 오랫동안 빙하 걱정을 안 해도 될 거야."

레오닐라는 아무 말도 하지 않았다. 표트르가 말했다.

"지진은?"

"그것까지 알고 있군요. 하지만 착륙 전에 모두 끝났을 겁니다. 이번 충돌 덕택에 잠재되어 있던 모든 지진이 한 번에 촉발됐을 테니 앞으로 백 년쯤은 캘리포니아에서 지진이 없을 겁니다."

표트르가 말했다.

"뭘 하든 빨리 해야 합니다."

그는 상황판을 가리켰다.

"우리는 산소도 잃고 있고, 전력도 잃고 있소. 빨리 행동하지 않으면 아무것도 하지 못할지도 모릅니다. 캘리포니아라고 했죠? 그곳에서 공산주의자 두 사람도 환영받을 수 있습니까?"

레오닐라가 표트르를 바라보며 뭔가 말하려는 듯했지만 말을 하지는 않았다.

조니가 말했다.

"다른 지역보다는 나을 겁니다. 남부나 중서부보다 덜 보수적이고……."

릭이 말했다.

"조니, 지상에서는 이 일 전체가 소련의 작전이라고 믿는 사람도 있을 것 같아요."

"그래, 다시 말하지만, 캘리포니아보다는 남부나 중서부에 그런 사람이 더 많을 거야. 그리고 동부는 사라졌으니까, 남은 곳이 어디지? 그리고, 생각해봐. 우리는 영웅이다. 우리 모두는 최후의 우주비행사들이야."

하지만 조니는 자신의 말로 스스로를 납득시킬 수도 없었다.

레오닐라와 표트르는 눈빛을 교환했다. 그들은 러시아어로 부드럽게 이야기를 나누었다. 그리고 레오닐라가 말했다.

"우리가 미국에 착륙한다면 KGB에게 무슨 일을 당할지도 모르겠군요. 미국인도 똑같이 멍청한가요?"

릭의 대답은 부드러웠고, 서글픈 키득거림이 담겨 있었다.

"정확히 같은 상황은 아닌 것 같군요. 나라면 FBI에 대해 걱정하지는 않았을 겁니다. 정의롭고 애국적인 시민들이 걱정이죠."

레오닐라가 인상을 찌푸렸다.

릭이 말했다.

"자, 뭘 걱정합니까? 커다란 망치와 낫이 그려지고 소비에트 연방 공화국의 이니셜이 표시된 소련 우주선을 타고 착륙하면 되는 거 아닙니까."

조니가 말했다.

"화성인의 표시가 된 것보다는 낫지."

아무도 웃지 않았다.

릭이 말했다.

"젠장, 우리가 선택할 문제는 어디에 착륙할지가 아니오. 지상의 사람들이 함께 협동해서 잘살 것이라고 생각하시는 것 같은데, 저는 그렇게 생각하지 않습니다."

조니가 말했다.

"잘 어울려 사는 사람들도 있겠지."

"그렇기는 하겠죠, 하지만 조니, 인류의 절반이 죽었고, 나머지는 남겨진 음식을 차지하려고 싸우게 될 겁니다. 이상 기후 때문에 작물이 열리지 않을 거예요. 잘 알잖아요. 생존자 대부분은 겨울을 넘기지 못할 겁니다."

레오닐라가 부르르 떨었다. 스탈린이 차르의 왕좌를 계승한 후 우크라이나에 밀어닥친 대기근의 생존자에게 들었던 이야기들이 생각났다.

"하지만 지상에서 문명이 남아 있을 가능성이 있는 곳, 우리가 한 일에 최소한의 관심을 보일지도 모르는 곳, 그곳은 오직 캘리포니아뿐이겠지요."

릭이 말했다.

"우리는 햄너-브라운에 대한 기록을 가지고 있어요. 최후의 우주 프로젝트를……."

표트르가 말했다.

"꽤 오래 수행했소."

"그렇소. 그리고 그 기록을 계속 보존해야 합니다. 분명 의미가 있을 테니까."

표트르는 안심하는 표정이었다. 이제 선택에 대한 논의는 끝났다.

"아주 좋아요. 캘리포니아에 원자력발전소가 있죠? 아마 그들은 살아남을 겁니다. 발전소 주변에서 문명이 형성될 거요. 그곳이 바로 우리가 가야 할 곳입니다."

전략공군지휘소 통신센터는 어떤 상황에서든 살아남는 것을 목표로 설계됐다. 지구 규모의 재앙은 대응할 수 없더라도, 핵공격 정도는 대응 가능하다. 충분히 다중화된 시스템과 병렬적 처리 구조 덕택에 해머가 충돌했지만 그럭저럭 통신이 유지됐다.

베넷 로스텐 소령은 스피커를 유심히 듣고 있었다. 대부분 그에게 온 전문이 아니었지만 그는 계속 귀를 기울였다. 만약 통신이 중단되면 미사일은 로스텐 소령이 책임을 져야 한다. 일정 시간 후에는 본인이 직접 발사를 할 수도 있다. 너무 적게 아는 것보다는 너무 많이 아는 편이 낫다.

"EWO, EWO, 긴급 전쟁 명령, 전략공군지휘소 간부들은 청취 바람. 여기는 전략공군지휘소 총사령관이다."

밤브리지 사령관의 목소리가 잡음에 섞여서 흘러나왔다. 거의 알아듣기 힘들 정도였다.

"대통령이 사망했다. 헬리콥터 사고다. 반복한다. 대통령이 사망했다. 헬리콥터 사고였다. 적대적인 세력의 공격이라는 증거는 없다."

"믿을 수가 없군."

루스 대위가 중얼거렸다.

"이제 뭘 해야 합니까?"

"월급 받는 대가는 해야지."

로스텐이 말했다.

잡음이 음성을 덮어버렸다.

"……B-MEWS*의 경보는 없었으며…… 토네이도로 인한…… 반복한다…… 토네이도가……."

"오. 주여."

루스 대위가 중얼거렸다. 그는 지상의 가족들을 걱정하고 있었다. 관사에 대피소가 있으니, 부인이 낌새를 채고 안으로 들어갔겠지? 분명 그랬을 거야. 공군 장교의 부인이니까. 하지만 그녀는 어려. 너무 어려. 그리고…….

"……상황은 여전히 적색경보 상태다. 반복한다. 상황은 여전히 적색경보를 유지한다. 이상."

로스텐이 말했다.

"목표물 카드와 식별표를 꺼낸다."

_____

* 탄도미사일 조기경계망.

루스가 고개를 끄덕였다.

"그래야 할 것 같습니다, 소령님."

이어서 그는 훈련받은 대로 시간 기록을 남겼다.

"지휘관의 지시에 의거, 표준시각 1841에 목표물 카드 및 식별표를 불출함."

루스는 열쇠를 꽂은 후 조작 패널을 열어, IBM 컴퓨터용 천공 카드 한 조를 꺼내 콘솔 위에 배치했다. 육안으로는 그것의 내용을 식별할 수 없지만 코드를 번역할 수 있는 음어표가 곁에 있었다. 일반적인 상황이라면 루스나 로스텐 모두 그들이 발사하는 미사일의 목표가 어디인지를 알 수 없도록 되어 있었다. 하지만 지금은 그들 스스로 미사일을 소유하고 조종할 가능성이 높은 상황이다. 목표를 정확히 알아야 할 것 같았다.

시간이 조금 흘렀다. 스피커가 다시 와르릉 울렸다.

"아폴로에서 소련의 미사일 발사를 관측했다는 보고 접수. 반복한다. 대량의…… 오백여 발의……."

로스텐이 외쳤다.

"이 개자식들! 형편없는 빨갱이 자식들!"

"침착하십시오, 소령님."

루스 대위가 천공카드와 음어표를 비교하다가 상황판을 봤다. 현재 그들의 미사일은 여전히 봉인된 상태였으며, 루킹글라스의 지시가 없다면 그들이 직접 미사일을 발사할 수는 없었다.

"루킹글라스, 여기는 드롭킥. 루킹글라스. 여기는 드롭킥. 소련군 사령관의 메시지를 수신했다. 소련은 중국에게 미사일 공격을 받았다고 주장한다. 소련은 미국 정부에게 중국의 도발에 공동 대응할 것을 요청했다."

"전 부대, 여기는 SAC. 아폴로에서 소련의 미사일이 동쪽을 향했다고 보고했다. 반복한다. ……하지 마라…… 현재까지 알려진 바에 의하면……."

"미사일 부대, 여기는 루킹글라스. 미국 영토에 소련의 공격은 없었다. 반복한다. 소련의 공격은 중국을 향한 것이며 미국 영토에 대해서는……."

스피커가 조용해졌다. 루스와 로스텐은 서로 얼굴을 쳐다봤다. 그리고 그들의 목표물 카드를 바라봤다.

그들의 상황판에서 붉은 신호가 꺼졌고, 새로운 디지털 타이머가 초단위로 시간을 재기 시작했다.

앞으로 네 시간이 지나면, 미사일 발사 권한이 그들에게 넘어온다.

*
**

한 줌의 불타는 석탄이 멕시코 전역과 미국 동부에 뿌려졌다. 해머가 지면에 충돌한 것이다. 아주 뜨겁게 달아오른 공기가 성층권까지 기둥처럼 솟구쳐 오르면서 수백만 톤의 흙과 먼지를 함께 빨아올렸다. 공기가 솟구쳐 오른 자리에 바람이 밀려왔다. 대륙을 가로지르는 바람은 지구의 자전 때문에 휘어져 시계 반대방향의 소용돌이를 만들어냈다. 나선형으로 여섯 개의 소용돌이가 형성됐다.

그중 가장 거대한 허리케인은 멕시코 영토에서 형성되어 동쪽으로 이동해 바다를 가로지르다가 멕시코 만의 충돌 때문에 끓어오르는 바닷물로부터 열에너지를 흡수했다. 그리고 북쪽의 내륙으로 이동하면서 새끼를 치듯 새로운 소형 토네이도를 여기저기 떨어뜨렸고, 미시시피 인근의 홍수를 북쪽으로 몰고 갔다.

  바다 위에서는 뜨겁고 축축한 공기가 북상하는 한편, 북극에서는 차가운 바람이 밀려왔다. 오하이오밸리를 따라 막대한 전선이 형성되고 토네이도가 발생해서 여기저기로 흩어졌다. 전선이 빠르게 이동하면서 새로운 토네이도가 하나, 또 하나, 수백 개, 수천 개가 발생해서 무너진 도시의 무덤 위에서 분노의 춤을 췄다. 그리고 전선은 동쪽으로 이동했고, 대서양에서 더욱 규모를 키우면서 유럽과 아프리카를 가로질렀다. 비구름이 지구를 뒤덮었다.

3부

산 자와 죽은 자

진노의 날, 심판의 날이 임하면
다윗과 시빌의 예언에 따라
하늘과 땅이 모두 재가 되리라
이 어리석은 인간은 무엇을 탄원하며
누가 나를 위해 친히 간구할까?
자비가 필요한 그때는 언제일까?

— 디에스 이래[*]

---

[*] 라틴어로 '진노의 날'이라는 뜻, 13세기 찬송가이며 가톨릭 장송곡의 부속가.

부자와 빈자

물건의 가치는 그것이 무슨 결과를 가져오느냐에 따라 결정된다.

— 법언法言

팀은 아일린을 이끌고 미끄러운 산마루 위로 올라가서 터헝가를 내려다봤다.

터헝가는 여전히 멀쩡했다!

그곳에는 전기가 있었다. 멀쩡한 건물에서 노란 전등 빛이 새어나왔고, 상점은 유리창이 깨지지 않았으며, 유리창 너머에서 눈부신 청백색 형광등 불빛이 번쩍였다. 그리고 푸트힐 거리에는 자동차가 달리고 있었다. 오후인데도 어두워서 전조등을 켜야 했고, 비바람 치는 도로 위에 발이 빠질 정도로 두꺼운 진흙이 쌓여 있었지만, 자동차들은 분명히 달리고 있었다. 많은 수는 아니지만 그래도 분명히 자동차였고 그리고 잘 움직이고 있었다. 팀과 아일린의 건너편에는 슈퍼마켓이 있고 주차장에는 경찰차가 서 있었다.

그리고 유니폼을 입고 무장한 군인도 있었다. 팀과 아일린은 좀 더 가까이 다가가서 바라봤다. 군복의 모양과 마모도가 완전히 제각각이고, 상당수는 오래되어 몸에 맞지도 않았다. 마치 사람들이 집에 있던 군복을 입고 나온 듯한 모습이었다. 무기도 제각각이었다. 권총, 산탄총, 22구경 권총, 모젤 사냥총, 주 방위군 군복을 입은 남자들이 쥐고 있는 제대로 된 군용 소총 등.

팀이 부르짖었다.

"음식이다!"

그는 아일린의 손을 잡고 쇼핑센터까지 한달음에 달려갔다.

"내가 말했잖소? 여기에는 문명이 남아 있소!"

구식 군복을 입은 남자 두 명이 슈퍼마켓 입구에 서 있었다. 팀과 아일린이 안으로 들어가려고 했지만 그들은 길을 비켜주지 않았다. 하사관 견장을 달고 있던 남자가 말했다.

"뭐요?"

팀이 말했다.

"먹을 것을 사고 싶습니다."

하사관이 말했다.

"안됐지만, 모두 징발됐소."

"우리는 지금 굶주렸다고요."

아일린의 목소리는 심지어 자신에게도 절실하게 들렸다.

"하루 종일 아무것도 먹지 못했어요."

하사관 곁에 있던 일등병이 말했다. 그는 군인이라기보다 보험 영업사원 말투에 가까웠다.

"구 시청 청사로 가십시오. 먼저 거기 가서 등록부터 하고 보급품 카드를 받으세요. 아마 수프 배급도 받을 수 있을 겁니다."

아일린이 슈퍼마켓 복도 형광등에 비치는 그림자를 가리켰다.

"하지만 안에 있는 사람들은 뭐죠?"

그들은 쇼핑카트에 물건을 싣는 중이었는데, 군복을 입은 사람도 있고 입지 않은 사람도 있었다.

"군인이오. 보급부대입니다."

하사관이 말했다. 그는 어제까지는 공구 상점 점원이었다.

"시청에 가면 자세한 설명을 들을 수 있을 거요."

그는 팀의 진흙투성이 옷을 보고 문득 떠오른 듯 물었다.

"언덕 너머에서 왔소?"

팀이 대답했다.

"예."

하사관이 말했다.

"세상에."

일등병이 물었다.

"그렇게 건너온 사람이 많습니까?"

"나도 모르오."

팀이 다시 아일린의 손을 찾아 꼭 쥐었다. 문명의 잔존에 대한 꿈이 사라졌듯, 아일린 또한 연기처럼 사라지는 건 아닐까. 그가 말했다.

"우리는 정말 죽을 만큼 지쳤소. 어디서 우리가…… 뭘 해야 할까요?"

하사관이 말했다.

"나도 모르겠소! 여기를 벗어날 계획인 거요? 우리는 이방인을 거부하지 않고 있소. 아직까지는 말이오. 하지만 그건 주변에 다른 안전한 곳이 많다는 추론 때문이지. 하지만 계곡 쪽의 상황을 확인하고 난 후에는…… 내가 듣기로는……."

그는 말끝을 흐렸다.

일등병이 물었다.

"일이 터지는 것을 직접 봤습니까?"

팀이 말했다.

"못 봤소. 그래도 물이 꽤 높이 올라왔을 거요. 내 짐작이지만요. 보지는 못하고, 소리만 들었소."

아일린이 말했다.

"내 남은 인생 내내 그 소리가 들릴 것 같아요. 그리고…… 하지만 생존자도 많을 거예요. 버뱅크와 할리우드힐스에요."

일등병이 끄응하고 대답했다.

"우리가 돌볼 수 없을 만큼 많은 사람이군."

하사관은 주차장 너머 버두고힐스의 언덕 뒤편을 관통해서 보기라도 할 듯 빗속으로 몇 발짝 걸어 나갔다.

"정말 너무 많은 사람들이겠군. 이방인을 아직 받아들이는 동안 얼른 시청에 가서 등록하는 것이 좋을 거요. 사람이 많아지면 더 이상 받아들이지 않을 테니까. 길은 저쪽이오."

그가 가리켰다.

"고맙습니다."

팀이 돌아섰다. 그는 주차장을 가로질러 걷기 시작했다.

"이봐요."

하사관이 총을 아무렇게나 들고 다가왔다. 팀은 그의 총을 들여다봤다. 하사관이 주머니에 손을 집어넣었다가 꺼냈다.

"이거 하나 남는 게 있소. 당신들한테는 쓸모 있을 것 같아서."

그는 작은 비닐 포장 하나를 건네고 팀의 대답을 듣기도 전에 돌아섰다. 고맙다는 말을 듣고 싶지 않기라도 한 것 같았다.

아일린이 물었다.

"뭘 받은 거예요?"

"치즈와 크래커군. 한 입씩 먹을 수 있겠소."

그는 포장을 뜯고 조그만 플라스틱 상자 안에 들어 있는 플라스틱 막대로 치즈를 파냈다. 그는 크래커에다 치즈의 절반을 펴발라서 아일린에게 건넸다.

"이건 당신 몫이오."

그들은 걸어가면서 우걱우걱 먹었다. 아일린이 말했다.

"이런 것이 이렇게 맛있을 줄 생각도 못했어요. 몇 시간 지나지도 않았는데…… . 팀, 이곳은 좋지 않아요. 당신의 관측소로 가는 편이 나을 것 같아요."

그녀는 경찰인 에릭 라슨이 역할을 포기하는 것을 목격했다. 그나마 에릭 라슨은 안면이라도 있는 사람이지만 이곳의 몸에 맞지 않는 제복을 껴입은 경찰은 안면도 없다.

"하지만 그렇게 멀리까지 걸어갈 수 있을까요?"

팀이 불 켜진 건물을 가리켰다.

"왜 걸어요? 차를 삽시다."

주차장에는 중고 픽업트럭이 있었다. 전시장 안에는 세 대의 사륜구동 블레이저가 서 있었다. 안에는 사람이 없었다. 팀은 가운데 주차된 차에 다가갔다.

"훌륭해! 우리에게 필요한 것이 바로 이 차요."

"팀."

그는 그녀의 놀란 목소리를 듣고 돌아섰다. 상점의 복도에 한 남자가 커다란 산탄총을 들고 서 있었다. 처음에는 팀의 눈에 거대한 동굴 같은 총구만 보였다. 그리고 총구 뒤에 뚱뚱한 사내가 서 있었다. 덩치가 크지만 뚱뚱한 건 아닌가? 아니다, 많이 뚱뚱하다. 얼굴이 붉고 몸집이 황소 같다. 비싼 옷을 입고 있고, 은장식이 달린 서부식 스트링 타이를 매고 있었다. 무엇보다도 큰 산탄총을 들고 있다.

"이 중 한 대를 원한다, 이거요?"

남자가 물었다.

팀이 말했다.

"하나를 사고 싶소. 우린 도둑이 아니오. 대가를 지불하겠소."

팀이 화가 난 듯한 목소리로 말했다.

남자가 잠시 쳐다보더니 총구를 내렸다. 그리고 고개를 뒤로 젖히면서 천둥처럼 웃음을 터뜨렸다.

"뭘로 지불할 거요?"

그는 웃느라고 거의 말도 제대로 하지 못했다.

"뭘로?"

팀은 자칫하면 발끈할 뻔했다. 그는 아일린의 눈을 바라봤고 이어서 두려움이 밀려왔다. 돈은 더 이상 쓸모가 없다. 게다가 가진 돈도 없다. 수표와 신용카드는 있지만, 그런 물건이 쓸모가 있는가?

"나도 모르겠소."

팀은 잠시 후 말했다.

"아니, 지불할 것이 있소. 산 위에, 내가 소유한 집이 있소. 음식과 생필품이 쌓여 있지. 여러 사람이 들어갈 만큼 크기도 충분하오. 당신을 데려가서 머물게 해주겠소. 당신 가족도 포함해서 말이오."

남자가 웃음을 그쳤다.

"그건 좋은 제안이오. 필요는 없지만. 좋소. 내 이름은 스팀스, 이 상점의 주인이오."

"내 이름은…… ."

스팀스가 말했다.

"팀 햄너. 맞소? 텔레비전에서 봤지."

"그렇소. 내 제안에는 관심이 없소?"

스팀스가 말했다.

"그렇소. 솔직히 말하면 이 차들이 내 소유인지도 모르겠소. 주 방위군이 와서 징발해 가겠지. 그리고 내게도 갈 곳은 있소."

그는 잠시 생각하더니 말했다.

"글쎄, 어떨지 모르지만. 팀, 지금 상황이 그렇게까지 나쁘지 않을 수도 있지. 차 한 대가 필요하다고요?"

"그렇소."

"좋소. 한 대를 팔겠소. 가격은 이십오만 달러요."

아일린의 턱이 떡 벌어졌다. 팀이 눈을 가늘게 떴다. 굴러가기만 한다면.

"좋소. 어떻게 지불할까요?"

"증서를 한 장 써주시오."

스팀스가 말했다.

"쓸모가 있을지는 모르겠지만, 혹시 모르니까."

그는 산탄총을 얌전히 팔에 껴안으며 말했다.

"사무실로 들어오시오. 거래 증서 양식이 있소. 이렇게 큰 액수를 써본 적은 없지만…… ."

"조그맣게 써드리지요."

그들은 물이 몇 센티미터쯤 고인 도로 위로 차를 몰았다. 바람이 울부짖었다. 롱비치의 대지진 이전, 내진설계가 유행하기 전에 지어졌지만 아직도 멀쩡한 오래된 집은 어둠 속에서 흐린 빛을 냈다. 시계는 오후 네 시를 가리켰지만 세상은 온통 어두웠다. 자동차 전조등이 비추는 곳에만 빛이 있었다. 아스팔트 도로 한복판까지 진흙과 물이 섞여 있고 갓길은 존재조차 하지 않았다. 아일린은 앞쪽을 주시하면서 조심스럽게 운전했다. 라디오에서는 잡음밖에 나오지 않았다.

아일린이 말했다.

"좋은 차예요. 파워 핸들이 달려 있어서 더 좋네요."

"이십오만 달러인데 그 정도는 달려 있어야지. 젠장, 생각만

해도 얼어붙겠네."

아일린이 키득거렸다.

"당신 평생에 가장 훌륭한 거래였어요."

아니, 어쩌면 앞으로 할 거래 중에도 최고일지도. 그녀는 혼자 생각했다.

팀은 조금 짜증나는 목소리로 말했다.

"차뿐 아니오. 가솔린과 엔진오일과 지렛대 가격으로 오만 달러를 더 냈단 말이오."

하지만 그는 곧 다시 웃었다.

"아, 보너스로 로프도 받았군. 로프를 잊으면 안 되지. 그가 여분을 가지고 있어서 다행이었소. 그런데 그도 갈 곳이 있다고 했는데, 거기가 어디일 것 같소?"

아일린은 대답하지 않았다. 차는 언덕을 돌아 내리막을 향했다. 더 이상 집은 없고, 두꺼운 진흙이 도로 위에 쌓여 있었다. 그녀는 사륜 구동으로 전환했다.

"이전까지 이런 큰 차는 타본 적이 없어요."

"나도 마찬가지요. 내가 운전하는 게 낫겠소?"

"아뇨, 괜찮아요."

내리막길을 내려갈수록 물이 많아졌다. 처음에는 타이어에서 찰랑거리더니 이제 문 옆까지 올라왔다. 아일린은 차를 조심스럽게 후진했다가 도로 옆의 제방으로 올라갔다. 차는 왼편으로 위험하게 기울었고, 그 아래에는 검은 물이 소용돌이치면서 흐르고 있었다. 그들은 조심스럽게 천천히 앞으로 나아갔다.

우측으로 새로 지은 집과 콘도미니엄이 폐허가 되어 부서져 있었지만 거리가 멀어서 자세히 보이지는 않았다. 폐허 주변에서 몇 개의 손전등 불빛이 움직이는 것을 보며, 팀은 자동차를 살 때 손전등을 받아내지 못한 것을 후회했다. 차량에 설치하는 스포트라이트는 있었지만 차에 설치부터 해야 했고, 크게 쓸모도 없을 것이다.

　그들은 한참 주변을 탐색하다가 마침내 물 위로 도로가 솟아오른 곳을 찾아냈다. 아일린은 기쁘게 변속기어를 조작했다.

　그 도로는 구불구불하게 산으로 오르는 오르막길이었다. 그들은 정지된 차량 사이를 지나 달려갔다. 누군가가 그들의 차 앞에 나타나서 아일린에게 차를 세우라는 손짓을 했다. 그는 셔츠를 입지 않았는데 손에는 권총을 들고 있었다. 아일린이 속도를 높여 사내에게 달려들자, 사내가 갓길을 향해 몸을 던져 피했다. 그녀는 있는 힘껏 가속했다. 뒤에서 총성이 이어졌다. 뒤 유리창에는 총알 크기의 동그란 구멍이, 차 천장에는 총알이 빠져나간 구멍이 생겼다. 빗물이 천장에서 흘러 두 사람 사이로 뚝뚝 떨어졌다.

　아일린은 속도를 줄이지 않고 모퉁이에서 급히 차를 회전시켰다. 차가 미끄러지는 바람에 깃털처럼 가볍게 나풀거렸다. 그녀는 브레이크를 잠시 밟았다가 다시 가속페달을 밟았다.

　팀이 웃으려고 애썼다.

　"젠장, 내 새 차!"

　아일린이 운전대에 몸을 숙였다.

"시끄러워요!"

"괜찮소?"

"아뇨."

"아일린! 혹시 총에……."

"총에 맞은 건 아니에요. 무서워요. 두렵단 말이에요."

"나도 마찬가지요."

그가 말했다. 하지만 사실 그는 안도했다. 짧은 순간이지만 그녀가 총에 맞은 줄 알았다. 그건 인생에서 가장 두려운 순간이었다. 그런데 왜 그럴까. 그녀에게 청혼을 거절당한 후 만나지 못했기 때문일까. 물론 그건 아니다. 그에게도 자존심이 있다.

그녀가 부르짖었다.

"팀, 저쪽에 다리가 있는데, 다리 너머에 도로가 사라진 것 같아요!"

"그러면 어쩔 수 없는 것 아니오?"

"아니, 뒤로 돌아갈 수는 없어요."

그녀는 또 하나의 커브에서 속도를 줄여 회전한 다음 다시 속도를 높였다. 그녀는 여전히 운전대를 꽉 쥐고 있었다. 그녀가 진정하지 않는다면 차를 망가뜨릴 수도 있다. 그런 상황은 생각조차 하고 싶지 않았다.

산사태 때문에 도로가 여기저기 막혀 있었다. 아일린은 차의 속도를 줄여서 거의 기다시피 앞으로 나갔다. 깨끗한 길이 나오면 그녀가 좀 더 속도를 내줬으면 좋겠다고 생각했지만, 그녀는 변속기를 1단 또는 2단으로 유지하면서 시속 삼십 킬로미터 이상의 속도를 내지 않았다. 전조등이 전방의 시야를 넓게 비춰줄 때조차 말이다. 그들의 전진은 끝이 없을 것 같았다.

팀은 손수건을 꺼내 지붕의 구멍을 막았다. 시계는 여덟 시를 가리켰다. 로스앤젤레스에서 6월의 여덟 시면 조금 어둑어둑할 시간이지만, 지금 바깥은 잉크처럼 새까맣다. 비는 계속 내리고 있었다. 블레이저의 앞 유리창 와이퍼는 아주 잘 작동했고, 스팀스가 채워둔 워셔액 분사기도 잘 작동했다.

급커브를 회전해서 전진하다가 갑자기 허공이 나타났다. 아일린이 거세게 브레이크를 밟자 차가 급정지했다. 전조등은 어둠 속에 작은 빛의 구멍을 만든 정도에 불과했지만, 더 이상 도로가 없다는 것은 분명하게 보였다. 팀은 차에서 내려 몇 걸음 앞으로 걸어가서 발아래를 살펴봤다. 그리고 마른 침을 삼키더니 다시 조수석으로 돌아와서 말했다.

"후진하시오. 천천히."

아일린은 그의 목소리에 담긴 절박한 두려움 때문에 이유를 묻지 못했다. 그녀는 조심스럽게 변속기를 후진으로 옮기고 차를 후진시켰다.

"뒤로 가서 방향을 잡아줘요!"

그녀가 소리를 질렀다.

팀이 차 뒤편으로 가서 손짓을 했다. 마침내 그가 탁탁 자르는 듯한 손짓을 했다. 그녀는 시동을 끄고 차에서 내려 앞부분을 살펴봤다. 골짜기 깊숙한 곳으로 콘크리트 다리가 뻗어 있었는데,

다리의 가운데 부분이 무너져 있었다. 그녀가 차를 멈춘 곳은 거의 무너진 다리의 끄트머리였다. 이제 그들은 다시 단단한 육상으로 돌아왔다.

그들은 아무것도 제대로 볼 수 없었다. 왼쪽으로 거대한 부싯돌 같은 화강암 절벽이 서 있고 오른쪽은 끝이 어딘지 모를 절벽이었다. 그리고 앞에는 망가진 다리가 있다.

어디에도 불빛은 없고 비바람의 울부짖음과 휘몰아치는 물소리 이외의 다른 소리는 들리지 않았다.

아일린이 말했다.

"이 길의 끝일까요?"

"잘 모르겠소. 오늘 밤에 뭔가를 할 수 없다는 것은 확실하군요. 해가 뜰 때까지는 여기 있어야 될 것 같소."

"해가 다시 뜬다면 말이죠."

그녀가 말했다. 아일린은 인상을 찡그리고 다시 다리 주변을 살펴봤다. 팀은 아일린을 따라가지 않았다. 그는 너무 지쳤다. 다시 차 안으로 들어가고 싶었지만 그녀가 돌아오지 않아서 망설여졌다. 그녀가 방법을 찾으러 걸어 다니는 동안 혼자 비를 피하는 것이 겁쟁이처럼 느껴졌다. 그런데 대체 뭘 찾는 거지? 마침내 그녀가 돌아오더니 차 안으로 들어갔다. 팀은 주변을 한 바퀴 더 돌아본 후 그녀의 곁에 앉았다.

그녀는 다시 천천히 후진을 했다. 팀은 그녀가 왜 그러는지 묻고 싶었지만, 너무 지쳐 있었다. 그녀가 뭔가 결정을 내린 듯했다. 그건 다행이었다. 자신이 결정을 내리지 않아도 되기 때문이었다. 그녀는 조금씩 도로 왼쪽의 절벽에 인접한 자갈밭으로 차를 옮겼다. 그녀가 말했다.

"여기가 마음에 들지는 않아요. 산사태가 있을지도 모르고…… 하지만 도로 위보다는 나을 거예요. 다른 차가 갑자기 뒤에서 덮치지는 않을 테니까."

"누구도 오지 않을 거요."

"그럴 지도 모르죠. 아무튼 차는 세웠어요."

팀이 물었다.

"맥주 마실래요?"

"좋아요."

그는 스팀스가 준 식스팩 맥주에서 두 개를 꺼냈다. 그는 깡통 하나를 뜯고 꼭지를 버리려고 했다.

"버리지 마요."

"응? 왜 그러시오?"

아일린이 말했다.

"뭐든지 아껴야 해요. 우리는 가진 것이 많지 않아요. 어디에 쓸지 모르겠지만, 앞으로는 구하지 못하는 물건들이에요. 버리지 마요. 깡통도 마찬가지예요. 찌그러뜨리지 마요."

"알겠소. 자, 여기 있소."

맥주는 밖에서 내리는 비처럼 미지근했다. 먹을 수 있는 것은 이게 전부다. 다른 것은 없다. 밖에서 내리는 비는 여전히 찝찔했다. 마셔도 안전할까? 이제 곧 마실 수밖에 없겠지?

팀이 말했다.

"그래도 날씨는 따뜻하군. 꽤 높이 올라왔지만 추위에 떨지는 않겠소."

그는 아까 훔쳐 탔던 크라이슬러에 있던 낡은 비옷이 아쉬워졌다. 크라이슬러의 주인은 어떻게 됐을까? 그들이 차를 훔친 것이 결과적으로 차 주인의 죽음으로 이어졌을까? 그런 것은 생각하지 말자. 그렇다면 뭘 생각해야 하지?

"이건 남기는 게 좋겠소, 아니면 다 마셔버리는 편이 낫겠소?"

팀이 물었다.

"최소한 두 개는 남겨둬요."

아일린이 말했다. 그녀의 목소리는 나뭇결처럼 건조했다. 내 목소리도 그녀에게는 그렇게 들릴까? 팀은 말없이 맥주 캔 두 개를 더 열었고, 그들은 한 캔씩을 더 마셨다.

하루 동안의 모험, 빈 위장, 그 마지막에 두 캔의 맥주. 맥주는 팀의 생각보다 훨씬 효과가 컸다. 그는 거의 다시 인간이 된 기분이었다. 이 기분이 영원히 지속되지 않을 것은 알았지만, 지금 이 순간 머릿속에는 온화함이, 배 속에는 온기가 퍼져나갔다. 그는 아일린에게 고개를 돌렸지만 어둠 때문에 얼굴이 제대로 보이지 않았다. 단지 그림자가 보이는 정도였다. 그는 몇 초간 더 빗소리를 듣다가 그녀에게 손을 뻗었다.

아일린은 움직이지 않고 뻣뻣하게 앉아 있었다. 그의 손에 반응하지도 않았고 그를 밀어내지도 않았다. 팀은 그녀의 좌석으로 몸을 기울였다. 그의 손이 그녀의 어깨를 쥐고 이어서 그녀의 가슴으로 파고들었다. 블라우스는 축축했지만 그 아래의 살결은 따뜻했다. 그녀는 여전히 움직이지 않았다. 그는 좀 더 가까이 다가가서 그녀의 가슴에 얼굴을 가져다 댔다.

"이건 적절한 행동일까요?"

마치 낯선 사람이 말하는 것 같았다. 분명 아일린의 목소리였지만 그녀는 아주 멀리 떨어진 곳에 있는 것 같았다.

팀이 말했다.

"뭐라고요?"

잠시 후 어렴풋한 부끄러움이 찾아왔다.

"미안해요."

맥주 때문에 피어오른 불꽃이 이제 사라졌다.

"미안해하지 마요. 만약에 정말 원하는 것이 함께 자는 것이라면, 그렇게 할게요. 하지만 지금은 아니에요."

"앞으로 더 나은 시간이 있을 거요."

그녀가 다시 말했다.

"정말 당신이 원하는 것이 함께 자는 것이 아니라면. 난 계속 생각해왔어요. 우리 정말 사랑했나요?"

"나는 당신에게 청혼을 했소."

"그리고, 나도 받아들이고 싶었어요. 다만 누구와도 결혼하고 싶지 않았던 것뿐이에요. 좋아요. 우리 지금 결혼해요."

팀은 어둠 속에서 조용히 있었다. 어이없게도 웃음이 터졌다. 어머니가 좋아하실 텐데. 우리 꼬마 티미가 마침내 결혼을 했구나! 어머니는 어디에 있을까, 그리고 다른 친척들은 어디에 있을까? 내가 그들을 위해 뭔가를 해야 했나? 시도라도 해봤나? 그러지 않았다. 내 목숨을 위해 달아났을 뿐이다.

"정말 나를 원하는 거요?"

그가 물었다.

"팀, 내가 사무실에서 나와서 당신을 본 순간, 내 인생에서 누군가를 만난 것이 그렇게 기뻤던 적은 처음이었어요. 확실해요."

그녀가 거짓말을 하는 걸까? 그런데 거짓말을 걱정할 이유가 있나?

그녀가 말했다.

"우린 사랑하는 방법을 배우게 될 거예요. 오늘도 하루 종일 그 방법을 배웠고요. 그래서……."

그녀는 가슴 위에 어정쩡하게 얹힌 팀의 손을 부드럽게 어루만졌다.

"당신이 원하는 것이 이거라면 나도 기꺼이 하겠어요."

그는 몸을 바로 세우면서 그녀에게서 조금 떨어졌다.

"팀, 화내지 마요."

"아니, 괜찮소. 당신 말이 맞소. 차가 온통 물바다이고, 우리 옷도 다 축축하게 달라붙어 있소. 당신도 반쯤 죽은 듯 지쳤고, 나도 그렇소. 하마터면 저 다리를 건널 뻔했고."

아일린이 그의 손을 꽉 쥐었다.

"여긴 맞지 않는 시간, 맞지 않는 장소니까. 음, 사보이 호텔은 어떻겠소?"

"뭐라고요?"

"런던의 사보이 호텔 말이오. 우아하고, 믿지 못할 만큼 룸서

비스가 훌륭하지. 욕조도 엄청나게 훌륭하고. 사랑을 나누기 적당한 장소가 여기가 아니라면, 적당한 장소가 어디겠소? 사보이 호텔쯤은 돼야지. 다만 지금쯤 물속에 있겠군."

그는 수다를 떨었다.

"물론, 어딘가에 제대로 된 장소가 있을 거요. 하지만 과연 거기까지 갈 수 있을까? 아일린, 나는 그 철망 따위도 제대로 부수지 못할 뻔했소. 당신에게 필요한 것은 나 같은 남자가 아니라, 야만인 코난 같은 사람이오. 그런 남자의 억센 힘과 당신의 두뇌가 합쳐져야 될 거요."

"그만해요."

"그러지는 못하겠소. 우리가 여기까지 온 것은 순전히 당신 덕이오. 만약 남자다운 힘을 가진 사람이 필요하다면, 내게는 그런 힘이 없소. 나는 기술도 없소. 힘이나 기술을 돈 주고 사는 것밖에 모르오."

그녀가 말했다.

"고지대로 오자고 한 건 당신이었어요. 당신이 목적지를 정했지요. 당신은 정말 잘해오고 있어요."

어두워서 그녀의 표정을 볼 수 없었지만, 그를 비웃는 것이 아닌 줄은 깨달았다. 왜냐하면 그녀는 팀의 손을 죽을 듯 간절히 쥐고 있었다. 팀은 다시 아일린에게 몸을 움직였고 그녀도 절망적으로 팀의 손을 움켜쥐었다. 지금 팀에게는 성적인 욕구는 없고 단지 타고난 보호 본능만 있을 뿐이었다. 자신에게 호모 사피엔스 수컷의 그 오래된 본능을 이행할 근력과 기술 모두 없는 것은 잘 알았다. 하지만 아일린을 품에 안고 조용히 잠에 빠져들도록 놔두는 것은 즐거웠다. 잠시 후 팀 자신도 그렇게 잠이 들었다.

❧

영국을 덮쳤던 바다가 철수하기 시작했다.

런던을 정복한 홍수는 잔해와 함께 영국 해협으로 흘러나갔다. 인간의 몸뚱이와 자동차, 오래된 건물의 나무 벽과 세 번의 거대한 해일 때문에 육지에 떠밀려온 해저 퇴적물과 어제까지 우뚝 솟은 건물이던 거대한 산 같은 덩어리들, 그 사이로 물은 힘겹게 빠져나갔다. 해일 속에서도 견뎠던 유리창은 물의 퇴로를 내주는 과정에서 부서져 나갔다. 물이 흘러나가면서 건물의 내부 장식, 가구, 침대, 백화점 가득한 옷 같은 물건을 샅샅이 훑어서 끌고 내려갔다.

템스 강을 따라 지어진 건물은 기반에 타격을 입고 무너지기 시작했다. 막대한 압력에 조각조각 뜯겨나간 콘크리트는 강둑에서 흘러나온 수백만 톤의 진흙과 함께 강물 속으로 빨려갔다.

이제 사보이 호텔이 어디에 있었는지 아는 사람은 아무도 없을 것이다.

❧

팀과 아일린은 팔에서 쥐가 나고 오한이 드는 바람에 잠에서 깼다.

아일린이 물었다.

"몇 시죠?"

팀은 시계 버튼을 눌렀다.

"한 시 오십 분이오."

그는 불편하게 뒤척였다.

"문학 교과서에는 서로 팔을 얽고 자는 것이 아주 로맨틱하게 묘사되어 있던데, 사실은 어마어마하게 불편한 일이군."

그녀는 어둠 속에서 웃었다. 사랑스럽다. 비록 보이지 않았지만, 햇빛에 그을린 그녀의 얼굴이 선했다. 그녀가 말했다.

"이 좌석들, 뒤로 젖힐 수 있지 않을까요?"

"모르겠소."

팀은 좌석 아래에 손을 더듬어 조작 버튼을 찾아봤다. 레버 하나가 만져지자 그는 그것을 잡아당겼다. 조수석이 뒤로 젖혀졌다. 수평까지는 아니지만 아까보다 훨씬 편한 각도가 됐다. 팀은 아일린에게 레버의 위치를 알려줬고, 곧 아일린도 좌석을 뒤로 넘겼다. 이제는 서로 얽혀서 잔다고 말할 상태는 아니었다. 그녀가 그에게 말했다.

"나 추워요."

"나도 그렇소."

그들은 서로의 체온을 나누기 위해 껴안았다. 그리 편한 자세는 아니었다. 팔이 서로 닿았다. 그녀는 자신의 팔을 팀에게 얹었고 그들은 잠시 가만히 누워 있었다. 그녀는 그를 자신의 몸에 바짝 당기고 다리를 그의 몸에 붙였다. 갑자기 그녀의 입술이 그의 입술을 찾았고, 둘은 키스했다. 잠시 후 그녀가 뒤로 물러나더니 아주 부드럽게 웃으며 말했다.

"지금도 하고 싶어요?"

팀이 말했다.

"다시 하고 싶어졌소."

그리고 그들은 더는 말하지 않았다. 그들은 셔츠와 블라우스를 걷어 올리고, 스커트와 바지를 끌어내리고, 낄낄거리고, 서로의 속옷 속으로 손을 뻗었다. 그리고 갑작스럽게 웃지도 못할 만큼의 열정에 불타며 몸을 합쳤다. 그들의 정신 나간 듯한 열정은, 오늘 지구에서 일어난 일과도 똑같았다.

그리고 그들은 서로의 팔에서 휴식을 취했다.

아일린이 말했다.

"신발 좀 벗겨줘요."

그들은 접촉을 유지한 채 서로를 향해 몸을 구부려 신발을 벗기기 위해서 몸부림을 쳤다. 그리고 발가락으로 서로를 애무하다가, 다시 한 번 몸을 합쳤다. 아일린의 팔과 다리가 자신을 옥죄는 것이 마치 철사로 감는 듯했다. 그녀는 부드럽게 몸을 풀고 한숨을 쉬더니, 정신을 잃듯 잠들었다.

그는 그녀의 스커트를 끌어내려 덮어줬다. 그녀는 곤히 잠들었고, 그가 움직이면 미미하게 꿈틀댔다. 팀은 어둠 속에 누워서, 새벽이 오기를, 잠이 오기를 기다렸다.

우리가 지금 뭘 한 거지? 세계가 끝장난 밤에 미쳐버린 족제

비 한 쌍처럼 뒹굴었다. 빅터헝가 캐년의 도로가 끝이 나고 세상이 끝이 나는 곳에서, 무너져버린 다리를 앞에 두고, 천만 명의 시체를 뒤에 두고, 십대 청소년 커플처럼 자동차 시트 위에서 몸을 굴렸다.

아일린은 가볍게 움직였고, 팀은 별 생각 없이 그녀를 보호하듯 팔을 얹었다. 그리고 자신의 행동을 깨달았다. 반사작용이다. 보호적 반사작용이다. 팀은 어둠 속에서 갑자기 미소 지었다.

"내가 못할 건 뭐야?"

그는 큰 소리로 말했고, 곧 잠이 들었다.

두 사람이 동시에 잠에서 깼을 때 하늘은 회색빛이었다. 그들은 멍한 머리로, 그들을 깨운 것이 뭔지 생각했다. 그리고 북 치듯 금속을 두드리는 빗소리 속에서 엔진 소리를 들었다. 승용차, 아니면 트럭이 고속도로에서 빠르게 접근하고 있다. 그 차는 전조등을 켜고 있었다.

팀은 미칠 듯 급했다. 뭔가 해야 했다. 경고! 그 차에게 경고를 보내야 한다. 그는 거칠게 머리를 저으며 정신을 차리려고 애썼다. 나름대로 효과가 있었던 것 같다. 그는 아일린의 위로 손을 뻗어 운전대를 때렸다. 경적이 폭발할 듯 요란한 소리를 냈다.

그 차는 지옥에서 뛰쳐나온 박쥐처럼 빠르게 팀의 차 옆을 지나쳤고, 잠시 후 무시무시한 소리가 울렸다. 팀은 경적에서 손을 뗐다. 찢어질 듯 긴 브레이크 소리. 잠시 침묵. 이어서 금속이 바위에 부딪히는 소리가 나고 불빛이 번쩍였다.

팀과 아일린은 차에서 나와서 끊어진 다리로 뛰어갔다. 다리가 끊어진 아래쪽에서 화염이 타올랐다. 거대한 불덩어리에서 작은 불꽃이 넘실거렸다가, 사라졌다가, 몸부림치다가, 이제 안정적인 불꽃으로 바뀌었다. 차가 타오르면서 계곡과 그 바닥을 흐르는 강물이 보였다.

아일린의 손이 자신의 손을 찾아 더듬었다. 그는 그녀의 손을 잡아 꽉 쥐었다.

"가엾게도……."

그녀는 중얼거렸다. 그녀는 이른 아침의 추위에 떨고 있었다. 비는 조금 잦아들었지만 바람은 차가웠다. 계곡 아래의 불꽃은 차가운 바람과 맞서 싸우느라 일렁였다. 불길 덕택에 온기를 느낄 수 있었다.

아일린은 팀의 손을 놓고 부서진 다리 위로 걸어갔다. 그녀는 다리가 끊어진 자리로 가다가 돌아서더니, 팀이 서 있는 절벽을 바라보고 말했다.

"이대로 전진해도 될 것 같아요. 이리 와서 봐요."

그녀의 목소리는 침착하고 냉정했다.

팀은 다리가 무너지지 않을까 조심하면서 그녀가 가리키는 곳을 바라봤다. 절벽 아래로 자갈로 만든 길이 있었다. 다리를 건너지 않고도 협곡을 지나갈 수 있는 길로, 차의 폭보다 좁은데다가 협곡 틈을 따라 지그재그로 길게 이어져 있었다. 아일린이 말했다.

"옛날에 사용하던 길일 거예요. 길이 하나쯤 있을 거라고 생각했거든요."

전혀 적합해 보이지 않는 길이었다. 걷기도 힘들어 보였다. 그러나 아일린은 차로 돌아가더니 시동을 걸었다.

팀이 말했다.

"좀 더 밝아지기를 기다려야 하지 않겠소?"

그녀가 말했다.

"그럴 수도 있지만 그러고 싶지 않군요."

"좋소. 하지만 내가 운전하겠소. 당신은 밖으로 나와서 걸어오시오."

그녀의 얼굴을 간신히 볼 수 있을 정도로 날이 밝았다. 그녀는 가볍게 기대면서 그의 볼에 키스했다.

"당신은 상냥해요. 하지만 내가 당신보다 운전 솜씨가 나아요. 그리고 당신이 걸어야 해요. 왜냐하면 누군가가 앞에서 걸으면서 내가 제대로 된 길을 가는지 알려줘야 하니까요."

"아니, 함께 운전합시다."

팀은 자신이 억지를 부린다는 것을 알고 있었다. 만약 그녀가 운전할 것이라는 확신 없이도 지금과 똑같이 말했을지는 의문이었다.

그녀가 다시 말했다.

"당신이 앞장서서 걷는다면 더 기회가 많아져요. 그러니 앞장서요."

절벽 아래의 옛날 길은 악몽 같았다. 그 길은 지그재그로 이어져 있고 가끔씩 무서울 정도로 협곡을 향해 기울어져 있었다. 그녀는 바퀴를 길 모서리에서 불과 몇 센티미터 남겨둔 상태로 전진과 후진, 회전을 반복 또 반복하면서 조금씩 이동했다. 팀은 매번 차가 움직일 때마다 공포에 질렸다. 아주 작은 실수, 가령 변속기를 잘못 조작하거나 가속페달의 힘 조절을 조금만 초과해도 협곡 아래로 굴러 떨어져 산 채로 불탈 것이다. 마침내 계곡 바닥에 도착할 때쯤, 그는 지쳐서 걷기도 힘들었다.

아일린이 물었다.

"저 강물이 얼마나 깊어요?"

팀이 차 안으로 들어갔다.

"내가…… 조금만 이따가 보고 오겠소."

그는 절망적으로 그녀에게 다가갔다.

아일린은 그를 밀어냈다.

"저기 한 번 봐요."

그녀는 왼쪽을 가리켰다.

이제 제법 환해져서 시야가 확보되었다. 불타버린 자동차의 폐허 너머에 거대한 콘크리트 벽이 있었다. 저건 댐이다. 팀은 몸서리를 쳤다. 그리고 차에서 내려 강물이 흐르는 곳으로 걸어가서 발을 담갔다. 그의 무릎까지밖에 오지 않았다. 그는 휘청거리면서 먼저 개울을 건넌 후, 그녀에게 따라오라고 손짓을 했다.

대지의 주인

그들이 협곡을 절반가량 올라왔을 때, 그들이 내려왔던 길에
서 다른 차 한 대가 어쩔 줄 몰라 하고 있었다. 사륜구동이 아닌
평범한 승용차가 애초에 어떻게 거기까지 왔는지 알 수 없었다.
그 차에는 남자 둘, 여자 하나, 그리고 어린아이 여러 명이 타고
있었다. 팀과 아일린이 협곡 꼭대기에 도착했을 때에도 그 차는
여전히 그 자리에서 꿈지럭거리고 있었다. 팀과 아일린은 그들을
놔둔 채 계속 차를 몰았다. 먼저 말을 걸지 고민했지만, 어차피
도움을 줄 방법이 없었다.

팀은 이제껏 느껴보지 못한 무력감에 빠졌다. 그는 문명의 종
말은 대응할 수 있었다. 거의 혼자에 가까운 상태, 다른 인류를
거의 찾아내지 못하는 상황도 견딜 수 있었다. 하지만 사람들이
죽어가는 것을 바라봐야 하는 것은 익숙하지 않았다. 그런 상황
에서 자신이 뭘 할지도 생각할 수 없었다.

정오 무렵 팀과 아일린은 협곡의 꼭대기에 도착했다. 다음번 다리는 자비로울 정도로 멀쩡했고, 그 다음 다리도 마찬가지였다. 이제 관측소가 얼마 남지 않았다.

커브 길을 돌자 길 위에 네 대의 차가 있고 주변에는 많은 사람들이 서 있었다. 팀과 아일린이 협곡을 떠난 후 처음 만나는 사람들이었다.

터널이 붕괴되는 바람에 터널 앞에서 멈춰선 것이었다. 그들의 자동차는 정차되어 있고, 사람들은 삽을 들고 터널이 관통한 언덕 위로 넘어가는 새 길을 만드는 중이었다. 삽보다 사람이 많았기 때문에 그들은 교대로 삽질을 하고 있었다.

여자 여섯 명과 여러 명의 아이들이 차 주변에 모여 있었다. 아일린은 주저하면서 그들을 쳐다보다가, 가까이로 차를 몰고 갔다. 아이들이 눈을 크게 뜨고 쳐다보고 있었다. 여자 하나가 차로 다가왔다. 마흔이 넘지 않은 것 같지만 노파처럼 느껴졌다. 그녀는 블레이저의 뒷유리창에 총알구멍이 뚫린 것을 빤히 쳐다봤지만 아무 말도 하지 않았다.

팀이 말했다.

"안녕하시오."

"안녕하세요."

"여기에 오래 머물렀소?"

여자가 말했다.

"새벽에 도착했어요."

아일린이 물었다.

"마을에서 왔나요?"

여자는 일단 말을 시작하자 빠르게 이어갔다.

"아뇨, 우리는 여기서 캠핑을 했어요. 글렌데일로 돌아가려는데 길이 막혀서요. 여기까지 어떻게 올라온 건가요? 당신들이 올라온 길로 가면 우리가 내려갈 수 있을까요?"

팀이 말했다.

"빅터헝가로 올라왔어요."

여자가 놀란 것 같았다. 그녀는 언덕 쪽으로 몸을 돌렸다.

"프레디, 이 사람들이 빅터헝가로 올라왔대요."

남자가 말했다.

"거기는 막혔는데."

그는 삽을 다른 남자에게 건네주고 언덕을 내려와서 그들에게 향했다. 팀의 눈에는 허리에 매달린 권총부터 먼저 보였다.

팀은 그들의 차를 살펴봤다. 대부분 허름했다. 낡은 픽업트럭 한 대에 캠핑 도구가 실려 있었고, 아주 오래된 닷지의 다트 스테이션왜건은 오래된 스프링 때문에 삐걱거릴 것 같았다.

남자가 가까이 다가오면서 말했다.

"우린 빅터헝가에서 벗어나려고 애쓰고 있어요."

그는 울 셔츠와 능직 바지 등 평범한 등산복 차림이었다. 허리띠 한쪽에는 컵이 매달려 있고, 다른 쪽에는 권총집이 걸려 있었다. 하지만 그가 총을 의식하고 있는 것 같지는 않았다.

"나는 알프레드 해스킨스라고 합니다. 당신들, 옛날 길을 통해 협곡을 지나왔다는 것 같은데?"

아일린이 대답했다.

"네, 그래요."

알프레드가 물었다.

"로스앤젤레스 상황은 지금 어떻소?"

팀이 말했다.

"안 좋소."

"음. 지진이 도시 전체를 심하게 흔들어 놓은 거요?"

알프레드가 팀을 주의 깊게 바라봤다. 그는 그제야 총알이 지나간 구멍을 알아차렸다.

"저건 왜 생긴 거요?"

"어떤 자들이 우리 차를 세우려고 했소."

"어디서?"

팀이 말했다.

"산 초입이었소."

알프레드가 중얼거렸다.

"보안관의 영지 인근이군. 그렇다면 죄수들이 모두 풀려났다는 의미인데……."

여자가 물었다.

"안 좋다는 게 무슨 뜻이죠? 무슨 뜻이에요?"

갑자기 팀은 더 참기 힘들어졌다. 그는 쏟아내듯 말했다.

"모두 사라졌소. 샌퍼난도밸리와 할리우드힐스의 남쪽에 있는 모든 것은 해일에 잠겨버렸소. 물에 잠기지 않은 것은 모두 불에 탔소. 터헝가는 괜찮아 보였지만, 로스앤젤레스의 저지대는 이제 끝장났소."

알프레드는 이해가 되지 않는다는 듯 쳐다봤다.

"끝장나다니? 모든 사람이 죽었다는 거요? 모두 다?"

팀이 대답했다.

"대부분 다."

아일린이 말했다.

"고지대에는 아직 생존자가 많을 거예요. 하지만 길이 붕괴돼서 여기까지 오진 못하겠죠."

알프레드가 말했다.

"세상에. 혜성이 충돌했군. 예상은 했던 일이오. 마사, 내가 그랬지? 높이 올라가 있는 편이 낫다고? 그런데 얼마나 오래 여기 있어야 하는 거지? 나는 정부에서 조난자를 구할 군대가 파견될 거라고 생각했는데, 우리가 길을 만드는 편이 낫겠군. 터널 반대편의 길은 별로 문제가 없어 보였소. 눈에 보이는 곳까지는 말이오. 마사, 아직 라디오에서는 아무것도 안 들려?"

"안 들려요. 잡음밖에는. 가끔 몇 마디 나오는 것 같은데, 알아들을 수가 없어요."

"그래."

여자가 물었다.

"당신들 먹을 것은 있어요?"

"없어요."

"당신들 배고파 보여요. 내가 뭘 좀 드릴게요, 이름이……."

"팀입니다."

"팀, 그리고 당신은……."

"아일린이에요. 고마워요."

"팀. 당신은 알프레드가 땅을 파는 걸 좀 도와주세요. 내가 먹을 것을 준비하는 동안."

그들은 가파른 오르막을 다시 올라갔다. 알프레드가 말했다.

"당신 차를 보니 정말 반갑소. 우리가 가진 오래된 차들이 이 오르막을 지나갈 수 있을지 걱정하던 중인데, 당신 차에 고리를 걸어서 조금만 당겨주면 확실히 올라갈 수 있을 거요. 그런 다음 구조대를 찾아보면 되겠지."

✤

트럭 아래의 대지는 굽이치고, 뒤틀리고, 내려앉았다. 질링스 하사는 좌석에 앉아 졸다가 불쾌한 진동 때문에 잠에서 깨었다. 그는 천막 너머로 바깥을 바라보며 땀을 흘렸다. 그들이 탄 트럭은 갇혀버렸다. 땅이 바다처럼 굽이치고 있었다.

질링스가 말했다.

"해머 충돌이군."

존슨이 물었다.

"그게 뭐야?"

"이 좆같은 세상이 끝장났다는 거지, 병신 같은 놈아. 책 좀 읽어라."

질링스 자신은 모든 책을 읽었다. 〈내셔널 인콰이어러〉나 〈타임〉지에서 샤프 박사 및 다른 학자들의 인터뷰도 읽었다. 그는 막사나 참호에서 수백 번이나 그 상황을 공상했다. 그는 루시퍼의 해머가 충돌하면 무슨 일이 벌어질 것인지 모두 알고 있었다. 문명의 끝. 그리고 이 개 같은 군생활의 끝. 이제 모든 사람들은 자기 자신을 위해서만 살게 되고, 잘만 하면 누구든 왕이 될 수 있다.

존슨은 질링스의 말을 듣고 당황하고 어이없는 표정으로 시선을 바깥으로 돌렸다.

질링스는 머리가 멍하고 혼란스러웠다. 자신의 백일몽이 현실화되는 상황이 올 줄이야.

대위가 외쳤다.

"트럭에서 전원 하차한다, 실시!"

질링스의 머리가 다시 맑아졌다. 그렇다. 모든 상황이 이해됐으며, 가장 급선무도 분명해졌다. 바로 망할 놈의 장교들을 처리하는 것이다! 저 호라 대위는 다른 장교들보다는 나았고, 또 호라도 질링스를 좋아하기는 했다. 하지만 문제를 확실하게, 그리고 빠르게 해결해야 한다. 그렇지 않으면 저 망할 장교 놈들은 화재와 해일이 모든 것을 휩쓸어가는 바로 그때에도 시민을 구한답시고 우리를 노예처럼 부려먹을 것이다.

후커 하사가 말했다.

"우리는 완전히 갇혔습니다, 대위님. 길 앞뒤가 모두 산사태로 막혔습니다. 트럭을 빼내기 힘들 것 같습니다."

"산사태를 안장으로 삼게, 하사."

호라 대위가 외쳤다.

"이제부터는 행군이다. 저 산 위에는 많은 시민이 있다. 가서 그들을 도와야 한다."

후커가 말했다.

"대위님."

그는 맥 빠진 목소리로 말했다.

"우리는 뭘 먹습니까?"

"그 문제는 배고플 때 생각하면 된다. 우선 전진하라. 이곳부터 먼저 통과한다."

"대위님."

"제군들, 트럭에서 하차하라. 실시."

호라가 말했다.

질링스가 웃었다. 해머가 충돌하기 전에 본부에 돌아가지 못한 것이 다행이다. 그는 다시 미소를 짓고, 주머니 안의 단단한 물체를 만졌다. 부대는 총탄을 배급하지 않지만 마음만 먹으면 구할 기회는 많았다. 그는 한 조를 미리 구해뒀다. 그리고 트럭에는 훨씬 많은 총탄이 있을 것이다.

사람들이 자신을 따를까? 아마 그러지 않을 것이다. 물론 시간이 해결해주겠지만. 후커는 살려둬야지. 대원들이 후커의 말은 복종하니까. 그리고 후커는 똑똑한 사람은 아니지만 대위가 끝장난 후에는 자신을 구속하는 것이 아무 의미 없다는 정도는 알 것이다. 더 이상 헌병은 없다. 더 이상 군법회의도 없다. 물론이다. 후커도 그 정도는 알 것이다.

질링스는 소총에 세 발의 총탄을 장전했다.

거의 하루 종일 삽질만 했다. 팀은 살면서 그렇게 열심히 일한 적이 처음이었다. 점심 식사 값어치는 한 것 같다. 그들은 급경사진 부분을 파내고, 블레이저로 길을 닦고, 간신히 진흙길을 만든 다음에는 블레이저로 다른 차를 끌어올려줬다. 이제 비는 이슬비 정도로 줄었다.

언덕에서 내려올 무렵에는 몸 구석구석이 쑤셨다. 방금 만든 임시 도로는 높이가 삼십 미터도 되지 않았지만, 그 위에서 구불구불하게 이어지는 도로의 총 연장은 터널 길이보다 다섯 배 이상 길 것이다.

무너진 터널 반대편의 출구에 무사히 도착했다. 그리고 터널에서 육 킬로미터 더 전진하자 공원 관리소가 나왔다. 관리소에는 이미 수백 명이 모여 있었다. 교회에서 나온 아이들 90명, 교사인 대학생 몇 명, 나이 든 목사 한 명이 있었고, 캠핑이나 낚시를 하러 왔다가 소방대피로를 따라 모인 사람도 있었다. 자전거를 끌고 온 프랑스인들도 있었는데 영어를 못하는 사람 한 명 이외에는 아무도 프랑스어를 말하지 않았다. 작가 한 사람과 그의 부인, 그리고 믿지 못할 만큼 많은 아이들이 타고 있는 캠핑카도 있었다.

관리인은 그곳에 임시 막사를 설치했다. 팀의 일행이 차를 몰고 오자 다른 쪽 방향을 가리켰다. 팀은 계속 전진하고 싶었으나 녹색의 산림감시대 트럭이 길을 막고 있었다. 아일린은 차를 세웠고, 그러자 제복 차림의 관리인이 밖으로 나왔다. 관리인은 먼저 알프레드와 이야기를 나눈 뒤 팀과 아일린에게도 다가왔다.

관리인은 대략 이십 대 중반에 날씬한 근육질의 사내였다. 제복 덕택에 권위가 있어 보였지만, 본인 스스로는 자신감이 없어 보였다.

"저 사람들 말로 당신들은 빅터헝가 캐년 로드를 건너왔다고 하던데."

그는 이어서 팀을 보며 말했다.

"당신이 팀 햄너요?"

팀이 말했다.

"별로 소문내고 싶지 않은데."

관리인이 말했다.

"물론 그렇겠지. 우리가 빅터헝가로 내려갈 수 있겠소?"

팀이 말했다.

"아무것도 모르는 거요?"

"이곳의 관리인은 고작 네 명밖에 없습니다. 이 아이들을 돌봐야 했는데, 위험한 야영지에서 빠져나온 사람들이 계속 합류하고 있죠. 여기저기서 산사태가 나는 데다 대부분의 다리가 무너졌소. 터널이 무너진 것을 보고, 더 이상 건너편으로 갈 시도를 할 수 없었소."

아일린이 물었다.

"라디오에서는 아무 소식 없었나요?"

관리인이 대답했다.

"빅터헝가 방송국은 아무 방송도 없었소. 왜 그런지 모르겠소. 트레일 캐년 쪽에서 무전을 수신했는데, 그쪽에서는 다리가 무너지고 계곡에 몇 사람이 갇혔다더군요."

아일린이 말했다.

"다리는 망가졌어요. 우리는 옛날 길을 타고 왔죠. 우리가 출발한 다음에 그 뒤를 따르려는 사람들이 몇 있었어요."

관리인이 물었다.

"거기서 당신들 사륜구동으로 사람들을 도와줘야 했던 것 아니오?"

팀이 대답했다.

"우리보다 훨씬 많은 사람들이 있었소. 그리고 우리가 할 수 있는 일이 없기도 했소. 그 길은 차를 견인할 수가 없소. 너무 구불구불하고…… 아니, 그곳은 사실 길이라고 부를 수도 없는 곳이오."

관리인이 멍하게 말했다.

"예, 나도 알고 있습니다. 그 길은 등산로로만 간신히 이용했었으니까. 그런데 이봐요, 당신은 혜성 전문가 아닙니까. 대체 무슨 일이 벌어진 거죠? 이제 저 사람들을 대체 어떻게 해야 합니까?"

팀은 하마터면 폭소를 터뜨릴 뻔했지만 경찰의 표정 때문에 참았다. 이 관리인은 발작을 일으킬 정도로 경직되어 있었고 팀을 만난 것을 진심으로 반가워하고 있었다. 지침을 내려줄 전문가가 필요했으리라.

전문가.

팀이 말했다.

"로스앤젤레스로 돌아갈 수는 없소. 이제 거기에는 아무것도 없으니까. 해일이 도시 대부분을 쓸어버렸을 거요."

"맙소사. 윌슨 산 사무소에서 듣기는 했어도 믿지 않았는데…… ."

"그리고 여기저기에서 큰 화재가 났소. 터헝가에는 일종의 자경단이 조직되었는데, 그 사람들이 당신들을 보면 반가워할지 어떨지 모르겠군. 터헝가에 가는 도로는 그리 나쁘지 않지만, 만약 협곡을 건너더라도 일반 차량이 산길을 달릴 수 있을 것 같지는 않소."

관리인이 물었다.

"대체 군대는 어디 있는 거요? 주 방위군 말이오. 아니면 누구라도! 방금 우리가 터헝가로 가면 안 된다고 한 거죠? 그러면 대체 저 아이들을 어쩌라는 겁니까? 이제 하루만 지나면 음식이 다 떨어질 텐데, 돌볼 아이들이 이백 명은 된단 말이오."

팀은 그제야 자신이 전문가라는 사실을 깨달았다. 그 사실을 깨닫는 순간 자부심과 절망이 기묘하게 뒤섞였다.

"그래요, 내가 JPL에 있다가 온 것이 아니라서 정확한 상황은 모르겠소. 하지만…… 혜성이 여러 차례 새끼를 쳤다는 것은 알지. 그것은……."

"새끼를 쳤다?"

"쪼개졌다는 거요. 바윗덩이가 여러 개 날아왔다는 의미입니다. 이해되시오? 혜성이 여러 조각으로 나뉘어서 충돌한 거요. 몇 조각이나 되는지 모르겠지만…… 혜성이 태양에서 빠져나온 것이 캘리포니아의 오전 시간이었으니까, 가장 강하게 충돌한 곳은 대서양이었을 거요. 잘은 모르겠지만 말입니다. 만약 동부 해안에도 우리에게 왔던 만큼의 해일이 밀려왔다면 캐츠킬 산맥 동쪽과 미시시피밸리 대부분이 쓸려나갔겠죠. 이제 더 이상 연방정부는 없습니다. 아마 군대도 없을 겁니다."

"오, 주여. 이 나라 전체가 사라졌다는 겁니까?"

팀이 말했다.

"이 세계 전체일지도 모르오."

관리인이 땅바닥에 주저앉아 허공을 쳐다봤다.

"여자 친구가 롱비치에 사는데……."

팀은 아무 말도 하지 않았다.

"어머니는 브룩클린에 있었소. 여동생 집을 방문하는 중이었죠. 그곳이 모두 사라졌다는 거요?"

팀이 말했다.

"아마 그럴 거요. 좀 더 정확히 알면 좋겠지만. 짐작밖에는 할 수 없군요."

"그래서, 이 아이들을 데리고, 이 등산객들을 데리고 내가 뭘 해야 합니까? 이렇게 많은 사람들을 데리고요. 먹을 것은 어떻게 마련하죠?"

못 주죠. 팀은 속으로만 생각하고 말은 다르게 했다.

"음식 창고라든지. 가축을 키우는 목장이라든지. 음식이 있는 곳이면 어디든 가야 될 거요. 농작물을 추수하기 전까지 말이오.
지금은 6월이고, 분명 살아남은 농작물이 있을 거요."

관리인이 중얼거렸다.

"북쪽이겠군. 그레이프바인 너머 고지대에 농업지대가 있지."

그는 이어서 팀에게 말했다.

"당신들은 어디로 갑니까?"

"모르겠소. 아마 북쪽으로 가야 될 것 같은데."

"아이들을 좀 데려가 주겠소?"

"그러면 좋겠지만, 음식이 전혀 없소."

관리인이 말했다.

"누구는 있소? 아니면, 당신들도 우리와 함께 있는 편이 낫지
않겠소? 모두가 함께 이동하는 거요."

팀이 말했다.

"큰 무리를 짓는 것보다 작은 무리가 더 나을 겁니다. 그리고
우리는 당신들과 함께 있고 싶은 생각이 없소."

팀 또한 아이들 때문에 골치 썩을 생각이 없었지만, 마땅히 거
절할 말이 없었다.

하지만 그것은 꼭 해야 하는 일이었다. 갑자기 예전에 읽었던
문구가 기억났다. 윤리적 판단을 내려야 하는 상황에서, 당신이
가장 하고 싶지 않은 일이 있다면 그것이 아마 가장 옳은 일일 것
이다.

관리인이 어디론가 사라지더니 몇 분 뒤 여섯 살이 되지 않은
어린 아이 네 명을 데리고 돌아왔다. 모두 깔끔한 차림새였지만

겁에 질려 있었다. 아일린은 그들을 블레이저의 뒷좌석에 태우고 자신도 뒷좌석에 탔다.

경찰은 공책 한 장을 찢어서 팀에게 건네줬다. 거기에는 이름과 주소가 적혀 있었다. 그는 힘없이 말했다.

"아이들의 이름입니다. 만약 아이들의 부모를 찾을 수 있다면……."

팀이 고개를 끄떡였다. 그는 블레이저를 출발시켰다. 블레이저를 운전해보는 것은 처음이다. 변속기가 아주 뻑뻑하다.

뒷좌석에 앉은 아일린이 말했다.

"내 이름은 아일린이야. 그리고 저 분은 팀 아저씨야."

여자아이가 물었다.

"우리 어디로 가요?"

여자아이는 아주 작고 연약했지만 울지는 않았다. 남자아이들은 울고 있었다.

"엄마한테 데려다 주나요?"

팀이 종이를 펴봤다. 로리 말콤. 어머니가 교회의 캠프에 보냈다고 한다. 아버지에 대해서는 언급되지 않았다. 어머니의 주소는 롱비치다. 주여, 이 아이에게 롱비치에 대해 대체 뭐라고 해줘야 하나.

아일린이 대답하기 전에 남자아이 하나가 말했다.

"집에 가고 싶어요."

여섯 살짜리 어린애에게, 너희 집이 쓸려갔다는 말을 어떻게 할 수 있나? 네 엄마도 이미 쓸려갔다는 말은…….

아일린이 말했다.

"우린 저 산 위로 올라간단다."

그녀는 가까운 산을 손으로 가리켰다.

"저기 도착해서 엄마가 오시기를 기다릴 거야."

남자아이가 물었다.

"하지만 무슨 일이에요? 다들 무서워하고 있어요. 틸리 목사님도 안 그런 척하지만 무서워하고 있어요."

"혜성 때문이죠."

여자아이가 우울하게 말했다.

"혜성이 롱비치에 부딪혔죠, 아일린 아줌마? 아일린 아줌마라고 불러도 되나요? 틸리 목사님은 우리가 어른들을 부를 때 이름을 부르면 절대 안 된다고 했거든요."

팀은 그가 소유한 관측소로 이어지는 진입로에 들어섰다. 오래전에 통나무와 자갈과 콘크리트를 깔아서 공사를 했었다. 산사태로 진흙이 두껍게 쌓여 있었지만 블레이저는 별다른 어려움 없이 나갈 수 있었다. 이제 멀지 않았다. 곧 그들은 더 이상 달리지 않아도 되고, 음식을 실컷 먹을 수 있을 것이다. 어쨌든 한동안은 말이다. 영원히 보장되는 안식은 아니겠지만 그런 것은 일단 도착 후에 걱정해도 된다. 관측소는 집이라고 해도 좋고 안식처라고 불러도 좋다. 난방장치가 있고, 뽀송뽀송한 옷과 샤워시설도 있다. 세계가 멸망하는 동안 거기에 숨을 수 있을 것이다.

블레이저는 더 이상 반짝반짝 빛나는 새 차가 아니었다. 진흙

길을 고속도로처럼 달리고 자갈밭을 기어오르고 웅덩이를 헤엄치는 동안, 바윗덩이에 가로로 길게 긁히고 온통 진흙이 묻었다. 하지만 팀은 이런 차를 가져본 것이 처음이었다. 덕택에 그는 어디든 갈 수 있다는 자신감이 들었다.

이 차는 그들을 집까지 데려다줄 것이다. 커브 길 하나를 더 지나고, 도로 하나를 더 달렸다. 그리고, 그들은 마침내 관측소에 도착했다.

관측소의 콘크리트 건물은 조금도 피해를 받지 않았다. 건물 바깥의 목재 차고도 마찬가지였다. 차고의 차양 지붕이 약간 기울었으나, 팀 이외의 다른 사람은 알아차리지도 못할 정도였다. 망원경 돔은 닫혀 있었고, 모든 창문의 셔터가 제자리에 걸려 있었다.

팀이 외쳤다.

"마침내 도착했어!"

그는 소리를 질러야 했다. 아일린이 뒷자리의 아이들에게 노래를 부르도록 시켰기 때문이었다. 아이들은 신나게 노래를 부르고 있었다.

"저기 저 사람 위에 점, 점 위에 털……."

팀이 다시 외쳤다.

"여기다! 이제 안전해! 최소한 한동안은!"

아이들의 노래가 뚝 끊겼다. 아일린이 말했다.

"멀쩡해 보여요."

그녀도 놀란 듯했다. 이렇게 멀쩡한 건물이 남아 있을 줄이야.

터헝가를 지나던 어느 시점에 그녀는 희망을 포기했었다.

팀이 말했다.

"물론이오. 마티는 꽤 쓸 만한 친구요. 그가 이제 우리를 맞이할 것이고, 그리고……."

팀이 말끝을 흐렸다.

아일린은 팀의 시선을 따라갔다. 관측소 현관에서 두 명의 남자가 모습을 드러냈다. 오십 세가량 되는 나이 든 남자들이었다. 그들은 팀의 블레이저가 콘크리트 건물 입구에 멈춰서는 것을 지켜보고 있었다. 그들은 소총을 들고 있었는데, 정확하게 블레이저를 겨냥하지는 않았지만 그렇다고 총구를 다른 쪽으로 돌리지도 않았다.

남자 하나가 큰 소리로 말했다.

"미안하군, 친구. 빈 방이 없소. 그냥 가는 게 좋겠소."

팀은 낯선 사내들을 바라보면서, 분노가 뭉쳐 힘을 얻기를 기다렸다. 그리고 눈빛에 분노를 실어 터뜨렸다.

"난 팀 햄너요. 내가 이 건물의 소유주요. 당신들은 누구요?"

그들은 전혀 대꾸하지 않았다.

이때 젊은 남자가 현관 밖으로 걸어 나왔다.

팀이 소리를 질렀다.

"마티! 이 사람들에게 내가 누군지 말해줘!"

그리고 네가 이 사람들을 여기 데려와서 무슨 짓을 하고 있었던 거지? 나중에 나하고 조용히 이야기 좀 하지, 마티. 물론 뒷부분은 입 밖으로 꺼내지 않았다.

마티가 환하게 웃으며 말했다.

"래리, 프리츠, 이분은 티모시 가드너 알링톤 햄너라는 분이에요. 한량이고, 백만장자이고, 아, 그래요. 아마추어 천문학자기도 해요. 이 건물의 주인이시죠."

프리츠가 말했다.

"아, 그렇군."

그의 총구는 치워지지 않았다.

남자아이 하나가 울음을 터뜨렸다. 아일린이 아이를 끌어안았다. 다른 아이들은 눈이 둥그렇게 커져 있었다.

팀은 블레이저의 문을 열었다. 총구가 급히 그를 따라 움직였다. 팀은 그들을 무시하고 밖으로 나왔다. 바깥은 어둑어둑했다. 비가 팀의 옷을 적시고 뒷목을 타고 흘러내렸다. 그는 현관을 향해 걸어갔다.

"오지 않는 게 좋을 거요."

총을 들고 있던 래리라고 불린 남자가 말했다.

팀은 말했다.

"지옥에나 가버려."

그는 현관의 입구 계단에 발을 디뎠다.

"당신에게 고함을 지르지는 않을 거요. 아이들이 겁을 먹을 테니까."

남자는 아무 대꾸도 하지 않았고, 순간 팀은 용기를 얻었다. 어쩌면…… 이 모든 것이 그를 놀리기 위한 장난이었을까? 그는 마티를 바라봤다.

"지금 여기서 뭐 하는 짓이지?"

마티가 말했다.

"여기뿐이 아니잖아요. 전 세계가 마찬가지지."

"해머가 충돌한 것은 알아. 이 사람들이 내 건물에서 뭘 하느는 거야."

실수다. 팀은 즉시 실수를 깨달았지만 이미 늦었다.

마티가 말했다.

"여긴 당신 건물이 아니오."

"이런 짓이 용서될 거라고 생각하나? 산 아래에는 경찰들이 있어. 이제 곧 그들을 데리고 여기로 오겠어."

마티가 말했다.

"아니, 아무도 안 옵니다. 경찰은 없소. 군대도 없고, 주 방위군도 없지요. 당신이 아주 훌륭한 라디오 시설을 갖춰뒀잖소."

그의 칭찬은 마치 조롱처럼 들렸다.

"나는 아폴로의 마지막 메시지를 들었고, 그 메시지를 들은 사람들이 뭐라고 반응하는지도 들었소. 경찰의 무전도 들었고요. 이제 이 건물은 당신 소유가 아니오. 왜냐하면 소유라는 개념이 사라졌기 때문이오. 이제 우리는 당신이 필요 없소."

"하지만……."

팀은 다른 두 남자를 바라봤다. 그들은 범죄자처럼 보이지는 않았다. 그런데 대체 어떻게 생긴 얼굴이 범죄자처럼 생긴 얼굴이지? 그건 모르겠지만, 아무튼 그들은 범죄자라는 느낌이 들지 않았다. 그들의 손은 노동자처럼 거칠고 투박했으며, 손톱이 부러진 손가락도 있었다. 마티나 팀의 매끄러운 손과는 달랐다.

그들은 회색 작업복 바지를 입고 있었다. 프리츠의 바지에는 '빅 스미스' 라벨이 붙어 있었다. 팀은 이제 마티를 무시하고 그들에게 직접 물었다.

"당신들, 왜 이러는 거요?"

래리가 반문했다.

"이것 말고 할 수 있는 것이 뭐가 있소?"

그는 마치 탄원하듯 말했지만, 총구는 여전히 흔들림 없이 팀과 블레이저 사이의 어딘가를 겨냥했다.

"이곳에는 음식이 많지는 않지만 그래도 한동안 지낼 만큼은 있소. 그리고 우리 가족도 여기에 있소. 그러니 우리가 어떻게 하라는 말이오?"

"이대로 머물러도 좋아요. 다만 우리를⋯⋯."

래리가 말했다.

"못 알아듣겠소? 우리는 당신을 받아들일 수 없소. 당신이 여기서 뭘 할 수 있습니까? 당신이 무슨 쓸모가 있습니까?"

"내가 뭘 할 수 있는지를 당신이⋯⋯."

프리츠가 으르렁거리듯 말했다.

"우리끼리 이야기를 마쳤소. 당신이 여기 도착할 리 없지만, 혹시라도 여기 온다면 어떻게 할지 말이오. 결론이 뭔지 궁금하시오? 이게 결론이오. 나가시오. 당신은 쓸모없소."

마티는 팀과 눈을 마주치지 않았다. 팀은 마지못해 고개를 끄떡였다. 이제는 알아들었다. 별로 더 할 말도 없다. 여기 있는 장비들, 라디오나 천문학, 지질학 관련 장비들은 마티도 자신만큼 잘 다뤘다. 아니, 더 잘 다뤘다. 그리고 마티는 이곳에서 얼추 일년 가까이 지냈다. 이 산 주변의 환경에 대해서도 훨씬 잘 알고 있을 것이다.

마티가 물었다.

"저 여자는 누구요?"

그는 주머니에서 손전등을 꺼내 블레이저에 비췄다. 손전등을 켰지만 충분히 밝지는 않았다. 불빛 너머로 빗방울과 진흙투성이의 차, 그리고 아일린의 머리칼이 살짝 보일 뿐이었다.

"친척? 아니면 그냥 돈 많은 화냥년?"

이 개자식. 팀은 자신이 기억하고 있던 마티를 떠올렸다. 마티가 벨에어에 있는 팀의 저택에서 함께 살 때 말다툼은 자주 했지만 심각했던 적은 없었다. 그리고 마티는 관측소 업무만큼은 탁월했다. 불과 한 달 전, 아니 삼 주쯤 전에는 마티를 위해 플래그스태프의 로웰 관측소에 추천서도 써줬다. 이런 상황이 올 것이라고는 꿈에도 상상하지 못했다.

마티가 말했다.

"여자는 들어와도 좋소. 여자가 부족하거든요. 하지만 팀, 당신은 안 되오. 내가 가서 여자에게 물어보고……."

래리가 말을 끊었다.

"당신이 가서 물어보시오. 만약 원한다면 그녀는 여기 남을 수 있다고."

"그리고 나는?"

래리가 말했다.

"당신이 차를 몰고 사라질 때까지 쳐다볼 거요. 돌아올 생각 하지 마시오."

마티가 말했다.

"바깥에 아직 경찰이 있을 거요. 그러니 방금 당신 이야기는 취소합시다. 저 사람에게 차를 줄 필요 없을 것 같소. 좋은 차니까, 저 차도 우리가 가지는 편이……."

래리가 말했다.

"그런 말은 하지 마."

그의 목소리가 낮아졌다. 그는 자신의 뒤를 흘깃 쳐다봤다.

팀이 인상을 찌푸렸다. 그들 사이도 매끄럽기만 한 것은 아닌 듯하다. 하지만 정확히 파악할 수 없었다.

아일린은 블레이저에서 나와 현관으로 걸어왔다. 그녀의 목소리는 건조했고, 지쳐 있었다.

"뭐가 잘못된 거예요, 팀?"

"이제 이곳은 더 이상 내 소유가 아니니까, 사라지라는군."

마티가 말했다.

"여자는 남아도 좋소."

아일린이 소리를 질렀다.

"당신들, 그러면 안 돼요!"

래리가 외쳤다.

"시끄러!"

관측소에서 뚱뚱한 여자 하나가 나왔다. 그녀는 인상을 찌푸리고 래리를 쳐다봤다.

"무슨 일이죠?"

래리가 말했다.

"당신은 들어가 있어!"

여자가 말했다.

"래리, 대체 뭘 하는 거예요? 이 사람들은 대체 누구죠? 아, 저 사람 알아요! 〈투나이트쇼〉에 나왔던 팀 햄너군요. 이 건물, 옛날에 당신 거였죠?"

"이 건물은 내 소유물이오."

프리츠가 말했다.

"아니라니까! 벌써 말했어. 당신 것이 아냐."

아일린이 말했다.

"도둑놈들. 도둑에다 살인자들이야. 그냥 우리를 쏴서 이 자리에서 해치우지 그래요?"

팀은 소리를 질러서 아일린의 말을 끊고 싶었다. 진짜로 그러면 어쩌려고? 마티라면 그러고도 남을 것이다.

여자가 말했다.

"그렇게까지 말할 필요는 없어요. 아주 간단하잖아요. 이곳은 우리 모두에게 충분한 장소가 아니고, 오래가지도 못할 거예요. 사람이 늘면 시간은 더 짧아지겠죠. 그리고 팀 햄너가 우리에게 지시를 내리는 것은 원하지 않아요. 그가 지시 내리는 것 말고 다른 것을 할 것 같지도 않고요. 그게 전부예요. 당신들은 다른 장소를 찾아보세요, 갈 만한 곳은 더 있을 거예요."

그녀는 래리에게 확인을 바라듯 쳐다봤다.

"우리도 머지않아 떠나야 할 거예요. 당신들은 아주 조금 먼저 떠날 뿐이에요."

그녀의 말은 논리정연했고 분명했다. 그래서 팀과 아일린에게는 악몽과도 같았다. 그녀는 아주 차분했으며, 팀의 동의를 확신하고 있었다.

마티가 다시 말했다.

"하지만 여자는 남아도 좋소."

팀이 물었다.

"아일린, 당신, 남겠소?"

아일린이 웃었다. 쓴웃음이었고, 분노가 가득했다. 그녀는 마티를 바라보며 다시 웃었다.

여자가 말했다.

"차에 아이들이 있어요."

프리츠가 말했다.

"메리, 그건 우리가 챙길 문제가 아니오."

여자는 프리츠의 말을 무시했다.

"저 아이들은 누구죠?"

아일린이 말했다.

"교회 수련회를 왔던 아이들이에요. 로스앤젤레스에 살고 있었죠. 관리소에서는 더 이상 먹일 것이 없어서, 우리에게 맡겼죠. 우리 생각에는……."

여자는 현관을 떠나서 블레이저를 향해 걸어갔다. 프리츠가 말했다.

"그녀에게 안 된다고 해, 자네가 그녀를 말려⋯⋯."

래리가 말했다.

"지난 십오 년 동안 내가 그녀에게 뭔가를 하게 만들었던 적이 없었지. 자네도 알잖아."

마티가 버럭 고함을 질렀다.

"아이들은 필요 없다고!"

래리가 말했다.

"아이들이 저 여자 분보다 많이 먹을 것 같지는 않은데."

그는 팀과 아일린에게 돌아섰다.

"자, 보시오. 이제 아시겠소? 당신을 미워하는 것은 아니오. 하지만⋯⋯."

"하지만 떠나주시오."

여자는 차의 뒷자리에 앉아 있는 아이들과 이야기를 나누고 있었다. 마티는 뚱뚱한 여자가 듣지 못하도록 목소리를 낮춰서 말했다.

"다시 한 번 말하지만, 아직 산 아래에는 경찰이 있을 겁니다. 팀이 경찰과 만날지도 모르니까, 그가 떠날 때 내가 뒤를 따라가다가⋯⋯."

래리가 분명하게 반대했다.

"안 돼."

프리츠가 말했다.

"마티, 당신 생각이 맞을지도 몰라. 당신 생각대로 처리하고,

당신도 돌아오지 않으면 어떨까? 우리끼리 어떻게든 살아갈 수 있을 테니까."

마티가 부르짖었다.

"우리는 협상을 했소. 당신이 여기 처음 왔을 때! 나는 당신들을 들여보내줬소! 우린 협상을 했다고요!"

프리츠가 말했다.

"맞아, 그렇지. 하지만 살인에 대해서는 입을 다무는 게 좋을 거야. 아니면 우리도 협상 따위는 잊을 테니. 메리가 아이들을 데려오고 있군. 우리가 아이들을 돌보기를 원하오, 팀?"

정말 죽은 듯한 침묵이군. 팀은 침을 삼켰다. 프리츠와 래리, 저 두 사람, 뭐지? 목수? 정원사? 아무튼 그들은 스스로를 아직 문명인이라고 확신하고 있는 생존자들이다.

"차에는 가솔린이 거의 남지 않았고 아일린과 내가 산에서 살아서 나갈 것 같지도 않으니, 아이들을 당신들이 돌보는 것도 좋겠군. 아일린, 당신은 여기에 머무르겠소? 머무른다면……."

그녀는 마티를 쳐다봤다.

"저놈과 함께는 싫어요."

프리츠가 래리를 바라봤다. 그들은 잠시 눈빛을 교환했다. 프리츠가 말했다.

"우리에게 여분의 가솔린이 조금 있소. 삼십 리터 정도. 그걸 주겠소. 수프 캔도 몇 개 주겠소. 우리가 마음 바뀌기 전에 차에 올라타시오."

팀은 차에 올라탔고, 아일린이 다른 말을 꺼내기 전에 그녀도 잡아끌어 차에 태웠다. 아이들은 뚱뚱한 여자의 주변에 옹기종기 모여 차를 빤히 들여다봤다. 앞으로 어떤 일이 생길지 몰라 불안해하는 표정이었다. 팀은 억지웃음을 짓고 아이들에게 손을 흔들었다. 총구에서 빨리 달아나고 싶어 손가락이 비비 꼬였지만 차분히 기다렸다.

래리가 연료 탱크를 채워 넣었다. 팀은 차를 한 바퀴 돌려서 빗속을 향해 나아갔다.

우편배달부: 첫 번째

의무라고 불리는 모든 것들, 법의 이행을 위한 선행조건이자 모든 고상한 전통의 본질, 그것은 그 근원을 명예에서 찾을 수 있다. 그리고 명예에 대해 의식하는 순간, 그 사람은 이미 명예를 잃은 것이다.

– 오스왈드 슈펭글러, 『생각들』

해리 뉴컴은 해머 충돌을 전혀 보지 못했다. 전적으로 제이슨 질커디 때문이었다. 작가인 제이슨은 스스로를 감금하고 고립 생활을 하고 있었다. 소설을 쓰고 식이요법을 하기 위해서라고 했다. 지난 6개월간 5킬로그램을 감량했지만 여전히 더 감량할 수 있다고도 했다. 그는 소설 쓰기보다 해리와 이야기 나누기를 훨씬 더 즐기는 것 같았다. 가장 훌륭한 커피 컵은 실버밸리의 목장에 있지만 가장 훌륭한 커피는 제이슨이 만드는 것이었다.

"하지만."

해리가 웃으며 말했다.

"만약 사람들이 내게 두 잔씩 주는 걸 다 받아먹다가는 쓰러질지도 몰라요. 난 인기인이니까."

"이봐, 줄 때 먹는 게 좋을걸. 여기 임대가 다음 목요일까지고, 지금 쓰는 소설은 벌써 마쳤거든. 다음번 '재활용의 날'에는 내가 사라졌을 거야."

"끝냈다고요? 훌륭해요! 내 이름도 등장해요?"

"아니, 등장 안 해, 미안해, 해리. 하지만 그럴 상황이 아니었다고. 무슨 이야기인지 알지? 그리고 자네가 바쁜 것도 잘 알지만, 이 커피는 자메이카 블루마운틴이야. 축하할 일이 있을 때만 마시는 특별한 놈이지."

"좋아요, 주세요."

"브랜디도 넣어줄까?"

"제복을 입고 있잖아요. 업무 시간을 좀 존중해주세요. 만약에…… 이런, 제길, 내 손으로 부을 수는 없으니까 알아서 해요."

제이슨이 컵을 들며 말했다.

"우리 출판사 사장을 위하여! 그는 만약 내가 마감을 지키지 못하면 살인청부업자를 고용하겠다고 했거든."

"힘든 업종이군요."

"그래, 하지만 돈은 버니까."

어디선가 천둥 치는 듯한 소리가 들렸다. 여름 폭풍이 밀려오는 것일까? 해리는 커피로 입술을 축였다. 정말 특별한 맛이다.

해리는 커피를 마시고 다시 배달을 위해 밖으로 나왔다. 하지만 밖에 나와도 비구름은 보이지 않았다. 해리는 오늘 이른 새벽에 일어났다. 오늘의 날씨는 계곡의 농부들이나 우체부들이 겪어보지 못한 이상한 날씨다. 그는 혜성의 꼬리가 지구를 둘러싸면서 발생한 불빛들을 바라봤다. 이 하늘에 걸린 빛의 커튼이 아침이 되어도 여전히 남아, 푸른 하늘의 직사광선과 청백색 광휘를 부드럽게 희석시켰다. 스모그와 비슷한 느낌이지만 훨씬 깨끗했다. 세상은 무언가를 기다리는 듯 기이한 정적에 잠겨 있었다.

제이슨 질커디는 한동안 시카고에 머물다가 다시 식이요법과 소설 속에 스스로를 감금시켜야 하면 여기로 오겠지. 해리는 그를 그리워할 것이다. 제이슨은 이 계곡에서 가장 똑똑한 사람이다. 물론 상원의원을 제외하면 말이다. 상원의원은 진짜 거물이다. 해리는 어제 그를 먼발치에서 봤다. 그는 버스만큼 큰 리무진에서 내리고 있었다. 어쩌면 오늘은 그를 만날지도 모른다.

해리는 아담스 가족의 집을 향해 급하게 운전을 하는데, 갑자기 트럭이 흔들렸다. 그는 제동을 걸었다. 타이어가 터졌나? 바퀴가 부서진 걸까? 그런데 도로가 덜덜 떨리더니 갑자기 비비꼬이고, 트럭은 흔들리다 못해 그의 뇌까지 흔들었다. 그는 트럭을 완전히 세웠다. 차가 아직도 흔들리고 있었다! 그는 시동을 껐다. 그래도 흔들리나?

"그 브랜디 병 속에 무슨 이상한 것이 없는지를 봤어야 했어. 젠장. 지진인가?"

전율이 멈췄다.

"그런데 이 부근에는 단층이 없잖아."

그는 속도를 줄여서 계속 전진했다. 아담스의 목장은 그가 새로 잡은 경로에서 조금 멀리 있었다. 그는 도나 어머니의 불평이 무서워서 감히 집까지 올라갈 생각은 하지 못했고, 덕택에 시간을 몇 분 더 벌 수 있었다. 아담스 부인의 불평은 더 없었지만 벌써 몇 주간 도나를 만나지 못했다.

해리는 선글라스를 벗었다. 알아차리지 못하는 사이에 날이 어두워져 있었고, 점점 더 어두워지는 중이었다. 하늘 위에서는 고속으로 재생하는 영화처럼 구름이 빠르게 흘러 다녔고 어둠 속에서 번개가 번쩍였다. 해리는 이런 모습을 본 적이 없었다. 소나기구름인가? 곧 비가 내리겠지?

바람이 지옥에서 빠져나오려는 악마처럼 울부짖었다. 하늘은 이상한 모습에서 무시무시한 모습으로 바뀌었다. 구름이 저렇게 휘몰아치면서 번개를 뿜는 모습을 본 적이 없었다. 아담스 부인의 편지를 문 바깥의 우체통에 대충 던져놓으면 꼴좋게 되겠지. 하지만 비에 흠뻑 젖으면서 편지를 가져가는 일은 결국 도나의 몫이 될지도 모른다. 해리는 현관 차양에 차를 세우고 편지를 들고 날랐다. 현관 차양은 거의 비를 막아주지 못했다. 바람 때문에 거의 모든 방향에서 비가 날아오고 있었다.

도나가 문을 열어줬다면 좋았겠지만, 문을 연 것은 아담스 부인이었다. 그녀는 해리를 보고 전혀 반가워하지 않았다. 해리는 폭풍 때문에 목소리를 높였다.

"편지가 왔어요, 아담스 부인."

해리의 목소리는 아담스 부인의 표정만큼이나 차가웠다.

"고마워요."

그녀는 짧게 말하고는 문을 닫았다.

마치 수천 개의 욕조를 동시에 비우듯 비가 쏟아졌고, 트럭에서는 더러운 갈색 물이 흘러내렸다. 해리는 부끄러웠다. 자기 트럭이 그렇게 더러운 줄 몰랐다. 그는 짧은 순간에 반쯤 젖은 상태로 차에 올라타고 다시 출발했다.

이 계곡에서 날씨가 자주 이런가? 해리가 이 계곡으로 온 지 일 년이 지났는데, 이런 날씨를 겪어본 적은 한 번도 없었다. 이 건 노아의 홍수잖아! 누군가에게 이 상황에 대해 자세히 물어보고 싶어졌다. 아담스 부인만 빼고 말이다.

이 무렵의 계곡은 거의 말라 있다. 카퍼크리크의 수위는 아주 낮아져서, 오늘 아침까지 다리의 표석 아래 흰 모래가 간신히 축축하게 젖은 정도였다. 하지만 해리가 돌아가는 길에 다리를 건널 때는 강물은 상류로 넘칠 만큼 불어 있었다. 비는 여전히 미친 듯이 쏟아졌다.

해리는 젠트리의 편지함에서 봉투 두 개를 꺼냈다. 젠트리를 만난 적은 딱 한 번밖에 없었는데, 그때 그 농부는 해리에게 다짜고짜 총을 겨눴다. 그는 은둔 생활을 하는 사람이었고 그에게는 급한 우편물이란 존재하지 않았다. 아무튼 해리는 그가 싫었다.

차바퀴는 길 위를 제대로 달리지 못하고 계속 불협화음을 냈다. 조금 있으면 아예 진흙탕에 빠질 것 같았다. 오늘 배달 할당량을 마치는 것은 포기해야 할 것 같다. 어쩌면 밀러 씨의 집에서 음식과 소파를 구걸해야 할지도 모르겠다.

이제 길이 가파른 오르막으로 바뀌었다. 해리는 변속기를 저속으로 내렸다. 어둠 속에서 비와 천둥이 울려 반쯤 장님이 된 기분이었다. 도로의 왼쪽에는 평지가 있고 오른쪽에는 언덕이 있는데, 양쪽 모두 나무가 우거져 있었다. 해리는 언덕 쪽으로 바싹

붙었다. 모자는 이미 흠씬 젖었고 바람은 미지근했으며 습도는 110퍼센트는 되는 것 같았다.

해리는 날카롭게 브레이크 페달을 밟았다.

언덕이 무너져 내리고 있었다. 부러진 나뭇가지, 부러지지 않은 통나무, 자갈이 섞인 흙이 흘러내려 도로를 휩쓸더니 아래쪽으로 밀려 내려갔다. 도로가 막혀버렸다. 이제는 돌아가야 될 것 같다. 하지만 뒤로 돌아가면, 젠트리나 아담스 부인의 집밖에 없다. 거긴 정말 지옥이다! 무너진 진흙덩이가 거의 대부분 비에 쓸려 내려가, 어쩌면 앞으로 나갈 수도 있을 것 같다. 해리는 기어를 1단으로 고정한 후 진흙 위로 차를 전진시켰다. 만약 차가 진흙탕에 빠진다면 흠씬 젖은 채 터벅터벅 걸어야 할 것이다.

트럭이 기우뚱 기울었다. 해리는 입술을 깨물고 핸들과 가속페달을 부지런히 조작했다. 아무 소용이 없다. 게다가 다시 산사태가 시작되고 있었다. 빨리 차에서 내려야 한다! 그는 가속페달에서 발을 떼며 문의 손잡이를 잡았다. 그 순간 핸들이 마음대로 돌면서 트럭이 기울었다. 해리는 차 시동을 끄고 두 팔로 머리를 가리면서 몸을 웅크렸다. 트럭은 닻을 내린 배처럼 조금씩 부드럽게 흔들리면서 떠내려갔다. 꽤 많이 흘러왔다고 생각될 때쯤 뭔가 커다란 물체와 부딪혀 빙글빙글 맴돌더니, 다시 다른 물체와 부딪히고 움직임을 멈췄다.

해리는 고개를 들었다. 나무 한 그루가 앞 유리를 뚫고 들어와 있었고, 강화 안전유리는 허옇게 깨져서 안쪽으로 휘어져 있었다. 그 나무 하나와 조수석 쪽으로 늘어진 나무 하나가 트럭을 제

자리에 잡아두고 있는데, 어지간히 힘을 줘도 결코 빠질 것 같지 않았다. 최소한 견인차와 전기톱 정도는 필요할 것 같았다.

그리고 해리는 안전벨트에 대롱대롱 매달려 있었다. 그는 마른침을 삼키면서 벨트를 풀었다. 그제야 그는 자신이 전혀 다치지 않은 것을 깨달았다.

이제 어떻게 하지? 편지를 버리는 것은 직무 불이행이다. 그러나 이 차에 하루 종일 앉아 있을 수도 없는 노릇이다.

"오늘 배달은 어떻게 마치지?"

그는 혼잣말을 하다가 키득거리며 웃었다. 보나마나 오늘 일을 마치는 것은 불가능했다. 이 편지 더미는 내일까지 그대로 쌓아둬야 될 것 같았다. 전화를 걸면 상관인 늑대인간이 진노하겠지. 그렇지만 어쩔 수 없다. 해리는 젤리슨 상원의원에게 배달될 등기 우편물을 챙겨 넣고, 또 겉보기에 꽤 비싸 보이는 조그만 소포 두어 개를 다른 주머니에 챙겼다. 부피가 큰 물건, 책, 그리고 나머지 우편물은 그냥 놔둘 수밖에 없었다.

그는 차 문을 열고 빗속으로 나갔다. 비가 얼굴을 때리며 시야를 가렸다. 그는 금세 흠뻑 젖었다. 발아래의 진흙이 미끄러지자 작은 나뭇가지를 힘껏 움켜쥐면서 간신히 버텼다. 자칫하면 빠르게 높아지는 계곡물에 휩쓸릴 뻔했다. 그는 그 자리에 꽤 오래 서 있었다.

아니. 저 급류를 뚫고는 어디도 갈 수 없다. 물론 전화를 걸러 갈 수도 없다. 차라리 물이 빠지기를 기다리는 편이 낫다. 운 좋게 트럭이 쓸려 내려온 곳은 그가 평소에 다니는 경로였다. 여기에 있으면 울프가 그를 찾아낼 수 있을 것이다. 그런데 울프가 이 급류를 뚫고 찾아올 수 있을까?

번개가 머리 위에서 번쩍였다. 두 번, 번쩍, 번쩍. 천둥이 바로 뒤따라 울렸다. 젖은 발로 따끔따끔하게 전류가 흘러왔다. 번개가 가까운 곳에 내리치고 있다!

그는 방금 나왔던 길을 되짚어 도로 차 안으로 돌아갔다. 절연된 곳은 아니지만, 이 천둥 번개 속에서 그나마 안전한 장소였다. 그리고 우편물을 방치하지 않을 수 있다. 그냥 떠나려니 우편물이 계속 걱정됐다. 도둑맞는 것보다는 늦더라도 배달하는 편이 낫다. 당연히 그편이 낫다. 해리는 마침내 결심을 내렸고, 마음을 편하게 먹었다. 시간은 계속 지나갔고, 폭풍이 가라앉을 기미는 보이지 않았다.

해리는 아주 불편한 잠을 잤다. 화물칸에 전단지와 신문지로 간단한 잠자리를 만들었지만 불편해서 자주 깼고, 그때마다 트럭의 금속 지붕을 두들기는 빗소리가 들렸다. 번개가 쉼 없이 번쩍이는 검은색의 대지와 하늘은 아침이 되자 살짝 둔한 회색빛으로 변했고 번개는 아까보다 훨씬 줄어들었다. 해리는 주변을 뒤져서 어제의 우유를 찾아 마셨다. 왠지 불안해서 어제 다 마시지 않고 남겨뒀던 것이다. 물론 충분하지는 않았다. 그는 배가 고팠고, 모닝커피도 마시지 못했다.

"다음 집으로 가자."

그는 혼잣말을 하면서, 큰 머그컵에 담긴 김이 모락모락 오르는 커피를 상상했다. 브랜디를 넣어도 좋을 것이다. 물론 제이슨 질커디 이외에는 그런 것을 권하는 사람이 없었지만.

비가 조금씩 줄었고 거센 바람도 줄어들었다.

"아니, 내 귀가 먹었나?"

그는 계속 중얼거리다가, 한 번 소리를 버럭 질렀다.

"귀가 먹었나! 음, 귀 먹지는 않았군."

천성이 명랑한 그는 이 우울한 상황에서도 금세 좋은 점 하나를 찾아냈다.

"오늘이 재활용의 날이 아니라서 다행이네."

그는 밤에 가죽 우편 가방에 발을 넣고 잤다. 가방은 아침까지도 거의 젖지 않았다. 날씨는 아직 어두웠다. 그는 우편물 더미를 내려다봤다.

"특송 우편물만 추리고 책은 놔두자."

그는 혼잣말을 했다. 젤리슨 상원의원의 연방의회 의사록과 잡지는 어떻게 할까 망설이다가 들고 가기로 결심했다. 그러다 보니 조금씩 넣어야 할 우편물이 늘어났다.

결국 그는 큰 소포 몇 개를 제외한 나머지 대부분을 가방에 쑤셔 담았다. 낑낑거리며 운전석 문을 열고 지금은 윗면이 되어버린 트럭의 옆면에 우편 가방을 올려놓았다. 이어서 차 밖으로 기어 나왔다. 여전히 비가 내렸으므로 그는 우편 가방 위에 비닐을 펼쳐놓았다. 트럭이 불안하게 기우뚱거렸다. 트럭에는 진흙이 쌓여 있었다. 해리는 가방을 어깨에 메고 오르막을 걷기 시작했다. 발이 계속 밀렸기 때문에 발꿈치에 힘을 줬다.

뒤를 돌아봤더니 나무가 트럭과 진흙의 무게 때문에 휘다가 요란한 소리를 내면서 뿌리가 뽑혔다. 그러자 트럭이 다시 진흙 길로 구르기 시작했다. 점점 속도가 빨라져서 보이지 않는 곳까지 굴러 떨어질 모양이다.

해리는 고개를 저었다. 이번이 아마 최후의 배달길이 될 것 같다. 트럭을 잃었으니 울프가 쫓아내겠지. 해리는 가파른 진흙 경사로를 걷다가 지팡이 하나를 찾아야겠다고 생각했다. 곧 그는 조금 구부러진 묘목 한 그루를 발견했다. 진흙 속에서 뿌리가 뽑힌 채 떠다니던 길이가 백오십 센티미터 정도 되는 나무였다.

일단 도로에 도착하자 걷기가 훨씬 쉬워졌다. 곧 내리막길이 나왔다. 무거운 진흙이 장화에서 떨어져나가자 발걸음이 훨씬 가벼웠다. 비는 꾸준히 내렸다. 산등성이에서 또 산사태가 나지 않을까? 계속 조심해야 했다. 그는 중얼거렸다.

"내 머리카락에 물이 이 킬로그램은 매달린 느낌이네. 하지만 목에 빗물이 떨어지지 않는 건 좋아."

가방은 무거웠다. 허리 보조대만 있었다면 조금은 가볍게 움직일 수 있을 텐데.

그는 유쾌하게 노래를 부르기 시작했다.

씨발 산책하러 씨발 호숫가로 나왔지
씨발 운이 좋으면 씨발 돈푼이나 줍겠지
머리가 너무 아파 목구멍이 바짝 말라
하늘을 향해 간절하게 기도 드려

작은 봉우리에 오르자 송전탑 하나가 파괴된 것이 보였다. 고압선이 길 위에 가로놓여 있었다. 강철탑은 번개를 여러 번 맞은 듯했고, 탑의 꼭대기는 비틀려 있었다.

얼마나 됐을까? 그리고 왜 전력회사 사람들이 수리하러 오지 않았을까? 해리는 어깨를 으쓱했다. 그러다가 그는 전화선이 끊어진 것을 발견했다. 다음 배송지에 가더라도 전화를 걸 수는 없겠군. 그는 다시 노래를 불렀다.

씨발 독수리가 날아오더니 물 위를 걸어
씨발 이건 기적이다, 나는 노래를 불러
씨발 어렸을 때 교회에서 배운 씨발 찬송가를 불러
씨발 독수리는 허공으로 날아 똥을 지려

씨발 나는 무릎을 꿇고 씨발 고개를 숙이고
씨발 내가 죽으니까 세 마리 날짐승이 달라붙고
나는 두 발로 일어서서 다시 열을 셌어
독수리는 불속에 사라지며 다시 내게 똥을 지려

곧 밀러 씨의 집 문이 나왔다. 사람은 아무도 보이지 않았다. 진입로에서는 자동차의 타이어 자국을 발견할 수 없었다. 지난밤에 어디로 떠나버렸을까? 최소한 오늘은 어디로든 가지 않은 것이 확실하다. 그 집을 향해 이동하는 도로는 완전히 진흙에 파묻혀 있었다. 그 집도 전화는 불통이겠지만 커피 한 잔 정도는 얻어

마실 수 있을 거다. 어쩌면 마을까지 차를 태워줄지도 모른다.

불타는 독수리는 씨발 태양처럼 하늘을 날고
나는 씨발 눈꺼풀을 굳게 닫고, 모든 일이 끝나고
불타는 독수리는 유성처럼 하늘을 가르고
나는 목사에게 달려갔고 목사는 내 마지막 담배를 빼앗았고

나는 내가 본 기적을 이야기했고 목사는 장미를 이야기했네
나는 머리칼에 붙은 새똥을 보여줬고 그 씨발 새끼는 코를 막았네
나는 주교에게 달려갔고 그 씨발 주교가 말하네
집에 가서 잠이나 자, 주정뱅이. 그리고 씨발 머리 좀 감게!

집 현관에서 노크를 했지만 아무 대답도 없었다. 문은 살짝 열려 있었다. 해리는 안에다 대고 큰 소리로 불러봤지만 역시 아무 대답이 없었다. 안에서 커피 향기가 풍겼다.

그는 잠시 서서 기다리다가, 두 통의 편지와, '앨러리 퀸의 미스터리 매거진' 한 부를 마치 외교관의 여권인 것처럼 번쩍 들고, 안으로 걸어갔다. 그는 큰 소리로 노래를 불렀다.

그래서 나는 씨발 더러운 썩은 돼지 같은 녀석을 찾아
초크 오리아리에게 내 머리를 디밀어
늙은 초크는 상자 속에 앉아 씨발 대가리를 치켜들어
씨발 초크의 마누라는 44구경으로 그 새끼 대가리를 날려

내가 새똥 붙은 머리를 대자 그가 부활했어
그의 대가리가 웃으며 굴러다녀, 마누라는 이번에는 칼을 썼어
그리고 무릎 꿇고 기도를 했어
사십 년간, 주여, 오직 이 날만 기다렸어

그는 우편물을 거실의 테이블 위에 내려놓았다. 보통 '재활용의 날'마다 광고 전단지를 내려두는 곳이었다. 그는 커피 냄새에 끌려 부엌으로 걸어갔다. 그리고 침입자로 오인당해 총을 맞지 않도록, 끊이지 않고 노래를 불렀다.

나는 씨발 도시의 앉은뱅이와 절름발이 사이를 걷는다네
새똥붙은 대가리로 그들을 일으키지만 그들은 다시 쓰러진다네
신의 사랑은 언제나 신기한 방식으로 인간에게 전해진다네
하지만 한 번 증표를 받으면 그 사랑은 언제나 머무른다네

커피가 있었다! 가스스토브가 켜져 있고, 그 위의 큰 주전자에서 커피가 끓고 있었다. 세 개의 컵도 놓여 있었다. 해리는 컵 하나에 커피를 가득 따랐다. 그리고 기쁘게 노래를 불렀다.

내가 그걸 아는 이유가 있지, 나도 씨발 신기한 사랑을 받았다네
언제나 머리를 감으면 물이 포도주로 변한다네!
나는 와인을 공짜로 나눠줘서 하층민의 삶을 풍요롭게 하지
이제 그들은 개를 패지도 않고, 마누라를 패지도 않지

큰 그릇에 오렌지가 가득 들어 있었다. 그는 정확히 십 초간 유혹과 싸우다가, 마침내 하나를 집어 들었다. 그는 부엌을 가로 질러 뒷문의 작은 오렌지 과수원이 있는 곳으로 나가면서 오렌지 껍질을 벗겼다. 밀러 씨는 이곳에 오래 살았기 때문에, 무슨 일 이 벌어지고 있는지를 잘 알 것이다. 그리고 그들은 이 근처 어딘 가에 있을 것이다.

이제 바다 위를 걷는 기적 따위는 아무 쓸모가 없어
신의 아들은 십자가에 못 박혔지만 나를 초롱하는 사람은 아무도 없어
난 씨발 장님과 죽어가는 자와 죽어버린 자를 건드리지 않거든
대신 매일 오후 네 시마다 씨발 머리를 감거든!

"이봐, 해리!"

누군가의 목소리가 들렸다. 오른쪽이었다. 해리는 묵직한 진 흙과 오렌지 나무를 헤치고 걸어갔다.

잭 밀러와 그의 아들 로이 밀러, 며느리인 시셀리아 밀러까지 모두가 겁에 질려 토마토를 따고 있었다. 그들은 바닥에 펼쳐둔 커다란 방수포 위에 익든 설익었든 가리지 않고 모든 토마토를 따고 있었다. 로이가 숨을 내뿜었다.

"놔두면 이대로 썩을 거요. 저것들을 안으로 들여놔주시오. 빨리. 얼른 도와주시오."

해리는 진흙 묻은 장화와, 우편 가방, 젖어버린 제복을 새삼스 럽게 쳐다봤다.

"날 그런 일로 묶어두면 안 돼요. 그건 정부 규정에 위반……."

로이가 물었다.

"해리, 이야기 좀 해보시오. 대체 지금 무슨 일이 벌어지고 있는 거요? 바깥 동네의 상황은 어떻소?"

해리가 화들짝 놀랐다.

"당신들도 모른단 말이에요?"

"우리가 어떻게 알겠소? 전화는 어제 오후부터 불통이오. 전기도 나갔고. 텔레비전도 안 되고. 그 씨발 놈의…… 욕해서 미안해, 시셀리아. 그놈의 트랜지스터라디오에서는 잡음밖에 안 나오고. 마을은 어떻소?"

해리가 털어놓았다.

"마을에 못 다녀왔어요. 어제 트럭이 뻗었거든요. 삼 킬로미터쯤 떨어진 곳에서요. 트럭 안에서 밤을 샜어요."

"흠."

로이는 미친 듯이 토마토를 따다가 잠시 손을 멋었다.

"시셀리아, 안으로 들어가서 통조림으로 만들어. 잘 익은 것만 골라서. 해리. 당신은 나와 거래를 합시다. 내가 아침과 점심 식사를 주고, 마을까지 차를 태워 주겠소. 그리고 당신이 우리 집 마당에서 무슨 노래를 불렀는지 소문내지 않겠소. 그러니 오늘은 나를 도와주시오."

"음……."

시셀리아가 말했다.

"마을까지 차도 태워다 주고, 우수 배달부 감사편지도 써줄게요."

밀러 가족은 이 계곡에서 제법 신뢰받는 사람들이다. 그들이
감사편지를 써준다면 울프가 트럭을 잃은 것을 문제 삼아 해고하
지 않을 것이다. 해리가 말했다.

"걸어가는 것보다 차를 얻어 타는 것이 훨씬 빠르겠지. 좋아
요. 그렇게 해요."

해리는 그들의 일을 돕기 시작했다.

그들은 거의 대화를 나누지 않았다. 숨 쉬는 것만도 힘들었다.
시셀리아가 샌드위치를 만들어서 가져왔다. 밀러 부자는 편히 먹
을 만큼 긴 휴식을 취하지 않고 곧바로 다시 일을 시작했다.

중간에 날씨에 대한 이야기를 잠깐 나눴다. 잭 밀러는 이 계곡
에서 오십 년을 넘게 살면서 이런 날씨는 처음이라고 했다.

시셀리아가 말했다.

"혜성이에요. 혜성 때문이에요."

로이가 말했다.

"말도 안 돼. 텔레비전 못 들었어? 혜성은 수천 킬로미터나 비
껴갔다고 했잖아."

해리가 말했다.

"혜성이 비껴갔나요? 다행이네요."

잭이 말했다.

"비껴갔다는 뉴스는 없었다네. 비껴간다는 예측만 있었지."

그는 다시 토마토 수확을 시작했다.

익은 토마토의 수확은 곧 끝났다. 이제 물러터진 것과 콩알만

하게 덜 자란 것만 남았다. 해리는 태어나서 이렇게 열심히 일한 것이 처음이었다. 그제야 지금이 늦은 오후라는 것을 깨달았다.

"그런데, 나는 지금 마을로 가야 한다고요."

잭이 말했다.

"그래, 알았어, 시셀리아, 이 친구에게 차를 태워 줘. 그리고 사료 상점에 들러서 소와 돼지 사료를 많이 사와. 빌어먹을 비 때문에 우리 사료가 다 젖었어. 다른 사람들도 사료가 필요한 것을 깨닫기 전에 먼저 사료를 사야 해. 다음 주에는 가격이 하늘을 찌를 테니까."

시셀리아가 말했다.

"다음 주에도 파는 곳이 있다면 그렇겠죠."

남편인 로이가 말했다.

"그게 무슨 소리지?"

"아무것도 아니에요."

시셀리아는 차고로 들어갔다. 젖은 청바지가 몸에 딱 달라붙었고, 모자에서 물방울이 뚝뚝 떨어졌다. 그녀는 닷지 픽업트럭을 몰고 나왔다. 해리는 좌석에 몸을 우겨넣고 우편 가방이 젖지 않도록 무릎 위에 올려놓았다. 아까 일하는 동안에도 가방을 젖지 않도록 헛간에 넣어뒀었다.

트럭은 별 어려움 없이 진흙이 덮인 진입로를 이동했다. 그들은 농장 외부의 철문 앞에 차를 잠시 세웠다. 해리가 큰 우편 가방 때문에 움직일 수 없었기 때문에 시셀리아가 차에서 내려 철문을 열었다. 그리고 다시 돌아와 운전석에 앉으면서 가방을 껴안고 있는 해리를 보며 웃었다.

차가 팔백 미터쯤 전진하자 도로에 엄청난 균열이 나타나면서 도로가 끊겼다. 균열 건너편에는 산사태로 쏟아진 엄청난 진흙이 길을 뒤덮었다. 해리는 조심스럽게 길을 쳐다봤다. 시셀리아는 후진을 했다가 차를 그대로 뒤로 돌렸다. 해리가 차에서 내려 무너진 길을 향해 걸어 나가려고 했다.

그녀가 말했다.

"당신, 걸어가지는 못해요."

해리가 대꾸했다.

"이 우편물은 반드시 배달되어야 해요. 어제도 배달을 못했거든요."

"해리, 바보같이 굴지 마요. 오늘이나 내일 도로 공사를 할 사람들이 오겠죠. 작업이 끝나기를 기다려요. 걸어서는 해지기 전에 마을에 도착할 수 없어요. 이렇게 비가 내려서는 마을 근처도 못갈 거예요. 그러니까 오늘은 집으로 돌아가요."

그녀의 말은 틀리지 않았다. 전기선은 끊어졌고 도로가 무너졌고 전화도 끊겼다. 복구 작업반이 오기는 할 것이다. 게다가 우편물 가방은 끔찍할 정도로 무거웠다.

"당신 말대로 해요."

물론 잭 밀러는 다시 그에게 농장 일을 시켰다. 해리도 예상은 했다. 그들은 어두워진 후에야 음식을 먹었다. 농부들에게 딱 어울리는 엄청난 양의 식사였다. 해리는 졸음을 참지 못해 소파에 쓰러져서 잠들었다. 잭과 로이가 그의 옷을 벗기고 담요를 덮어주는 것도 알아차리지 못하는 깊은 잠이었다.

해리가 잠에서 깨어났을 때 집은 텅 비어 있었다. 건조대에 널려 있는 제복은 여전히 축축했다. 비가 끊임없이 천장을 두들겼다. 그는 옷을 입고서 커피를 찾아 마셨다. 그때 다른 사람들이 들어왔다. 시셀리아는 햄과 팬케이크로 아침식사를 마련하고 커피도 더 끓이는 중이었다. 시셀리아는 키가 크고 체격도 좋았지만 지금은 지쳐 보였다. 로이는 걱정스럽게 그녀를 쳐다보고 있었다. 시셀리아가 말했다.

"괜찮아요. 남자들끼리 하던 일을 도와가면서 집안일까지 하려니까 일이 좀 많은 것뿐이에요."

잭이 말했다.

"이제 수확은 거의 끝났어. 정말이지 이런 비는 처음이군."

잭의 목소리는 조심스러웠다. 아마 종교적 경외심 때문일 것이다.

"기상청 개자식들은 날씨 경보를 제대로 하는 일이 없어. 반짝이는 날씨 위성만 띄워놓으면 다라는 건가?"

해리가 말했다.

"어쩌면 혜성 때문에 망가졌을 수도 있죠."

잭이 노려봤다.

"혜성이라니. 혜성은 그냥 자연현상일 뿐이라고. 지금은 이십 세기야. 이십 세기답게 말하라고."

"나도 그러고 싶었어요. 그런데 그냥 지금처럼 살려고요."

시셀리아가 해리에게 부드럽게 미소를 보냈다. 그러자 기분이 조금 나아졌다.

"아무튼 나는 우편배달에 최선을 다할 거예요."

로이가 믿을 수 없다는 듯 말했다.

"이 상황에서 말인가? 농담이겠지?"

해리가 어깨를 으쓱했다.

"할 일은 해야죠."

잭과 로이는 양심의 가책을 느끼는 표정으로 서로 마주봤다. 잭이 말했다.

"길이 끝나는 곳까지 태워다 주겠네. 어쩌면 도로 수리반이 벌써 투입됐을지도 모르지."

"고마워요."

도로 수리반 따위는 오지 않았다. 밤사이에 산등성이에서 더 많은 흙이 무너져 있었다. 잭이 말했다.

"그냥 우리 집에 머물지 그래. 도움이 될 텐데."

"고마워요. 마을에 가서 당신 집에 머물면 농사일은 정말 하나도 안 시킨다고 이야기할게요."

"좋아, 잘 가게. 행운을 비네."

"그래요!"

그는 도로의 균열을 가로지르고 흙무더기를 간신히 넘어갔다. 무거운 우편 가방이 어깨를 짓눌렀다. 가방은 가죽이었고 윗부분에 비닐을 덮은 덕택에 물이 스며들지 않았다. 그나마 다행이지.

편지가 물에 젖으면 무게가 십여 킬로그램은 더 늘어나서 훨씬 더 힘이 들겠지.

"그리고 편지를 읽기도 불편해질 거야."

해리는 큰 소리로 말했다.

그는 길 위에서 미끄러지고 자빠지기를 반복하다가 밀러의 집에 두고 온 나무 지팡이를 대신할 새 지팡이 하나를 주웠다. 아래쪽에 잔뿌리가 너무 많았지만 덕택에 짚고 서기는 더 편했다.

"이거 딱이네."

해리는 비를 몰고 다니는 바람을 향해 고함을 지르면서 큰 소리로 웃었다.

"하지만 이렇게 걷는 건 농사일보다 더 힘든걸."

비 때문에 해리의 시계도 멈췄다. '샤이어'에 도착했을 때 그는 열한 시를 조금 넘었을 것이라고 짐작했는데, 실제로는 이미 두 시가 되어 있었다.

그는 어느 사이 고지대에서 평지로 내려왔다. 더 이상 길이 끊어진 곳은 없었지만, 길에 덮인 진흙이 많아져서 곧 모든 길이 시야에서 사라졌다. 진흙이 덮인 모양을 보고서 길이라고 짐작할 뿐이었다. 흠뻑 젖은 제복이 몸에 달라붙어 살갗이 쓸리는 게 느껴졌다. 젖은 옷과 신발에 달라붙은 진흙 때문에 움직이기 불편했다. 하지만 이런 힘든 상황치고 꽤 빨리 왔다고 자위했다.

누군가에게 차를 얻어 탄다면 배달을 빨리 마칠 수 있을 텐데. 하지만 샤이어에서는 차를 얻어 타기 힘들겠지. 해리는 샤이어의 통나무 울타리를 따라 걸었지만 사람은 한 명도 보이지 않았다. 밭에도 사람이 없었다. 뭘 재배하던 밭인지 모르겠지만 수확도 하지 않았다. 뭘 심긴 심었던 것은 맞나? 해리는 농사일을 잘 몰랐기 때문에 아무것도 알아볼 수 없었다.

문은 견고했다. 새로 달아놓은 맹꽁이자물쇠는 크고 반짝였다. 그리고 우편함은 마치 차에 부딪힌 듯 뒤로 45도 꺾여서 넘어가 있었다. 우편함 안에는 물이 가득 고여 있었다.

해리는 짜증이 났다. 샤이어에 배송할 우편물이 여덟 통이나 되는데, 하나같이 두껍고 부피가 큰 마닐라 봉투에 들어 있었다. 그는 고개를 뒤로 젖히고 크게 소리쳤다.

"이봐요, 편지 왔어요!"

집 안은 어두웠다. 여기도 전기가 나갔나? 아니면 이곳의 주인인 휴고 벡과 그의 수상한 손님들이 시골 생활에 진력이 나서 모두 도망쳤을까?

이곳, 샤이어는 히피 공동체의 이름이었다. 마을 사람들은 이곳이 히피 공동체라는 사실 이외에는 자세한 내용을 거의 몰랐다. 샤이어는 계곡 사람들과 교류가 전혀 없었다. 해리만은 직업적 특권 덕택에 휴고 벡과 그 외 사람들을 몇 번 만났었다.

휴고 벡은 삼 년 전 그의 삼촌과 숙모가 교통사고로 죽은 후 이곳의 대지를 상속받은 사람이었다. 그 전까지 이곳의 이름은 '쇠스랑 목장'이었는데, 아마 가축용 낙인의 이름을 딴 것 같았다. 장례식에 처음 참석한 휴고 벡은 열여덟 살에 어깨까지 장발을 늘어뜨리고 수염이 없는 포동포동한 소년이었다. 그는 이곳을 둘러보더니 가축 대부분을 팔아치우고 떠났다가 한 달 후 많은 히피와 함께 돌아왔다. 그 히피가 몇 명이었는지는 사람마다 조금씩 말이 달랐다. 그들은 유산 덕택에 안락하게 살 만큼의 돈이 있었다. 물론 샤이어가 성공적인 사업장은 아니었다. 그들은 농장이지만 아무것도 팔지 않았다. 하지만 몇 가지 작물을 재배한 것 같기는 했다. 마을에서 사가는 것이 많지 않기 때문에 짐작할 수 있었다.

해리는 고함을 질렀다. 정문은 열려 있었고 사람 그림자가 문 근처에서 어른거렸다. 저건 토니군. 해리는 토니를 잘 알았다. 말라빠지고 햇볕에 타서 까무잡잡했는데 웃을 때면 희고 가지런한 이빨을 드러내는 소년이었다. 그는 평소처럼 셔츠 없이 울 조끼를 입고 광부용 모자를 썼으며 청바지와 샌들 차림이었다. 그는 문 건너편에서 해리를 보고 말했다.

"무슨 일 있어요?"

그는 큰비가 오는 이런 날씨가 전혀 당황스럽지 않은 기색이었다.

"오늘 소풍은 취소됐어요. 그 이야기 전해주러 왔어요."

토니는 농담을 얼른 알아듣지 못하다가, 잠시 후 웃음을 터뜨렸다.

"소풍이라고! 하하, 그거 재미있군. 내가 가서 말해줄게요. 전부 다 집 안에서 빈둥거리고 있으니까요."

"자, 여기 편지요."

해리가 우편물을 건넸다.

"그런데 우편함이 부서졌네요."

"그런 건 이제 상관없을 거예요."

토니는 마치 은밀한 농담을 하는 듯 미소를 지었다.

해리는 그 미소를 신경 쓰지 않았다.

"누가 나를 마을까지 태워다 줄 수 있을까요? 트럭이 부서져서……."

"미안한데 그건 안 돼요. 비상 상황을 대비해서 연료를 아껴야 하니까."

저 녀석은 대체 이 상황이 비상 상황이 아니라고 생각하는 걸까? 해리는 화를 참았다.

"이런 게 삶이군요. 별 수 없죠, 샌드위치 하나만 줄래요?"

"안 되죠! 기근이 다가오고 있는데. 우리 것만도 챙기기 힘들어요."

해리는 마침내 화를 냈다.

"무슨 소리 하는지 모르겠군요."

토니가 말했다.

"해머가 충돌했어요. 이제 기득권층은 끝장이지. 더 이상 징병도 없고, 세금도 없어요. 전쟁도 없고, 마리화나 때문에 감옥에 갈 일도 없어요. 멍청이와 사기꾼 중 하나를 대통령으로 선출할 필요도 없어요."

토니는 젖은 모자 아래에서 흐릿한 웃음을 지었다.

"더 이상 재활용의 날도 없어요. 처음 문 앞에서 우편배달부를 봤을 때 미쳐버리는 줄 알았었는데."

토니는 그때 실제로 미친 것처럼 날뛰었다. 해리는 그 이야기를 화제로 삼고 싶지 않았다.

"휴고 벡을 데려올 수 있어요?"

"아마도."

토니가 집 안으로 들어갔다. 저 안에도 누군가가 있었나? 토니 정도면 결코 위험하다는 느낌이 들지 않는다. 하지만 만약 토니가 원거리에서 사용할 수 있는 총 같은 물건을 들고 나온다면 사슴처럼 달아나야지.

그때 여러 명이 밖으로 나왔다. 그중 여자 하나는 우비를 걸쳤고, 나머지 사람들은 수영복 비슷한 복장이었다. 날씨를 생각하면 수영복을 입은 것이 이상하지 않다. 이런 날씨에 젖지 않기를 바라는 것은 비현실적이다. 토니, 휴고 벡, 어깨가 넓고 엉덩이가 펑퍼짐하며 스스로를 갈라드리엘*이라고 부르는 여자, 이름을 모르는 과묵한 덩치 한 명, 그리고 처음 보는 사람 몇 명. 그들은 문 앞에 모여서 흥미로운 표정을 지었다.

해리가 물었다.

"이게 대체 무슨 상황이죠?"

휴고 벡의 투실투실한 살은 지난 삼 년간 근육으로 바뀌었지만, 여전히 그는 농부 같은 모습은 아니었다. 고급 샌들과 수영복 차림이라서 그럴 것이다. 아니면 그가 문에 기대선 모습이 소설가 제이슨 질커디가 한 손으로 손짓하며 서 있는 모습과 비슷

---

* J.R.R. 톨킨의 세계관 속 중간계의 엘프 여왕.

하기 때문에 그런 느낌이 들었을지도 모른다. 휴고가 말했다.

"해머가 충돌했소. 어쩌면 당신은 우리가 만나는 마지막 우편 배달부일지도 모르겠군. 무슨 뜻인지 잘 생각해보시오. 이제는 구입할 수도 없는 물건에 대한 광고 따위를 배달할 필요가 없을 거요. 채권 추심업체의 친절한 안내문도 마찬가지지. 이제 제복 따위는 벗으시오, 해리. 기득권층은 끝장났소."

"혜성이 지구에 충돌했나요?"

"맞아요."

해리는 그 말을 믿어야 할지 말아야 할지 알 수 없었다. 그런 이야기를 듣기는 했지만…… 하지만 혜성 따위는 아무것도 아니잖아. 혜성이란 진공 속을 떠다니는 먼지 덩어리에 불과하다. 빛을 반짝이는 하늘 위의 물체, 언덕 위에서 여자 친구와 함께 감상하기 좋은 아주 아름다운 물체일 뿐 아닌가? 하지만 이 비는? 대체 이 비는 왜 내리는 건가?

"그래서. 나도 기득권층의 일원인가요?"

"입고 있는 것이 공무원 제복 아니오?"

휴고가 말하자 다른 사람들이 웃었다.

해리는 눈을 내리깔았다.

"그런 이야기는 오늘 처음 들었죠. 아무튼 좋아요. 먹을 것도 줄 수 없고, 차를 태워줄 수도 없는 거죠?"

"이젠 연료가 없소. 영영 없을지도 몰라. 이 비 때문에 대부분의 농작물이 떠내려갈 거요. 모르겠소, 해리?"

"예, 알겠어요. 그러면 손도끼 좀 15분만 빌려주겠어요?"

"토니, 가서 도끼 좀 가져와."

토니가 집 안으로 들어갔다. 휴고가 물었다.

"도끼로 뭘 할 거요?"

"내 지팡이에서 잔뿌리 좀 잘라 내려고요."

"그런 다음에는?"

토니가 금세 손도끼를 가지고 돌아왔기 때문에 해리는 굳이 대답할 필요가 없었다. 해리는 작업을 시작했다. 사람들이 그가 작업하는 모습을 지켜봤다. 잠시 후 휴고가 다시 물었다.

"이제 뭘 할 거요?"

해리가 대답했다.

"편지를 배달해야죠."

연약한 금발 소녀가 말했다.

"대체 왜요? 모든 것이 끝났잖아요. 더 이상 우편물은 없을 거예요. 이제는 〈플레이보이〉 잡지도 없고, 세금 납부 통지서도 없고, 투표 안내서 따위도 없어요. 그러니까 당신은 자유예요. 제복 따위는 벗어버리고 같이 춤을 추자고요!"

"추워요. 발도 아프고."

"한 대 피워요."

과묵한 거한이 모자로 비를 가리면서 마리화나를 섞은 두꺼운 담배 한 대를 건넸다. 다른 사람들의 얼굴에 불만스러운 표정이 떠올랐지만 아무도 말을 하지 않았기 때문에 해리는 담배를 받아들었다. 그는 자신의 모자로 비를 가리면서 불을 붙였다.

이 사람들 여기서 마리화나도 재배했나? 해리는 묻지 않았다.

하지만······.

"이제 앞으로는 종이를 구하기도 어려워지겠네요."

그들은 서로를 쳐다봤다. 그런 생각은 해보지 않았던 모양이었다.

"자, 이 마지막 우편물을 잘 간수해요. 더 이상 재활용의 날은 없을 테니."

해리는 손도끼를 다시 건네주면서 말했다.

"잘 썼어요. 담배도 잘 피웠어요."

그는 잘 다듬은 나무 지팡이를 다시 들어올렸다. 훨씬 가벼워졌고, 균형도 맞았다. 그는 가방의 어깨끈에 팔을 밀어 넣었다.

"편지는 무조건 배달해야죠. 비가 오든, 눈이 오든, 한낮의 폭염도, 깊은 밤의 어둠도, 그 무엇도 핑계가 될 수 없으니······."

휴고가 물었다.

"세계의 종말이라면?"

"내 생각에 그쯤 되면 선택의 여지가 있을 것 같아요. 그리고 내 선택은, 배달하는 쪽이고요."

우편배달부: 두 번째

이탈리아와 미국의 우편 체계에서 공통적으로 결핍된 것은 다음과 같다.

- 비효율성에 따른 배달 지연
- 시대착오적인 조직 구조
- 직원 개개인의 업무 효율 저조 및 저임금
- 높은 파업률
- 매우 높은 운영 적자

— 로베르토 바카, 『다가오는 암흑시대』

캐리 로만은 해리의 또래지만 해리보다 덩치가 두 배쯤 큰 아들 둘과 함께 사는 중년 여자였다. 캐리의 덩치도 그 아들만큼 컸다. 세 명의 유쾌한 거인들이 사는 그 집에서 해리는 종종 커피를 마시며 쉬곤 했다. 예전에 해리의 트럭이 고장 났을 때 그들이 마을까지 차를 끌어준 적도 있었다.

해리는 약간 기대하며 그들의 집 앞에 다다랐다. 문에는 물론 커다란 자물쇠가 채워져 있었다. 해리는 벨을 누르고 잠시 기다렸다.

비가 무정하고도 점잖게 쏟아졌다. 만약 물방울이 땅에서 하늘로 솟구쳐 올라간다면? 그런다고 해도 아마 알아차리지 못할 것이다. 지금 주변에는 오직 물뿐이다.

모두 어디를 갔나? 그러고 보니 당연히 이곳에도 전기가 끊겼을 것이다. 그는 시험 삼아 다시 벨을 눌러봤다.

그 순간, 나무 뒤 한쪽 구석에 숨어 있던 누군가가 몸을 낮게 숙이고 뛰쳐나오더니 수풀 뒤로 숨었다. 짧은 순간이지만 분명히 봤다. 그런데 그 그림자는 뭔가를 들고 있었다. 삽 아니면 총이었다. 그리고 이 집의 가족이라기에는 체구가 너무 작았다.

해리는 급히 명랑한 목소리로 외쳤다.

"편지 왔어요!"

이 집에서는 대체 무슨 일이 벌어지고 있는 건가?

순간 총성이 들렸고, 동시에 그의 우편 가방의 귀퉁이를 누군가가 잡아당기는 듯한 느낌이 들었다. 해리는 납작 엎드렸다. 다시 한 번 총성이 들렸고, 가방이 한 번 더 들썩였다. 22구경 권총 같다. 이런 계곡에서 굉장히 위협적인 총은 아니다. 해리는 몸을 나무 뒤에 숨겼다. 숨소리가 아주 크게 들리는 느낌이었다.

해리는 가방을 벗은 후 쪼그려 앉아서 그 집에 온 우편물 네 개를 고무줄로 묶었다. 그리고 몸을 웅크렸다가 순간적으로 우편함을 향해 달려가서 우편물을 밀어 넣고, 총격을 피했던 엄폐물 뒤로 돌아왔다. 해리는 우편 가방 옆에서 숨을 헐떡이면서 이제 어떻게 해야 할지를 고민했다. 해리는 경찰이 아니다. 무기도 없고, 로만 가족을 도울 다른 방법도 없다. 전혀 없다!

이제 길을 걸어서 나갈 수도 없다. 엄폐물이 없으니! 반대편의 배수로는 어떨까? 물이 가득 차 있겠지만, 현재로서는 그 길이 최선이다. 힘껏 달려서 길을 건넌 다음 손과 무릎으로 기어서……

하지만 그러면 우편 가방을 두고 가야 한다.

안 될 건 뭐지? 지금이 장난칠 상황도 아니지 않은가. 해머가 충돌했으니 이제 더 이상 우편물을 배달할 필요는 없다. 그걸 배달한다고 무슨 도움이 될까. 하지만 해리는 그렇게 생각하지 않기로 했다.

해리는 크게 말했다.

"고등학교 내내 열심히 공부해서 좋은 성적을 받고도 대학교에서 쫓겨나고, 잡았던 직장마다 매번 쫓겨나고……."

그리고 우편배달부가 됐지. 제기랄! 그는 무거운 가방을 번쩍 들고 다시 몸을 웅크렸다. 이제 저쪽 편은 조용해졌다. 누군지 모르지만, 그가 가까이 오지 못하도록 총을 쏜 게 아니었을까?

해리는 깊이 숨을 들이쉬었다. 한 번 해보자. 너무 오래 생각하다가는 겁에 질려서 시도조차 못하게 된다. 그전에! 그는 단숨에 도로를 건너 도랑으로 몸을 던졌다. 다시 한 번 총성이 있었지만, 총탄이 근처로 날아온 것 같지는 않았다. 해리는 배수구에 몸을 던지고 우편 가방이 물에 젖지 않도록 등에 얹은 다음, 반쯤은 기고 반쯤은 수영을 하며 앞으로 움직였다.

더 이상 사격은 없었다. 고맙습니다, 주님! 이제 이 길을 따라 팔백 미터 정도 더 가면 '무초스 놈브레스' 목장이 있다. 그곳 사람들은 총이나 전화를 가지고 있겠지……. 전화기가 작동하고 있을까? 샤이어에서 들었던 말은 공신력 있는 정보가 아니다. 샤이어의 히피들은 확신하고 있었지만 말이다.

해리가 중얼거렸다.

"정말로 필요할 때는 경찰이 나타나지 않는 법이지."

무초스 놈브레스 목장에 도착하면 아주 조심스럽게 들어가야 한다. 주인은 지금 신경이 곤두서 있을지 모른다. 아직 신경이 곤두서지 않았다고 하더라도 해리의 등장과 함께 곤두서게 될 것이다!

저녁 무렵이 되어서야 해리는 무초스 놈브레스 목장에 도착했다. 아까보다 거세진 비가 사선으로 내렸고, 번개가 새카만 하늘 위를 이리저리 가로질렀다.

무초스 놈브레스 목장은 십이만 제곱미터 정도 되는 언덕배기의 목초지였고, 여기저기에 흰색 바위들이 점점이 솟아 있었다. 이 목장은 네 사람이 공동으로 소유한 목장이었는데, 각각의 사람들이 가족들을 데리고 사 주에 한 번씩 휴가를 즐기듯이 찾아왔다. 때로는 순서를 바꾸기도 했고, 또 다른 손님을 데려오기도 하면서 말이다. 주인이 너무 많아 이름을 하나로 합의하기 어려웠기 때문에 결국 무초스 놈브레스 목장이라는 이름으로 결정했다.* 네 사람의 주인 중 해리에게 친근하게 커피를 대접해주는 사람은 둘밖에 없었기 때문에 해리로서는 불쑥 들어갈 수가 없었다. 지금이 누구 차례인지 알 수 없었다.

오늘 해리가 불쑥 들어갈 수 없는 것은 조금 다른 이유다. 조심해야 하는 날이기 때문이다. 그는 큰 소리로 '편지 왔어요!' 하고 외친 후, 응답이 없을 것을 예상하면서도 잠시 기다렸다. 그

---

* Muchos Nombres는 '많은 이름'이라는 스페인어.

리고 문을 활짝 열고 안으로 들어갔다.

그는 마치 오래된 무덤에서 꺼낸 물건에 다가가듯 머뭇거리며 문 앞에 섰다. 그리고 문을 두드렸다. 곧 문이 열렸다.

해리가 말했다.

"편지 왔어요. 안녕하세요, 늦어서 죄송합니다. 하지만 위급한 상황이 있었어요."

문 건너편의 남자는 손에 자동 권총을 들고 있었다. 그는 해리를 꼼꼼히 살펴봤다. 그의 뒤에서는 촛불이 춤을 추고 있었고, 잔뜩 경계하고 있는 사람들이 여러 명 보였다. 도리스 릴리가 말했다.

"앗, 해리! 괜찮아요, 빌. 저 사람은 우편배달부 해리예요."

빌이 총을 내렸다.

"그렇군. 반갑소, 해리. 안으로 들어오시오. 위급한 상황이라는 것이 뭐요?"

해리는 비를 피해 안으로 들어갔다. 문고리 옆에 산탄총을 들고 서 있는 사람이 보였다. 해리는 두 권의 잡지를 내려놓았다. 무초스 놈브레스 목장에서 정기적으로 받아 보는 잡지였다.

"우편물 여기 있어요. 캐리 로만의 집에 갔는데 누군가가 나한테 총을 쐈어요. 내가 아는 사람이었다면 그랬을 리가 없죠. 어쩌면 그 사람들이 곤경에 처해 있을 수도 있어요. 혹시 전화가 되나요?"

빌이 말했다.

"아니, 안 되오. 그리고 이 밤에 거기를 가볼 수도 없겠지."

"그래요. 그리고 내 트럭이 언덕에서 망가졌는데, 어디였는지 전혀 기억할 수가 없어요. 혹시 오늘 밤에 소파라도, 아니, 카펫이라도 빌려줄 수 있나요? 그리고 먹을 것 있나요?"

망설이는 것이 눈에 보였다. 빌이 말했다.

"카펫밖에 없소. 그리고 수프와 샌드위치면 되겠소? 우리도 음식이 좀 모자라니까……."

해리가 말했다.

"낡은 구두를 줘도 먹을 수 있어요."

빌은 캔에 든 토마토 수프와 그릴 치즈 샌드위치를 내놓았는데, 천국의 맛이었다. 샌드위치를 먹는 동안 그는 사람들의 이야기를 들었다. 프리하퍼 일가는 화요일에 여기서 떠나려다가 갑자기 하늘이 미쳐버리는 바람에 주저앉았고, 릴리 가족은 휴일을 즐기기 위해 손님 부부와 두 아이를 데려왔고, 세계의 종말이 오락가락하고 있었고, 로덴베리 일가는 소파에서 잠을 잤고, 그들 중 누구도 마을의 슈퍼마켓까지 갈 엄두를 내지 못하고 있고…….

해리가 물었다.

"세상의 종말이라니요?"

그들은 해리가 배달해온 잡지를 펼쳐서 보여줬다. 잡지는 젖었지만 아직 읽을 만했다. 잡지에는 칼 세이건과 아이작 아시모프와 찰스 샤프의 인터뷰 기사가 있었고, 또 행성 충돌의 개념을 설명하는 그림도 있었다.

"모두가 이 행성이 비켜갈 거라고 생각했지."

빌 프리하퍼가 말했다.

노먼 릴리가 말했다.

"그리고…… 비켜가지 않았지."

그는 옛날에 미식축구 선수였다가 현재는 보험회사의 임원인데, 여전히 운동을 해서 등과 어깨가 넓었다.

"자, 이제 어떻게 하지? 만약을 위해 준비해둔 씨앗과 농기구는 있소. 하지만 농업 교본 같은 책은 한 권도 없소. 해리, 당신 혹시 농사에 대해서 아는 것 있소?"

"아니오. 없어요. 그런데, 여러분, 저는 오늘 굉장히 힘든 하루였어요."

노먼이 말했다.

"알겠소. 초를 낭비할 이유도 없지."

모든 침대와 담요와 소파가 사용 중이었기 때문에 해리는 카펫 위에 노먼의 커다란 목욕 가운 세 장을 펼쳐 드러눕고 머리에 의자 쿠션을 베었다. 충분히 편한 잠자리였지만, 자기도 모르게 잠결에 계속 몸을 비비꼬았다.

루시퍼의 해머? 세계의 종말? 해리는 총탄이 우편 가방을 꿰뚫는 와중에 무거운 가방을 메고 진흙 밭을 기는 악몽을 꿨다. 하지만 그 악몽은 사실 현실이었다.

해리는 일어난 후 날짜를 꼽아 봤다. 첫날에는 트럭에서 잠을 잤다. 둘째 날에는 밀러 가족의 집에서 잤고, 어제는 세 번째 밤이었다. 사무실에 마지막으로 들른 것이 벌써 사흘이나 지났다.

의심할 바 없는 세상의 종말이다. 그렇지 않았다면 울프가 눈에 핏줄을 세우고서 그를 찾아냈을 것이다. 전기는 여전히 들어오지 않는다. 전화도 불통이다. 도로수리반 따위는 없다. 그러니 해머가 충돌한 거다. 세상이 끝난 거다. 정말 그런 거다.

"벌떡 일어나세요!"

도리스 릴리가 쾌활한 목소리로 외쳤다. 하지만 너무 인위적인 목소리다. 아무튼 도리스는 계속 노래하듯 사람들을 깨웠다.

"벌떡 일어나세요! 벌떡 일어나서 아침을 먹지 않으면 전부 내다 버릴 거예요."

아침 식사는 충분하지 않았다. 그들은 정말 너그럽게도 해리에게도 음식을 나눠줬다. 노먼의 아이들은 여덟 살과 열 살이었다. 아이들 중 하나는 텔레비전이 나오지 않는다고 불평했지만 누구도 관심을 기울이지 않았다.

빌이 말했다.

"이제 어떻게 하지?"

도리스가 말했다.

"음식을 구해야죠. 먹을 것을 찾아야 해요."

빌이 물었다.

"어디로 가면 좋을지 제안해봐."

전혀 비꼬는 말투가 아니었다.

도리스가 어깨를 으쓱했다.

"마을로 가볼까요? 어쩌면 우리 생각만큼 상황이 나쁘지 않을 수도 있어요."

필이 말했다.

"나 텔레비전 보고 싶어요."

도리스가 대충 대꾸했다.

"텔레비전은 안 나온단다."

그녀는 말을 이었다.

"마을로 가서 상황을 확인하는 쪽에 한 표 던지겠어요. 가는 길에 해리에게 차도 태워주고……."

필이 소리 질렀다.

"텔레비전 빨리!"

노먼이 말했다.

"시끄러워!"

필이 다시 소리 질렀다.

"빨리!"

찰싹! 노먼의 커다란 손이 아들을 때렸다.

"노먼!"

그의 부인이 부르짖었고, 아이는 비명을 질렀다. 아프다기보다 놀라서였다.

"아이들을 때린 적은 없었잖아요."

노먼이 조용하고도 단호하게 말했다.

"필. 이제 모든 것이 달라졌단다. 너도 분명히 이해해야 해. 내가 조용히 하라고 말하면, 너는 조용히 해야 해. 네 여동생도 마찬가지야. 이제부터 많은 것을 배워야 하고, 배우는 즉시 실천해야 해. 이제 다른 방으로 가거라."

아이들이 잠시 망설였다. 노먼이 다시 손을 들어 올리자 아이들이 움찔하더니 달아났다.

빌이 말했다.

"조금 과격하군요."

노먼이 멍하게 말했다.

"그렇소, 빌. 그런데, 먼저 위기에 처한 이웃부터 살펴봐야 되지 않겠소?"

"그건 경찰이 해야지."

빌이 말을 멈추었다.

"음. 경찰이 아직 어딘가에 있겠지?"

노먼이 물었다.

"그렇겠지. 그럼 경찰은 누구의 지시를 받을까?"

노먼이 해리를 바라봤다. 해리가 어깨를 으쓱했다. 시장도 있고 샌호아킨의 보안관도 있지만 이 비 때문에 모두 물에 잠겼을 것이다. 해리가 말했다.

"상원의원님 아닐까요?"

빌이 말했다.

"아, 그래, 젤리슨 상원의원이 저 언덕에 사는군. 어쩌면 우리가 할 일은…… 젠장. 모르겠소. 노먼. 우리 뭘 해야 하는 거요?"

노먼이 어깨를 으쓱했다.

"아무튼 이웃부터 살펴봐야 할 거요. 해리, 당신은 그 사람들을 아시오?"

"예."

"우리에게는 차가 두 대 있소. 빌, 당신은 사람들을 모두 마을로 데려다 주시오. 해리, 당신하고 나는 가서 그 집을 살펴보는 거요. 어떻소?"

해리가 어깨를 으쓱했다.

"그 집에 편지 배달은 벌써 마쳤는데."

빌이 말했다.

"오, 주여."

노먼이 큼직한 손으로 그를 잡았다.

"당신 말이 맞소. 하지만 이렇게도 생각해봅시다. 해리, 당신은 우편배달부요."

"그렇죠."

"우편배달부는 정말 중요한 직업이지만 앞으로는 우편물이 없을 거요. 편지도 없고, 잡지도 없겠죠. 하지만 앞으로도 사람들 사이에 말을 전해주는 사람은 있어야 할 거요. 다른 사람과 통신을 책임지는 역할을 담당하는 사람 말이오. 내 말 맞소?"

해리가 동의했다.

"그렇겠죠."

"좋아요. 그래서 당신은 앞으로도 중요한 사람이 될 거요. 지금보다 더 중요한 사람 말이오. 자, 그런 의미에서 이제 혜성 충돌 후 당신의 첫 번째 임무요. 우리가 로만 가족에게 보내는 메시지를 전해주시오. 우리는 로만 가족을 도울 수만 있다면 도울 의사가 있소. 그들은 우리의 이웃이니까. 하지만 우리와 그들은 서로 얼굴을 모르는 사이요. 만약 그들이 곤란한 상황에 처해 있다면 낯선 사람을 경계하고 있겠지. 그러니 누군가가 그들에게 우리를 소개시켜줘야 하오. 자, 이 정도면 중요한 임무 아니오?"

해리는 그의 말을 곰곰이 생각해봤다. 그건 말이 되는 이야기였다.

"일이 끝난 다음에 저한테 차를 태워줘야 해요."

"물론이오. 갑시다."

노먼이 나가더니 엽총과 자동 권총을 들고 돌아왔다.

"해리, 당신은 둘 중 어느 걸 쓰겠소?"

"아니, 나는 총은 들지 않을 거예요. 잘못된 인상을 줄 수도 있으니까."

노먼이 고개를 끄떡이고 테이블에 권총을 내려놓았다.

빌이 뭔가 말하려고 했지만, 릴리가 눈빛으로 막았다.

"좋소. 해리, 갑시다."

노먼이 말했다.

해리는 차에 우편 가방을 실었다. 그들은 차에 올랐다. 그들이 출발한 후, 해리는 가방을 쓰다듬고 반쯤 웃으면서 말했다.

"노먼, 당신은 날 비웃지 않네요?"

노먼이 말했다.

"인생의 목표를 가진 사람을 어떻게 비웃을 수 있겠소."

그들은 로만의 집 앞에 차를 세웠다. 우편함에 뒀던 우편물은 사라졌고 자물쇠는 여전히 그 자리에 있었다.

해리가 물었다.

"자, 이제 어떻게 할까요?"

"좋은 질문……."

그 순간 총탄이 노먼의 가슴을 뚫었다. 노먼은 한 번 펄쩍 뛰더니 절명했다. 해리는 충격에 빠져서 다시 배수구로 달려갔다. 그는 배수구에 몸을 던지고 물 위로 몸을 숙였다. 우편 가방이 젖든 말든 아무것도 신경 쓰지 않았다. 그는 다시 무초스 놈브레스를 향해 달려갔다.

그의 앞에서 뭔가 소리가 들려왔다. 구부러진 길 바로 앞쪽이다. 뒤에서 누군가가 쫓는 소리가 들렸다. 이번에는 그를 도망가게 놔줄 생각이 없는 것 같았다. 그는 절망 속에서 배수구의 둑을 기어올라 가파른 언덕을 향해 달렸다. 우편 가방은 덜렁거리며 그의 곁을 따라왔다. 신발의 진흙 때문에 한 번 미끄러졌다. 그는 바닥을 붙잡고 앞으로 기어나갔다.

탕! 아주 큰 총성이 울려 퍼졌다. 어제 들었던 22구경 총성보다 훨씬 요란했다. 산탄총일 것이다. 해리는 계속 전진했다. 곧 첫 번째 고개에 다다랐고, 그곳을 바로 넘어갔다.

뒤에서 누군가가 계속 따라오는지는 알 수 없었다. 알고 싶지도 않았다. 이제 다시는 돌아가지 않을 것이다. 갑작스런 총에 맞고 놀란 노먼의 표정이 머릿속에서 지워지지 않았다. 그 거구의 사내가 곧바로 숨을 거뒀다. 경고도 없이 총을 쏜 그 사람들은 대체 누구였을까?

언덕은 점점 경사가 급해졌지만, 대신 바닥이 진흙이 아닌 돌이라서 미끄럽지 않았다. 우편 가방은 아까보다 무거워졌다. 안에 물이 들어갔나? 아마 그렇겠지. 그런데 왜 굳이 이걸 들고 다녀야 하나.

왜냐하면, 이것이 편지니까 그렇지, 이 멍청한 자식아! 해리는 스스로에게 말했다.

'치킨 목장'은 LA에서 근무하다가 은퇴한 노부부의 소유였다. 그 목장은 완전 자동화되어 있었다. 닭은 몸이 꼭 끼는 닭장에 늘어서 있었고, 달걀은 닭장 밖으로 굴러 나와 컨베이어 벨트로 자동 운반되었다. 다른 컨베이어 벨트에서는 사료가 회전하고 있었고, 물은 끊이지 않고 공급되었다. 그곳은 목장보다 공장에 가까웠다.

어쩌면 그곳은 닭에게는 천국 같은 곳일지도 모른다. 모든 문제가 해결되었고 아무런 분쟁도 없다. 닭은 그다지 똑똑하지 않다. 그들은 먹고 싶은 만큼 먹을 수 있고, 코요테로부터 보호받을 수 있고, 보금자리도 가질 수 있다. 자동화 시스템 덕택에 보금자리가 깨끗하게 유지되기까지 한다. 하지만 그것은 정말 지루한 생존이다.

치킨 목장은 언덕을 하나 더 넘어가면 있다. 그런데 해리가 목장에 도착하기 전에 닭들이 보였다. 비와 젖은 풀잎 사이에서 많은 닭들이 방황하면서 흙바닥과 풀숲을 쪼거나 해리의 신발을 쪼면서 끽끽거렸다. 마치 해리에게 지시를 내려달라는 것 같았다.

해리는 걸음을 멈췄다. 뭔가가 아주 잘못 돌아가고 있다. 노부부가 닭이 마음대로 돌아다니도록 풀어줬을 리는 없다.

여기도? 여기에도 개자식들이 있는 걸까? 해리는 언덕 옆에서 부르르 떨었다. 닭이 해리의 주변으로 모여들었다.

무슨 일이 일어났는지 먼저 확인해야 했다. 그것은 이제 직업의 일부였다. 그는 앞으로는 현장 기자이고 우편배달부이고 마을의 소식통이고 메시지를 전달하는 사람이었다. 그 역할이 없다면 존재가 무의미하게 된다. 그는 닭 사이에서 두려움에 떨다가, 마침내 아래의 닭장으로 발걸음을 옮겼다.

사료가 헛간 바닥에 어지럽게 흩어져 있었다. 남은 사료는 거의 없었고, 모든 닭장이 열려 있었다. 이건 사고가 아니다. 해리는 끽끽거리는 닭을 헤치고 축사 끝까지 가봤다. 아무것도 없었다. 해리는 밖으로 나와서 집으로 향했다.

집의 문은 열려 있었지만 사람을 불러도 아무 대답이 없었다. 마침내 그는 집 안으로 들어갔다. 집 안에는 흐린 빛이 비치고 안에는 커튼이 드리워져 있었지만 인공적인 조명은 켜져 있지 않았다. 그는 계속 앞으로 걸어갔다. 곧 거실이 나왔다.

노부부는 거기에 있었다. 그들은 크고 푹신한 의자에 앉아서 두 눈을 뜨고 있었지만 움직이지는 않았다.

노인의 관자놀이에는 총탄의 흔적이 있었다. 그의 두 눈은 불룩 튀어나와 있었고, 손에는 작은 권총이 쥐어져 있었다. 그리고 노파는 총상이 없었다. 심장 마비였을까? 이유를 알 수는 없지만 고통의 흔적이 없는 평화로운 죽음이었다. 그녀의 옷은 단정하게 매만져져 있었다. 그녀는 아무것도 나오지 않는 텔레비전 화면을 바라보고 있었다. 노파가 죽은 것은 이틀, 어쩌면 그보다 며칠 더 지난 것 같았다. 그리고 노인은 머리에서 흐른 피가 아직 마르지 않았으므로 아마 죽은 것은 오늘 아침 정도일 것 같았다.

남아 있는 메모지나 유서 등은 없었다. 굳이 이 상황에 대해 설명을 해줘야 할 사람이 없다고 생각했나 보지. 아마 닭을 놓아준 뒤 스스로에게 총을 쐈겠지.

해리는 한참 고민하다가 마침내 노인의 손에서 권총을 빼냈다. 그는 권총을 주머니에 넣고 주변을 뒤져 탄창 하나를 찾아서 주머니에 넣었다. 어려운 결심이었지만, 막상 행동을 하는 것은 어렵지 않았다.

"그래도 편지는 간다, 빌어먹을."

그는 중얼거렸다. 그리고 냉장고에서 차가운 로스트비프를 찾아냈다. 어차피 썩을 음식이었겠지. 해리는 로스트비프를 먹어치웠다.

오븐은 제대로 작동하고 있었다. 프로판 가스가 얼마나 남았는지는 알 수 없지만 아무래도 상관없었다. 노부부가 앞으로 사용할 것도 아니니까. 그는 가방에서 우편물을 꺼내 오븐에 넣고 조심스럽게 말렸다. 광고 전단들이 문제였다. 이제 쓸모없는 물건이지만 종이는 필요하지 않을까? 해리는 타협선을 정했다. 흠뻑 젖거나 얇고 조잡한 전단을 버리고 나머지만 챙기기로 했다.

그는 부엌에서 음식용 비닐 봉투를 찾아서, 우편물을 하나씩 구분해서 조심스럽게 담았다. 어쩌면 이 비닐 봉투가 지구 최후의 봉투일 수도 있지.

"좋아. 이 비닐 봉투는 잘 챙겨두는 거야. 편지는 배달하지만 봉투는 우체국 자산입니다!"

편지를 다 담은 다음에는 뭘 해야 하지? 이번에는 이 집을 보호해야 한다. 나무가 아닌 돌과 콘크리트로 지은 좋은 집이었다. 심지어 헛간까지 콘크리트였다. 노부부가 생전에 터가 좋지 않다고 투덜거리기는 했었지만, 이 좋은 집은 분명 누군가에게 쓸모가 있을 것이다.

"하다못해 내게라도 말이지."

늘 여기저기를 이동하다가 잠시 머물 장소로 활용해도 좋을 것이다.

즉, 시체를 치워야 한다는 뜻이다. 해리는 무덤을 두 개나 팔 생각은 없었다. 물론 이 시체를 바깥에 내던져서 코요테와 벌레의 밥으로 만들 생각도 없었다. 화장을 한다면 어떨까? 하지만 쥐 한 마리를 태울 만큼의 장작도 없었다.

마침내 해리는 다시 밖으로 나왔다. 그는 오래된 픽업트럭을 한 대 찾아냈다. 열쇠도 꽂혀 있었고, 시동을 걸자 즉시 부드럽게 움직였다. 해리는 창고에서 가솔린 한 드럼을 찾아 트럭의 탱크에 조심스럽게 채우고, 보조 연료통 두 개를 채우고, 나머지 드럼통은 쓰레기 더미 속에 조심스럽게 숨겼다.

해리는 다시 집으로 돌아가서 낡은 침구로 시체를 싼 다음, 트럭 짐칸에 시체를 싣기 위해 씨름했다. 닭이 그의 주변에 모여들어 관심을 끌려고 요란스럽게 덤벼들었다. 해리는 시체를 다 실은 뒤, 잽싸게 닭 여섯 마리의 목을 비틀었다. 다른 닭들이 그의 행동을 알아차리기도 전에 말이다. 그는 닭을 노부부의 시체와 함께 트럭 짐칸에 던져 넣었다.

그는 조심스럽게 문과 창문을 잠그고 집 열쇠를 주머니에 넣은 후 차를 몰고 나왔다. 여전히 배달할 곳이 많지만 먼저 해야 할 일이 있었다. 바로 노부부를 화장하는 것이다.

요새: 첫 번째

> 미래의 암흑시대에는 자유 사회가 아주 큰 곤란을 겪게 될 것은 확실하다. 전 지구적인 물자 결핍과 함께 이제는 거의 사라졌던 잔인한 폭력이 회귀할 것이고 법의 영향력은 미미하거나 없어질 것이다. 그 이유는 공권력의 붕괴나 부재, 또는 교통과 통신의 마비 때문일 것이다. 이제 기존의 권력은 지역 사회 내에서 물리력에 기반하여 유지되는 권력으로 대체될 것이다.
>
> — 로베르토 바카, 『다가오는 암흑시대』

아더 젤리슨 상원의원은 해머가 충돌하던 아침에 기분이 아주 불쾌했다. JPL의 사람들과 연락하고 싶었지만, JPL에 전화해도 홍보 담당자들밖에는 연결되지 않았다. 그리고 홍보 담당자들은 라디오와 텔레비전에서 발표된 정보만 앵무새처럼 반복했다. 찰스 샤프 박사와는 연결이 되지 않았다. 물론 그럴 수도 있다. 하지만 젤리슨 상원의원은 다른 사람들이 바빠서 자신과 이야기할 수 없다는 상황은 익숙하지 않았다.

마침내 젤리슨은 자신의 전화기를 우주 통신망에 직접 연결시켰다. 비행사들이 송신하는 말을 직접 듣기로 한 것이다. 하지만 잡음이 심해서 별 도움이 되지 않았다. 카메라가 송출하는 동영상도 화질이 나쁘기는 마찬가지였다. 저 저주받은 물체가 과연 충돌할까?

만약 혜성이 충돌한다면 젤리슨은 이제부터 급히 이사를 시작해야 한다. 벌써 시작하고 싶었지만, 매번 선거 때마다 팔십 퍼센트의 지지율을 보여주는 실버밸리 주민을 포함한 유권자들에게 바보같이 보일까봐, 아직 꼼짝도 하지 못했다. 젤리슨은 가족과 비서 몇 명, 그리고 대중들 몰래 구한 물건만 가지고 이동할 것이다. 그가 할 수 있는 것은 그것이 전부였다.

젤리슨의 가족과 일행은 모두 젤리슨의 집 거실의 텔레비전 앞에 앉아서 함께 화면을 지켜보고 있었다.

전화의 스피커가 찍찍거렸다. 조니의 목소리가 들리자 모린이 부자연스러울 정도로 놀랐다. 젤리슨은 모린과 조니의 관계를 오래전부터 알고 있었지만, 모린에게 알고 있다는 눈치를 전혀 보이지 않았다. 조니는 최근 이혼을 했고, 해머랩 프로젝트에 참여했다. 어쩌면 그가 복귀한 다음에 서로 결혼을 할지도 모르지. 그렇게 된다면 좋을 것이다. 모린에게도 누군가가 필요하니까.

큰딸인 샤를로트는 이미 남편이 있다. 젤리슨은 샤를로트의 남편인 잭 터너는 좋아하지 않았다. 그의 사위는 아주 잘생겼고, 자신의 테니스 메달을 자랑할 때는 어마어마하게 민첩하지만, 투자를 실패하고서 빌렸던 빚을 갚을 때는 조금도 민첩하지 않았다. 하지만 샤를로트는 그와 함께 있을 때 행복해 보였고 아이들도 잘 자랐다.

이제 모린도 꽤 나이가 들었지. 모린도 자식을 낳아서 손자가 더 많아지면 좋겠는데.

잭 터너가 말했다.

"영상이 지저분하군."

아홉 살인 제니퍼가 잭에게 말했다.

"할아버지가 좋은 영상을 구해줄 거야."

제니퍼는 할아버지에게 사진을 얻어가서 학교에서 큰 인기를 끌었던 적이 있었고, 이후로 혜성에 대해서도 여러 가지 읽을거리를 찾아 읽었다. 전화 스피커에서 목소리가 울렸다.

"해머랩, 여기는 휴스턴이다. 수신하지 못했다. 오버."

"할아버지……."

모린이 말했다.

"조용히 하렴, 제니."

모린의 목소리에 묻어 있는 무의식적인 긴장이 방 안 분위기를 가라앉혔다. 텔레비전 속 영상에서 이상한 무늬가 반복적으로 번쩍이더니, 갑자기 수증기와 안개에 둘러싸인 바위 한 무더기가 날아와 화면 밖으로 사라졌다.

"오, 주여, 저것이 접근하고 있어!"

"저건 조니의……."

"꼭 충돌하려는 것 같아!"

텔레비전의 영상이 사라졌다. 전화선에서 계속 사람의 말소리가 들렸다.

"머리 위로 불덩이가 날아간다! 휴스턴, 휴스턴, 멕시코 만에 큰 규모의 충돌이 발생했다!"

"오, 주여!"

젤리슨이 조용히 말했다.

"잭, 닥쳐라."

"우리 가족들에게 헬리콥터를 보내 달라. 해머가 충돌했다."

"잭에게 그렇게 말하지 마세요."

젤리슨은 샤를로트의 말을 무시했다. 젤리슨이 외쳤다.

"모두들!"

"네, 상원의원님."

앨빈이 옆방에서 급히 안으로 들어왔다.

"목장 식구 모두 불러 모아라. 빨리. 트럭을 가진 사람은 모두 트럭을 가지고 오고, 총도 모두 가지고 오도록. 즉시."

"알겠습니다."

앨빈이 사라졌다.

다른 사람들은 경악한 모습이었다. 제니퍼가 조심스레 물었다.

"할아버지, 무슨 일이 생겼어요?"

젤리슨이 말했다.

"나도 모른다. 나도 대체 얼마나 나쁜 상황인지 알 수가 없구나. 전화가 안 되니까 말이다. 모린, 저 전화기로 JPL이든 다른 어디든 연결해봐. 빨리."

"예."

그는 잭 터너를 바라봤다. 잭은 목장 사람들에게는 낯이 선 얼굴이다. 잭의 말을 들을 사람은 아무도 없다. 그에게 어떤 쓸모가 있지?

"잭, 자네는 선발대를 먼저 출발시켜라. 그리고 나를 태워서 시내로 가자. 파출소장과 읍장을 만나야겠다."

잭은 뭔가 말대꾸를 하다가 젤리슨의 표정을 보고 입을 다물었다.

모린이 말했다.

"아버지. 전화는 작동하지만, LA 시가지로는 연결이 안 되는 것 같고……."

그녀는 지진 때문에 말을 잇지 못했다. 강한 지진은 아니었지만, 이곳은 캘리포니아의 주요 단층과 멀리 떨어진 곳임에도 불구하고 집을 흔들릴 만큼 위력이 강했다. 샤를로트는 겁에 질린 아이들을 침실로 데려갔다.

"실버밸리 내에서의 전화는 가능한 것 같아요."

모린이 말을 마쳤다.

"좋아. 그러면 지역 파출소에 전화해서 내가 파출소장과 읍장을 만나러 간다고 전하도록 해라. 중요한 일이다. 내가 이미 출발했다고 해라. 가자, 잭. 모린 너는 앨빈이 목장 일꾼들을 모두 모으면 그들에게 확실하게 전달해라. 모든 친구들과, 그들이 가진 트럭과, 총과, 다른 모든 물건을 쌓아서 목장으로 이동하라고 말이다. 해야 할 일은 아주 많다. 그 사람들 절반 정도는 시내로 보내서 나를 찾아오게 하고, 나머지 절반은 폭우나 산사태에 대비시켜라."

그는 잠시 생각하다가 말을 이었다.

"그리고 눈이 내릴 거다. 샤프 박사가 제대로 알고 말한 거라면, 일주일 안에 눈이 올 거다."

잭이 말했다.

"눈 말입니까? 터무니없어요."

모린이 말했다.

"다른 시키실 일은 더 없나요, 아버지?"

실버밸리의 작은 마을회관 건물에는 도서관, 파출소, 구치소가 모두 모여 있었다. 지역 파출소장은 두 명의 전임 경찰과 몇 명의 자원봉사자를 지휘했다. 시장은 지역 사료 상점의 소유주이기도 했다. 이곳 실버밸리의 자치정부는 그리 크지 않았고, 중요한 활동도 없었다.

젤리슨이 마을회관에 도착하기 전에 비가 내리기 시작했다. 시에라네바다 산맥 동쪽 지역에서는 번개가 요란하게 치기 시작했고, 비는 뜨거운 목욕통의 마개를 뽑은 것처럼 쏟아져 내렸다. 거리는 물바다가 되었고 작은 냇가 교량 위까지 물이 넘쳤다. 읍장인 질 세이츠는 걱정에 잠겨 있다가 젤리슨 상원의원을 보자아주 반가워했다.

도서관의 대회의실에 사람들 십여 명이 모여 있었다. 파출소장이며 동부 대도시에서 퇴역한 군인인 랜디 하트먼, 시의회 의원 세 사람, 지역 대형 상점의 주인 두 사람도 있었다. 그들 뒤편에 황소처럼 목이 두꺼운 남자도 하나 있었다. 이웃 목장의 주인인 조지 크리스토퍼였는데 자주 만나지 못하는 얼굴이었다. 젤리슨은 손을 흔들어 인사하고, 자신의 사위 잭 터너를 소개했다. 방 안에 침묵이 내려앉았다.

읍장이 물었다.

"대체 무슨 일이오, 상원의원님? 혜…… 혜성이 정말로 충돌한 것인가요?"

"그렇소."

세이츠 읍장이 잠시 생각한 다음 말했다.

"내가 읽었던 잡지 기사에는 빙하가 밀려오고, 동쪽 해안이 쓸려 나간다고 했었소."

천둥이 요란하게 울렸다. 세이츠 읍장은 창문을 가리키며 말했다.

"전에는 믿지 않았는데, 이제 믿을 수밖에 없겠소. 이 비가 며칠이나 계속 오게 될까요?"

젤리슨이 대답했다.

"몇 주는 올 겁니다."

그 말에 모두가 정신이 번쩍 드는 것 같았다. 이곳에 모인 사람은 모두 농부이거나, 농부가 아니더라도 날씨와 농작물이 화제의 중심이 되는 농촌에서 거주하는 사람들이었다. 그들은 이런 비가 몇주간 내린다면 어떻게 될지를 잘 알고 있었다.

세이츠가 말했다.

"동물들이 굶주리게 되겠군."

사료 상점 주인이기도 한 그는 창고에 쌓인 사료 값이 오를 것을 생각하고 순간적으로 미소를 지었다가, 좀 더 깊이 생각한 후 인상을 찌푸렸다.

"혜성이 얼마나 피해를 입힌 거요? 트럭은 남아 있는 겁니까? 기차는? 사료 배송은?"

젤리슨은 잠시 아무 말도 하지 않았다.

"과학자들은 온 나라에 한동안 비가 내릴 거라고 했소."

그는 천천히 말했다.

세이츠가 말했다.

"오, 주여. 올해는 아무것도 수확할 수 없다는 말이오? 그 누구도! 곡물 창고에 아무것도 채울 수 없게 된다는 말이잖소!"

"그리고 누군가가 우리에게 지원을 보내줄 리도 없겠지."

조지가 말했다. 다른 사람들이 동의하는 뜻으로 고개를 끄떡였다.

"만약 지금 전국적으로 그런 상황이라면. 내 말이 맞습니까?"

젤리슨이 말했다.

"정확히 모르겠지만…… 상황이 악화될 가능성은 충분하오."

세이츠는 도서관 벽에 걸린 등고선이 그려진 툴레어 지역 지도를 쳐다봤다.

"상원의원님, 이제 어떻게 해야 하는 겁니까? 이렇게 비가 내리면 샌호아킨은 조만간 물이 차오를 거요. 아주 금방 말이오. 그리고 바깥에는 사람들이 아주 많이 있단 말이오."

조지 크리스토퍼가 덧붙였다.

"그리고 그 사람들이 모두 고지대를 찾아서 이곳으로 달려올 거요. 그 사람들을 어디에 수용하겠소? 그들의 음식은 어떻게 충당하지? 당연히 불가능합니다."

젤리슨은 도서관 탁자 귀퉁이에 앉았다.

"난 항상 당신 두 분이 겉보기보다 훨씬 세심한 사람이라는 것을 알고 있었지. 당신들 말이 맞소. 의심할 바 없는 문제요. 오십만, 어쩌면 그보다 더 많은 사람이 샌호아킨 인근에 살고 있소. 모두가 고지대를 찾아올 거요. 시에라 지역 전체에 더 많은 사람들이 살고 있고, 그들도 모두 고지대를 찾을 거요. 마침내 여기로 오게 되겠지. 심지어 LA에서 오는 사람도 있을 거요. 그 사람들을 어떻게 해야 할까요?"

군의원 한 사람이 말했다.

"솔직하게 하나 물어봅시다. 지금 일어난 것이 자연재해임은 분명합니다. 그렇지만 당신의 말은……."

그는 말을 마치지 못하고 잠시 숨을 가다듬었다.

"지금 군대, 미합중국 대통령, 새크라멘토의 주 정부, 그 모든 것이 완전히 끝장난 것처럼 말하고 있소. 이제 우리 힘으로만 살아야 하는 겁니까? 앞으로 영원히?"

젤리슨이 대답했다.

"아마 그럴 거요. 아닐 수도 있고."

조지가 말했다.

"한 주일이라면 그 모든 사람을 돌봐줄 수 있을 거요. 두 주일까지는 가능할지 모르겠소. 그 이상은 불가능합니다. 그 이상이 되면 굶주릴 수밖에 없소. 그게 누구냐고요? 우리 모두요. 우리의 능력보다 백 배나 더 많은 사람을 이 주일이나 먹여 살렸기 때문이오."

"그게 바로 문제요. 맞습니다."

세이츠가 동의했다.

"나는 그들 누구에게도 음식을 줄 생각이 없소."

조지 크리스토퍼가 말했다. 그의 목소리는 수류탄 같았다.

"내가 돌봐야 하는 사람도 충분히 많으니까."

잭이 말했다.

"그건 안 되오. 모든 책임을 다 내버릴 수는 없는 거요."

조지가 말했다.

"외부인들까지 책임져야 한다고는 생각하지 않소. 그들이 죽어간다고 해도 말이오."

하트먼 서장이 말했다.

"그들 중 일부는 결코 여기까지 오지도 못할 거요."

그는 지도를 가리켰다.

"포터빌과 비살리아는 모두 옛날에는 홍수가 나면 바로 침수가 되던 지역이지요. 이런 비가 오면 홍수 통제용 댐이 견디지 못할 겁니다."

그들 모두가 지도를 바라봤다. 하트먼의 말은 옳았다. 석세스 호수가 흘러넘치면 수십억 리터의 물이 쏟아져 포터빌을 휩쓸 것이다. 비살리아 북쪽 또한 나을 것이 없었다.

세이츠가 잠시 생각하다가 말을 이었다.

"그냥 비가 아니오. 더운 비요. 고지대에 쌓여 있는 눈을 녹일 테고…… 고지대의 눈이 지금쯤 모두 녹았을 텐데, 그러면 오후쯤에는 틀림없이……."

잭 터너가 말했다.

"사람들에게 경보를 보내야 해요!"

군의원 하나가 말했다.

"그걸 우리가 해야 한다고요?"

하트먼이 말했다.

"그럴 수는 있겠지. 그런데 그 후에 여기 오는 사람들을 먹여 살리기도 해야 하는 거요? 메이슨 상점에 쌓여 있는 물건으로?"

그러자 곧 이 사람 저 사람이 떠들면서 소란스러워졌다. 젤리슨이 물었다.

"댐이 얼마나 버틸 것 같소? 하루?"

아무도 확실히 알지 못했다. 전화가 작동하지 않았기 때문에, 댐 건설 전문가들에게 전화를 걸어 물어볼 수도 없었다.

하트먼이 말했다.

"상원의원님, 어떻게 하실 생각입니까?"

상원의원이 말했다.

"그쪽으로 트럭을 몰고 가실 분 있소? 댐이 무너지기 전에 슈퍼마켓과 사료 상점과 공구 상점의 재고를 훑을 수 있도록 말이오."

긴 침묵이 흘렀다. 군의원 한 사람이 자리에서 일어섰다.

"그 댐이 오늘 하루는 충분히 버티겠지. 물이 웬만큼 쏟아진다고 해도 대형 트럭이라면 괜찮을 테고. 내게 바퀴 열 개짜리 대형 트럭이 있으니, 내가 가겠소."

젤리슨이 말했다.

"혼자서는 안 되오. 그리고 비무장으로 가도 안 됩니다."

하트먼이 말했다.

"우리 쪽 보안관들을 함께 보내겠소."

조지가 말했다.

"그러면 그 물건을 어떻게 할 겁니까?"

젤리슨이 말했다.

"우리 모두가 공유할 거요."

조지가 말했다.

"공유라. 누가 나와 뭔가 공유한다는 말은 나도 타인에게 뭔가 공유하라는 말이겠지. 나는 그 생각에 별로 동의하지 않아요."

세이츠가 말했다.

"제기랄, 조지, 우리 모두는 같은 상황이란 말이오."

조지가 말했다.

"아, 우리 상황이 그렇다고요? 그런데 누가 '우리'란 말이오?"

군의원 중 하나가 말했다.

"우리 말이오. 당신의 이웃, 당신의 친구들!"

조지가 그들에게 말했다.

"내 이웃과 내 친구들은 당연히 내가 챙길 거요. 하지만 저지대에서 온 피난민들에게 뭔가를 줄 생각은 없소. 그들이 끝장난다고 하더라도 말이오."

조지는 잠시 후 다시 말했다.

"나도 여기 있는 다른 누구만큼이나 교회 자선활동에 참여했던 사람이오. 하지만 남을 돕느라고 내 가족을 굶길 생각은 없소."

그는 자리에서 일어났다.

하트먼이 물었다.

"어딜 가는 거요, 조지?"

"상원의원님이 좋은 지적을 했잖소. 나는 내 트럭을 몰고 동생들과 함께 저지대에 갈 거요. 우리에게 필요한 물건이 잔뜩 있을 텐데, 댐이 무너져 수몰시킬 필요는 없잖소."

그는 다른 사람의 말을 더 이상 듣지 않고 밖으로 나가버렸다.

세이츠가 말했다.

"앞으로 그와 많이 충돌하시겠군요."

젤리슨이 말했다.

"나 말이오?"

"물론이오, 누구겠소? 나는 사료 상점 주인일 뿐이오. 읍장이라는 명함은 있지만, 이런 상황을 준비할 수 있는 사람이 아닙니다. 앞으로 지도자의 책임을 가질 분은 당신입니다. 아닙니까?"

좌중이 일제히 그의 말에 동의했다. 놀라는 사람은 아무도 없었다.

조지 크리스토퍼와 그의 동생 레이 크리스토퍼는 고속도로를 따라 포터빌을 향했다. 오른 편으로는 석세스 호수, 왼편으로는 제방이 세워져 있었다. 비는 꾸준히 내렸고, 이미 호수는 물결이 교량 아랫단에 닿을 정도로 높아져 있었다. 산등성이에서 쓸려 내려온 진흙이 길을 덮고 있었다. 그들의 대형 트럭은 속도를 줄이지 않고 진흙 밭을 그대로 가로질렀다.

레이가 말했다.

"다니는 차가 별로 없어, 형."

조지는 입가에 엷은 미소를 짓고 대답했다.

"아직 없지."

그의 황소처럼 두꺼운 목은 운전대를 향해 굽어져 있었다.

"하지만 이제 곧 시작될 거야. 저 많은 사람들. 그들이 고지대를 찾아 이 길로 올라오겠지."

레이가 말했다.

"대부분은 포터빌에서 멈추겠지. 샌호아킨보다 수백 미터나 더 높은 곳이니까."

조지가 말했다.

"옛날에는 그랬지. 하지만 지진 때문에 지금은 장담할 수 없어. 땅이 움직이면서 올라가고, 내려갔다. 아무튼 댐이 무너지면 포터빌도 무너지는 거야. 여기는 머물 만한 곳이 아냐."

레이는 대답하지 않았다. 그는 절대 조지에게 말대꾸하지 않았다. 조지는 크리스토퍼 일가에서 유일하게 대학을 다닌 사람이었다. 전역 군인 지원 장학금을 받아서 다닌 것인데 졸업을 하지는 않았지만 아무튼 그들 중에서 가장 많이 배운 사람이었다.

조지가 갑자기 물었다.

"레이, 그 사람들이 올라오면 뭘 먹을까?"

"몰라."

"네 자식들이 굶주리는 꼴을 볼 준비는 됐나?"

"그런 상황은 오지 않을 거야."

"오지 않는다고? 사방에서 사람들이 모이고 있어. 샌호아킨으로 소금비가 흘러내리고 저지대에는 물이 고이는 중이지. 댐이 무너지면 포터빌은 그대로 무너진다. 그래서 사람들은 고지대로 향하고 있어. 바로 우리 마을로 말이야. 그들을 여기저기 거주시키겠지. 도로에 텐트를 치거나 학교와 목장 축사에 밀어 넣으면서. 그러면 모두가 굶주릴 거야. 처음에는 모두가 먹을 만큼 음식이 있겠지만. 레이, 눈앞에서 아이들이 굶주리는데 그 아이들을 먹이지 않을 방법이 있겠어?"

레이는 아무 말도 하지 않았다.

"생각해봐. 음식이 있는 동안에는 사람들에게 먹이지 않을 수 없어. 창고에 음식이 가득 쌓여 있는데 사람들을 거절할 방법이 있겠어? 네 강아지로 스튜를 끓여서 포터빌의 히피들을 먹여야겠지."

"포터빌에는 히피가 없어."

"내 말이 무슨 뜻인지 알잖아."

레이는 그의 말을 생각해봤다. 사람들이 곧 포터빌로 모여들 것이다. 북쪽과 남쪽에는 각각 인구 천만 명의 도시가 있는데, 만 명 중 한 명이 살아남아 포터빌에 도착하고, 그들이 다시 동쪽의 그들의 마을로 방향을 잡는다면……

이제 레이는 그의 형과 똑같은 표정을 지었다. 그의 목에 불룩 튀어나온 근육은 마치 두꺼운 밧줄 같았다. 크리스토퍼 가족은 모두 덩치가 컸다. 젊었을 때 조지와 레이는 일부러 싸움을 벌이러 술집을 기웃거리기도 했다. 그들이 얻어맞았던 적은 딱 한 번뿐이었는데, 그때 그들은 집에서 동생 두 명을 더 데리고 술집으로 돌아갔다. 그 사건 이후로는 싸움거리를 찾고 싶어도 찾을 수 없었다.

레이는 머리가 빠르게 돌아가지는 않았지만 생각하는 방식은 비슷했다. 레이도 이제 깨달았다. 수천 명의 낯선 사람들이 마치 메뚜기 떼처럼 덤벼들 것이다. 체구와 나이가 다양한 사람들. 대학교수, 사회사업가, 텔레비전 배우, 게임쇼 사회자, 작가, 뇌수술 전문의, 콘도미니엄 건축가, 패션 디자이너, 한 번도 일해본 적이 없는 백수…… 이제 집을 잃고 기술도 없고 도구도 가지지 못한 난민들이 몰려올 것이다. 마치 메뚜기 떼처럼. 그 메뚜기들은 싸워서 쫓아낼 수 있다. 하지만 아이들은 어떻게 할까? 낯선 이들은 쫓아낼 수 있지만, 아이들이 찾아온다면 어떻게 하나?

레이가 마침내 물었다.

"그래서, 이제 어떻게 하지?"

"아무도 마을에 도착하지 않는다면 시끄러워질 일도 없어."

조지가 말했다. 그는 길 위편의 언덕을 바라봤다.

"만약 저 앞의 도로에 수백 톤의 바위와 흙이 쏟아진다면 아무도 계곡으로 접근하지 못하겠지. 쉽지는 않아."

레이가 말했다.

"비가 많이 오기를 기도해야겠군."

그는 하늘에서 쏟아지는 비를 바라봤다.

조지는 운전대를 힘껏 잡았다. 조지에게 기도는 진지하고 심각한 일이었기 때문에, 동생이 조롱하듯 기도하겠다고 한 말은 듣기 싫었다. 레이에게 별 의도가 있지는 않았겠지만 말이다. 레이도 가끔 교회에 간다. 아마 조지만큼 갈 것이다. 하지만 이런 일로 기도를 해서는 안 된다.

모두가 죽을 것이다. 조지가 난민을 받아들인다면 조지의 식구도 함께 죽을 것이다. 그는 어린 여동생이 굶주림 끝에 앙상한 몸에 배만 볼록 튀어나와, 마치 베트남에서 본 아이들의 모습 같았던 것을 기억했다. 베트남에서는 전장 한가운데에 고립된 마을에서 아무 곳으로도 갈 수 없고 아무도 돌봐주지 않던 어린아이들을 발견한 적이 있었다. 미군 수색대가 우연히 발견해냈을 때 그들은 끔찍한 모습이었다. 이제 다시는 그런 모습을 보고 싶지 않았다. 더 이상 생각도 하고 싶지 않다.

레이가 물었다.

"저 댐 얼마나 오래 버틸 것 같아? 어? 왜 갑자기 멈춘 거야?"

조지가 말했다.

"다이너마이트를 가져왔어. 저 위에 설치하자고."

그는 도로 옆의 급경사를 가리켰다.

"저기서 두 개쯤 터뜨리면 이 도로는 한동안 아무도 쓰지 못하게 되겠지."

레이는 잠시 생각해봤다. 샌호아킨과 이어지는 다른 도로가 있기는 있지만, 지도에 없는 샛길이라서 아는 사람이 적을 것이다. 고속도로를 타고 오는 사람들은 대부분 다른 곳을 찾아보게 될 것이다.

트럭을 완전히 세운 후 조지는 차 문을 열었다.

"가자."

레이가 대답했다.

"알았어, 형."

그는 항상 조지의 말에 순종했다. 아버지가 죽은 이후로 늘 그랬고, 다른 두 사람의 동생과, 사촌, 조카들도 마찬가지로 조지의 말을 따랐다.

조지의 목장은 크게 성공했다. 그가 농업대학에서 배워온 새로운 아이디어와 장비들 덕택이었다. 조지는 자신이 무슨 일을 하는지를 똑똑히 아는 사람이었다.

하지만 이 일은 하고 싶지 않군. 레이는 생각했다. 이 일은 하고 싶지 않아. 형님도 하고 싶어서 하는 것은 아니겠지. 우리가 할 수 있는 일이 아무것도 없잖아? 아니면 그들이 눈앞에 나타날 때까지 기다렸다가 매번 돌려보낼 수는 없잖아.

그들은 가파른 제방을 올라갔다. 굵은 빗방울이 옷의 틈새와 모자의 주름 사이에서 길을 찾아내 목으로 흘러내렸다. 빗방울은 따뜻했다. 그리고 비는 아주 심했다. 레이는 농작물을 생각했다. 목초는 벌써 망친 지 오래다. 이제 겨울이 올 텐데 가축들에게는 뭘 먹이나.

조지가 말했다.

"여기쯤이다."

그는 중간 크기의 바위 아래쪽에 구멍을 팠다.

"여기 아래쪽이다. 진흙이 최대한 많이 쏟아져야 하니까."

"그런데 하트먼 서장이 내려갔잖소. 그리고 군의원인 딩크 라삼도 10륜 트럭을 몰고 포터빌에 가겠다고 했고."

조지가 말했다.

"돌아올 때쯤 길이 무너진 걸 알게 되겠지. 하지만 그들은 다른 길을 알아."

그는 주머니에서 스티로폼 케이스를 꺼냈다. 케이스 안에는 다섯 개의 뇌관이 들어 있었다. 조지는 뇌관 하나를 꺼내 도화선 끝에 부착하고 다이너마이트의 몸통에 구멍을 만들어 밀어 넣었다. 그가 말했다.

"폭발신관은 없어. 다이너마이트 두 개를 한꺼번에 터뜨려야 해. 하지만 별 문제는 없을 거야."

그는 흙을 파낸 곳에 다이너마이트를 밀어 넣은 후 젖은 진흙을 위에 덮었다. 그는 도화선 끝부분만 바깥으로 끌어냈다.

레이는 바람을 등지고 몸을 구부린 다음, 담배를 꺼내 지포라이터로 불을 붙였다. 그리고 모자로 담뱃불이 꺼지지 않도록 조심스럽게 움직여 도화선 한쪽 끝에 가져다 댔다. 도화선이 타다닥 소리를 내더니 불꽃이 옮겨 붙었다. 불꽃이 빗속에서 부드럽게 쉭쉭거리며 타들어갔다.

레이가 말했다.

"형, 떠나자!"

그는 제방 아래쪽으로 급히 달려갔고, 조지가 뒤를 따랐다. 도화선이 다 타기까지는 아직 시간이 꽤 남았지만 그들은 분노한 군중에게 쫓기듯 급히 달려갔다.

커브길 너머에서 잠시 기다리자 마침내 폭발음이 들렸다. 폭발음은 그리 크지 않았다. 빗소리 때문에 소리가 묻혔을 것이다.

조지는 상황을 살펴보기 위해 조심스럽게 트럭을 후진시켰다.

도로에 진흙과 자갈이 일 미터 이상 쌓였다. 그리고 훨씬 더 많은 양의 진흙과 자갈이 도로를 가로지르고 아래쪽 내리막길로 흘러내려가고 있었다.

조지가 말했다.

"사륜구동이라면 저기를 지나갈 수도 있겠지. 다른 차는 못 지나가."

레이가 소리를 질렀다.

"여기 앉아서 뭘 하는 거야? 가자!"

레이의 목소리는 트럭 안에서 하는 말치고 너무 요란했지만, 형이 아무 대답도 하지 않을 것은 알고 있었다.

포터빌에 도착해보니 거리에는 이미 물이 흐르고 있었다. 하지만 자동차 타이어의 절반 높이를 넘지는 않았다. 댐은 아직 멀쩡한 모양이다.

✤

마을회관 회의실에서는 등유로 켠 등불 냄새와 축축한 사람 몸 냄새가 났다. 도서관의 낡은 책 냄새도 희미하게 났다. 도서관 벽면에는 책이 몇 권 있었지만 많지는 않았고, 회의실 중앙에는 책이 없었다.

젤리슨 상원의원은 전자시계를 보다가 얼굴을 찌푸렸다. 이 시계는 내년까지는 괜찮겠지만 그 이후에는…… 차라리 구형 태엽 시계가 나왔을 텐데. 시계는 지금 시간이 10시 38분 35초라고 말해주고 있었다. 배터리가 완전히 방전되기 전까지는 단 1초도 멈추지 않을 것이다.

방은 꽉 차 있었다. 접이식 의자를 놓을 공간을 마련하느라 책상은 모두 구석으로 치워뒀다. 모인 사람 중 여자는 거의 없고 대부분 남자였으며, 그들 대부분은 농부용 작업복과 비옷 차림이었으며 무장은 하지 않았다. 그들은 모두 흠씬 젖어서 땀 냄새를 풍겼으며, 지쳐 있었다.

위스키 세 병이 사람들의 손에 손을 타고 전해졌고 캔 맥주도 비워져 나갔다. 그들은 회의가 시작되기를 기다리고 있었으며, 이야기는 거의 나누지 않았다.

모인 사람들은 뚜렷하게 세 부류로 나뉘었다. 젤리슨 상원의원이 한 그룹의 지도자로, 그쪽에는 읍장인 세이츠와 파출소장인 하트먼과 경찰들이 앉아 있었다. 모린 젤리슨 또한 그들 중 한 사람이었으며, 다른 젤리슨의 친구들도 있었다.

가운데에는 중립적인 사람들이 많이 모여 있었다. 그들의 수가 가장 많았다. 그들은 상원의원이나 읍장에게 지시를 받기를 기다리고 있었다.

물론 그렇게 말을 한 것은 아니었고, 젤리슨 또한 그들에게 지시를 할 생각은 없었다. 그들은 농부와 상인이었으며 지금은 도움이 필요하지만 남에게 조언을 부탁하는 것에는 익숙하지 않았다. 젤리슨은 그들 모두를 알고 있었다. 친분이 있다고 할 수는 없지만 믿을 수 없는 사람들은 아니다. 이 사람들 중 일부는 부인을 데려오기도 했다.

뒤편 구석에는 조지 크리스토퍼와 그의 '씨족 집단'이 모여 있었다. '씨족 집단'이라는 표현이 딱 적절하다. 십여 명 모두 남자들이었고 모두 무장을 하고 있었다. 한눈에 봐도 그들은 모두가 친족이었다—사실은 젤리슨이 아주 정확하게 본 것은 아니다. 그들 중 두 사람은 혈족이 아니라 그들의 딸과 결혼한 사위들이었다. 하지만 그 남자들도 크리스토퍼 일가와 아주 닮았다. 덩치가 크고, 얼굴이 붉고, 휴식 시간에는 지프차를 들었다 놨다 할 것처럼 강인해 보였다.

크리스토퍼 일가는 다른 사람들과 달리 넓게 흩어지지 않고 모두 모여 앉아 있었다. 그들은 자기들끼리만 이야기를 나누고 다른 이웃과는 거의 말을 섞지 않았다.

스티브 콕스가 젤리슨의 목장 일꾼 두 사람과 함께 안으로 들어왔다.

"댐은 아직 무너지지 않았소."

비와 천둥과 사람들의 침묵을 뚫고 스티브 콕스의 목소리가 울렸다.

"아직도 댐이 버티는 이유는 모르겠지만. 이미 수위는 제한선보다 높아졌소. 제방을 넘기기 직전이오."

농부 한 사람이 말했다.

"이제 얼마 안 남았군. 포터빌 저지대 사람들에게 경고는 해준 거요?"

하트먼이 말했다.

"네, 그래요. 우리 쪽 사람이 포터빌 경찰서에 이야기를 했으니 침수 지대의 사람들은 철수시켰을 겁니다."

스티브 콕스가 말했다.

"침수 지대? 이런 젠장, 계곡 전체가 물로 가득 찰 텐데. 그리고 고속도로는 벌써 망가졌소. 여기까지 오지도 못할 거요."

세이츠가 말했다.

"일부는 올 거요. 삼백 명 정도는…… 국도 쪽으로 오겠죠. 내일은 더 많이 올 수도 있고."

레이 크리스토퍼가 말했다.

"더럽게 많군!"

갑자기 장내가 소란스러워졌다. 일부는 찬성하고 일부는 반대했다.

세이츠는 책상을 두드려 소란을 가라앉혔다. 그가 말했다.

"우리 상황이 어떤지부터 확인해봅시다. 상원의원님, 알고 계신 것 있습니까?"

"충분히 알고 있소."

젤리슨은 의자에서 일어나 뚜벅뚜벅 걸어서 책상을 한 바퀴 돈 후, 책상 앞에 섰다. 그는 전달력을 높이기 위해 일부러 책상에 엉덩이를 반쯤 걸쳐 격식을 차리지 않는 자세로 앉았다.

"나는 꽤 좋은 단파 라디오 장치를 가지고 있소. 그리고 아마추어 무선 방송사도 많이 알고 있소. 하지만 라디오에서는 잡음밖에는 들리지가 않아요. 아마추어 통신사, 무전기, 광고, 심지어 군용 통신도 없는 상태요. 즉 전리층이 완전히 뒤집어져, 전파가 전달되지 않는다는 뜻이죠. 전기 폭풍입니다. 그 상황에 대해서는 추측할 필요도 없소."

젤리슨은 미소를 지었다. 그는 마치 창문 밖에 방송국의 카메라가 있는 것처럼 창문을 가리켰다. 오전만큼은 아니지만 여전히 천둥과 번개가 요란했다. 일부러 의식하지 않는 이상 천둥과 번개가 줄었다는 실감을 하기도 어려웠다.

"그리고 소금비가 내리고 있지. 지진도 일어났소. JPL에게 들었던 마지막 전언은, 해머가 충돌했다는 것이었소. 그래서 나는 LA 북쪽 고지대의 사람들과 이야기를 나누려고 했지만, 아무와도 이야기를 할 수가 없었지요. 해머는 충돌했습니다. 매우 강력하게. 거기까지는 확실합니다."

누구도 입을 열지 않았다. 사람들 모두 그 사실을 잘 알고 있었다. 다른 소식을 듣고 싶었을 뿐이다.

그들은 농부나 상인이었고, 시에라 산맥 기슭에 살면서 대지와 날씨에 민감했다. 그들은 이미 이 재앙을 느끼고 있었고, 집에 있을 때부터 충분히 분노와 저주를 뿜어댔다. 이제부터는 뭘 해야 할지 고민해야 했다.

젤리슨이 말했다.

"오늘 포터빌에서 다섯 트럭 분량의 사료와 공구, 그리고 두 트럭 분량의 식품을 싣고 왔소. 우리 지역의 상점에 물건이 쌓여 있고, 여러분의 창고에도 몇 가지 물건이 있을 거요. 하지만 우리가 직접 만들거나 기르지 않는 물건은 앞으로 얻지 못할 것 같습니다."

사람들이 수군거렸다. 어느 농부가 물었다.

"다시는 얻지 못하나요, 상원의원님?"

젤리슨이 말했다.

"아마 그럴 거요. 최소한 여러 해는 얻지 못할 겁니다. 우리는 자립해야 합니다."

그는 말을 멈추고, 소란이 가라앉기를 기다렸다. 이곳의 사람들은 대부분이 자립적으로, 남에게 의존하지 않고 살고 있다는 자부심을 가지고 있었다. 물론 그것은 사실이 아니다. 최소한 몇 세대 전부터는 사실이 아니었다. 사람들도 그 정도는 알고 있다. 하지만 그들이 얼마나 많이 문명에 의존하고 있었는지를 깨닫기까지는 시간이 꽤 걸릴 것이다.

비료. 가축 번식. 비타민. 가솔린. 프로판가스. 전기. 물─이것만큼은 당분간은 큰 문제가 없겠지만 말이다. 약품. 면도날. 일기예보. 종자. 사료. 옷. 총탄……

나열하자면 끝이 없었다. 심지어 바늘과 실, 옷핀 같은 것도 문제가 될 것이다.

스트레치가 말했다.

"올해는 수확도 거의 없을 거요. 내 작물은 벌써 시들고 있소."

젤리슨이 고개를 끄떡였다.

스트레치는 이웃과 함께 토마토를 최대한 수확했고 그의 부인은 수확한 전부를 통조림으로 만들었다. 스트레치는 보리농사도 짓는데, 그것은 여름까지 자라지 못할 것이다.

젤리슨이 말했다.

"남겨진 숙제는, 우리가 과연 하나로 뭉칠 수 있냐는 것이오."

레이 크리스토퍼가 말했다.

"하나로 뭉친다니, 무슨 뜻이오?"

젤리슨이 대답했다.

"나눈다는 말이오. 우리의 모든 소유물을 함께 관리한다는 뜻이지."

레이가 적의가 담긴 목소리로 말했다.

"공산주의인가요?"

"아니, 협력한다는 뜻이오. 단순한 협력보다 훨씬 많은 의미를 지니고 있소. 우리가 가진 아주 적은 소유물을 지혜롭게 활용함으로써 낭비를 막아야 하는 거요."

"공산주의 하자는 말이잖아요."

"입 좀 다물어봐, 레이."

조지 크리스토퍼가 말했다.

"상원의원님, 그 말씀은 충분히 잘 이해했어요. 자라지도 않을 식물을 심느라 얼마 남지 않은 가솔린을 낭비할 필요는 없겠죠. 내년 겨울까지 살지도 못할 짐승에게 최후의 콩을 먹일 필요도 없어요. 그러나 질문이 있습니다. 그 판단은 누가합니까? 당신입니까?"

스트레치가 말했다.

"누군가는 해야겠죠."

젤리슨이 말했다.

"나 혼자 하지 않소. 의회를 구성해야 합니다. 현재 상황 기준으로는 이 자리에 계신 분들보다 내 상황이 조금은 나을 텐데, 나는 기꺼이 내가 가진 모든 것을 공유……."

조지가 말했다.

"물론이죠. 그런데 대체 누구에게 공유하는 거지요, 상원의원님. 그건 중요한 질문입니다. 대체 범위가 어디까지입니까? 로스앤젤레스 시민 전체를 먹여 살릴 건가요?"

잭 터너가 말했다.

"그건 터무니없지."

조지가 목청을 높였다.

"왜 터무니가 없소? 올 수 있는 사람들은 결국 여기까지 오게 될 거요. 로스앤젤레스뿐이겠소? 샌호아킨, 어쩌면 샌프란시스코의 생존자도 올 거요. 그곳의 시민 전부는 아니겠지만, 결코 적은 수가 아니겠지. 우리가 난민을 모두 안으로 들이면 과연 얼마나 버틸 수 있겠소?"

"검둥이를 받아들이는 문제도 있다고요."

앉아 있던 누군가가 외쳤다. 그러다가 그는 회의실 한쪽 끝에 흑인 두 사람이 앉아 있는 것을 뒤늦게 깨달았다.

"이런, 미안하오, 말실수를 했소, 루시우스. 당신은 당신이 가진 땅에서 열심히 일하는 사람이니까 경우가 다르지. 도시의 검둥이들을 말한 거요. 평등 어쩌고 하면서 징징대는 놈팽이를 받아들일 생각은 전혀 없소."

그 흑인은 아무 말도 하지 않았다. 그는 아들과 함께 아주 조용히 앉아 있었는데, 마치 갑자기 오므라들어 군중 속에서 증발하는 것 같았다.

조지 크리스토퍼가 말을 이었다.

"루시우스 카터는 좋은 사람이오. 하지만 다른 놈들이 놈팽이라는 말도 옳소. 도시 인간들. 관광객들. 히피들. 이제 그들이 차를 몰고 여기 나타날 거요. 우리는 그들을 멈춰 세워야 합니다."

젤리슨은 가볍게 인상을 찌푸렸다. 내가 지겠군. 이 자리에는 공포가 떠다니고 있고, 조지는 그 공포를 손으로 가리키고 있다. 젤리슨은 몸서리를 쳤다. 앞으로 몇 달 동안 아주 많은 사람이 죽을 것이다. 살 사람과 죽을 사람을 가리는 기준이 뭔가? 이제 나는 죽음의 여신이 되어야 하는 것인가? 오, 주여. 나는 그 일을 하고 싶지 않다.

젤리슨이 말했다.

"그래서 당신 의견은 뭐요, 조지?"

"국도를 폐쇄하는 겁니다. 굳이 망가뜨릴 필요는 없습니다. 우리도 필요할 테니 말이죠. 단지 바리케이드를 치고 사람들을 돌려보내는 겁니다."

세이츠가 말했다.

"전부는 아니죠. 여자와 아이들은……."

크리스토퍼가 소리를 질렀다.

"전부요! 여자? 우리에게도 여자는 있소. 아이? 우리에게도 아이가 있소. 우리 내부에도 걱정거리는 충분해요. 남의 여자와 아이까지 걱정하면 대체 어쩌자는 거요? 다가오는 겨울에 우리 가족들이 굶주릴 걱정은 안 합니까?"

하트먼이 말했다.

"그러면 누가 바리케이드를 운영할 거요? 사람이 가득 실린 차에 가서, 아이든 뭐든 아무도 들어올 수 없으니 돌아가라는 말을 할 만큼 얼굴이 두꺼운 사람이 누구 있소? 조지, 당신도 그렇지는 않아요. 우리 중 누구도 아니오."

젤리슨 상원의원이 말했다.

"그리고 특수한 기술을 가진 사람은 있어야 될 거요. 의사, 수의사, 양조업자…… 대장장이도 있으면 좋겠지. 요즘 시대에 대장장이 기술을 가진 사람이 있는지 모르겠지만……."

레이 크리스토퍼가 말했다.

"내가 대장장이는 할 수 있어요. 지역 축제 때 말발굽을 실컷 만들어봤으니."

젤리슨이 말했다.

"그것 잘 됐군. 하지만 우리가 보유하지 못한 다른 기술도 많소. 그런 기술이 반드시 필요하게 되겠지."

조지 크리스토퍼가 말했다.

"좋소, 좋아요. 하지만 모두를 받아들일 수는 없어요."

낮은 목소리가 말했다.

"하지만 우리는 모두를 받아들여야만 합니다."

그 목소리는 매우 낮았고, 천둥과 번개와 사람들의 소란 속에서 잘 들릴 만큼 큰 소리도 아니었다. 그럼에도 불구하고 장내의 모든 사람들이 알아들었다. 직업적으로 잘 훈련된 목소리였다.

"심판의 날에 주께서 당신에게 무슨 말을 하시기를 원합니까?

내가 이방인으로 너희를 찾아갔을 때 너희는 나를 받아들이지 않았노라. 내가 배가 고파서 너희에게 청했으나 너희는 내게 먹을 것을 주지 않노라. 심판의 날에 그런 말을 듣고 싶은 사람 있소?"

토머스 발리 목사의 목소리였다. 회의실이 잠시 조용해졌다. 이곳의 사람들 대부분은 발리 목사의 교회를 다녔고, 가족이 임종할 때면 그를 불러와 곁을 지켰고, 아이들을 그에게 보내 여름 캠프와 소풍을 가도록 했다. 발리는 샌프란시스코에서 대학을 다닌 사 년을 제외하면 출생부터 지금까지 전 생애를 여기 실버밸리에서 보냈다. 그는 작년의 육십 세 생일을 지난 후 살이 조금 빠졌지만, 구덩이에 빠진 이웃의 암소를 끌어낼 정도로 기운이 세고 키가 컸다. 조지는 공격적인 표정으로 그를 바라봤다.

"발리 목사님, 우리에게는 그럴 능력이 없단 말입니다! 우리 중 일부는 이번 겨울에 굶주리게 될 거요. 우리가 가진 것도 충분하지가 않아요!"

"그렇다면 왜 사람들을 내보내지는 않는 거지?"

발리가 물었다.

"그럴 수도 있죠."

조지가 웅얼거렸다. 그의 목소리가 다시 높아졌다.

"나는 이미 많이 봤습니다. 정말 오래 굶주린 사람들, 먹을 것을 줘도 씹을 힘이 없어 굶어죽는 사람들 말이오. 우리가 도너 파티*처럼 최후의 선택을 하게 될 때까지 기다려서는 안 됩니다.

---

* 골드러시 때 시에라네바다 산맥에 고립되어 인육을 먹고 생존한 무리.

들어오는 사람들을 지금 돌려보내면 그들은 어딘가에서 생존 기반을 찾아낼 거요. 하지만 그들을 들여보낸다면 우리 모두가 다음번 겨울을 보지 못할 거요. 아주 간단합니다."

회의실 한쪽 끝에서 누군가가 크게 말했다.

"당신이 도로를 차단하고서 그렇게 말하시오, 조지."

조지는 사람들의 표정을 훑어봤다. 적의를 가진 사람은 없었다. 대부분의 얼굴에 떠오른 표정은 부끄러움이었다. 그리고 두려움이었다. 아마 자신의 표정도 그럴 것이다. 조지는 끈기 있게 주장했다.

"우리는 지금 즉시 도로를 막아야 하오. 그렇지 않으면 나는 모든 협력을 반대할 거요. 내 모든 소유물은 나 혼자만 가질 거고, 오늘 포터빌에서 가지고 온 물건도 나 혼자만 가질 거요. 그리고 나는 집으로 갈 거고, 내 집에 들어오는 것은 모조리 쏴버리겠소."

사람들이 웅성댔다. 발리 목사가 뭐라고 말을 꺼냈지만 누군가의 큰 소리에 묻혀버렸다.

"맞는 말이오! 우린 당신과 함께 하겠소, 조지!"

누군가가 말했다.

"나도 바리케이드를 치지 말자는 말은 아니오. 실무적인 어려움에 대해서 이야기하는 거요."

젤리슨은 늙은 목사의 얼굴을 쳐다볼 수 없었다.

조지 크리스토퍼가 말했다.

"좋소. 그러면 이제 해봅시다. 레이, 너는 여기 있다가 회의의 결론을 내게 알려줘. 칼, 제이크, 나머지 너희들, 모두 나를 따라와. 우리가 지금 가지 않는다면 내일 이 자리에는 사람들이 천 명쯤 앉아 있게 될 거야."

젤리슨은 조지의 말을 들으며 속으로 생각했다. 밤에는 상대방의 얼굴을 보지 않아도 되니까 훨씬 쉽겠지. 아침이 될 때쯤에는 이 일도 제법 익숙해질 거야. 그리고 사람들을 죽음의 구렁텅이로 내모는 일에 정말로 익숙해지면, 그 뒤로도 당신과 친구로 지내려는 사람이 있을까?

하지만 젤리슨이 가장 슬픈 것은, 조지 크리스토퍼의 말이 옳다는 사실이었다. 옳다고 해서 이 일이 쉬워지는 것은 아니다.

"우리 쪽 사람도 몇 명 붙여주겠소, 조지. 그리고 아침이 되면 교대조를 보내주겠소."

"좋습니다."

조지가 문으로 향했다. 그는 걸어가다가 잠시 멈춰 서서 모린에게 미소를 지었다.

"잘 자, 멜리장드."

젤리슨의 집의 거실에서 등불 하나가 켜져 있었다. 젤리슨은 신발을 신지 않고 셔츠 단추도 반쯤 푼 채 안락의자에 퍼져 있었다.

"앨빈, 이 목록은 버리지 말고 놔두게."

"네, 상원의원님. 뭘 좀 드시겠습니까?"

앨빈이 시계를 봤다. 새벽 두 시였다.

"아니. 모린이 알아서 챙겨줄 거야. 자네는 잘 자게."

앨빈은 자신의 시계를 보며 말했다.

"늦었습니다, 의원님. 아침 일찍 일어나셔야 하잖습니까."

"금방 들어가겠네. 잘 자게."

젤리슨은 조금 단호하게 말했다. 젤리슨은 비서관이 굳은 표정으로 돌아서는 것을 봤다. 그 모습을 보자 아더 젤리슨은 짐작만 하던 것에 확신이 들었다. 베데스다 병원의 의사가 앨빈에게 자신의 심전도 검사 결과를 말해준 것이 틀림없다! 앨빈이 꼭 어미닭처럼 굴고 있지 않은가. 앨빈이 모린에게도 말했을까? 아무래도 상관없다.

모린이 물었다.

"마실 것 좀 드릴까요, 아버지?"

"물을 줘. 위스키는 아껴야 해."

젤리슨이 다시 말했다.

"잠시 앉아라."

그의 목소리는 정중했지만, 요청이나 지시와는 조금 달랐다. 걱정하는 목소리였다.

"예?"

그녀가 의자 하나를 곁으로 가지고 왔다.

"조지 크리스토퍼의 말이 무슨 뜻이냐? '멜리장드'라고 했던가, 그게 뭐지?"

"이야기하려면 길어요."

"듣고 싶다. 크리스토퍼와 관련된 이야기는 뭐든 들어야 해."

젤리슨이 말했다.

"왜죠?"

"왜냐하면 그들은 이 계곡의 중요한 권력자이고, 우리는 서로 적대하지 말고 잘 지내야 해. 나는 누가 무엇을 양보해야 하는지 판단하고 싶다. 그러니 말해보거라."

모린이 대답했다.

"음, 아버지도 알다시피 저와 조지는 거의 함께 자랐어요. 나이도 같고."

"그렇지."

"그리고 아버지가 워싱턴에 가기 직전에, 아버지가 주 정부에서 일할 때, 저와 조지는 사랑하는 사이였어요. 겨우 열네 살이었지만 사랑하고 있다고 느꼈죠."

그 후 그런 느낌을 가져본 적이 없다는 말은 하지 않았다.

"그는 내게 머물러 달라고 했어요. 나도 그와 함께 있고 싶었어요. 방법만 있다면요. 나는 워싱턴에 가고 싶지 않았어요."

젤리슨은 노란색 등유 불빛에 비치자 더 나이가 들어보였다.

"그건 몰랐구나. 나는 무척 바빴었지."

"괜찮아요, 아버지."

"괜찮지 않더라도, 이미 지난 일이지. 멜리장드는 뭐냐?"

"〈레인메이커〉라는 연극을 아세요? 자신만만한 젊은 남자가 농가의 노처녀에게 수작을 걸죠. 더 이상 '리지'라는 이름을 쓰지 말고, 자기와 함께 가서 '멜리장드'라는 이름을 쓰고 도시에서 살자고. 그러면 휘황찬란한 삶을 살게 될 거라고……. 조지와 나는 그 연극을 여름에 함께 봤는데, 그게 사귀는 계기가 됐죠. 그게 다예요. 워싱턴의 휘황찬란한 삶 대신 나는 여기서 그와 함께 남았어야 했어요. 오랫동안 잊었던 것인데……."

"그랬니? 그런데 지금은 기억을 하는구나."

"아버지……."

젤리슨이 물었다.

"그가 너를 그런 이름으로 부른 건 무슨 뜻이지?"

"글쎄요. 나는……."

그녀는 말을 멈췄고, 더 이상 말을 하지 않았다.

"그래. 나도 그런 생각을 했단다."

젤리슨이 말했다.

"그는 네게 뭔가 의미를 전한 거야. 그렇지 않니? 우리가 워싱턴으로 이사 간 이후 그를 얼마나 자주 만났지?"

"그다지요."

"그와 잤었니?"

모린이 화를 냈다.

"그건 아버지랑 상관없는 일이에요."

"상관없지 않아! 이 계곡에서 일어난 모든 일은 이제 내가 신경 써야 하는 일이다. 특히 크리스토퍼 일가와 관련된 일이라면 말이다. 잤나?"

"아뇨."

"그가 시도는 했고?"

"진지하진 않았어요. 내 생각에는 그의 신앙심이 너무 강했어요. 그리고 사실 기회도 많지 않았고요. 우리가 워싱턴으로 가버렸으니까 말이에요."

젤리슨이 말했다.

"그리고 아직 결혼을 하지 않았더군."

"아버지, 그건 억측이에요. 그가 나 때문에 지난 십육 년간 혼자 살았겠어요?"

"그렇지. 나도 그렇게 생각하는 건 아니다. 하지만 오늘 밤 그의 말에는 분명한 의미가 들어 있었지. 좋다. 이제 자자꾸나."

"아버지."

"왜?"

"이야기 좀 해줘요. 저 무서워요."

모린은 의자를 젤리슨의 곁으로 바싹 당겼다. 젤리슨은 그녀가 무척 어려 보인다고 생각했다. 그녀가 아주 작은 소녀였을 때, 그녀의 엄마가 아직 살아 있던 때가 기억났다.

"상황이 나쁜 거죠?"

젤리슨이 말했다.

"최악의 상황이지."

그는 위스키 병을 가져다가 두 손가락 마디만큼 따랐다.

"위스키 만드는 법은 이미 알고 있어. 곡식이 있다면 술을 만들 수 있겠지. 곡식만 있다면."

모린이 물었다.

"이제 무슨 일이 생길까요?"

"나도 모른다. 그냥 몇 가지 추측만 해볼 뿐이지."

그는 텅 빈 난로를 들여다봤다. 난로는 굴뚝을 타고 내려오는 빗물 때문에 축축하게 젖어 있었다.

"해머가 충돌했어. 지금은 해일이 전 세계를 휩쓸고 있겠지. 해변의 도시들은 이미 사라졌을 거다. 워싱턴도 사라졌다. 국회 의사당이 살아남았다면 좋겠는데. 그 오래된 화강암 벽돌이 참 좋았거든."

그는 잠시 침묵을 지켰다. 폭우, 그리고 천둥소리가 들렸다.

젤리슨이 말했다.

"누가 한 말인지 기억나지 않지만, 아주 인상 깊은 문구가 있지. '세 끼만 굶으면 어떤 나라에서든 폭동이 난다.' 저 빗소리 들리니? 저 비가 온 나라에 오고 있을 거다. 저지대, 강 하구, 작은 하천 인근, 도로의 낮은 부분…… 그 모든 곳이 이미 물에 잠겼을 거다. 샌호아킨밸리 전체가 곧 수몰되는 것처럼. 고속도로와 철도, 하천의 선박, 그 모든 것이 사라졌다. 이제 교통도 통신도 없지. 그 말은 이제 미국의 존재가 사라졌다는 의미다. 다른 나라도 비슷한 상황이겠지."

방 안이 춥지도 않았지만 그녀는 부르르 떨었다.

"하지만…… 피해를 받지 않은 도시도 있겠죠? 도시가 해변에만 있는 것은 아니잖아요. 지진 피해를 겪지 않은 산악의 도시들 말이에요. 그 도시들은 여전히 정상적으로……."

"과연 그럴까? 앞으로 몇 주간 먹을 식량을 충분히 가진 도시가 몇이나 되겠니?"

"생각해본 적 없어요."

"그래. 그리고 이 상황은 몇 주가 아니라 몇 달간 계속될 거다. 사람들이 뭘 먹어야 하지? 미국에는 일상적으로 삼십 일 분의 식량이 비축돼 있다. 창고, 슈퍼마켓, 곡식 저장소, 항구에 있는 배를 모두 합친 물량이지. 그중 상당수는 이미 잃었다. 다른 상당수는 상할 것이고. 이번 가을에는 수확도 없을 거다. 보리농사를 지은 사람 중 충분히 수확을 해서 남과 나눌 수 있는 사람이 과연 있을까?"

"음……."

"상황은 그보다 훨씬 안 좋을 거다."

젤리슨의 목소리가 더 잔인해졌다. 마치 일부러 모린에게 겁을 주는 듯했다.

"사방에 난민들이다. 난민들은 먹을 것이 있다면 어디든 몰려갈 거다. 그들을 비난할 수는 없어. 지금 이 시간에도 이곳에 오고 있는 피난민이 백만 명은 되겠지. 어쩌면 여기저기에서 경찰과 지역 정부가 애를 쓰고 있을지도 모르지. 하지만 메뚜기 떼가 덮칠 때 정부가 뭘 할 수 있겠니? 더구나 이들은 메뚜기 떼가 아니라 사람이다."

모린이 울음을 터뜨릴 듯 말했다.

"그러면…… 우린 뭘 해야 하나요?"

"살아남는다. 이 상황을 극복하고 살아남는다. 그리고 새로운 문명을 만든다. 누군가는 해야 할 일이다."

그의 목소리가 높아졌다.

"우리는 할 수 있어. 얼마나 빨리 회복하느냐는 얼마만큼 타격을 입느냐에 달렸겠지만. 야만으로 돌아간다고? 활과 화살과 돌도끼? 만약 그렇게 된다면, 내가 저주받을 거야."

"그래요, 물론이에요."

"아니, '물론'이 아니다, 애야."

젤리슨의 목소리는 아주 늙은이 같았지만, 의지와 힘이 담겨 있었다.

"우리에게 달린 문제다. 바로 여기서 말이다. 다른 곳은 어떤지 모르겠지만 적어도 여기는 아주 훌륭하게 살아남았다. 여기에는 신이 내린 기회가 있고, 우리는 그 기회를 살려야 한다."

모린이 말했다.

"아버지는 해낼 거예요. 아버지의 임무예요."

"그걸 할 수 있는 다른 사람은 생각나지 않니?"

"질문을 한 게 아니에요, 아버지."

"그러면 꼭 기억해다오. 정말 하고 싶지 않은 일을 할 수밖에 없는 상황이 되었을 때 말이다."

젤리슨은 이를 악물었다.

"우리는 해내고 말 거다. 애야. 약속하마. 이 계곡의 사람들은 이 어려운 때를 이겨나가고 문명을 부활시킬 거다."

그리고 그는 웃었다.

"당연히 그렇게 될 거다. 자, 이제 잘 시간이다. 내일도 할 일이 아주 많다."

"그래요."

"나를 기다릴 필요는 없다. 나도 곧 잘 테니 먼저 자렴."

모린은 그에게 가볍게 입맞춤을 한 뒤 자리를 떴다. 아더 젤리슨은 병에 든 위스키를 모두 마신 후, 한참이나 술병을 쳐다봤다. 그리고 자리에 앉아서 텅 빈 난로를 한참 들여다봤다.

문명을 다시 건설하는 방법은 루시퍼의 해머가 남긴 잔해 속에 있을 것이다. 옛 해변의 도시에는 인양할 수 있는 물자가 풍부할 것이다. 해일이 모든 것을 파괴하지는 않았을 것이다. 새로운 유전도 발굴할 수 있을 것이며 철로도 복구할 수 있을 것이다. 이 비가 영원히 계속 내리지는 않을 것이다.

우리는 다시 한 번 문명을 건설할 수 있다. 아주 제대로 된 문명을 건설할 것이다. 저주받은 이 조그만 행성에 다시 한 번 문명을 재건하고, 그 문명을 태양계 전체로, 다른 행성에게도 전파시킬 것이다. 그래서 다시는 문명이 쓰러지지 않게 할 것이다.

물론이다. 할 수 있다. 하지만 문명 재건을 시작할 때까지 어떻게 살아남을 것인가? 가장 급선무는 이 계곡을 안전한 장소로 만드는 것이다. 누구도 도와주지 않을 것이며 우리 스스로 해야 한다. 우리가 만들어내는 법과 규칙 이외에는 아무것도 유효하지 않을 것이다.

그리고 모린과 샤를로트와 제니퍼가 안전할 수 있는 방법은, 이 계곡의 모든 사람이 하나로 뭉치는 것뿐이다. 나는 이제까지는 미국 국민과 캘리포니아의 주민을 위해 일했다. 이제는 아니다. 이제부터 나는 내 가족을 위해 일해야 한다. 어떻게 이들을 보호할 것인가?

결국 목장을 어떻게 지킬 것인지로 귀결되겠지. 사람들의 도움 없이는 그 일을 해내지 못할 것이다. 사람들? 예를 들면 조지 크리스토퍼 같은 사람들의 도움이다. 조지에게는 친구가 아주 많다. 그와의 사이가 틀어지면 안 된다.

아더 젤리슨은 심하게 피곤했다. 그는 등불을 불어서 껐다. 갑작스러운 어둠이 찾아오자 빗소리와 천둥소리가 더욱 크게 느껴졌다. 번개 덕택에 침실로 이어지는 길은 잘 보였다.

앨빈의 방문에서 불빛이 새어나왔다. 그 불빛은 상원의원이 침대로 들어간 다음에야 꺼졌다.

보호구역

하느님은 사랑하기에 모든 인간에게 대지를 주셨지만
인간의 심장은 너무도 협소하기 때문에
그 사랑을 온전히 담게 된 땅은
오직 한 곳뿐입니다.

– 러디어드 키플링

하비 랜들은 귀에 거슬리는 소리 때문에 잠에서 깨어났다. 누군가가 그에게 고함을 지르고 있었다.

"하비, 도와줘요!"

로레타? 그는 갑자기 벌떡 일어나다가 뭔가에 머리를 부딪쳤다. 그는 트래블–올에서 잠들어 있었고, 방금 들은 목소리는 로레타가 아니었다. 그는 당황했다. 어디까지 악몽이고 어디부터 현실이지?

"하비!"

귀청을 때리는 소리는 현실이었다. 하지만 이런, 젠장, 로레타는 죽었다.

비가 오고 있었지만 트래블–올 주변에는 빗방울이 떨어지지 않았다. 그는 문을 열고 흐린 불빛 속에서 눈을 깜빡였다. 시계를 보니 여섯 시였다. 아침일까, 저녁일까?

트래블-올은 곧 무너질 듯한 오두막 아래에 주차해 있었다. 지붕과 기둥이 간신히 남아 있는 가건물이었다. 마리 밴스는 오두막의 한쪽 끝에 있었다. 조안나는 산탄총을 겨누고 있고 마크는 고함을 질렀으며 마리는 하비에게 도움을 청하는 중이었다.

이 상황이 대체 이해가 안 된다. 반쯤 켜진 불빛, 쏟아지는 비, 휘몰아치는 바람, 번개, 천둥, 소리 지르는 여인, 소리 지르는 마크, 산탄총을 손에 든 조안나. 이게 악몽일까, 현실일까? 그는 사람들에게 다가가서 말했다.

"이게 무슨 일이지, 마크?"

마크가 돌아서서 하비를 바라봤다. 마크의 얼굴에 미소가 걸렸다가 곧 사라졌다. 하비의 꿈이 사라져버리듯 말이다. 마치…….

"하비! 마크에게 이야기 좀 해줘요!"

마리가 외쳤다.

하비는 거미줄이 달라붙은 듯 끈끈한 두뇌를 회전하려고 했지만 쉽지 않았다. 그가 말했다.

"마크? 뭐 하는 거지?"

마리가 꼭두각시 인형처럼 갑자기 덜컥 움직이면서 하비를 돌아봤다. 마치 보이지 않는 적과 싸우는 듯한 움직임이라서 하비는 깜짝 놀랐다. 마리가 말했다.

"하비 랜들, 정신을 차릴 시간이에요. 아들이 걱정되지 않나요? 이미 로레타를 잃었잖아요. 앤디를 생각하세요."

"이게 대체 무슨 상황이오?"

하비는 자신의 말이 마치 타인의 목소리처럼 들렸다.

마리와 마크, 두 사람이 동시에 말하기 시작했다. 하비는 감정이 날카로워졌다기보다는 상황을 이해해야 했기 때문에, 조금 날카롭게 말했다.

"자, 한 번에 한 사람씩! 마크, 잠시만 기다려봐. 마리, 당신이 먼저 말해보시오."

마리가 말했다.

"이 사람이, 우리 아이들을 내버릴 생각이에요."

"난 그러지 않았어요. 지금 설명하려고……."

마리가 마크의 말을 끊었다.

"아이들은 지금 세콰이어 국립공원에 있어요. 그래서 세콰이어로 가자고 이야기했죠. 하지만 마크는 계속 서쪽으로만 갔어요. 그쪽이 아니잖아요."

조안나가 외쳤다.

"당신들 모두 좀 조용해요!"

그녀의 목소리는 아주 신경질적이었기 때문에 마크는 아무 말도 꺼내지 못하고 입을 다물었다. 조안나가 저런 소리를 내는 것을 들어본 일이 없었다. 게다가 지금 조안나는 산탄총도 들고 있었다.

하비가 물었다.

"우리 지금 어디로 가는 거지?"

마크가 말했다.

"세콰이어 국립공원으로 가고 있어요. 하지만 거긴 엄청나게 넓다고요. 마리는 정확한 장소도 모르고 있고……."

하비가 말했다.

"내가 알아. 지금 우리 위치는?"

마크가 대답했다.

"시미밸리요. 내 말 좀 들어주겠소?"

"그래, 이야기해봐."

"하비, 그는……."

"좀 조용하시오, 마리!"

하비는 목소리를 일부러 거칠게 했다. 그러자 마리가 말을 멈췄다.

마크가 말했다.

"하비, 여기저기 사람들이 널려 있고 도로는 정체 상태예요. 그래서 알려지지 않은 소방 도로를 택한 거예요. 이 길은 바이커들이나 알고 있죠. 이대로 계속 가면 콘도르 보호구역을 가로지르게 돼요. 처음에 잠시 서쪽으로 가지만, 고속도로를 타지 않고 계속 갈 수 있는 길이죠. 차분하게 생각해봐요. LA에서 빠져나온 사람의 수가 얼마나 많겠어요? 하지만 이 길을 아는 사람은 많지 않아요. 그리고 이 길은 계속 고지대로만 연결되죠. 좀 이상해 보이는지 모르겠지만 잘못될 일이 없는 길이라고요."

그는 마리에게 돌아섰다.

"지금까지 나는 그 사실을 설명하려고 했소. 우리는 저 산을 넘어서 한참을 쭉 달려야 한다고 말이오. 그러면 샌호아킨을 건너 지름길을 통해 세콰이어 쪽으로……."

하비가 말했다.

"지도 좀 가져와봐."

마크가 대꾸했다.

"지도에 나오는 길이 아니에요. 만약 나오는 길이었다면 모든 사람들이⋯⋯."

하비가 말했다.

"자네 말은 믿어. 그 이후의 상황을 보려는 거야. 트래블─올에 지도가 있어."

마크가 차로 가려는데 조안나가 모터사이클의 안장 상자를 열었다.

조안나가 말했다.

"프랭크 스토너가 지도 세 장을 준비해뒀어요. 오토바이마다 한 장씩 말이에요."

그녀는 커다란 항공 지도를 꺼냈다. 지도에는 등고선이 색색으로 칠해져 있었다.

"그리고 오토 클럽 지도도 있어요."

지도를 자세히 읽기에는 어두웠다. 마크는 트래블─올에서 손전등 하나를 들고 왔다. 마리는 말없이 원망스러운 눈빛으로 서 있었다.

마크가 말했다.

"봤죠? 고속도로는 호수 곁을 지나요. 심지어 댐도 있어요. 샌 안드레아스 판의 접합부에 말이죠. 거기 있는 고속도로가 아직 쓸모가 있을 것 같아요?"

하비가 고개를 저었다. 문제는 그게 아니다. 고속도로가 아직 사용 가능하다면, 백만 명쯤 되는 사람이 도로에 몰려 있을 것이다. 만약 사용 불가능하다면…….

"프레지어 파크를 가로질러 나오게 되겠군."

마크가 말했다.

"맞아요! 그리고 계곡을 따라 이동해서 북쪽으로 직진이죠. 원래는 프랭크가 추천했던 모하비를 목적지로 생각하고 있었어요. 하지만 생각해보니 거기는 안 되겠어요. 세콰이어를 들를 수가 없으니까요."

그는 지도를 가리켰다.

"동쪽으로 향하는 길은 전부 이자벨라 호수 주변을 지나요. 컨 강을 따라서 말이죠. 하지만 비가 이렇게 오는데 컨 강에 다리가 몇 개나 남아 있겠어요?"

"없겠지. 마리, 마크의 말이 맞소. 만약 평범한 길로 이동하면 절대 세콰이어까지 도착 못 할 거요."

마크가 기쁜 표정을 지었다. 조안나는 산탄총을 모터사이클에 기댄 다음 무너지듯 자리에 앉았다. 마리가 말했다.

"진작 설명해줬다면……."

마크가 소리를 질렀다.

"이런, 얼마나 노력했는데요!"

그러자 마리가 대답했다.

"당신 말고."

하비는 가슴이 슬쩍 뜨끔했다. 그럼 내 이야기로군. 그리고 그녀 말이 틀린 것 없다. 나는 이대로 웅크린 채 죽은 듯 정신을 잃어서는 안 된다. 저 산에는 내 아들이 있다. 아들을 데려와야 한다. 신이여, 마리를 만나게 해줘서 감사합니다. 하비가 물었다.

"가솔린은 충분한가?"

"충분해요. 대략 팔십 킬로미터 정도 왔는데……."

"겨우 팔십 킬로미터……."

하비가 중얼거렸다. 지도를 봐도 이동 거리는 실제로 팔십 킬로미터였지만 하비는 훨씬 많이 이동한 느낌이었다. 속도를 충분히 내지 못하기 때문이리라.

"마크, 이 소방도로는 확실히 아는 거지? 이 길이 무너졌을 가능성은?"

마크가 말했다.

"무너졌을 수도 있어요."

마크는 지도상에서 댐을 가리키며 말했다.

"하지만 이것보다 위험하겠소?"

"아니. 그냥 전진하는 편이 낫겠지. 내가 운전하겠네."

하비가 말했다.

"그러면 내가 앞장서서 길을 안내하겠어요. 조안나, 넌 총을 들고서 함께 타."

마크는 마리에게는 말을 하지 않았다. 말을 걸고 싶지 않은 모양이었다.

하비 입장에서는 뭐라도 한다는 것이 기분 좋은 일이었다. 뭐라도 한다는 측면에서 말이다. 머리가 멍하고 편두통도 있었으며 목과 어깨 근육이 심하게 뭉쳐 매듭진 것 같은 느낌이었다. 하지만 좌석에 웅크려 있는 것보다는 나았다.

하비가 말했다.

"이제 가자!"

그들은 능선을 따라 오르내리는 도로를 타고 북서쪽으로 향했다. 도로는 저지대를 거치지 않고 계속 고지대로만 연결되어 있었다. 때로는 도로 주변에 산사태의 흔적이 있었지만 고지대라서 흙무더기가 두껍게 쌓이지 않았다. 그리고 다른 차가 다니지 않았기 때문에 흙무더기가 미끄럽게 다져지지도 않았다.

산의 지형이 많이 변했다. 도로가 어디서 끊길지 몰랐다. 마크가 말했던 것처럼, 완전히 신뢰할 것은 어디에도 없었다. 하지만 그들도 좌절하지 않고 계속 나아갔으며 마침내 좀 더 나은 포장도로에 도착했다. 이제 하비는 좀 더 속도를 높였다.

하비는 운전하는 것이 좋았다. 운전에 정신을 집중하면 다른 생각을 할 틈이 없었다. 바위를 조심하고, 커브 길에서는 속도를 줄여야 했다. 계속 앞으로 나아가고, 거리계의 눈금이 올라간다. 결코 돌아보지 않으며, 뒤에 남겨진 것을 생각하지 않는다.

이제 그들은 아래로, 아래로, 샌호아킨을 향했다. 시선이 닿는 저지대 여기저기 물이 고여 있었다. 그것은 무서운 광경이었다. 하비는 차를 세워 지도를 응시했다. 이 도로를 따라가면 저지대를 관통해야 하는데, 지금 그곳은 물이 꽉 차 있을 것이다. 그러니 고속도로를 이용해 킨 강을 건넌 다음 고속도로에서 빠져나와 북동쪽으로 방향을 잡으면……

연료가 버텨줄까? 지금까지는 연료가 충분했다. 하비는 미리 준비했던 여분의 연료를 떠올렸고, 이어서 푸른색 승합차에 타고 있던 도둑과 살인자들을 떠올렸다. 그들이 어디에 숨어 있든 언젠가 그들을 찾아내고 말겠다. 하지만 그들은 이 길로 가지는 않았을 것이다. 이 길에는 누가 지나간 흔적이 전혀 없다. 지금까지 이 길을 따라 이동한 것은 오직 그들뿐이었다.

새벽 무렵에 그들은 베이커스필드의 동북쪽을 지나고 있었다. 그들은 시간당 오십 킬로미터의 아주 효과적인 속도로 전진하고 있었다. 그들 앞에는 큰 장애물은 나타나지 않았다. 이제 그들은 샌호아킨을 둘러싸고 있는 동쪽 산등성이 고지대로 올라왔다.

하비는 이대로 진행 방향으로 쭉 전진하면 실버밸리에 있는 아더 젤리슨 상원의원의 목장이 나온다는 것을 깨달았다.

튤 강은 엄청나게 불어 있었다. 정말이지 너무 불어나, 강 바로 옆 도로는 감히 누구도 달릴 엄두를 내지 못할 정도였다. 하비는 그 사실을 너무 늦게 깨달았다. 그리고 앞에는 댐이 보였다.

산에서부터 거세게 흘러내리는 물이 계속해서 댐의 정면을 후려치고 있었다. 하비는 오토바이를 타고 앞장선 마크에게 경적을 울리고, 주먹을 쥐고 기운차게 위아래로 흔들었다. 속도를 두 배로 내라는 군대식 수신호였다.

마크는 하비의 신호를 알아들었다. 그의 오토바이가 속도를 높혔고, 하비도 가속페달을 힘껏 밟아서 뒤를 따랐다. 그들은 거의 댐에 도착했다. 그 순간, 진흙의 강이 흘러넘치면서 도로를 뒤덮었다. 십여 명의 사람들과 대여섯 대의 차량이 진흙 때문에 미끄러지는 모습이 보였다.

하비는 트래블-올을 사륜구동으로 전환해서 정지하지 않고 계속 전진했다. 한 남자가 팔을 벌리고 가로막아 서서 그들의 차를 세우려고 했다. 그 사람은 눈을 크게 치켜뜨고 이를 악물었는데, 입가에는 공포에 일그러진 미소가 걸려 있었다. 그는 하비의 얼굴을 바라보고 있었다. 하비가 트래블-올의 헤드라이트를 깜빡였고, 그 남자는 급히 몸을 굴려서 차를 피했다.

진흙이 흘러내리면서 트래블-올이 진흙과 함께 미끄러졌다. 하비는 핸들을 꼭 쥐고 엔진 출력을 높였다. 진흙과 차의 광적인 싸움이 벌어졌다. 도로에 달라붙어 있던 진흙, 새롭게 흘러내리는 진흙…… 도로에 흩뿌려진 자갈 때문에 트래블-올이 부서질 듯 흔들렸다. 그러더니 다시 멀쩡한 도로가 나왔다. 마리가 안도의 한숨을 내쉬었다.

정면에 다리가 나타났다. 호수를 가로지르는 다리였는데 상당 부분이 물속에 잠겨 있었다. 잠긴 부분의 깊이가 얼마나 되는지 알 수가 없었다. 그는 속도를 줄였다.

갑자기 강물과 비와 천둥소리 속에서 다른 소리가 들려왔다. 사람들의 비명소리였다. 조안나가 뒤를 돌아보다가, 함께 비명을 질렀다.

"오, 주여!"

하비는 트래블-올을 멈췄다.

댐이 무너지고 있었다. 댐의 한쪽 면 전체가 우르릉거리더니 한순간에 바스러졌고, 어마어마한 물이 쏟아져 내렸다. 그 엄청난 기세는 비명소리를 한순간에 모조리 삼켰다.

조안나가 말했다.

"우리는 정말 타이밍을 잘 맞췄군요."

하비가 중얼거렸다.

"저 사람들은 전부 다……."

트래블—올만큼 좋은 차를 가지지 못했던 도로 위의 사람들, 비가 그치기만 기다리던 농부들, 걸어가던 사람들, 이미 침수된 지역에서 지붕이나 높은 곳에 올라가 있던 사람들, 그들 모두는 그들을 향해 덮쳐오는 저 거대한 물의 장벽을 멍하게 바라보고만 있었겠지.

이 끝없는 비를 계속 버텨낼 댐은 아마 없을 것이다. 다른 댐이 무너지면 상황은 더 악화될 것이다. 계곡 전체가 물에 잠길지도 모른다.

하비는 깊은 숨을 들이마셨다.

"좋아, 끝났다. 우리는 해냈어. 아이들이 있는 퀘이킹 아스펜은 여기서 오십 킬로미터밖에 떨어져 있지 않아. 고르디가 아이들을 거기로 데려오기로 했다."

하비는 스프링빌 북쪽 도로를 기억했다. 그 도로는 하천을 여러 번 가로질렀고, 도로 주변에 댐과 소규모 수력발전소가 여러 개 있었다. 댐! 댐이 있었다. 그것들은 이미 무너졌을까? 곧 무너지게 될까? 그 도로로 달리고 싶지 않았다. 다시 한 번 댐이 무너지는 것을 겪고 싶지는 않았다.

"자, 가요."

마리가 말했다.

하비가 차를 출발했다. 다리 위까지 고여 있던 물은 댐의 붕괴와 함께 사라졌고 이제 다리를 건널 수 있다. 그 물은 모두 샌호아킨밸리로 흘러가는 중일 것이다. 다리 맞은편에서 대형 트럭하나가 나타나는 바람에 깜짝 놀랐다. 하지만 그 트럭은 다리 반대편 입구에 차를 세웠다. 트럭에서 두 명의 덩치 큰 사내가 내리더니 하비의 트래블-올을 바라보면서 뭐라고 말하는 것 같았다.

하비는 그들을 지나쳐서 계속 전진했다. 위편으로 다리 하나가 또 무너져 있다. 그 때문에 하비는 마음의 결정을 내렸다. 젤리슨 상원의원의 목장을 경유해서 지나가기로 말이다.

그곳은 산 속에서 무슨 일이 벌어지고 있는지를 가장 잘 알 수 있는 곳이기도 했다. 그리고 일단 소년들을 찾은 후 어디로 갈 것인가? 마리는 버트와 앤디를 찾아낸 이후에 대해서는 전혀 생각하지 않았을 것이다. 하비도 지금까지는 계획이 없었다. 하지만 지금 완벽한 계획이 생각났다. 소년들을 젤리슨의 목장 인근에서 만나게 된다면……

그리고 그 목장에는 모린도 있을 것이다.

하비는 모린을 떠올린 자기 자신을 경멸했다. 로레타의 얼굴과 전기담요에 감싸진 몸뚱이가 눈앞에서 아른거렸다. 그는 차의 속도를 줄이다가 멈춰 세웠다.

"대체 왜……"

마리가 항의하려고 했지만, 말을 마치기도 전에 큰 폭발이 일어났고, 이어서 또 한 번 폭발이 일어났다.

"이게 대체 뭐야!"

하비가 다시 차를 출발시켰다. 회한이 공포로 바뀌었다. 폭발이라니? 이 근처에서 전쟁이 벌어지기라도 하는 것일까? 그는 계속 차를 앞으로 달렸고, 조안나와 마리는 고개를 빼고 뒤를 돌아봤다.

앞장섰던 마크가 유턴을 하더니 왔던 길로 되돌아갔다. 하비를 마주보고 스쳐가는 순간 마크는 손을 흔들었다. 조안나가 외쳤다.

"너는 망할 놈의 호기심 때문에 죽게 될지도 몰라."

하비는 가볍게 고개를 끄떡했다. 이 상황이 뭔지 모르더라도 별 상관없었지만, 알게 된다고 나쁠 것은 없었다. 전방으로 몇 킬로미터만 더 가면 이 도로에서 벗어날 텐데 그곳은 안전지대일 것이다.

하비는 상원의원의 목장으로 들어가는 진입로에서 차를 천천히 몰다가, 마크가 뒤를 따르는 것을 확인하고서 차를 세웠다.

마크가 말했다.

"그 다리였어요."

"다리라니?"

"우리가 건넜던 다리 말이에요. 그 덩치 큰 남자 두 명이 다이너마이트로 다리를 폭파시킨 거예요. 만약 삼십 분만 늦었다면 우리는 그 다리 앞에서 돌아서야 했을 거예요."

그러자 조안나가 말했다.

"오 분만 늦었다면, 수백만 톤의 물이 눈앞으로 밀려오는 모습을 보고 있어야 했겠지. 하비. 이렇게 계속 행운에만 의지하면 안 되잖아요?"

하비가 말했다.

"행운은 중요해. 전투에서, 행운은 지능 이상으로 중요해. 하지만 이제 당분간은 행운에 의존할 필요는 없을 거야. 지금 저쪽으로 가고 있으니까 말이지."

그는 상원의원의 목장 진입로를 가리켰다.

마리가 전쟁이라도 치를 기세로 말했다.

"왜죠?"

하비가 말했다.

"도로 상태를 확인하고 정보를 수집하기 위해서요."

하비는 문 앞으로 향했다. 텔레비전 다큐멘터리 프로듀서는 정치인의 집에서 그다지 환영받지 못할 것 같다는 생각이 잠시 들었지만 이미 결심은 내려졌다.

그는 트래블—올에서 내려 문을 열었다.

안에 차 한 대가 주차되어 있었다. 덩치 큰 남자가 밖으로 나오더니 지친 표정으로 트래블—올에 다가왔다. 그가 물었다.

"무슨 일이오?"

그는 조안나와 그녀의 산탄총을 바라보더니 자신의 빈손을 내보였다.

"나는 무장하지 않았소. 하지만 내 파트너가 숨어 있소. 저격용 총을 가지고 당신들을 겨누고 있지요."

하비가 대답했다.

"시끄럽게 굴려고 온 것이 아니오."

남자는 트래블-올의 바깥에 NBS 방송국 표기가 도장된 것을 봤지만 그다지 놀라지는 않았다.

"안에 계신 분께 말씀 좀 전해주시겠소?"

"무슨 메시지냐에 따라 다르죠. 할 수도 있소."

하비는 잠시 생각을 한 다음 말했다.

"모린 젤리슨에게, 하비 랜들이 친구 세 사람을 데리고 왔다고 전해주시오."

그 남자가 하비를 빤히 바라봤다.

"맞는 이름을 댔군요. 그녀가 당신을 기다리고 있소?"

하비가 웃었다. 그 남자의 말이 갑자기 우습게 느껴져서 견딜 수가 없었다. 그는 울타리에 몸을 기대어 폭소를 터뜨리다가, 최대한 목소리를 가다듬은 후 말했다.

"가라앉은 로스앤젤레스의 생존자를 기다리고 있을까요?"

그는 다시 낄낄댔다.

사내가 조금 움찔했고, 크고 붉은 얼굴에 약간 당황한 기색이 들었다. 사내로서는 알고 싶지 않은 것이었다. 그러나 상원의원은 LA에서 무슨 일이 일어났는지를 경험한 사람의 이야기를 듣고 싶다고 회의석상에서 언급했다. 그리고 LA에서 왔다는 이 남자는 상원의원뿐만 아니라 모린의 이름까지 알고 있었다.

하비는 갑자기 웃음을 거뒀다.

"모린은 내가 죽었을 거라고 생각하고 있을 거요. 살아 있다는 것을 알면 기뻐하긴 하겠죠."

과연 그럴까? 짜잔!

"그녀는 나와 이야기를 하고 싶어 할 거요. 모린에게 내가⋯⋯ 아니, 아무튼."

그는 하비 랜들이 우주 왕국에 대해 토론하자는 이야기를 전해달라고 하려다가 말을 멈췄다. 상황에 맞지 않는 이야기일 것 같았다.

그 남자는 잠시 생각한 다음 고개를 끄덕였다.

"좋소. 하지만 당신은 여기서 기다리시오. 다시 말하지만, 바로 이 자리에서 기다리시오. 이해했소? 저 산탄총으로 장난칠 생각은 꿈도 꾸지 마시오."

"우리는 아무도 쏘고 싶지 않소. 내가 모린과 이야기를 조금 하고 싶을 뿐입니다."

"좋소. 여기에 있으시오. 시간이 조금 걸릴 거요."

그 남자는 차의 문을 닫고 걸어서 진입로를 올라갔다.

걷고 있다니. 이곳은 이미 가솔린을 아끼기 시작했다. 그래, 상원의원이 이 지역을 장악하고 체계적인 대응을 시작한 것이다. 하비는 트래블−올로 돌아갔다. 마리는 뭔가를 말하고 싶어 했지만, 하비는 직업적인 익숙함으로 그녀의 말을 끊었다.

"지도를 펼쳐 보시오."

마리는 머뭇거리면서 하비의 말을 따랐다. 하비는 손으로 가리키며 설명했다.

"아이들은 여기에 있소. 그들이 산에서 내려오려면 반드시 이 지점을 지나쳐야 해요. 이 댐에 대해서는 걱정할 필요가 없소.

이 지점 말이오. 왜냐하면 아이들이 도로로 이동할 리 없으니까 말이오. 하지만 우리는 도로를 따라 이동해야 하기 때문에 댐을 걱정하지 않을 수 없소. 아니면 우리도 걸어서 이동해야 하는데, 우리는 아무런 준비가 되어 있지 않소."

마리는 그의 말을 곱씹어보았다. 그녀는 자신의 부츠와 재킷을 순서대로 바라봤다. 걸을 준비는 되어 있었지만 아무튼 하비의 말은 틀리지 않았다. 만약 걷게 된다면, 여기서 몇 시간을 소비한다고 해서 차이가 나지도 않을 것이다.

조안나가 물었다.

"그래서, 여기서 아이들을 기다리자는 건가요?"

마크는 창문에 머리를 가져다 댔다.

"물론이지. 여기는 상원의원의 집이잖소. 나도 그가 누군지 알 것 같소, 하비. 그리고 상원의원이 아니라 그의 딸에게 말을 전해달라고 한 것은 정말 탁월한 선택이었소."

마리가 말했다.

"잠깐. 얼마나 기다리라는 거죠?"

하비가 화를 냈다.

"대체 내가 그걸 어떻게 안다는 말이오? 우리를 들여보내주지 않을 수도 있소. 이 목장은 이미 질서 있게 운영되고 있소. 눈치 채지 못했소? 그리고 이곳에는 음식이 있소. 경비를 서던 남자는 굶주리지도 않았소. 아이들이 도착했을 때 음식을 먹이고 싶지 않소? 우리 자신은 말할 것도 없고 말이오."

마리는 승복의 뜻으로 고개를 끄떡였다.

하비가 말을 이었다.

"하지만 우리를 받아들이도록 설득해야 합니다. 저 다리를 폭파했다는 것은 이 계곡이 피난민을 환영하지 않는다는 힌트요. 우리는 그들에게 쓸모 있는 사람이 되어야 해요. 그들에게 필요한 사람이라는 사실을 증명해야 합니다. 논쟁하지 마시오. 그리고 이 일을 망치지 마시오, 마리. 우리는 여기서 거지나 다름없으니까."

그는 조안나에게 돌아서기 전, 잠시 기다리며 화를 가라앉혔다.

"네 산탄총도 마찬가지다, 조안나. 우리를 가로막았던 남자의 손을 봤는지 모르겠는데, 계속 이상한 손짓을 하고 있었어. 왼손 말이야. 그에게 총을 들이대는 건 결코 좋은 생각이 아니다."

조안나가 말했다.

"나도 알고 있었어요."

"좋아."

하비가 마크에게 말했다.

"자, 협상은 내가 혼자서 하겠다."

마크는 기분이 상한 표정이었다. 침실에 있던 자신을 데리고 캘리포니아를 가로질러서 여기까지 왔는데 지금은 무시받는다고 느낀 것일까? 하지만 그는 빗속에 침묵을 지키며 가만히 서 있기만 했다. 재킷을 따라 흘러내린 빗물이 신발 속으로 들어갔다.

마크가 마침내 말했다.

"저들이 오고 있군요."

그는 진입로를 가리켰다.

노란색 비옷과 모자를 쓴 세 명이 말을 타고 내려오고 있었다. 한 명은 말을 그다지 잘 타지 못했다. 말에 간신히 매달려 있는 것 같았다. 그들이 가까이 다가오자, 하비는 그 사람이 누군지 알아봤다. 젤리슨 상원의원의 비서관이자 행동대장인 앨빈 하디였다.

행동대장이라. 그 말이야말로 워싱턴보다 여기에서 훨씬 더 어울리는 표현이다.

앨빈은 말에서 내려 고삐를 다른 사람에게 넘겨주고, 트래블-올에 다가와서 안쪽을 살펴봤다. 그가 먼저 하비에게 인사를 건넸다.

"안녕하시오, 하비."

하비가 팽팽하게 긴장한 말투로 마주 인사했다.

"안녕하시오."

"이 사람들은 누굽니까?"

그는 마리를 빤히 바라봤지만, 먼저 말을 건네지는 않았다.

앨빈이 몇 달쯤 전에 로레타를 만났던 적이 있었지. 언제인지 모르겠지만 꽤 오래전이다. 그리고 마리 밴스는 만난 적이 없다. 앨빈은 한눈에 이 여자가 로레타가 아닌 것을 알아차리고 물어본 것이다. 사람의 얼굴과 이름을 기억하는 것은 거물 정치인의 비서관이라는 직업에 꼭 필요한 기술이다.

하비가 말했다.

"이웃입니다. 그리고 여기 두 사람은 방송국 직원이오."

"알겠소. 로스앤젤레스에서 온 겁니까? 그곳의 상황을 알고 있소?"

하비가 마크와 조안나를 가리켰다.

"이 친구들이 정확히 알고 있소. 해일이 밀려오는 것을 직접 목격했으니까."

앨빈이 말했다.

"두 사람까지는 들어올 수 있소. 더는 안 됩니다."

그러자 하비는 앨빈이 다른 말을 더하기 전에 얼른 말했다.

"그러면 아무도 들어오지 말라는 거군. 알겠소. 우리는 우리 갈 길로 가겠습니다."

앨빈이 말했다.

"잠시만. 좋소. 내게 먼저 총을 주시오. 천천히. 나를 겨누지 말고."

그는 총을 받아들더니 원래 거기에 있던 경비원에게 총을 건네줬다.

"다른 무기는 없소?"

하비가 권총 한 자루를 보여줬다.

"이 권총이오."

"오, 귀엽군요. 그것도 내게 주시오. 만약 여기 머무르지 않게 되면 돌려드릴 겁니다."

앨빈은 권총을 받아 벨트에 꽂았다.

"나도 뒷좌석에 좀 태워주시오."

앨빈은 뒷좌석에 타더니 창문에 기대 마크의 오토바이를 보며 다른 사람들에게 소리쳤다.

"저 사람 오토바이 뒤를 따라오시오. 가까이 붙어서 말이오."

앨빈이 다시 말했다.

"내가 책임지고 데리고 가겠소. 괜찮소."

원래 문을 지키던 남자가 말했다.

"당신이 그렇게 말한다면야 뭐……."

앨빈이 하비에게 말했다.

"갑시다. 운전 조심해서 하시오."

실버밸리의 문이 활짝 열렸다. 하비의 차가 앞장서고, 마크가 뒤를 따르고, 그들의 한참 뒤쪽에서 말을 탄 남자 하나가 다른 말 두 마리를 끌고 따라왔다.

하비가 물었다.

"경비 서는 분을 위해서 말 한 마리 남겨야 되는 것 아니오?"

앨빈이 설명했다.

"말보다 차가 더 많소. 그러니 누가 뭔가를 훔친다면, 차를 도둑맞는 편이 낫겠소."

하비는 고개를 끄떡였다. 차는 그대로 세워뒀으니 만약 정말 급한 일이 생기면 차를 타고 올라가면 된다. 하지만 자신의 도착은 긴급하다고 말할 건이 아니었으므로 굳이 가솔린을 낭비할 필요가 없다.

트래블-올은 두껍게 쌓인 진흙을 헤치며 전진했다. 이 진입로는 대체 어디까지 이어지는 것일까? 그는 일꾼들의 집을 지나쳐 산꼭대기의 저택을 향해 계속 나아갔다. 바람 때문에 오렌지 나무들이 불쌍해 보일 정도로 쓰러져 있었다. 그러나 먹어도 될 만한 열매가 바닥에 굴러다니는 것은 하나도 없었다. 하비는 고개를 끄떡였다.

저택의 거실에 모린은 없고 젤리슨 상원의원만 있었다. 커다란 만찬용 테이블에 지도가 펼쳐져 있었고, 업무 목록과 다른 서류들이 바로 곁에 있는 카드 테이블에 놓여 있었다. 버번 위스키 병도 테이블 위에 올려져 있었다. 병은 거의 꽉 차 있었다.

그들은 신발을 현관에 벗어두고 대형 석조건물 안으로 들어갔다. 젤리슨 상원의원이 일어섰다. 젤리슨은 악수를 위해 손을 내밀지 않았다.

"상황을 정확히 이해한다면 마실 것을 조금 주겠소. 먼 옛날에는 음식과 술을 준다는 것은 상대를 손님으로 맞이한다는 의미였지. 하지만 지금은 그렇지 않소."

하비가 말했다.

"잘 알겠습니다. 한 잔은 마실 수 있겠군요."

"좋소. 앨빈, 여자 분들은 부엌 화로 곁으로 데려가게. 옷을 말릴 기회가 생겨서 좋아들 하실 테니까. 숙녀 분들, 양해해주시기 바랍니다. 지금 상황이 좀 급하니까 말이오."

그는 여자들이 자리를 뜰 때까지 기다렸다가 하비에게 앉으라는 손짓을 했다. 마크는 엉거주춤하게 서 있었다. 젤리슨이 그에게도 손짓을 했다.

"당신도 앉으시오. 좀 마시겠소?"

"아시면서."

마크가 말했다. 마크는 병을 건네받자 잔에 어마어마한 양을 콸콸 따랐다. 하비는 상원의원의 얼굴을 흘낏 봤다. 상원의원의 표정은 전혀 바뀌지 않았다.

하비가 물었다.

"모린은 잘 있습니까?"

젤리슨이 말했다.

"모린도 여기에 있소. 당신 부인은 어디 있소?"

하비는 머릿속이 잠시 하얗게 됐다.

"죽었습니다. 살해당했죠. 집에 있다가 강도들에게 당했소. 만약 모터사이클 여러 대와 함께 다니는 파란 승합차에 대한 정보를 얻으신다면……."

"내 업무 목록에 포함되어 있지 않소. 부인의 일은 유감입니다. 그래서, 당신이 데려온 사람은 누구요?"

"키가 큰 여자는 마리 밴스입니다. 옆집에 살고 있소. 그녀의 남편인 고르디 밴스가 아이들을 데리고 퀘이킹 아스펜으로 캠핑을 떠났지요. 고르디는 내 아들을 보호하고, 나는 고르디의 부인을 보호하는 거요."

"우아한 귀부인 같은데, 부츠는 그냥 신은 겁니까, 아니면 진짜로 산을 오를 수 있습니까?"

"실제로 산을 잘 타요. 요리도 잘 합니다. 그리고 아무튼 그녀를 버릴 수 없소."

"요리할 사람은 우리도 있소. 다른 사람들은?"

"나를 살려준 사람들이오. 로레타의 시체를 처음 본 순간, 하마터면 나는 그 자리에서 따라 죽을 뻔했습니다."

위스키를 마시자 몸이 따뜻해졌다. 하비는 상원의원의 질문이 아주 밀도 높다는 것을 깨달았다. 상원의원은 판사이자 배심원이었고, 판결을 내리는 데에는 시간이 오래 걸리지 않을 것이다.

"마크와 조안나는 나를 찾아냈고, 내가 정신을 되찾을 때까지 데리고 다녔소. 마리도 함께 말이오. 그러니 이제 내가 그들을 챙겨야 합니다."

"좋소. 그렇다면 뭘 제시하겠소?"

하비가 어깨를 으쓱했다.

"트래블—올을 운전할 수 있소. 그리고 야외의 생존활동 경험은 정말 많지요. 배낭여행자로서, 종군 기자로서, 헬리콥터 조종사로서."

"당신, LA에 있었다면 현장을 목격했소?"

"마크와 조안나가 목격했습니다. 관련 정보는 많이 알고 있죠."

"그 정보의 대가로 식사와 음료 정도는 제공할 수 있소. 하지만 당신은 일행 전부가 여기에 들어와야 한다고 말하고 있소."

"그렇소. 불행히도 방금 말한 것이 전부입니다. 하지만 음식을 준다면 충분히 우리 몫을 할 거요."

젤리슨이 조심스럽게 말했다.

"당신에게는 지지자가 한 명 있소. 모린이지. 하지만 결정권은 내게 있소."

"그렇겠지요. 그리고 피난민을 반기지 않는다는 사실도 짐작하고 있습니다. 그 다리와, 또……."

"다리?"

"호수를 가로지르는 큰 다리 말이오. 댐이 붕괴된 직후……."

"댐이 붕괴됐다고?"

젤리슨이 인상을 찌푸렸다. 그가 소리쳤다.

"앨빈!"

앨빈이 빠르게 나타났다.

"네, 의원님."

그의 손은 비옷 주머니 안에 들어 있는데 주머니에 총이 들어 있는 듯 불룩 튀어나와 있었다. 앨빈은 세 사람이 평화롭게 의자에 앉아 있는 모습을 보고 안심하는 기색이었다.

"댐이 무너졌다고 하는군. 들은 말 있나?"

"아직 없습니다."

젤리슨이 의미심장하게 고개를 끄떡였다. 앨빈은 그의 말뜻을 알아들은 것 같았다.

"다리는 무슨 이야기요?"

"두 사람이 폭파시켰소. 댐이 붕괴된 직후에 말이오. 양쪽 끝에서 다이너마이트를 터뜨리더군요."

"똥물에 빠진 것 같군. 그 사람들이 어떻게 생겼소?"

젤리슨이 귀를 기울이더니 고개를 끄떡였다.

"좋소. 크리스토퍼 형제들이군. 그들과 앞으로도 계속 싸우게 되겠군."

젤리슨은 마크를 쳐다봤다.

"군대는 다녀왔소?"

마크가 대답했다.

"해군입니다."

"사병 출신이오? 총은 쏠 수 있소?"

"물론입니다."

마크는 베트남전의 무용담 하나를 떠들었다. 사실일 수도 있고 아닐 수도 있는데, 아무튼 젤리슨은 전혀 듣지 않았다.

그는 하비에게 물었다.

"그가 정말 총을 쏠 수 있소?"

"네. 저도 봤습니다."

하비가 말했다. 목을 옥죄던 매듭이 조금 풀리는군. 하비는 긴장이 조금씩 풀렸다. 괜찮아 보이는 상황이다. 상원의원이 마크도 마음에 들어 하는 것 같다.

젤리슨이 말했다.

"만약 당신이 여기에 머무른다면, 내 부하가 되는 거요. 다른 누구도 아닌, 내게 충성해야 되오."

하비가 대답했다.

"이해했습니다."

젤리슨이 끄떡였다.

"좋소. 한 번 해봅시다."

**

텔아비브와 하이파 등 가라앉은 도시에서 지중해의 물이 빠져나갈 무렵, 수단과 에티오피아의 고지대에 폭우가 쏟아져 내렸다. 어마어마한 물이 나일 강으로 쏟아져 아스완 댐을 압박했다. 해머 충돌로 발생한 지진 때문에 이미 약해져 있던 아스완 댐이 무너졌고, 160조 리터의 물이 쏟아졌다. 범람한 나일 강이 하구의 삼각주를 휩쓸었다. 고대의 도시들과 카이로와 거대한 피라미드가 모두 급류에 쓸리고 수중에 잠겼다.

일만 년의 문명은 완전히 물속에 파묻혀 버렸다. 나일 강 상류 폭포지대부터 지중해에 이르기까지, 나일 강 유역에는 아무것도 살아남지 못했다.

●

거지들

오, 주여, 부르짖나니 들어주소서.
바다 한가운데의 위험한 사람들을 위해.

— 미국 해군 군가

아일린은 좌석을 뒤로 젖히고 좌석벨트를 느슨하게 묶은 채 잠을 잤다. 그녀는 차가 흔들릴 때마다 몸을 웅크렸다. 잠시 코를 골기도 했다. 팀은 긴 내리막길이 나오자 그녀 위로 몸을 구부려 좌석 벨트를 조여 줬다. 그런 다음 내리막에서 시동을 껐다.

팀은 그리스에서 차를 탔던 기억이 떠올랐다. 그리스에서는 모든 운전사가 내리막길에서 시동을 끄고 운전했다. 심지어 델파이에서 파르나서스를 가로질러 테르모필라이로 이어지는 좁고 구불구불한 내리막에서도 그렇게 했다. 아주 공포스러웠지만 운전사는 끝까지 그렇게 해야 한다고 고집을 부렸다. 당시 그리스는 전 세계에서 연료 값이 가장 비싼 나라였기 때문이다.

테르모필라이는 지금 어떻게 됐을까? 그곳의 삼백 인의 전사 무덤은 홍수에 씻겨 내려갔을까? 델파이나 아크로폴리스처럼 높은 곳은 해일의 영향을 받지 않았을 것이다. 그리스는 예전에도 재앙을 겪으면서도 살아남지 않았던가.

　도로는 뒤틀리고 틈이 생겨서 커브를 지날 때마다 브레이크를 밟아 속도를 조절해야 했다. 길게 이어진 직선 도로를 따라 한참 달리다가 다시 무너지고 뒤틀린 내리막길이 나타났다. 팀은 아일린과 함께 다니면서 자신의 운전 솜씨가 생각보다 형편없다는 것을 깨달았다.

　산이 흔들린 곳이 나타났다. 도로가 허공에서 끝이 났다. 팀은 힘껏 브레이크를 밟아 간신히 멈춰 서서, 차 밖으로 나와 빗속에서 앞으로 걸어갔다. 비에서 단맛이 났다. 아무튼 소금비는 아니군. 절단면 건너편에 도로가 아래로 푹 꺼져 있고, 바위가 여기저기에 쪼개져 있었다. 절단면으로 짐작했을 때 도로는, 아니 이 산은 아래쪽으로 육 미터 이상 불쑥 꺼진 것 같다. 하지만 도로 아래쪽에 진흙이 쌓여 있었기 때문에, 실제 높이 차이는 일이 미터 정도일 것 같았다. 텔레비전 광고 속의 자동차들은 그보다 더 높은 곳에서도 뛰어내린다. 어느 픽업트럭 광고에서는 트럭이 강둑에서 도약해 하늘을 날아오르는 모습을 보여주고, 그 트럭이 조금도 개조되지 않은 상태에서 보여주는 성능이라는 멘트를 흘려보낸 것도 기억났다.

　블레이저도 그렇게 할 수 있을까? 아니, 다른 선택이 있나?

　길 아래로 뛰어내리는 것뿐인데, 마치 몇 킬로미터 아래로 점프하는 것처럼 느껴졌다. 팀은 다시 차로 돌아가서 뒤로 오십 미터 정도 후진했다. 그리고 이 상황을 물리학적으로 생각해봤다. 만약 차가 도로 절단면에서 바로 아래로 수직으로 떨어진다면 앞

면부터 부딪힐 것이다. 목숨을 잃게 되겠지. 만약 차가 수평으로 도약한다면 속력을 유지하기 때문에 괜찮을 것이다.

즉, 망설이면 죽는다.

그는 사이드브레이크를 걸고 다시 도로가 끊긴 곳까지 걸어왔다. 아일린을 깨울까? 그녀는 죽을 위기에 빠져 있는 줄도 모른다. 뒤에서 다른 차가 전조등을 번쩍이면서 팀의 결단을 촉구했다. 팀은 그가 누구인지 몰랐고 알고 싶지도 않았다. 팀은 다시 블레이저로 돌아가서 시동을 켰다. 그리고 머릿속으로는 수식을 다시 한 번 계산했다. 블레이저의 길이가 사 미터이고 기본 중력으로 낙하할 것이다. 뒷바퀴가 지면에서 떨어지기 전에 앞바퀴가 육십 센티미터 이상 낙하하면 안 된다고 치고. 그렇다면 앞바퀴가 허공에 뜨고 뒷바퀴만 지면에 닿아 있는 시간은 0.33초 이하여야 하며, 그러기 위해서는 0.33초 동안 사 미터, 즉 1초에 십사 미터 속력으로 움직이면 된다. 초당 십사 미터는 시속으로 환산하면 오십 킬로미터이다. 성공적인 착륙을 위해서는 최소 시속 오십 킬로미터로 달리면 된다. 자, 간다!

팀은 힘껏 가속페달을 밟았고, 도로의 절단면으로 도약해서 총 이 미터를 낙하했다. 본능적으로 브레이크를 밟고 싶었지만 그는 브레이크를 밟지 않았다. 그들의 차는 진흙바닥에 강하게 부딪히면서 내려섰다. 차는 진흙 경사로를 타고 아래로 굴러갔다. 놀랍게도, 그게 전부였다. 블레이저는 무슨 일이 있었냐는 듯 도로를 따라서 부드럽게 달려갔다.

아일린은 한 번 펄쩍 튕겼다가 좌석 벨트 때문에 반동했다. 진동 때문에 잠이 깬 듯 몸을 일으켜 창밖을 내다보더니, 흠뻑 젖은 도로 양편을 보며 눈을 깜빡이다가 안심한 듯 다시 잠에 빠져들었다. 태어나서 최고로 멋있게 운전하고 있으니 안심하고 주무시라. 팀은 진흙길을 뚫고 나가면서 씩 웃다가, 해변의 내리막길이 나타나자 다시 엔진을 껐다.

한 시간이 지난 후에도 아일린은 여전히 깨지 않았다. 팀은 그녀가 부러웠다. 팀은 사람들이 전쟁이나 극심한 실망 등의 정신적 충격을 받았을 때면 내내 잠만 잔다는 이야기를 들었던 적이 있다. 충분히 이해할 수 있다. 하지만 아일린이 그렇다는 것은 아니다. 지금 그녀는 단지 잠이 부족할 뿐이다. 필요할 때가 되면 즉시 깨어서 예민한 모습으로 돌아올 것이다.

도로의 상판이 쩍쩍 쪼개져서 울퉁불퉁했다. 팀은 엔진을 구동하고 속도를 높였다. 그는 텔레비전에서 바하의 자동차 경주를 봤던 기억을 떠올렸다. 어느 레이서가 나쁜 길을 택해야 빨리 간다고 말했다. 땅이 솟은 곳을 잘 이용하면 된다는 것이었다. 그 인터뷰를 봤을 때는 썩 좋은 방법이라는 생각이 들지 않았지만 지금은 나쁜 길밖에 없다. 쪼개진 도로가 차의 무게 때문에 삐걱대면서 이동을 방해했다. 팀은 주먹이 하얗게 되도록 운전대를 꽉 쥐었다. 그러나 아일린은 마치 요람에 누운 것처럼 잠에서 깨지 않았다.

팀은 외로웠다. 아일린은 팀을 버리지 않았다. 그녀는 목숨을 걸고 팀과 함께 하고 있다. 그러나 그녀는 잠을 자고 있고 그는 운전을 하고 있다. 머리에서 불과 삼 센티미터 위의 철판에는 쉼 없이 빗방울이 떨어졌고, 도로에는 이상한 장애물이 자꾸 나타난다.

이번에는 도로가 아주 우아한 곡선을 그리면서 허공으로 들려 있었다. 마치 미래지향적 설계로 만들어진 듯 우아하게 들려진 도로 아래로는 새로 생긴 강이 흐르고 있었다. 콘크리트 도로의 골격이 아직은 무너지지 않았지만 차의 무게를 지탱하지 못할 것은 분명했다. 팀은 불어난 물 위를 건너가는 쪽을 택했다. 차는 다행히 물속을 지나가면서도 엔진이 멈추지 않았다. 그는 한참 후에야 다시 도로 위로 올라올 수 있었다.

아일린을 제외한 다른 모두가 그를 버렸다. 이제 더 이상 현찰과 신용카드는 쓸모없을 것이다. 차 앞 유리창의 총알구멍은 또 다른 문제다. 컨트리클럽 골프장을 지날 때는 마치 공공기물을 파손하는 듯한 기분이었다. 관측소. 그곳은 생각조차 하기 싫다. 자신의 땅에서 쫓겨나다니. 기억하는 순간 귀가 달아올랐다. 겁쟁이. 그는 겁쟁이가 된 기분이었다.

휘어져서 구불구불하던 도로가 갑자기 폭이 넓은 직선도로로 바뀌었다. 어디를 향해 뻗었을까? 나침반 따위는 없다. 도로가 펼쳐진 대로 나아가는 것 이외에는 할 일도 없다. 비는 마치 채찍처럼 쏟아졌다. 팀은 다시 가속페달을 밟아, 속도를 무려 삼십 킬로미터로 높였다.

아일린이 물었다.

"잘 가고 있어요?"

"산 밖으로 나왔소. 이제 직선 도로이고, 눈에 띄는 장애물도 없소. 도로 자도 돼요."

"잘 됐네요."

팀이 고개를 돌려보니 아일린은 이미 다시 잠들어 있었다.

전방에 고속도로가 보였다. 표지판에는 '99번 고속도로, 북쪽'이라고 적혀 있었다. 그는 진입로를 통해 고속도로로 올라섰다. 이제 육십 킬로미터까지 속도를 낼 수 있었다. 고속도로 주변에는 여기저기 멈춰 서서 비를 맞고 있는 차들이 보였다. 그리고 사람도 있었다. 팀은 총처럼 생긴 물건이 있으면 항상 몸을 잔뜩 숙여 조심스럽게 경계했다.

한 번은 정말로 걱정이 현실이 됐다. 고속도로 양쪽에서 총을 든 사람 두 명이 접근했다. 그들이 손짓으로 차를 멈추라고 했다. 팀은 몸을 잔뜩 숙이고 그들 중 한 사람을 향해 힘껏 차를 돌진했다. 그 자는 망설이지 않고 진흙탕으로 몸을 던졌다. 팀은 뒤에서 총성이 들릴까봐 조마조마했지만 그들은 아무 소리도 내지 않았다. 팀은 다시 허리를 폈다.

대체 왜 총을 쏘지 않았을까? 총알을 낭비하고 싶지 않았을까? 아니면 총이 흠씬 젖어서 사용할 수 없었을까? 애초에 총알이 없었을까? 팀은 조용히 혼잣말을 했다.

"알 수 없는 것을 그냥 넘어가지 못한다면 이 생활을 할 수 없다고 했지."

하비가 했던 말이다.

아직 연료가 남아 있었다. 그들은 여전히 이동하고 있었다. 고속도로는 물바다였다. 작은 차들은 달릴 수가 없었을 것이다. 팀은 혼자 웃었다. 이 차는 무려 이십오만 달러라고. 흠, 물건은 아무튼 비싼 걸로 사고 봐야 해. 갑자기 하늘에서 바다가 쏟아지듯 한꺼번에 엄청난 양의 물이 쏟아지더니 이어서 비가 멈췄다. 한동안 팀의 시야가 맑게 틔었다. 잠시 후 비가 다시 쏟아지기 시작했다. 차가 물 위에 뜨는 듯한 기묘한 느낌이 들자 팀은 급히 브레이크를 밟았다. 마지막까지 온 거다.

아일린이 잠에서 깼다. 그녀는 뒤로 젖혔던 좌석을 앞으로 당기고 습관적으로 치마 매무새를 가다듬었다.

팀이 말했다.

"우리 앞에 바다가 있소."

아일린이 눈을 비볐다.

"여기가 어디인가요?"

팀이 실내등을 켜고 무릎 앞에 지도를 펼쳤다.

"아까부터 계속 북쪽과 서쪽 내리막으로 계속 가려고 했소. 산에서 내려오기 전까지는 말이오. 하지만 그러다가 방향을 도저히 가늠할 수 없어서, 무조건 내리막길로만 왔소. 그러다 마침내 99번 고속도로에 도착한 거요."

팀의 목소리에 자신의 성취에 대한 자부심이 배여 있었다. 변변치 못한 방향감각 때문에 어딘지 모를 장소에 멈춰선 상태인데도 말이다.

"99번 도로는 상태가 좋았소. 장애물이 없었지. 총을 든 남자가 두 명 있었고, 멈춰선 차가 굉장히 많았지만, 큰 곤란을 겪지는 않았소. 도로에는 물이 많이 흐르고 있었지만……."

아일린은 지도를 한참 들여다보더니 헤드라이트가 비추고 있는 창 바깥을 뚫어지도록 쳐다봤다. 상상력을 동원해서 실마리를 찾아내는 것 같았다. 하지만 두 사람의 시야에는 회색빛의 황혼과 회색빛의 거대한 바다, 바다 위에 튀는 빗물밖에 없었다. 어디에도 빛은 없었다. 아무것도 없었다.

아일린이 말했다.

"후진할 수 있는지 봐요."

그녀는 지도를 꼼꼼히 들여다봤다. 팀은 물 바깥으로 조심스럽게 후진했다. 이제 물은 타이어에 가볍게 찰랑거렸다.

아일린이 말했다.

"상황이 좋지 않군요. 우리가 베이커스필드는 지나쳤나요?"

"그렇소. 고속도로 표지판이 있었고, 어두운 건물 그림자가 유령처럼 있었지. 거기를 지나친 것은 별로 오래되지 않았소."

그녀는 인상을 찌푸리면서 지도의 조그만 기호를 가리켰다.

"지도엔 베이커스필드가 해발 백이십 미터라고 나와 있어요."

팀은 아래로 내려앉은 산을 떠올렸다.

"난 이제 지도에 나온 고도는 믿지 않소. 1971년의 실마 지진 때 샌퍼난도밸리 전체가 구 미터 가까이 내려앉았었지. 별로 크지도 않은 지진이었는데 말이오."

"여기부터 점점 더 낮아지겠죠. 우린 이미 저지대에 있어요."

그리고 점점 더 저지대로, 저지대로 저지대로 내려갈 테고……

"팀, 해일이 여기까지 오지는 않았겠죠, 그렇죠?"

"그럴 리는 없겠지. 하지만 비가 오고 있잖소."

"네, 비가 오죠. 주여. 비가 이만큼 오고도 더 내릴 수가 있나요! 이 모든 것이 혜성 충돌 때문만은 아닐 거예요, 그렇죠?"

팀이 설명을 시작하려고 하자 아일린이 말을 끊었다.

"설명하지 마요. 다시 처음부터 생각해봐요. 우리가 어디로 가야 하죠?"

물론 고지대지. 팀이 말했다.

"음…… 그건 명확하지. 고지대에 있는 목장이오. 예를 들면 세콰이어 국립공원 같은 곳 말이오. 하지만 모르겠는 건…… 그곳 사람들이 과연 우리를 반겨줄 것인지요."

그는 감히 더 이상은 말하지 못했다.

아일린은 아예 아무 말도 하지 않았다. 그녀는 팀의 말을 기다렸다. 팀은 용기를 내어 말을 이었다.

"생각난 것이 하나 있소."

아일린은 계속 기다렸다. 제기랄. 내가 말을 꺼내면 그것들은 계속 사라졌다. 터헝가에서 고급 레스토랑과 호텔이 기다리고 있을 것이라던 상상처럼 말이다. 소원을 말하면, 그것이 사라지는 경험. 하지만 팀은 아무튼 입을 열었다.

"젤리슨 상원의원의 목장이오. 선거 때 나는 그에게 엄청난 돈을 기부했소. 그리고 그의 목장에 가본 적도 있소. 완벽한 장소지. 만약 젤리슨이 거기 있다면 우리를 들여보내 줄 것이고, 젤리슨은 틀림없이 목장에 와 있을 거요. 그 정도 머리는 쓸 줄 알테니까."

아일린이 키득거렸다.

"그러니까 선거 때 돈을 많이 기부했다, 이거죠?"

"돈이 정말로 가치가 있던 시절이었소. 그리고 내가 가진 것은 그것뿐이었으니까."

"좋아요. 어차피 내게는 빚을 진 농부가 아예 없으니까요. 그리고 이제는 농부가 모든 것을 가진 세상이니까요. 그렇죠? 토머스 제퍼슨이 원했던 세상이군요. 그 목장은 어디에요?"

팀은 지도에서 세콰이어 국립공원과 스피링빌과 레이크석세스의 사이를 가리켰다.

"여기요. 이 도로를 따라 간다면 물 아래로 들어가서 한참 직진하다가, 우회전해서 오르막길을 오르고 나면 숨을 쉴 수 있을 거요."

"더 나은 길도 있을 거예요. 왼쪽을 봐요. 철도를 놓느라 제방을 쌓은 것이 보이죠?"

팀은 실내등을 끄고 헤드라이트를 켰다. 눈이 조명에 적응되기까지 시간이 조금 걸렸다. 그리고 말했다.

"안 보여요."

그녀가 지도를 보면서 가리켰다.

"여기 있을 거예요. 서던 퍼시픽 레일로드. 틀림없이 이 주변에 있어요. 헤드라이트를 저쪽으로 비춰 봐요."

팀이 차를 조금 회전시키며 말했다.

"대체 어쩌자는 거요? 기차를 잡아타자는 거요?"

"그건 아니에요."

쏟아지는 비 때문에 헤드라이트의 빛이 멀리까지 퍼지지 않았다. 불빛에 비치는 것은 사방의 흐린 바다에 쏟아지는 빗방울뿐이었다. 아일린이 말했다.

"저 제방을 타고 가는 것 말고는 방법이 없어요. 믿음의 힘으로 가야만 해요. 잠깐만요."

그녀는 팀을 밀어내고 운전석으로 미끄러져 들어왔다. 팀은 아일린의 생각을 짐작할 수 없었지만, 아무튼 그녀가 시동을 거는 것을 가만히 바라봤다. 아일린은 차를 남쪽으로 돌리더니 오던 길을 되짚어갔다.

"뒤로 돌아가면 사람들이 있소. 총을 든 사람도 두 명 있소. 그리고 우리 차에는 연료도 부족해요."

"사방에 좋은 소식뿐이네요."

팀이 대답했다.

"이야기를 해줬을 뿐이오."

타이어가 완전히 물 밖으로 나왔다. 차를 서쪽으로 조금 이동하자 얕은 물 위로 땅이 시커멓게 솟은 것이 보였다. 아마 여기는 아몬드 나무숲이고, 어딘가에 농가가 있었을 것이다. 아일린은 도로가 없는 곳에서 우회전하더니 물과 진흙이 가득 찬 갓길을 타고 앞으로 나아가서, 검은 혹처럼 솟은 땅 위로 올라섰다.

팀은 두려워서 말을 꺼내지 못했다. 숨도 쉬지 못할 지경이었다. 아일린은 땅이 검은 혹처럼 불룩 튀어나온 곳을 조심스럽게 밟아가며 전진했다. 하지만 검은 혹은 쭉 이어지지 않았다. 그것은 마치 바다 위에 섬이 연결된 장소 같았다. 그들은 끝없는 폭우 속에서 섬과 섬이 이어지는 검은 혹을 따라 앞으로 나갔다. 팀은 두 손 모두를 계기판에 대고, 어느 순간 차가 몇 미터 깊이의 홈에 푹 빠지면서 그대로 죽을 것이라고 자포자기했다.

"여기!"

아일린이 중얼거렸다.

"여기다."

수평선이 조금 높아졌나? 팀은 잠시 후 지면이 조금 높아지는 것을 깨달았다. 약 오 분 후 마침내 그들의 눈앞에 철도가 놓인 제방이 나타났다.

하지만 차는 경사가 급한 제방 위로 쉽게 오르지 못했다.

팀은 견인용 로프를 들고 빗속에서 차 밖으로 나섰다. 그는 로프를 철로 반대편으로 넘긴 후 제방 위에서 체중을 싣고 잡아당겼다. 아일린은 힘껏 가속페달을 밟으며 애를 썼다. 차는 미끄러운 진흙길에서 계속 뒤로 미끄러졌다. 팀은 견인 로프를 다른 쪽에 걸고, 한 번에 몇 센티미터씩 잡아당기기 시작했다. 차가 위로 조금 올라오다가 다시 뒤로 미끄러졌고, 팀은 로프를 붙들고 버티려고 애썼다. 자칫하면 손가락이 날아갈지도 모른다. 그는 생각하기를 멈췄다. 탈진한 몸으로 빗속에서 불가능한 일을 시도하는 비극적인 상황에서는, 생각 따위는 하지 않는 편이 낫다. 지금까지의 성취감은 전혀 기억나지 않았고, 쓸모도 없었다.

차는 간신히 제방 위로 올라왔다. 아일린이 경적을 울렸다. 팀은 로프를 풀어 힘겹게 감아서 트렁크에 넣었다.

아일린이 말했다.

"훌륭해요."

팀은 고개를 끄떡였다.

팀은 이제 완전히 기운이 소진됐지만 그녀는 아직 기운이 남아 있었다.

"경찰이나 범죄자가 타이어 자국을 남기지 않기 위해 가끔 쓰는 방법이라고 하더군요. 에릭 라슨이라는 경찰이 이야기 해줬어요. 내가 해보는 것은 오늘이 처음이지만."

차가 휘청거리면서 철로 위로 올라갔다. 후진과 회전, 전진을 몇 번 반복하자 기우뚱하던 차가 두 개의 철로 위에서 정확히 균형을 잡았다. 아일린은 조금 자신감이 붙은 목소리로 말했다.

"물론 제대로 된 자동차를 골랐을 때만 가능한 일이겠죠. 이제 가볼까요."

그들은 철로 위에서 균형을 잡고 전진을 시작했다. 바퀴와 철로는 폭이 딱 맞았다. 바퀴의 양쪽 아래에서 회색 바닷물이 반짝였다. 아일린은 운전대를 조금씩 끊임없이 움직였고, 자동차는 댄서처럼 균형을 잡으면서 꿈지럭꿈지럭 앞으로 나아갔다. 아일린은 아주 팽팽하게 긴장하고 있었다.

팀이 말했다.

"만약 누가 이런 이야기를 했다면 믿지도 않았을 거요."

아일린이 말했다.

"당신이 차를 제방 위에 올려놓은 것도 마찬가지예요."

팀은 대답하지 않았다. 그는 철로가 조금씩 수면 아래로 내려간다는 느낌을 분명히 받았지만, 무슨 느낌이든 이제는 믿을 수가 없다. 그는 혼자서 속으로만 생각했다. 그들은 차로 바다를,

바다를 유영하고 있다. 아일린은 물 위에서 벌써 몇 시간째 운전을 했다. 아일린은 허리를 꼿꼿이 세우고 눈을 가늘게 뜬 채 그녀만의 닫힌 우주에 몰입해 있었다. 감히 말을 붙일 수도 없었다.

지금은 그들에게 도움을 청할 사람도 없고 총을 들이댈 사람도 없다. 헤드라이트에는 아무것도 비치지 않았다. 가끔 번개가 번쩍여도 철로와 빗물 이외에는 아무것도 보이지 않았다.

철로가 물 아래로 잠겨버린 구간도 있었다. 그때 아일린은 순전히 감각으로 운전했다. 한참 후 번개가 번쩍였는데 어느 커다란 집의 지붕이 물 위로 불쑥 솟은 것이 보였다. 그 지붕 위에는 비옷을 입은 사람이 대여섯 명 앉아 있었다. 그들은 자동차가 유령처럼 물 위를 가로지르는 것을 홀린 듯 쳐다보고 있었다. 한참 후 다른 집이 한 채 보였다. 하지만 그 집은 옆으로 누워서 둥둥 떠다니고 있었고, 집 근처에 사람도 없었다. 정방형의 과수원도 지나쳤다. 물에 젖은 잎사귀 몇 개가 간신히 수면 위로 드러나 있는 정도였다.

아일린이 말했다.

"잠깐 세우고 싶어요."

"그럴 것 같소. 방해가 될까봐 말도 걸지 못하겠소."

"아니, 말을 걸어줘요. 졸리지 않도록. 정신을 차리도록 해줘요. 꼭 악몽 같아요."

"정말 그렇소. 나는 화성 표면이라도 한 번 쳐다보면 바로 알 수 있소. 그런데 지금 이런 모습은 우주 어느 행성에도 없을 거요. 사람들의 표정을 봤소?"

"어떤 사람들요?"

물론 그녀는 이야기를 하면서도 철로에서 감히 눈을 떼지 못했다. 팀은 그녀에게 지붕에 앉아 있던 사람들 대여섯 명에 대해 이야기했다.

"만약 그들이 살아남는다면 우리에 대한 전설을 퍼뜨릴 거요. 사람들이 믿을지는 모르겠지만."

"재미있겠네요."

"잘 모르겠소. 플라잉 더치맨* 전설과 비슷하겠지?"

하지만 그것은 눈치 없는 대답이었다.

"물론 우리는 영원히 달리지 않을 거요. 이대로 가면 포터빌이 나오는데 거기서부터는 다시 제대로 움직일 수 있겠지."

"젤리슨 상원의원이 당신을 받아준다고 생각하는 거죠?"

"그렇소."

만약 그 희망이 좌절되더라도 최소한 안전지대에 도착할 수는 있을 것이다. 지금 그들에게 필요한 것은 마법의 힘이다. 이 철로를 타고 포터빌까지 무사히 도착해야 한다. 팀은 아일린의 머릿속에 마법을 걸어야 한다.

팀은 그녀의 대답을 기대하지 않았었다. 아일린이 말했다.

"그가 나도 들여보내 줄까요?"

"미쳤소? 당신은 나보다 훨씬 가치 있는 사람이오. 관측소의 일이 기억나지 않소?"

---

* 영원히 항해하는 전설의 유령선.

"물론 기억나죠. 무엇보다도, 내가 할 줄 아는 건 회계나 서류 작업뿐이잖아요."

"만약 젤리슨 상원의원이 터헝가만큼이나 스프링빌을 조직적으로 운영하고 있다면, 사람들에게 물품을 배분할 회계사가 필요할 거요. 어쩌면 물물교환을 하고 있을지도 모르지. 돈이 사라진 세상에서 물물교환은 아주 복잡할 거요."

아일린이 말했다.

"이번에는 당신이 미쳤군요. 세금 환급을 할 줄 아는 사람이면 누구든 그 정도 장부관리는 할 수 있다고요. 팀, 당신 말고는 누구든 할 수 있어요. 미국에서는 회계사와 변호사는 대접받는 직업이었고, 다른 사람들도 회계와 법무를 알아야 한다고 했었어요. 그 결과 실제로 거의 그렇게 됐고요."

"이제는 아니지만 말이오."

"내 말이 그 말이에요. 이제 회계전문가는 약국에 쌓인 약처럼 차고 넘치는 존재예요."

"나 혼자만 안으로 들어가는 일은 없을 거요."

"그래요, 그렇겠죠. 나는 우리가 들어갈 수 있을지가 궁금한 거예요. 배 안 고파요?"

"물론 고프죠."

팀은 뒷좌석에 손을 뻗었다.

"프리츠가 우리에게 토마토 수프와 치킨 수프를 줬는데, 둘 다 농축액이오. 차의 히터에다 좀 데워볼까. 운전 한 손으로 할 수 있겠소?"

"지금은 곤란할 것 같은데요. 철로 위에서는 말이에요."

"아, 농담이었소. 어차피 깡통 따개도 없으니까."

오, 주여, 작은 기적이 찾아왔다. 그나마 잡기 쉬운 작은 기적 말이다. 그 작은 기적이란, 철로 중간에 건널목이 있어서 지면이 불룩 튀어나온 지점을 만난 것이다. 아스팔트가 철로와 함께 수면 위로 불쑥 튀어나와, 아일린은 급히 브레이크를 밟았고 하마터면 팀은 유리창 밖으로 튀어나갈 뻔했다. 그들은 차를 세웠다. 그리고 좌석을 뒤로 젖히고 팔을 뻗은 채 잠에 빠져들었다.

아일린은 평화롭게 잠들지 못했다. 뒤채고, 발로 차고, 울부짖었다. 팀이 손바닥으로 그녀의 등을 쓸어주자 그제야 조금 안정이 되더니 깊은 잠에 빠져들었다. 그러고는 팀도 곧 잠에 빠져들었다. 팀은 아일린이 마구 깨우는 바람에, 그리고 차가 위험하게 흔들리는 느낌 때문에 잠에서 깨었다. 바람이 미친 듯 비명을 지르는 어두운 밤이었다. 아일린은 눈을 크게 뜨고, 겁에 질려 입을 떡 벌리고 있었다.

팀이 말했다.

"허리케인이오. 바다에 충돌한 혜성 때문에 허리케인이 발생한 거요. 하지만 안전한 장소를 찾았으니 다행이오."

아일린이 대답하지 않자 그가 다시 말했다.

"여기는 안전해요. 그러니 더 자도 돼요."

아일린이 웃었다.

"어디 한번 자 봐요. 그런데 우리가 철로를 달리다가 저런 허리케인을 만나면 어떻게 되죠?"

"당신이 할 수 있는 한 운전을 잘 하면 되지."

"오, 주여."

그녀는 그렇게 말하더니, 놀랄 만큼 빠르게 다시 잠에 빠져들었다. 팀은 차가 흔들리고 바람이 울부짖는 가운데 다시 아일린의 곁에 누웠다. 허리케인이 차를 뒤집지는 않을까? 그러고도 남는다. 팀은 계속 걱정만 하다가 배가 많이 고프다는 것을 깨달았다. 어쩌면 범퍼를 지렛대로 수프 캔을 열 수 있을지도 모른다. 허리케인이 지난 후에 말이다.

그는 잠시 졸았다가 잠을 깼는데 세상은 완전히 고요했다. 심지어 비도 그쳤다. 그는 수프 캔을 들고 바깥으로 나갔다. 수프 캔을 뜯는 것에도 성공했다. 범퍼 끝이 조금 구부러지기는 했지만 말이다. 그는 토마토 수프 농축액 약간을 삼켰다. 정말 그리워하던 바로 그 맛이었다.

그는 하늘 위에 깨끗하게 반짝이는 별들을 바라봤다.

"아름답다."

그는 중얼거리고 나서 다시 서둘러 차 안으로 들어갔다.

아일린도 깨어 있었다. 팀은 그녀에게 수프 캔을 건네주면서 말했다.

"내 생각에 지금 우리가 태풍의 눈 안에 있는 것 같소. 별을 보고 싶다면 얼른 나가서 보고 오시오."

"아니, 보고 싶지 않아요."

수프는 차고 끈적끈적했다. 수프를 먹자 두 사람 모두 목이 말랐다. 아일린은 빗물을 모으기 위해 비어 있는 수프 깡통을 차 지붕에 얹고 다시 자리에 누워 아침을 기다렸다.

다시 비가 미친 듯 거칠게 쏟아지기 시작했다. 팀은 창문으로 몸을 내밀어 수프 깡통을 찾으려 했지만 어디론가 사라졌다. 그는 차 바닥에 버려뒀던 맥주 깡통을 집어 차 지붕에서 흐르는 물줄기를 받아 마셨다.

몇 시간 후, 비는 이제 가볍게 두드리는 정도로 줄었다. 그리고 흐린 회색빛이 비추는 덕택에 주변의 바다에 온갖 더러운 물건이 떠다니는 것을 육안으로 확인할 수 있었다. 물 위에는 사람의 시체도 간혹 보였지만, 훨씬 많은 개와 토끼와 소의 시체가 떠다녔다. 나무, 가구, 목조 주택 등 온갖 형태의 나무도 떠 있었다. 팀은 밖으로 나와서 떠다니는 나뭇조각 하나를 주워 차의 히터 앞에 세웠다.

"다음 쉴 곳을 찾아내고, 거기서 다음 수프 캔 하나를 먹으면 될 거요."

그가 말했다.

"좋아요."

아일린은 몸을 꼿꼿이 세워 운전대 앞에 앉았다. 차가 다시 움직이기 시작했다. 팀은 그녀를 재촉하지 않았다. 팀이 대신 운전하겠다고 나설 상황은 아니다. 그랬다가 그녀가 어떤 대가를 치를지도 분명했다. 아일린이 변속기를 밀었다.

"잠깐만요."

팀은 아일린의 어깨를 잡고 창밖을 가리켰다. 그녀는 고개를 끄떡이면서 변속기를 다시 중립에 놓았다.

바다에서 반짝이는 은회색의 물결이 실선을 그리며 다가왔다. 파도는 그다지 높지는 않았다. 차에 다다랐을 때 그 파도는 육십 센티미터 높이밖에 되지 않았다. 그러나 지난 밤 동안 수위가 좀 더 높아져 있었기 때문에, 파도는 차를 철썩 치고 번쩍 들어 올렸다가, 몇 발자국 떨어진 곳에 내려놓았다.

아일린이 지친 목소리로 말했다.

"이건 또 뭐죠? 지진이 났을까요?"

"내 생각에는 어딘가에서 댐이 무너졌을 거요."

"알겠어요. 고작 댐 정도군요."

그녀가 웃으려고 애썼다.

"댐이 무너졌다! 살고 싶으면 뛰어라!"

"체로키 인디언들이 포트 머지에서 탈출했다!"

"뭐라고요?"

"만화 〈포고〉에 나온 대사요. 그냥 넘어가요."

팀이 말했다.

"저 엄청난 물이 어디서 왔을지 생각해보면…… 댐이 무너진 것이 처음은 아닐 거요. 웬만한 댐은 벌써 무너졌겠죠. 댐 관리자들이 시간 맞춰 방류를 시킨 곳도 있겠지만 대부분은 그러지 않았을 테니까."

바꿔 말해, 지역별로 공급되던 대부분의 전기가 사라졌다는 뜻이다. 발전소와 발전기들은 무사할까? 댐이야 어떻게든 또 지을 수 있을 테니까 말이다.

아일린은 다시 변속기를 옮긴 다음, 천천히 전진을 시작했다.

서던 퍼시픽 철도를 따라 한참 이동한 끝에 마침내 포터빌에 도착했다. 철로와 제방이 조금씩 높아지더니 마침내 그들 주변에는 바다가 아닌 육지가 나타났다. 그 육지는 최근에 물속에서 솟아난 느낌이었다. 마치 아틀란티스가 다시 솟아났다고 할까. 하지만 아일린은 여전히 선로를 타고 이동했다. 그녀의 어깨는 긴장 때문에 뻣뻣하게 굳어서 파들거리고 있었다. 그녀가 말했다.

"도로에는 사람이 아무도 없고. 멈춰선 차도 없어요. 우리가 사람을 피해 다니는 것이 좋은 것 맞죠?"

하지만 완전히 피한 것은 아니었다. 가끔씩 쓸쓸해 보이는 난민들이 주로 가족 단위로 갓길에서 터덜터덜 걷고 있었다.

아일린이 말했다.

"저 사람들을 놔두고 가고 싶지 않아요. 하지만…… 대체 누구를 태워야 하죠? 우리가 보는 첫 번째 사람? 아니면 선별해서? 기준이 뭐든 금방 이 차 좌석 가득, 그리고 차 지붕 위에 사람을 태우게 될 거예요. 그런 뒤에도 여전히 더 많은 사람이 있겠죠."

팀이 말했다.

"괜찮소. 어차피 우리도 갈 곳이 있는 것도 아니니까 말이오."

하지만 그는 그녀의 말을 곱씹었다. 자신들에게 타인의 도움을 요구할 권리가 있는가? 자신도 남을 돕지 않는데 말이다.

포터빌 남동쪽에서 그들은 철로를 따라 내리막을 가다가 마침내 190번 지방도로에 돌아왔다. 이제 팀이 운전대를 넘겨받았고 아일린은 조수석을 뒤로 젖혀 드러누웠다. 지쳤지만 잠은 오지 않았다. 이 지역은 최근 수해를 입은 것 같다. 무너진 건물과 무너진 벽과 뿌리 뽑힌 나무와 여기저기 쌓인 진흙. 그것들의 모습을 봐서는 이 지역을 덮친 홍수는 그들이 가고 있는 고지대 쪽에서 밀려 내려왔을 것이다. 아무튼 세상의 웬만한 자동차는 그들이 방금 지나친 곳을 결코 통과하지 못할 것이다.

아일린이 말했다.

"레이크석세스…… 저 위에 있던 거대한 호수를 막아주던 댐이 무너졌겠죠. 그런데 이 도로는 댐 옆에 있고……."

"예?"

아일린이 말했다.

"이 도로가 끝까지 멀쩡할지 의심스러운 거예요."

그들은 계속 전진했다. 곧 교차로가 나왔고 다시 오르막으로 접어들었다. 땅은 온통 진흙투성이였다. 망가진 차와 시체가 여기저기 흩어져 있었다. 살아 있는 사람은 없었다. 그들로서는 비가 오는 편이 좋았다. 빗물 덕택에 왼편의 배수로가 분명하게 식별됐기 때문이었다. 도로 사정은 점점 악화됐다. 도로가 무너진 곳도 있었고 진흙에 덮인 곳도 있었다.

아일린이 다시 운전대를 넘겨받았다. 아일린은 예전에 도로가 있다고 기억하는 곳으로 차를 몰면서, 진흙 밑에 아직 그 도로가 있기를 빌었다. 블레이저는 여전히 전진했지만 속도는 훨씬 느려졌다.

잠시 후 눈앞에 모닥불이 나타났다. 대여섯 대의 차가 서 있는데, 블레이저만큼 좋은 차도 있었다. 다양한 성별과 나이대의 사람들이 모여 있었지만 모두 희망을 잃은 표정이었다. 그들은 어떻게 피웠는지 모를 모닥불 곁에 플라스틱 차양으로 비를 가린 땔감을 쌓아뒀다. 사람들은 그냥 비를 맞았다.

팀은 블레이저에서 마른 나무 몇 개비를 가져왔다. 아무도 팀에게 말을 걸지 않았다. 아이들이 희망 잃은 표정으로 팀을 바라봤다. 마침내 그들 중 한 사람이 말했다.

"저기로는 가지 못할 겁니다."

팀은 말없이 눈앞에 무너진 흙더미를 바라봤다. 그 흙더미 위에 타이어 자국이 있었다. 만약 다른 차가 이곳을 지나갔다면……

남자가 말했다.

"흙이 문제가 아니오. 우리도 여기는 지나갔소. 하지만 저 위에는 다리가 끊어져 있소."

"그러면 다리 아래로 걸어서……"

"그 다음에는 총을 든 사람이 있소. 그들은 말도 하지 않고 나와 내 와이프 사이로 첫 한 발을 날렸소. 두 번째는 그냥 끝장낼 분위기였소. 누가 어디서 쏘는지도 모르는 사이 죽게 될 거요."

바로 그것이었군. 이제 끝까지 왔다. 팀은 불 옆에 쭈그리고 앉아서 웃기 시작했다. 처음에는 부드럽게, 차츰 신경질적으로 격렬하게 웃었다. 사흘이 지났다. 그래. 오늘은 금요일이다. 핫퍼지의 화요일에서 사흘이 지나 진흙투성이의 금요일이다. 고지대로 이어지는 모든 도로는 사라졌다. 이제 상원의원의 목장으로 갈 방법은 사라졌다. 총을 든 사람은 더 있을 것이다. 이제 총을 든 사람이 세상을 지배한다. 어쩌면 상원의원도 총을 쏠 것이다. 그 모습은 상상만 해도 재미있다. 젤리슨 상원의원이 아주 보수적인 정장에 모닝코트를 입고 한 손에는 총을 든 모습이라니. 그것은 성공적인 지휘관의 복장을 대변하는 것이다.

팀이 말했다.

"예전과 같군. 꿈을 말하는 순간 사라진다…… 똑같이 됐어!"

팀은 다시 웃기 시작했다.

덩치가 크고 굵은 팔에 털이 부숭부숭한 남자가 불 속에서 깡통 하나를 집어 들었다. 그는 스티로폼 컵에 내용물을 붓고 조금 아까운 표정으로 재킷 주머니에서 납작한 럼주 병을 꺼내 컵에 약간 따랐다. 그는 그것을 팀에게 건넸다.

"이걸 좀 드시오. 컵은 잃어버리면 안 되오. 그리고 이제 그만 웃으시오. 아이들이 무서워하니까."

그래서 나더러 어쩌라고? 하지만 팀은 부끄러웠다.

'구경거리 될 짓을 좀 그만해라.'

그의 어머니에게 수도 없이 자주 듣던 소리다. 그의 아버지나, 다른 사람들에게도 듣던 말이었다.

술을 섞은 커피는 맛이 좋았고 몸이 따뜻해졌다. 하지만 큰 도움이 되지는 않았다. 아일린은 차에 남아 있던 수프 깡통을 가져와서 그들에게 내밀었다. 그들은 침묵 속에 앉아서 서로 가진 것을 나눠 먹었다. 수프, 인스턴트커피, 막대에 꽂혀 구워지는 익사한 토끼. 그들은 거의 말을 하지 않았다. 마침내 사람들 한 무리가 먼저 일어섰다.

"우리는 북쪽으로 가겠소."

한 남자가 말했다. 그는 자신의 가족을 불러 모았다.

"함께 가실 분?"

"우리도 함께 가겠소."

다른 사람들이 그쪽으로 모였다. 다행이다. 그들이 자신과 아일린을 두고 멀리 사라졌다.

팀도 그들을 따라 나설까? 무엇을 위해서? 그들도 목적지가 없기는 마찬가지일 것이다.

다른 사람이 모두 일어나서 차에 탑승했지만, 그에게 커피를 내밀었던 덩치 큰 사내는 움직이지 않았다. 그는 부인과 두 명의 아이들과 함께 그대로 앉아 있었다.

다른 사람이 물었다.

"어이, 브래드, 당신은?"

"차가 고장 났소."

그는 산사태로 무너진 도로 주변에 세운 링컨 컨티넨탈을 가리키며 말했다.

"아마 가속페달이 부서진 것 같소."

그가 말했다.

"연료는 남았소?"

"거의 없소."

"그거라도 우리가 가져가겠소. 괜찮다면 말이오."

덩치 큰 사내가 어깨를 으쓱했다. 다른 사람들이 링컨 컨티넨탈에서 0.5리터도 채 남지 않은 가솔린을 뽑아냈다. 그들의 차에는 이미 사람이 가득했다. 사람을 더 태울 공간은 전혀 없었다. 맨 앞에 탄 남자가 마치 시체를 보듯 그들을 보더니 말했다.

"방수포와 인스턴트커피는 당신이 쓸 거요?"

그는 탐욕스러운 눈빛으로 말했지만, 대답이 없자 이내 돌아섰다. 그들의 차는 빗속의 내리막길로 사라졌다.

이제 불 옆에는 여섯 명이 남았다. 팀, 아일린, 그리고…… 덩치 큰 사내가 말했다.

"내 이름은 브래드 웨고너요. 이쪽은 로사, 에릭, 콘셉시온. 아들은 우리 가문의 이름에서 따왔고, 딸은 로사 쪽에서 따왔소. 만약 아이를 더 가질 수 있다면, 앞으로도 그럴 생각이오."

그는 이야기를 나눌 사람이 있어서 즐거워 보였다.

"난 아일린이에요. 여긴 팀이고요. 당신들을 만나서……."

그녀는 잠시 말을 멈췄다.

"물론 당신들을 만나서 진정으로 반갑지는 않아요. 하지만 말은 그렇게 해야 할 것 같네요. 그리고 커피는 정말 고마웠어요."

아이들은 아주 조용했다. 로사 웨고너는 아이들을 껴안고, 부드러운 스페인어로 뭐라고 말하고 있었다. 아이들은 아주 어렸다. 많아야 대여섯 살인데, 어머니에게 찰싹 달라붙어 있었다. 그들은 노란색 나일론으로 만든 바람막이 재킷과 테니스화 차림이었다.

팀이 말했다.

"이제 좌초된 셈이군요."

브래드가 고개를 끄떡였다. 그는 역시 아무 말도 하지 않았다.

이 남자는 덩치가 내 두 배는 되겠군. 그리고 부인과 두 아이를 책임져야 하는 사람이지. 그가 내 목을 부러뜨리고 블레이저를 뺏기 전에 여기를 뜨는 편이 좋겠어. 팀은 두려웠다가 곧 부끄러워졌다. 웨고너 가족은 가만히 앉아 있었을 뿐 의심을 받을 만한 일을 전혀 하지 않았기 때문이었다.

브래드가 말했다.

"하지만 어차피 갈 곳도 없소. 우리는 베이커스필드에서 살고 있었소. 베이커스필드는 거의 아무것도 남은 것이 없지. 즉시 고지대로 올라가야 한다고 생각하면서도 마을에서 이런저런 생필품을 챙기려다가 하마터면 댐이 무너질 때 쓸려나갈 뻔했는데 간신히 살아남았소."

그는 눈앞의 고지대를 바라봤다.

"만약 이 비가 그친다면 걸어서 갈 만한 장소를 찾을 수 있겠죠. 혹시 당신은 무슨 계획이 있소?"

그의 목소리에는 애절함이 담겨 있었다.

팀은 꺼져가는 불꽃을 바라보면서 말했다.

"우리도 딱히 없소. 고지대에 잘 안다고 생각했던 사람이 하나 있소. 내가 꽤 많이 자금을 대줬던 정치인이지. 젤리슨 상원의원 말이오."

다 했다. 확실히 하기 위해서 모조리 말해버렸다. 그러면 이제 꿈처럼 사라져버리겠지?

브래드가 웃었다.

"젤리슨 상원의원이라고! 나도 그에게 투표를 했소. 그게 무슨 의미가 있겠습니까. 지금도 거기 올라갈 생각에 변함이 없소?"

팀의 목소리에는 조금의 희망도 담기지 않았다.

"그것 말고는 생각할 수 있는 것도 없소."

아일린이 물었다.

"당신은 어쩔 생각이죠?"

아일린의 시선은 아이들에게 꽂혀 있었다.

브래드가 어깨를 으쓱했다.

"어디든 적절한 장소를 찾아서 다시 시작해야죠."

그는 웃었다.

"나는 고층 아파트를 건설해서 돈도 꽤 많이 벌었소. 하지만…… 내 차는 당신들 차보다 형편없군요."

팀이 말했다.

"이 차의 가격이 얼마인지 알면 깜짝 놀랄 거요."

모닥불이 꺼졌다. 이제 시간이 됐다. 아일린은 블레이저로 걸어갔고 팀이 뒤를 따랐다. 브래드 웨고너는 부인과 아이와 함께 그대로 앉아 있었다.

팀이 말했다.

"도저히 견딜 수 없소."

"나도 마찬가지예요."

아일린이 팀의 손을 꽉 쥐었다가 말했다.

"브래드."

"예?"

"이쪽으로 와요. 타요."

아일린은 웨고너 가족이 블레이저에 타기를 기다렸다. 어른들은 뒷좌석에 타고, 아이들은 좌석 뒤편의 짐칸에 앉았다. 그녀는 차를 돌려 내리막길을 향했다.

"좋은 지도가 하나 있으면 좋겠는데."

브래드가 말했다.

"지도라면 하나 있소."

그는 안주머니에서 축축한 종이 한 장을 꺼냈다.

"조심하시오. 젖어서 쉽게 찢어질 수도 있으니까."

그것은 오토클럽에서 나온 툴레어 카운티의 지도였다. 팀이 가지고 있던 쉐브론 주유소의 지도보다 훨씬 나았다.

아일린은 블레이저를 천천히 세운 다음 지도를 들여다봤다.

"무너졌다는 다리가 지도의 이 지점인가요?"

"맞소."

"팀, 여기를 봐요. 우리가 뒤로 돌아서 남쪽으로 가면, 고지대로 올라갈 수 있는 다른 도로가 있어요."

팀이 말했다.

"그러면 서던 퍼시픽 철도에서 또 한참 시간을 보내야겠지."

로사가 물었다.

"서던 퍼시픽 철도라고요?"

팀은 설명하지 않았다. 그들은 남쪽으로 내려가다가, 도로 위에 차양이 쳐진 곳을 발견하고 잠시 차를 세워 잠을 잤다. 그들과 웨고너 가족은 교대로 뒤로 젖힌 운전석과 방수포 사이를 오가면서 휴식을 취했다.

그들은 다시 출발했다. 팀이 말했다.

"고지대에서 북동쪽으로 이어지는 도로요. 지도에는 나오지 않지만 말이오."

팀이 손으로 가리키는 곳에는 비포장이지만 상태가 나쁘지 않은 도로가 있었다. 방향도 그들이 가고자 하는 쪽이었으며, 누군가가 이 길을 따라 이동한 흔적이 있었다.

아일린은 이제 거의 희망을 잃었고, 블레이저의 연료도 떨어져간다. 하지만 그녀는 그 도로를 따라서 이동했다. 어쩌면 그들은 이 도로를 타고 고지대로 갈 수 있을 것이다. 이 도로를 찾은 것 자체가 행운이었고, 비와 산사태와 허리케인이 그 도로를 망가뜨리지 않은 것은 더 큰 행운이었다.

하지만 그들을 보호해주던 행운은 마침내 도로 차단소 앞에서 끝났다.

도로 차단소에는 덩치 큰 남자가 네 명 있었다. 그들은 마치 텔레비전 속의 마피아나 풋볼 선수처럼 덩치가 크고, 총을 들고 있었으며, 사람이 다가갔지만 전혀 미소를 짓지 않았다. 팀은 혼자 차에서 내려 걸어갔고 남자들 중 하나가 그를 향해 걸어왔다. 다른 남자들은 모두 굳은 표정으로 서 있었다. 남자들 중 하나는 예전에 본 듯 낯이 익었다. 예전에 상원의원의 목장에서 만났던가? 하지만 도움이 되지 않는다. 그리고 그에게 접근하는 사람은 그나마 그 낯익은 사람이 아니다.

팀은 최대한 목에 힘을 주고, 하지만 동시에 자신이 거지꼴이라는 사실을 명심하고 입을 열었다.

"우리는 젤리슨 상원의원을 만나러 왔소."

그는 아껴뒀던 자기 통제능력의 대부분을 고압적인 목소리를 내기 위해 사용했다. 하지만 그의 목소리는 아무 인상도 주지 못했다.

"이름은?"

"팀 햄너요."

사내가 고개를 끄떡였다.

"철자를 불러보시오."

팀은 자신의 이름 철자를 부르면서, 자신의 이름을 모른다는 사실에 조금 놀랐다. 그 사내는 뒤편에 있는 남자에게 외쳤다.

"이봐! 상원의원님의 명단 중에 팀 햄너라는 사람이 있나 찾아봐. H, A, M, N, E, R!"

남자 한 사람이 그 말에 반응해서 바리케이드 바로 앞까지 내려왔다. 팀은 그 남자를 분명히 만났던 것을 확신했다.

처음의 남자가 말했다.

"우리가 들여보내도록 허락된 명단이 이미 있소. 아주 짧은 명단이지. 한편 허락된 직업 목록도 있소. 당신, 혹시 의사요?"

"아니오."

"대장장이? 기계조종사? 기계공? 도구제작자?"

"한량이라는 직업은 없소? 아니면 천문학자라든지."

팀은 브래드를 생각했다.

"아, 빌딩 건축가는 어떻소?"

그 순간 머릿속에 떠오르는 생각 하나가 있었지만 말을 꺼내기 전에 가로막혔다.

주차시켜둔 트럭에서 목소리가 들렸다.

"그만하시오! 당신의 이름은 없소!"

남자가 말했다.

"미안합니다. 더 길을 막지 말고 차를 빼서 우리 눈앞에서 사라지시오. 다시는 돌아오지 마시오."

꿈을 말하면 그 꿈은 절대 현실이 되지 않는다. 팀은 돌아서려고 했다. 그러나…….

그러나 시도조차 해보지 않고 죽을 수는 없지 않은가. 아일린과 로사가 차 안에서 팀을 쳐다보고 있었다. 그들의 표정에 모든 것이 드러나 있었다. 그들은 알고 있었다.

다른 길을 통해 저 안으로 들어갈 수는 없을까? 이런 멍청한. 차에는 연료가 거의 없고, 다른 길을 찾지도 못할 것이다. 그리고 만약 다른 길이 있다면 거기에도 도로 차단소가 있을 것이다.

걸어갈까? 젤리슨 상원의원의 목장 꼭대기에는 웬만한 아파트 크기의 거대한 흰색 저택이 있다. 하지만 거기에 도착한 뒤 총격을 받을지도 모른다.

하지만 내가 어디든 쓸모가 있다면 그들이 나를 들여보내줄 것이다. 내가 어디에 쓸모가 있지? 적어도 길을 헤맬 때는 나는 아무 쓸모가 없다.

팀은 다시 돌아서서 바리케이드를 향했다. 그 남자는 짜증나는 듯한 표정이었다. 그의 총구는 정확하게 팀을 겨냥하지는 않았다. 그 남자가 말했다.

"당신 차도 잘 굴러가고 있고, 다치지도 않았으니 떠난다고 해도……."

"마크!"

팀이 고함을 질렀다.

"마크 체스쿠!"

남자 중 하나가 대답했다.

"내가 마크 체스쿠요. 안녕하시오, 팀."

"당신도 나를 그냥 보낼 거요? 내게 이야기를 할 기회도 주지 않고?"

마크가 어깨를 으쓱했다.

"나는 아무 권한이 없소."

덩치 큰 사내 하나가 말했다.

"그래, 당신은 아무 권한이 없지."

팀이 물었다.

"하지만 마크, 잠깐 이야기는 해도 되지 않소? 내가 할 말이 있소."

그는 머리를 빠르게 굴렸다. 브래드는 아파트를 지을 수 있다고 했다. 그러므로…….

"이야기는 해도 되죠."

마크가 말했다.

"하지만 별로 도움이 되지는 않을 거요."

그는 총을 동료에게 맡기고 바리케이드 앞까지 걸어왔다.

"무슨 이야기를 하려고요?"

팀이 마크를 데리고 블레이저 앞으로 왔다.

"브래드, 당신, 아파트를 건설했다고 했죠? 설계를 했소, 건축을 했소?"

"둘 다 했소."

팀이 말했다.

"그럴 거라고 생각했소."

팀은 아주 빠르게 단어들을 쏟아냈다.

"그러니 당신은 콘크리트를 다룰 수 있을 겁니다. 건설도 할 수 있고 말이오. 그러니 댐도 지을 수 있을 거요!"

브래드가 인상을 찌푸렸다.

"그건……."

팀이 의기양양하게 말했다.

"봤소? 댐입니다."

그는 오토클럽 지도를 가리켰다.

"봐요, 여기서 도로를 따라 시에라 고지대까지 댐과 발전소가 이어져 있소. 그 댐의 대부분은 사라졌겠지만, 발전기는 아직 여기저기 남아 있을 거요. 그리고 나는 전기를 다룰 줄 압니다. 누군가가 댐을 짓기만 한다면 말이오. 자, 여기 우리는 완벽하게 전기를 다룰 수 있는 사람들이오. 분명히 쓸모가 있을 겁니다."

팀은 지금 거짓말을 하고 있었지만, 여기 있는 사람들 중 누구도 그의 전기 다루는 능력을 검증할 수 있을 것 같지 않았다.

그리고 실제로 팀은 이론을 충분히 잘 알았다. 실무적으로 작동시켜야 한다면 조금도 자신이 없지만 말이다.

마크는 생각에 잠겼다.

팀이 소리쳤다.

"제기랄. 나는 젤리슨에게 오만 달러를 기부했소. 돈이 진짜 가치가 있던 시절에 말이오. 최소한 가서 그에게, 내가 여기 있다는 말은 하란 말이오."

"그래요, 생각해볼게요."

마크가 말했다.

그의 말은 그냥 무시할 수 없었다. 그리고 팀은 하비의 친구였다. 만약 팀이 자신을 아는 척하지 않았다면 자신도 굳이 아는 척하지 않았겠지만 지금은 사람들 앞에서 대화를 나눴다. 하비는 곧 그 사실을 알게 될 것이고, 팀을 돌려보냈다고 화를 낼지도 몰랐다.

그리고, 무려 오만 달러라니. 마크는 젤리슨 상원의원과 오랜 시간을 지내지 않았지만, 젤리슨에게 의리를 중요시하는 전통적이고 보수적인 분위기가 있었다. 젤리슨 상원의원은 이런 의리를 중요하게 생각할지도 모른다. 더해서, 댐과 발전기라니.

마크는 그들을 안으로 들여보내고 싶었다. 하지만 마크에게는 권한이 없었다. 그리고 크리스토퍼 형제는 그를 들여보낼 생각이 없었다. 하지만 그들도 젤리슨의 말은 들었다.

마크는 차 안에 있는 다른 사내를 바라봤다. 덩치 큰 사내였다. 마크가 물었다.

"군대는?"

"해병 출신이오."

브래드가 대답했다.

"사격할 수 있어요?"

"모든 해병은 처음에 소총수부터 시작하지. 물론이오."

"좋아요. 내가 가서 한 번 말해보겠소."

마크는 바리케이드로 돌아가서 말했다.

"저 사람들, 상원의원님의 옛 친구들인 것 같소. 가서 이야기는 해줘야 될 것 같은데."

덩치 큰 남자가 잠시 생각했다. 팀은 숨을 멈췄다. 그 사내가 마침내 말했다.

"좀 기다려보라고 하지."

그가 목소리를 높였다.

"차를 갓길에 세워두시오. 그리고 차 안에서 기다리시오."

팀은 블레이저 안으로 들어갔다.

"좋소."

그들은 차가 거의 배수로에 빠질 정도로 이동시켰다.

"만약 어떤 난민이 여기에 뛰어들어서 총격전이 벌어진다면, 유탄을 맞고 싶은 생각은 없거든."

팀이 말했다. 그는 마크가 모터사이클에 시동을 걸고 출발하는 모습을 지켜봤다.

로사 웨고너가 물었다.

"싸움이 일어날 것 같아요?"

팀이 대답했다.

"잘 몰라요."

그는 좌석에 앉았다.

"이제 결과를 기다려야죠."

아일린이 웃었다. 그녀는 팀이 거대한 발전기의 태엽을 감으려고 애쓰는 모습을 상상했다.

그녀가 말했다.

"행운을 빌어보자고요."

⚜

젤리슨 상원의원이 말했다.

"하비, 당신은 그를 알지. 나는 그를 모르오. 그가 쓸모 있는 사람이오?"

하비는 잠시 생각했다.

"솔직히 말해 나도 잘 모르겠습니다. 여기까지 살아서 도착했다는 것만으로도 의미가 있는 것 같습니다만. 살아남을 기술을 가진 것 아닙니까?"

"단순한 행운일 수도 있지."

젤리슨이 말했다.

"팀 햄너. 햄너−브라운 혜성의 발견자. 이 세상의 입장에서 말하자면 행운이라고 할 수도 없소. 물론 그는 발견했을 뿐 발명한 것이 아니라는 것은 나도 알고 있소. 마크, 다른 사람 하나는 해병 출신이라고 했나?"

"그가 그렇게 말했습니다. 나는 한 번 봤을 뿐이에요. 내가 아는 것은 그게 전부지요."

"여섯 명이 더 들어온다. 여자 두 명, 아이 두 명."

젤리슨은 생각에 잠겼다.

"하비, 다시 발전기를 가동하겠다는 계획에 지분을 투자할 생각 있소?"

"생각 자체는 훌륭해 보입니다."

"물론이오. 하지만 팀 햄너가 정말로 그 일을 할 수 있을까?"

하비가 어깨를 으쓱했다.

"솔직히 잘 모르겠소. 그는 대학에서 공학을 전공했으니 천문학 이외의 지식도 있겠지요."

젤리슨이 말했다.

"그리고 나는 그에게 빚을 졌지. 하지만 정말 큰 빚을 진 것인지는 잘 모르겠소. 이번 겨울에 다 같이 굶주려도 될 만큼 큰 빚일까?"

그는 다시 생각에 잠겼다.

"혜성을 발견한 사람이라. 그것 자체가 중요한 사실을 의미하지. 그는 아마 인내심이 강할 거요. 전망대에서 망을 보는 일을 시킬 수 있겠지. 정말 보는 것을 잘 하는 사람에게 망을 보도록 시키면, 앨리스에게는 망을 보는 대신 자유롭게 돌아다니도록 할 수 있을 거요. 그리고 그 해병이라는 자는 댐을 건설할 수도 있고, 그렇지 않을 수도 있어. 마크, 그는 장교 출신인가, 아니면 의무 복무자인가?"

마크가 말했다.

"잘 모르겠습니다. 얼핏 보기에는 장교 같은데, 글쎄, 잘 모르겠습니다."

"좋소. 나는 항상 해병대를 좋아했지. 마크, 가서 팀 햄너에게 오늘은 운이 좋은 날이라고 말해주게."

마크의 표정이 모든 것을 이야기해줬다. 팀은 마크가 차 가까이 올 때 모든 것을 알았다. 그들은 이제 안전했다. 다른 무엇보다도, 그들은 이제 안전했다. 가끔씩 꿈이 실현된다. 꿈을 남들에게 말하더라도 말이다.

●

요새: 두 번째

사건의 발생 확률이 낮을수록 그 사건에 대한 정보의 가치는 더 높아진다.

— 정보 이론의 기초

앨빈은 보초 근무 서기를 좋아하지 않았다. 하지만 다른 목장의 일손들은 보초 근무보다 더 중요한 일을 해야 했다.

앨빈은 상원의원을 대신하는 역할을 했다. 앨빈은 마음속으로 모든 것을 포기하게 되는 때가 오기를 기대했다. 머지않아, 그리 머지않아 실버밸리의 목장 입구에 보초를 세울 필요가 없어질 것이다. 바리케이드는 현재 대부분의 난민을 차단했지만 무조건 모두 돌려보내는 것은 아니었다. 몇몇은 샌호아킨의 홍수에서 살아남아 걸어서 들어왔고, 하이시에라의 고지대에서 내려오는 사람도 있었다. 크리스토퍼가 도로를 봉쇄하기 전에 이미 계곡으로 밀려들어온 사람도 있었다. 그들 대부분은 다시 길을 떠나라는 통보를 받았다. 하지만 그들은 어떻게든 상원의원과 이야기를 나누고 싶어 했다. 상원의원은 노인이었고, 사람을 받아들이지 않겠다고 말하기 싫어했다. 그래서 앨빈은 상원의원을 만나려는 사람을 대부분 막아섰다. 그것은 앨빈의 오래된 임무 중 하나였다. 상원의원은 사람들에게 좋은 모습을 보였고 앨빈은 악역을 했다.

만약 앨빈이 악역을 하지 않는다면 계곡은 사람의 홍수를 이룰 것이다. 그리고 상원의원은 더 중요한 일을 해야 했다. 만약 앨빈이 보초를 서지 않으면 모린과 샤를로트가 경비를 서야 하는데, 그건 말도 안 된다. 해머 충돌 이후 유일하게 좋아진 것이라면 여성 해방운동이 종식됐다는 것이다.

앨빈은 서류 작업을 했다. 그는 필요한 물건, 난민 중 받아들여야 할 직업군, 상원의원이 결정지어야 하는 상세 업무 목록 등을 자동차 안에서 꾸준히 작업했다. 그러다가 누군가가 진입로에 나타나면 일을 멈췄다.

누가 누군지는 알 수 없다. 난민들은 거의 다 똑같이 생겼다. 반쯤은 익사한 시체 같고 반쯤은 아사한 시체 같은데, 시간이 지날수록 더 상태가 나빠졌다. 지금은 토요일이고, 난민들은 정말 끔찍한 모습이다. 자신이 상원의원의 보좌관이던 시절, 앨빈은 자신이 사람을 잘 판단한다고 믿었다. 하지만 지금은 판단 따위를 할 필요가 없었다. 앨빈은 모든 사람을 길 밖으로 내보냈다.

허수아비 같은 사람 두 명이 아이 둘을 앞세우고 또 다른 아이 한 명을 품에 안고 나타났다. 그 남자와 여자는 모두 문학 박사이며, 남자는 CBS 방송국 임원이라고 했다. 하지만 방송국 임원보다 지역 보건의 훈련이라도 받은 정신과 의사가 차라리 낫다. 그들 모두는 돌려보내졌다. 그들은 앨빈의 파트너가 도로를 향해 총탄을 한 움큼이나 쏟아 부은 다음에야 미련을 버리고 돌아서서 사라졌다.

좋은 정장을 갖춰 입고 정중한 영어를 구사하던 인근 지역 군의원이었다는 사람도 있었는데, 그는 혼자 차에서 내려 앨빈에게 다가오더니 레인코트 주머니에 숨겨뒀던 권총을 들이댔다.

"손을 들어."

앨빈이 물었다.

"꼭 이런 식으로 해야겠소?"

"물론이지. 자, 나를 안으로 데려가시오."

"좋소."

앨빈이 손을 들었다. 그리고 순간 군의원의 머리에 작고 깨끗한 구멍 하나가 뚫렸다. 앨빈이 오른손을 드는 것이 바로 사전에 약속된 신호였기 때문이다. 그 군의원이 키플링의 책을 읽지 않은 것이 불쌍할 따름이었다.

그가 말했다네, 그건 내가 부탁한 일이었어
이 부근 삼십 킬로미터에는 바위 하나, 나무 그루터기 하나 없지만
한쪽 무릎을 땅에 대고 총을 든 내 부하는 잔뜩 깔려 있다네
만일 내가 고삐를 잡은 손을 들었다가 다시 내리면
조그만 자칼들이 한 줄로 늘어서서 잽싸게 날아간다네
내가 고개를 숙였다가 번쩍 치켜들면
머리 위로 떠다니던 연이 고꾸라진다네

엔진 소리가 들렸다. 앨빈이 소리가 나는 쪽을 내다봤다. 트럭

한 대가 진입로로 들어왔다. 작은 트럭에는 구레나룻이 길고 털이 많은 마른 남자 하나가 타고 있었다. 이 동네 사람이겠군. 이 동네 사람들은 모두 작은 트럭을 몰고 다니지. 아니, 어쩌면 트럭을 훔친 사람일 수도 있지. 하지만 훔친 트럭을 타고 상원의원의 집에 오지는 않을 것이다. 앨빈은 차에서 내려 정문 쪽으로 걸어갔다.

앨빈 하디는 늘 하는 것과 같은 말을 했다.

"손을 내보이시오. 나는 무장하지 않았습니다. 하지만 당신이 볼 수 없는 장소에는 저격수가 있소."

"그 저격수는 트럭 운전할 줄 알아요?"

앨빈은 남자를 바라봤다.

"뭐라고요?"

"급한 일부터 순서대로 하자고요."

구레나룻이 긴 남자는 옆자리에 놓인 가방에 손을 뻗었다.

"편지요. 지금 내가 배달하는 건 등기우편물뿐이라고요. 상원의원님이 서명을 하셔야 합니다. 그리고 저쪽으로 가면 죽은 곰이 한 마리 있으니……."

"뭐라고요?"

앨빈은 평소의 흐름대로 대화를 이을 수가 없었다.

"죽은 곰 말이요. 오늘 아침 일찍 잡았어요. 다른 선택의 여지가 없었거든요. 이 트럭에서 자는데 어마어마하게 크고 털이 부숭부숭한 팔이 갑자기 유리창을 부수고 손을 안으로 넣잖아요. 정말 엄청나게 컸죠. 나는 최대한 뒤로 물러섰지만 곰이 계속 안으로 밀고 들어왔어요. 그래서 치킨 목장에서 주웠던 이 베레타 권총으로 곰의 눈 사이를 쐈죠. 그 놈이 고기가 엄청 나올 겁니다. 그러니…….”

앨빈이 물었다.

“당신 대체 누구요?”

“제기랄, 난 우편배달부라고요! 한 번에 한 가지 일에만 집중해줘요! 저쪽에 이백 킬로그램에서 오백 킬로그램쯤 나가는 곰 고기에 모피와 가죽도 있다고요. 트럭을 가지고 남자 네 사람이 가야 해요. 벌써 썩고 있을지도 모른다니까. 나 혼자서는 도저히 움직일 수 없었지만, 당신이 사람들을 몰고 가면 여러 사람의 배고픔을 해결해줄 거요. 그리고 난 이 등기우편물을 배달하고 상원의원님의 서명을 받아야 하니까, 곰 시체를 가지러 갈 사람은 몇 명 따로 보내세요.”

앨빈은 정신이 멍했다. 한 번에 너무 여러 가지 일이 일어났다. 앨빈이 유일하게 알아들은 말은 ‘베레타 권총’이었다. 앨빈이 말했다.

“당신 무기는 내가 가지고 있겠소. 그리고 나를 태워서 언덕 위로 갑시다.”

해리가 반문했다.

“내 총을 갖겠다고? 도대체 왜 당신이 내 총을 가지겠다는 거요? 오, 젠장, 그래야 기분이 좋겠다면 당신 마음대로 하쇼. 여기 있어요.”

해리가 권총을 건네줬다. 앨빈은 쓸쓸하게 총을 받아들었다.

그리고 문을 열었다.

콕스 부인이 외쳤다.

"오, 신이시여, 상원의원님, 저건 해리예요!"

"해리? 해리가 누구요?"

젤리슨 상원의원이 지도와 이런저런 서류들이 놓인 테이블에서 일어나 창문으로 걸어갔다. 아, 누군지 알겠다. 앨빈이 다른 사람과 함께 트럭에 타고 있었다. 턱수염과 구레나룻이 무성한 회색 옷의 남자였다.

"편지요!"

해리는 현관에 다가오면서 큰 소리로 외쳤다.

콕스 부인이 문을 향해 달려갔다.

"해리, 당신을 다시 만날 줄은 생각도 못했다우!"

해리가 말했다.

"안녕하세요. 젤리슨 상원의원님께 등기우편물이 왔어요."

등기우편이라. 지구의 종말과 모든 것의 멸망에 대한 정치적 비밀을 담은 문서라도 되나? 젤리슨 상원의원은 문으로 걸어갔다. 우편배달부는 조금 지쳐 보였다. 우편배달부? 그래, 저 사내는 우체국의 제복을 입고 있다. 젤리슨이 말했다.

"들어오시오."

도대체 이 사내는 지금 무슨 짓을 하고 있는 건가?

앨빈이 말했다.

"상원의원님, 해리가 아침에 곰을 잡았다고 합니다. 독수리가 덤벼들기 전에 농부를 몇 명 보내서 가져와야겠습니다."

해리가 말했다.

"내 총은 가져가지 마요."

앨빈이 주머니에서 권총을 꺼냈다. 그는 조금 머뭇거리며 상원의원에게 총을 건넸다.

"상원의원님, 이 총은 저 사람 것입니다."

말을 마친 뒤 앨빈은 그대로 사라졌고, 젤리슨은 어리둥절한 표정으로 손에 총을 받아들었다. 젤리슨이 말했다.

"내가 알기로는 앨빈이 평상심을 잃게 만든 사람은 당신이 처음이오. 안으로 들어오시오. 다른 목장도 모두 방문하고 왔소?"

해리가 대답했다.

"네."

"대체 봉급은 어디서 받을 생각이오?"

해리가 말했다.

"내게 우편물을 전달받는 사람들에게 받아야죠. 내 손님들 말이에요."

뭔가 할 말이 있는 것 같다. 무시하기는 어렵다.

"콕스 부인, 뭔가 대접할 것을……."

부엌에서 콕스 부인이 대답했다.

"가요."

그녀는 커피 한 잔을 들고 나왔다. 아주 아름다운 컵을 들고 있었다. 젤리슨이 소유한 가장 좋은 컵 중 하나다. 그리고 지상 최후의 커피 중 일부다. 콕스 부인은 해리를 최대한 배려하고 있다. 그로서 젤리슨 의원은 최소한 한 가지를 확인할 수 있었다. 젤리슨은 그에게 권총을 건네줬다.

"미안하네. 앨빈은 내게 받았던 지시를 지키느라 총을 뺏었던 것이니까."

우편배달부는 권총을 품에 넣었다.

"괜찮아요."

해리는 커피를 한 모금 마시고 한숨을 내쉬었다.

젤리슨이 말했다.

"앉게. 실버밸리 안팎을 다 돌아다닌 것인가?"

"대부분 다 돌았어요."

"그러면 상황을 이야기해주게."

"절대 안 물어보실 줄 알았더니."

해리는 거의 모든 장소를 다녀왔다. 그는 자신이 목격한 것을 이야기했다. 꾸밈없이 단순하게, 단지 사실만. 우편배달 트럭이 뒤집혔고, 전깃줄이 끊겼고, 전화가 끊겼다. 도로가 막힌 장소는 여기, 여기, 그리고 저기다. 진입로의 이쪽, 저쪽에도 장애물이 생겼다. 밀러 가족은 멀쩡했다. 샤이어도 그대로였다. 무초스 놈 브레스는 트럭을 타고 돌아올 때 보니 이미 완전히 황폐해졌는데…… 이런, 너무 앞질러 나갔다.

해리는 로만 가족의 집에서 만난 살인자에 대해서도 이야기했다. 젤리슨이 인상을 찌푸렸다. 해리는 대형으로 확대된 지역 지도에 손가락으로 가리켰다.

"주인의 흔적은 없고, 거기서 누군가가 당신을 향해 총을 쐈고, 그 자리에서 다른 친구 하나가 죽었다는 건가?"

젤리슨이 물었다.

"맞아요."

젤리슨이 고개를 끄떡였다. 거기는 뭔가 조치를 해야겠군. 그러나, 먼저 크리스토퍼 형제들에게 말해야 한다. 치안 유지 활동에 따르는 위험은 그들과 공동 부담해야 한다.

"그리고 나머지 무초스 놈브레스에 있던 사람들은 상원의원님을 만나기 위해 출발했어요. 어제 오전이었지요."

젤리슨이 대답했다.

"여기에는 도착하지 않았지. 어쩌면 아직 마을에 있을지도 모르겠군. 그곳의 토지는 괜찮은가? 농작물이 심어져 있고?"

해리가 말했다.

"별건 없어요. 거의 잡초죠. 하지만 닭이 있어요. 혹시 닭 사료 좀 있어요?"

"닭이라고?"

이 사내는 정보의 금광이잖아!

해리가 노부부가 운영하던 치킨 목장에 대해 이야기했다.

"거기에 닭이 엄청 많이 있어요. 놔두면 그대로 굶어죽거나 코요테가 다 물어가겠죠. 그 전에 가서 마음대로 집어오면 돼요."

해리가 말을 이었다.

"나도 몇 마리 기르고 싶어요. 수탉도 한 마리 있었는데, 그놈은 살아 있으면 좋겠네요. 그렇지 않다면, 한 마리 빌려서……."

젤리슨이 물었다.

"자네, 농장일도 할 줄 아나?"

해리가 어깨를 으쓱했다.

"아뇨, 아뇨. 하지만 마당에 닭 몇 마리가 돌아다니면 참 멋질 것 같지 않아요?"

"그래서, 이제 그쪽으로 돌아갈 생각인가?"

"우선 배달부터 마치고요."

해리가 말했다.

"돌아가는 길에 다른 곳도 몇 군데 들러야 하거든요."

"그런 다음에는?"

젤리슨은 질문했지만, 사실 대답은 뻔했다.

"다시 처음부터 배달을 시작해야죠. 달리 뭐 있나요?"

그럴 줄 알았다.

"콕스 부인, 지금 달릴 수 있는 사람이 누가 있나요?"

"마크가 있어요."

그녀가 대답했다. 콕스 부인의 목소리는 조금 마뜩치 않았다. 콕스 부인이 아직 마크는 좋아하지 않는 모양이다.

"그를 보내서 무초스 놈브레스 목장에서 온 사람들이 있었는지 찾아보도록 하시오. 나를 만나려고 했었다니까."

"알았어요."

그녀가 대답했다. 콕스 부인은 걸어가면서 전화기를 복구시켜야 한다, 어쩌고 하는 혼잣말을 했다. 어제 앨리스가 전화선에 대해서 이야기를 했던 것 같다. 전화선 복구 방법은 책에도 적혀 있고, 주변 어디든 예전에 깔아둔 전화선이 있으니, 나중에 할 수 있는 일일 것이다.

콕스 부인은 마크에게 심부름을 시킨 다음 점심 식사를 만들러 나갔다. 아직은 먹을 것이 충분하다. 통조림을 만들다가 남은 재료, 정원에 떨어진 이삭 등에서 주운 것으로 말이다. 하지만 그런 음식은 오래 가지는 않을 것이다.

해리는 계속 자신의 동선에 대해 떠들었다. 그는 심지어 실버밸리 외부 지역도 다녀왔다. 해리는 지도에 자신의 궤적을 그리면서 말했다.

"내가 배달하는 길에 디크 윌슨도 있어요. 그도 당신과 마찬가지로 한 지역을 장악했지요. 남서쪽으로 오십 킬로미터 거리쯤 되겠네요."

젤리슨이 물었다.

"그런데, 자네는 어떻게 다시 돌아왔나?"

"지역 국도를 타고서요."

"그 도로는 차단됐는데."

"그렇더군요. 조지 크리스토퍼가 거기에 있더군요."

"그렇지. 그를 어떻게 통과했나?"

젤리슨이 물었지만, 사실 무슨 대답이 나오든 별로 놀라지 않을 것 같았다.

해리가 대답했다.

"내가 그에게 손을 흔들었더니, 그도 내게 손을 흔들더군요. 나를 통과시키면 안 되는 거였나요?"

"물론 자네를 통과시켰어야지."

하지만 조지 크리스토퍼가 그렇게 말이 통하는 사람이 아닐 것 같은데.

"자네, 조지에게도 이 이야기들을 모두 해줬나?"

해리가 대답했다.

"아직 안 했죠. 그곳에는 그와 대화하고 싶어 하는 사람들이 많았거든요. 그리고 그는 총을 든 데다 다른 덩치 큰 사람을 네 명이나 데리고 있었어요. 친근한 잡담을 나누기에 적절한 때가 아닌 것 같았어요."

해리의 이야기 덕택에 젤리슨은 짐작했던 사실 하나를 확인했다. 이제 샌호아킨은 깊이가 삼십 미터가 넘고 산꼭대기 주변까지 물이 찰랑거리는 거대한 바다가 됐다. 아몬드 숲은 허리케인 때문에 완전히 찢어발겨졌다. 여기저기에 시체가 널려 있다. 제대로 조치하지 않는다면 조만간 장티푸스 같은 대규모 역병이 유행할 것이다. 하지만 조치라니, 무슨 조치?

마크가 안으로 들어왔다. 그가 말했다.

"상원의원님, 무초스 놈브레스 목장의 사람들이 어제 마을로 들어왔다고 합니다. 음식을 사려고 했지만 그다지 많이 구하지 못한 모양이오. 그러고서 원래 있던 곳으로 돌아간 모양입니다."

해리가 말했다.

"그리고 돌아가서 굶주리게 되겠죠."

젤리슨이 말했다.

"마을의 모임 때 그들을 초대하게. 그들은 토지를 소유하고 있으니까."

해리가 말했다.

"하지만 그 사람들은 농사에 대해서는 아무것도 몰라요. 이미 말한 것 같은데, 일할 의지는 있지만 무슨 일을 해야 하는지는 몰라요."

아더 젤리슨은 다른 메모를 하나 썼다. 해리의 이야기는 정보가 누락된 공란 여기저기를 메워주고 있었다.

"그리고 자네는 디크 윌슨이 자치체계를 갖췄다고 했는데."

그것은 계곡 바깥 지역에 대한 중요한 새 소식이다. 젤리슨은 앨빈에게 디크를 만나도록 해야겠다고 결정했다. 이웃과는 좋은 관계를 유지하면서 지내야지. 앨빈을 보내자. 음, 마크의 오토바이에 태워서 보내면 될 것이다.

아직도 할 일이 사백만 가지는 남은 것 같다. 그리고 몸속 깊이 지치기 시작한다. 워싱턴에서 그를 지치게 하던 것과 전혀 다른 피로다. 조금만 마음을 느긋하게 먹자. 젤리슨은 생각했다.

**

수십 세제곱킬로미터의 물이 증발해서 수증기가 되면서 비구름이 지구를 완전히 감쌌다. 히말라야 산맥을 따라 한랭전선이 형성되고, 폭풍우가 인디아 북동부, 버마 북부, 그리고 중국의 윈난과 쓰촨을 휩쓸었다. 동아시아의 큰 강들, 인도의 브라마푸트라 강, 미얀마의 이라와디 강, 태국의 살윈 강, 메콩 강, 양쯔 강, 그리고 황하 등, 히말라야 인근에 수원지가 있는 모든 강이 일제히 범람해 아시아의 비옥한 농토를 휩쓸었고, 그런 다음에도 고지대에는 계속 비가 내렸다. 댐이 무너져 넘쳐흐른 물과, 태풍과 파도 때문에 내륙까지 밀려온 짠물이 서로 내륙에서 만났다.

지구 전역에서 비가 내리는 한편, 해머 충돌 지점의 뜨거운 바다에서는 계속 수증기가 발생했다. 소금기, 바위조각, 우주 먼지, 지표면의 토양과 함께 말이다. 화산은 더욱 많은, 수십억 톤의 먼지와 연기를 성층권에 날려 보냈다.

햄너—브라운 혜성은 머나먼 우주를 향해 사라졌다. 이제 지구는 마치 희미하게 빛나면서 반짝이는 진주알 같았다. 지구의 태양광선 반사율은 훨씬 높아졌다. 대부분의 태양열과 빛은 이제 대부분 우주로 반사되어 사라졌다. 햄너—브라운은 사라졌지만 그 영향은 남아 있다. 지진해일이 아직도 대양의 밑바닥을 흔들고, 허리케인과 태풍이 대지와 바다를 후려치고 있으며 행성 전체에 폭풍우가 휘몰아쳤다. 그 모든 것은 단기적인 영향이다.

하지만 그 영향의 일부는 반영구적으로 지속될 것이다. 북극에서는 비 대신 눈이 내렸고, 내리는 대로 얼어붙었다. 그것들은 앞으로 수백 년 동안 녹지 않을 것이다.

3권에서 계속